Santuario de sombras

Aurora Ascher

Santuario de sombras

Traducción de Mariana Hernández Cruz

Besties Books

Título original: *Sanctuary of a Shadow*

Ediciones Martínez Roca, un sello editorial de Editorial Planeta, S. A.
Avda. Diagonal, 662-664, 08034 Barcelona (España)
www.editorialplaneta.es
www.planetadelibros.com

Primera edición: junio de 2025
ISBN: 978-84-270-5415-8
Depósito legal: B. 8.938-2025
Composición: Realización Planeta
Impresión y encuadernación: Rotativas de Estella, S. L.
Printed in Spain - Impreso en España

Para ti, por haber creído en ti

MONTAÑAS TERRIA
TERRITORIO DEL OESTE
REINA DARYA
FALSGAR
RÍO ANSLU
ALLEC
SILIMAR
CASTILLO VARI
CASTILLO
EL LEJANO

LOS CINCO TERRITORIOS
RRITORIO DEL NORTE
REINA TIERRA
RÍO GLIMRA
BEIRSTAD
TERRITORIO DEL ESTE
REINA AUDRÄ
RRITORIO
ENTRAL
NA NASHIRA
RYLKA
AIRDRIE
RÍO STELIORN
SQUE ETÉREO
KEREZA
FUERTE MERSON
VALLE DE KAMBU
RRITORIO DEL SUR
REINA FURIE
N
O
E
S

Santuario de sombras es una historia fascinante y cautivadora sobre un misterioso circo y los extraños elementales que lo habitan. Sin embargo, la historia incluye situaciones que podrían no ser adecuadas para todos los lectores, como escenas de sexo, violencia, encarcelamiento, lesiones corporales, pérdida de memoria, muerte de padres y coerción. Si crees que puedes ser sensible a esto, por favor, toma nota y prepárate para entrar en El Increíble Circo de los Elementales de Salizar.

1

Harrow avanzaba velozmente por el estrecho sendero que se formaba entre las coloridas caravanas. Se llevó una mano al pecho y arrugó con los dedos la tela de su cálida capa, sintiendo que el corazón se le aceleraba bajo el puño. Se obligó a seguir caminando, aunque en realidad quería correr.

Por todo el circo, voces amigas alegraban la mañana. Los trabajadores ya estaban montando la carpa, clavando las estacas en la tierra con sus pesados mazos. Alrededor del bullicioso terreno y la circundante ciudad de Beirstad, las montañas nevadas enmarcaban el cielo despejado. Aunque el aire era fresco, los rayos del sol brindaban un calor agradable.

Sin embargo, Harrow permanecía envuelta en su capa. Por dentro, la sangre le corría helada por las venas.

En solo unos días el montaje estaría completo, y El Increíble Circo de los Elementales de Salizar cobraría vida en toda su extravagancia. Las luces encantadas iluminarían la carpa principal y brillarían a lo largo de las filas de caravanas y tiendas, donde esperarían ocultas misteriosas atracciones, incluyendo el puesto de adivinación de Harrow. Los humanos acudirían en masa a mirar y disfrutar, y Salizar se aseguraría de exprimirles hasta la última moneda.

En cuanto Harrow vislumbró su destino a lo lejos, apretó el paso.

Fuera de una caravana roja y azul una mujer de piel color medianoche y largas trenzas tomaba el sol recostada en una silla, con una apacible sonrisa en el rostro. Oyó que ella se acercaba antes de que pudiera anunciarse, y abrió de golpe los ojos ambarinos.

—¡Buenos días, Harrow! —exclamó, extendiendo los brazos. Tenía los músculos tonificados por años de entrenamiento. «La extraordinaria Malaikah» había trabajado más duro que nadie para ganarse su puesto como la acróbata estrella del espectáculo—. Qué bonito está el sol hoy, ¿verdad? Pensaba que en el norte siempre hacía frío, pero... —Se interrumpió de repente y su sonrisa se desvaneció en el acto—. ¿Qué pasa?

Ambas llevaban décadas siendo amigas íntimas, por lo que a Harrow no le sorprendió que Malaikah hubiera percibido que le pasaba algo malo con una sola mirada.

—Me he despertado con un terrible presentimiento, Mal —le confesó sin preámbulos—. Creo que se avecinan problemas. Pero he hecho el ritual para predecir el futuro en busca de ellos y no he visto ninguno...

Su amiga se levantó de inmediato, mirando a su alrededor para comprobar que estaban solas.

—¿Por qué no hablamos dentro?

Si Harrow se hubiera parado a pensar apenas un segundo, habría sugerido lo mismo antes de empezar a hablar. Sabía que no debía mencionar abiertamente sus dones donde corriera el riesgo de que la escucharan. No podía permitirse que se le escapara algo sobre su verdadera naturaleza.

Con gentileza, Mal la condujo hacia la estrecha puerta de su caravana. Dentro había una cama con cortinas en un extremo, una pequeña estufa de leña, una encimera y un ropero lleno de trajes brillantes. Se sentaron en la pequeña mesa que quedaba frente a la estufa.

—Cuéntame qué pasa —le pidió su amiga cuando se acomodaron, moviendo la cola con sutil tensión.

Malaikah era un híbrido de pantera negra, una de las especies de los elementales de la reina de la tierra. Como todos los híbridos, mostraba en su aspecto y habilidades ciertos rasgos de su animal; en el caso de Mal, una cola fibrosa, orejas felinas y colmillos afilados.

Harrow se retorció las manos sobre la mesa.

—Desde que me he despertado esta mañana tengo la sensación de que algo se acerca, pero no puedo descifrar qué, más allá de una sensación general de temor. Siento que hay alguien que necesita mi ayuda, y que si no la recibe algo terrible ocurrirá. Pero no sé quién es ni cómo encontrarlo.

Malaikah frunció el ceño.

—¿El agua es la que te lo ha dicho?

—Siempre es el agua. —El agua era el elemento fuente de todas sus visiones y premoniciones. Ella era el conducto a través del cual la poderosa fuerza expresaba su sabiduría—. He hecho mi ritual matutino para predecir el futuro —continuó—, pero no me ha dado ninguna respuesta. Lo único que he visto cuando he mirado en el cuenco de agua ha sido la imagen de unas llamas, y luego una especie de sombra, creo, atravesando una luna llena. No le encuentro sentido a nada de eso.

—Ya. —Mal se hundió en el asiento—. Lo de la luna tampoco me dice nada, pero gracias a la reina Furie creo que todos le tenemos un miedo saludable a cualquier cosa relacionada con el fuego.

—No logro quitarme de encima la sensación de que debería estar haciendo algo. No sé, tal vez buscar a alguien. Pero ¿dónde? —Harrow se pasó las manos por la melena de pelo rizado con un gesto de frustración—. O quizá lo esté malinterpretando y, en realidad, sea una advertencia de que el circo está en peligro. No lo sé.

—Si crees que es una señal de peligro, deberíamos tomárnosla en serio. ¿Y si se lo dices a Salizar?

—¿Por qué iba a creerme? —Se pasó el dedo por el borde de la cinta para el pelo que usaba todos los días para ocultar sus orejas puntiagudas—. Él piensa que soy humana. Va a querer saber por qué creo que hay una amenaza, pues no tiene motivos para confiar en mis instintos. Si intento convencerlo, solo le daré más razones para que sospeche qué soy.

—Ya te lo he dicho mil veces: yo creo que Salizar lo sabe. ¿Por qué te habría acogido si no?

—Porque era una huérfana de diez años que había presenciado una masacre. Humana o elemental, era solo una niña. También ayudó a Loren, ¿no?

Harrow no quería que Salizar supiera quién era. Aunque era consciente de que a él no se le escapaban muchas cosas, para ella era importante mantener su secreto bajo control. Y, además, no quería que la gente le preguntara qué recordaba de aquella noche, sobre todo porque no se acordaba de nada en absoluto.

Bueno, de casi nada. De sus manos manchadas de sangre, de un cuerpo tibio enfriándose a su lado. Pero no deseaba desenterrar aquel viejo dolor.

—De todas formas, ahora mismo no importa —añadió, agitando una mano—. Se avecina algo malo y no sé qué hacer al respecto.

Malaikah se levantó con decisión, con la postura tensa. Entre el tumulto de emociones, Harrow sintió una punzada de arrepentimiento por haber puesto nerviosa a su amiga solo unos días antes de la noche del estreno.

—Si realmente estamos en peligro, tenemos que avisar a la gente —afirmó Mal—. ¿Y si voy yo a hablar con Salizar? Le diré que tengo razones para creer que hay...

De repente se quedó callada y se puso rígida. Se giró hacia la ventana abierta sobre la cama, inclinó la cabeza y agitó las orejas.

—¿Qué pasa? —susurró Harrow. Como híbrido, el oído de Malaikah era mucho mejor que el suyo, pero tenía la terrible sospecha de que ya sabía lo que su amiga iba a responder.

—Creo que podría ser demasiado tarde para las advertencias. Hay cierto revuelo en la puerta principal. Oigo gritos.

Harrow se levantó de un salto, con el miedo recorriéndole todo el cuerpo.

Las dos salieron rápidamente. En el exterior se oían voces lejanas y furiosas, así que corrieron hacia la fuente del ruido. Harrow se recogió las faldas e intentó igualar el rápido paso de Malaikah, pero le era imposible seguir el ritmo de un híbrido de pantera corriendo a toda velocidad.

Cerca de la entrada había unos vagones de carga con

tiendas enrolladas y material de construcción listo para ser instalado. Junto a las altas puertas, la taquilla estaba a medio construir, las paredes de colores ya montadas, pero sin el techo. Tras pasar junto al último vagón, se detuvieron frente al alto arco sobre las puertas de hierro forjado del circo.

Y ante la turba de humanos furiosos que se había reunido fuera.

La muchedumbre, compuesta de unas cincuenta personas, parecía estar formada por hombres y mujeres comunes de la ciudad, pues no iban ataviados con las galas de los ricos ni vestidos con los harapos de los mendigos. Los ciudadanos llevaban antorchas y armas con las que golpeaban los barrotes provocando un estruendo metálico.

El candado y la cadena que mantenían las puertas cerradas les parecieron de repente una defensa lamentable. Sobre todo porque un hombre corpulento agitaba una pesada hacha al frente de la multitud.

—¡Escoria elemental! —gritó alguien al ver a Harrow y Malaikah. Bajo el radiante sol de la mañana, la exhibición de furia resultaba incongruente—. ¡Asquerosos sirvientes de las reinas! ¡Los de vuestra clase no sois bienvenidos aquí!

Harrow no dudó de que se abrirían paso si encontraban la forma. La furia en sus rostros dejaba clara su determinación de infligir violencia a los desamparados elegidos de las reinas.

Su odio era tan errado como ignorante. Tanto los humanos como los elementales habían pagado el precio de las interminables disputas entre las monarcas. Harrow sabía mejor que nadie lo alto que podía llegar a ser el precio de la guerra.

—¡Volved por donde habéis venido! —gritó otro hombre, golpeando con fuerza los barrotes para enfatizar sus palabras.

—¿Adónde quieres que vayamos? —le respondió Malaikah, fiel a su proverbial valentía. Mostró sus afilados colmillos blancos—. ¡Venimos de aquí, igual que vosotros! —Luego se volvió hacia su amiga y añadió—: No me lo creo. ¿Sirvientes de las reinas? ¿Qué clase de lógica es esa? Por si estos necios no se han dado cuenta, a las reinas ya no les importamos un demonio.

Siguiendo su intuición, Harrow la agarró de la mano y tiró de ella hacia atrás para esconderse detrás del vagón de carga.

—Esta gente no usa la lógica, Mal. No intentes razonar con ellos. Solo los enfurecerás más.

—Oh, creo que ya están bastante furiosos.

Como para reafirmar su argumento, una descarga de piedras voló sobre las puertas, acompañada de más insultos. Mientras tanto, seguía oyéndose el ruido metálico del hacha golpear la cadena.

—Maldita sea. —Malaikah echó una ojeada por encima del vagón y señaló—: Mira. Oli está atrapado en la taquilla.

Harrow se inclinó y miró hacia donde indicaba su dedo. Tardó un momento en ver al híbrido de zorro escondido en un rincón de la estructura a medio terminar; un destello de su lustroso pelaje rojo era apenas visible a través de la ventana.

—Por la Diosa, ¿qué hace ahí? —siseó Mal—. ¿Por qué no huye?

La taquilla estaba pegada a la reja, a poca distancia de los humanos si lograban atravesar los barrotes. Sin embargo, se encontraba en el terreno del circo y la puerta abierta daba la espalda a la multitud, lo que significaba que Oli podía escapar si se movía con rapidez.

—Están tirando piedras. —Harrow se agachó justo cuando una apareció volando sobre el vagón. Desde luego, a ella no le apetecería nada salir corriendo de un escondite seguro bajo la línea de fuego de una turba enfurecida.

—Es un zorro —repuso su amiga—. Es más rápido que todos ellos juntos.

—Tal vez tenga demasiado miedo para correr.

De todos los elementales, los híbridos eran los más fuertes físicamente, pero Oli no era aguerrido, por lo que parecía factible que tan solo estuviera paralizado por el miedo.

—¡Oli está ahí adentro! —gritó alguien, y Harrow miró hacia atrás. En la parte posterior de otro vagón, varios trabajadores del circo se habían reunido para contemplar el espectáculo.

—¡Oli, corre! —lo animó otro.

—¡Callaos! —siseó Mal, pero, por desgracia, la advertencia llegó demasiado tarde. Algunos de los humanos oyeron los gritos y se dieron cuenta de la ubicación de su compañero atrapado. Metieron las armas a través de los barrotes para golpear los lados de la taquilla. Otros lanzaron más piedras. Oli palideció y se aplastó contra la pared como si intentara desaparecer.

Mientras Harrow observaba, el agua surgió de repente en su interior, turbulenta e insistente.

—Mal —musitó, luchando contra el repentino despertar de su magia en respuesta a la amenaza—. Tenemos que sacar a Oli de ahí ahora mismo.

Cerró los ojos y tomó aire, deseando que el agua se calmara. Oli necesitaba ayuda, pero no podía permitirse liberar su poder, no allí, en medio del circo, frente a una horda de humanos.

Recuperando un poco el control, abrió los ojos de nuevo y se preparó para correr hacia el tumulto. Quizá no pudiera usar sus habilidades, pero eso no significaba que no fuera a ayudar.

Entonces notó el espacio vacío a su lado, donde antes había estado Mal.

Levantó la vista justo a tiempo para ver que una sombra se acercaba a la puerta de la taquilla. Un segundo después, Malaikah apareció en el interior de la construcción.

Harrow se inclinó por un costado del vagón para ver mejor, aferrándose a la madera. Observó con la respiración contenida cómo su amiga hablaba con Oli, tranquilizándolo, a la vez que clavaba sus garras en cualquier arma que se les acercara demasiado.

El agua surgió de nuevo en su interior, y esta vez Harrow decidió obedecerla.

—¡Corre, Mal! —gritó.

Malaikah miró hacia atrás a través de la ventana.

—¡Corre, ahora!

Su amiga agarró a Oli de la mano y ambos empezaron a moverse por fin. En ese mismo momento alguien lanzó una antorcha que atravesó el aire y cayó por el techo abierto de la estructura. Apenas habían cruzado la puerta cuando la tea impactó en el suelo, derramando fuego y combustible. De inmediato, la madera vieja y seca echó a arder. Cuando Oli y Malaikah llegaron al lado de Harrow, la taquilla ya estaba envuelta en llamas.

Se tiraron al suelo, con la espalda contra las ruedas del vagón de carga.

—Casi no lo contamos —jadeó Malaikah, pero parecía eufórica; sus ojos ámbar brillaban con la emoción de la batalla. En cambio, el pobre Oli seguía conmocionado.

En ese momento llegó Salizar.

—Gracias a la dulce Diosa madre —susurró el híbrido de zorro, apretándose las mejillas con las palmas de las manos.

El intimidante director del circo se acercó a las puertas con su silueta impresionante. Alto y portentoso, sostenía en alto su bastón encantado mientras su largo abrigo ondeaba detrás de él. A medida que avanzaba hacia la multitud a rápidas zancadas, los furiosos humanos parecían perder parte de su audacia.

Claramente a Salizar le precedía su reputación, lo que no resultaba una sorpresa para nadie. Era casi tan tenebrosamente famoso como su circo.

Cuando llegó a las puertas, no se molestó en dirigirse a nadie. En su lugar, levantó el bastón y apuntó hacia los barrotes de hierro.

Unos rayos plateados salieron de la punta del arma hacia el metal, bajaron por los travesaños que unían los barrotes y salieron disparados hacia arriba. La corriente alcanzó a quienes los estaban tocando, y se oyeron gritos mientras la multitud retrocedía.

Como última advertencia, Salizar volvió a disparar, pero esta vez apuntó al hombre del hacha que había intentado romper la cadena. Un rayo recorrió su cuerpo; el humano cayó como una piedra. Ni siquiera tuvo tiempo de gritar.

Una vez recibido el mensaje, la multitud al completo cesó en su ímpetu. Bajaron las armas y sus estridentes gritos se desvanecieron hasta que el único sonido que quedó fue el crepitar de la madera quemada. El director del circo dio entonces un paso atrás, desafiando a la muchedumbre a acercarse, y se produjo una tensa pausa mientras los humanos debatían si atacar o no de nuevo.

Al final, por supuesto, se rindieron, gritando amenazas e insultos mientras huían para apaciguar su orgullo herido. El hombre del hacha, inconsciente, tuvo que ser arrastrado por el resto del grupo, con los brazos y las piernas suspendidos mientras su torso colgaba como un saco de harina.

Salizar dio la espalda a los humanos que se alejaban y se acercó a los miembros de su circo.

—Ha sido increíble, señor —susurró Oli, aún desplomado contra una de las ruedas del vagón y con aspecto de estar completamente agotado.

El maestro de ceremonias los miró a él y a Malaikah.

—¿Estáis bien?

—Sí —dijo Mal, sonriendo. Volvía a hallarse de pie, como si estuviera considerando perseguir a sus agresores en fuga—. En especial después de ver a esos humanos dispersarse como pollos asustados.

Salizar se dirigió luego a los demás.

—Empezad a recoger. Nos vamos. Decídselo a todos.

Hubo un momento de silencio atónito en el que las sonrisas victoriosas se desvanecieron.

—Pero, señor —intervino Oli—, acabamos de llegar.

—Y ya nos vamos —replicó Salizar—. Me niego a actuar en una ciudad que no se ha molestado en asegurarse de que tuviéramos una bienvenida segura después de invitarnos, y no me arriesgaré a que uno de esos humanos sea una amenaza durante uno de los espectáculos. Así que recoged. Nos vamos a Allegra mañana a primera hora.

Tras este pronunciamiento, partió por el carril central, dejando la taquilla todavía ardiendo a sus espaldas. A su paso siguieron gemidos y murmullos de incredulidad, pero nadie protestó su decisión.

Harrow casi no podía creerse que estuvieran a punto de dar media vuelta y marcharse después de haber viajado semanas para llegar hasta allí, pero también sabía que Salizar se tomaba muy en serio la seguridad del circo. Además, lo cierto era que se alegraba, pues, siendo sincera, odiaba la idea de que Malaikah corriera peligro en las funciones. ¿Y si alguien le arrojaba algo mientras se balanceaba en el trapecio? Una caída desde aquella altura podía conllevar lesiones graves o incluso la muerte.

Pronto los demás se dispersaron para cumplir las órdenes, deshaciendo el trabajo recién empezado, mientras que un par de personas se quedaron para apagar el fuego de la taquilla. Malaikah se ofreció a acompañar a Harrow hasta su caravana, y ella agradeció la compañía, pues seguía sintiéndose inquieta.

—Es asombroso cómo lo haces —le dijo su amiga mientras caminaban, procurando mantener la voz baja—. Creo que nunca me acostumbraré. Dijiste que viste fuego en tu visión, y que sentías que había alguien que necesitaba tu ayuda. Bueno, obviamente era Oli. Si no hubiéramos aparecido cuando lo hicimos... Me estremezco al pensar lo que podría haber pasado.

Se detuvieron frente a la caravana de Harrow. Ella forzó una sonrisa.

—Fue una suerte, eso seguro.

—La fortuna no tuvo nada que ver, y lo sabes —le espetó Mal, dándole un suave codazo.

Sí, lo sabía. Pero por alguna razón no compartía la sensación de alivio de Malaikah.

Se despidieron prometiendo verse en la próxima comida; en cuanto su amiga se dio media vuelta, Harrow se escabulló por la entrada de su puesto de adivinación. Un toldo se extendía en la parte trasera de la caravana, sobre la estrecha puerta, y de los bordes colgaban telas con estampados brillantes que hacían de paredes.

Sin embargo, el resto del puesto aún estaba por montarse. Al menos así no tendría que recoger mucho. Cruzó el espacio vacío y entró directamente en la caravana para, a continuación, cerrar la puerta y apoyarse en ella.

Cerró los ojos, respiró hondo y liberó por fin la energía que había estado conteniendo.

Un campo de fuerza invisible brotó como un latido hacia el exterior, haciendo vibrar los objetos de su pequeña casa y condensándose en las paredes y ventanas. Ahí, en secreto, podía entregarse al agua. Fuera no. No delante de todos.

Cuando pasó la ola, abrió los ojos y miró a su alrededor. El farol de la noche anterior estaba encima de la mesa. La visión de la mecha ennegrecida y muerta le produjo otro extraño escalofrío.

Malaikah tenía razón, se dijo. El fuego de la taquilla coincidía con el que había visto mientras predecía el futuro. Y la extraña sombra... Bueno, Mal moviéndose con la rapidez de una pantera podía hacer pensar en una.

«Pero en tu visión la sombra era fluida —susurró su mente—. No era una forma sólida.»

Sacudió la cabeza, negándose a escuchar las dudas. Oli sí había necesitado su ayuda. Si no hubieran estado ahí, podría haber resultado gravemente herido. La conexión resultaba obvia.

Era pleno día, pero solo se colaban unos pocos rayos de luz por las rendijas de las cortinas. De repente, la oscuridad la inquietó: en las tinieblas acechaba lo desconocido. La oscuridad era el nacimiento de cambios inoportunos.

Se agachó y buscó en el suelo el lugar donde la noche anterior se le había caído la caja de cerillas. La encontró debajo de la mesa, la recogió, prendió una cerilla y volvió a encender el farol.

Se quedó de pie junto a la mesa, observando la diminuta llama parpadeante. Emitía un reconfortante resplandor anaranjado que le proporcionó cierto alivio. Una luz en medio de la oscuridad.

Habían sorteado el peligro. Habían rescatado a alguien necesitado, Salizar había ahuyentado a la turba y ahora abandonaban Beirstad. Entonces ¿por qué seguía teniendo la misma sensación de terror? ¿Por qué seguía con el corazón estremecido y la sangre helada?

¿Por qué sentía aún que una sombra se cernía sobre ella?

2

El sol se deslizó bajo sus párpados mientras se desprendía poco a poco de la inconsciencia. Su instinto le decía que agudizara la vista, que observara el entorno, que buscara amenazas. Solo consiguió mover los ojos debajo de la pesadez del sueño.

El dolor lo tomó por sorpresa mientras recuperaba poco a poco la percepción de su cuerpo. Le dolía todo.

Finalmente abrió los ojos, pero los cerró de inmediato cuando el sol lo abrasó. Lo intentó de nuevo, entrecerrando los párpados bajo la intensa luz, y vio azul. Un cielo despejado, sin una nube a la vista.

Luchando contra una intensa debilidad, giró la cabeza a un costado. A su lado, el suelo estaba agrietado y polvoriento, una costra impenetrable y endurecida. A unos metros, un arbusto solitario luchaba por sobrevivir.

El lejano chillido de un pájaro le hizo volver la vista al cielo. Los buitres volaban en círculos, esperando que su presa estuviera lo bastante débil para abalanzarse sobre ella y consumirla mientras su carne aún estuviera fresca. Se preguntó qué desgraciada criatura estaría varada por ahí esperando la muerte.

Entonces se dio cuenta de que la desgraciada criatura era él.

No tenía intención de convertirse en comida para buitres, pero cuando intentó moverse, la tarea le resultó insoportablemente difícil. Sin embargo, tenía que lograrlo. Después de todo lo que había soportado, de ninguna manera iba a quedarse allí indefenso para rendirse a la muerte...

¿Después de todo lo que había soportado...?

¿Qué había soportado?

Lo invadió una oleada de fría comprensión. Luchar por abrir los ojos bajo el sol abrasador con el cuerpo demasiado débil para moverse era el único recuerdo que tenía. De cualquier cosa.

Ni siquiera sabía cuál era su propio nombre.

El peso de la carne le suponía un concepto extraño por completo, de eso estaba seguro. El cielo azul, la tierra resquebrajada, los pájaros sobre él..., todo eso sí le resultaba familiar. Pero aquella extenuación debilitante, aquella sensación de estar atado a un saco marchito de piel y huesos...

Era algo totalmente distinto.

Evidentemente, quienquiera que hubiera sido debía de corresponderse con alguien que no se rendía con facilidad, porque, a pesar de lo desesperado de su situación, se obligó a girarse. Empujándose con las manos pese a su total ausencia de fuerza, levantó el torso.

A la izquierda no había más que un desierto estéril hasta donde alcanzaba la vista. A la derecha, un imponente acantilado se alzaba orgulloso hacia el cielo. En la base crecían unos míseros arbustos y hierbajos.

En la base... había sombra.

Concentrado en su nuevo objetivo, empezó a arrastrar su pesado cuerpo por el polvo ardiente hacia aquel pequeño refugio. Entonces se dio cuenta de que estaba desnudo. Por supuesto que lo estaba. La conciencia de su desnudez, el deseo de cubrirse la piel desnuda... Eran más sensaciones que se le antojaban ajenas.

Qué humillante.

Una fría ira surgió en su interior, el impulso de aniquilar al enemigo invisible que lo había puesto en aquella situación. Lo sofocó, decidido a centrarse por ahora en el objetivo más inmediato: sobrevivir. Se estiró hacia el frente, clavando las garras en la tierra agrietada, arrastrándose centímetro a centímetro hasta que finalmente llegó a su destino.

Protegido por fin del sol, se desplomó exhausto. Maldijo su extraña prisión de carne y su debilidad. Alguna vez había sido poderoso. Invencible. Ahora no era nada. Ahora solo podía quedarse ahí y desear no sentir cuando los buitres empezaran a comérselo.

Con ese último deseo aciago, se abandonó hacia el olvido.

En las profundidades del Territorio del Sur, la tierra de la reina del fuego, un humano llamado Cragar encabezaba a un pequeño séquito a través del desierto abrasador.

Tres jinetes sobre caballos cansados cabalgaban en formación alrededor de un carro de cuatro ruedas tirado por un camello. Su travesía de dos días a la aldea más cercana había sido fructífera e iban cargados de provisiones para sus próximos viajes. La piel de sus rostros se había bronceado hasta adquirir un tono moreno oscuro después de unos días expuestos al sol; la de todos excepto la de Anzo, que estaba rojo y se despellejaba por mucho que se cubriera.

Todos tenían sed, incluso el camello; a pesar de ello, Cragar no había dejado de azuzar a sus hombres. Sabía que estaban cerca del campamento y, de todos modos, no había agua en derredor.

El sol se hundía ahora en el horizonte, la bola naranja estaba cerca de desaparecer. Una vez que lo hiciera, la temperatura descendería casi hasta el punto de congelación, y la falta de agua no sería la única preocupación para su supervivencia. En el cielo cada vez más oscuro, los buitres volaban en círculos; sus gritos eran el único sonido en el desolador silencio.

Más adelante, un oscuro acantilado se alzaba sobre la tierra llana. Solo había un camino para llegar a la cima: un estrecho sendero diagonal que atravesaba la pared. Cragar guiaría por él a sus hombres en el último esfuerzo hacia el campamento. Si todo salía bien, esperaba llegar al anochecer.

Sin embargo, mientras se acercaban a la base del acantilado, sus ojos percibieron un objeto oscuro en la distancia que parecía incongruente con el paisaje. Vio cómo un buitre se abalanzaba sobre él antes de volver con brusquedad al cielo. Otro lo siguió.

Se lo señaló a sus hombres, quienes desviaron el rumbo y se dirigieron hacia ahí para investigar. A medida que se acercaban, la confusión general se transformó en desconcierto e incluso inquietud.

La forma era vagamente humana. Piernas largas,

brazos extendidos. Pero su aspecto resultaba... extraño. Como una sombra, pero sin solidez ni tono. Era oscuridad sin profundidad, un vacío que absorbía la luz como una esponja. Cuanto más intentaban enfocar la mirada en ella, más se les enturbiaba la vista.

—¿Está muerto? —preguntó uno de los hombres mientras detenían los caballos a una distancia prudencial.

—De no ser así, lo estará pronto —respondió otro—. De lo contrario, los buitres no estarían acechándolo.

Cragar desmontó y se dirigió con cautela hacia la extraña figura. Al acercarse vio que se trataba de un humanoide macho. No cabía duda, porque estaba casi desnudo.

Se encontraba acostado de lado, con un brazo abajo y el otro estirado hacia delante, con las largas piernas desparramadas. El brillante pelo negro se extendía alrededor de su cabeza, ocultándole el rostro. Su cuerpo poseía la robustez de un guerrero, aunque era imposible distinguir ningún detalle en su piel debido a su extraña falta de luz. Mirarlo era como asomarse a un abismo.

Cragar se acercó a la figura, alzó el pie calzado con sandalias y la pateó ligeramente en el hombro. El ser de sombra no se movió. Cragar volvió a golpearlo, esta vez lo bastante fuerte como para tirarlo de espaldas.

La criatura gimió con suavidad.

Cragar saltó hacia atrás.

—¡Por la Diosa, está vivo!

—¿Qué clase de hombre es este? Parece un demonio de las lúgubres sombras.

—No tengo ni idea —respondió él—, pero no sé si lo llamaría un hombre.

Solo un elemental podía detentar unas características tan antinaturales, aunque nunca había oído hablar de ninguno de su especie con una piel que pareciera hasta aquel punto de otro mundo. Aunque también era cierto que nunca le había interesado saber mucho sobre las abominaciones mágicas de las reinas.

Para él, la existencia sería un lugar mejor si los elementales y sus viles monarcas desaparecieran. Lo único para lo que le servían aquellos seres era para conseguir oro cuando los vendía como esclavos.

—¿Quizá sea un híbrido? —aventuró otro de sus hombres, sin dejar de mirar a la monstruosa criatura desparramada sobre la arena.

—No tiene características animales —señaló otro.

—Bueno, tiene garras. Mira.

Se hizo un silencio mientras estudiaban el extraño descubrimiento.

Y entonces Cragar habló:

—Sea lo que sea, nos darán una buena suma por él.

Las miradas sobre la figura desnuda se encendieron con repentina avaricia.

—Llevémonoslo.

Con cautela, los tres hombres se acercaron a él. Lo agarraron por los brazos y las piernas y levantaron su considerable peso del suelo, arrastrando los pies torpemente hacia el carro.

A mitad de camino, la criatura se despertó.

Delirante y debilitado por la terrible experiencia que lo había dejado varado en el desierto, el ser no era capaz de atacar con la eficacia con que podría haberlo hecho en otras circunstancias. Se limitó a revolverse contra los hombres que lo sujetaban y a lanzar zarpazos con un ominoso gruñido retumbando en el pecho. Por reflejo, lo soltaron y saltaron hacia atrás, y la criatura cayó al suelo.

Abrió los ojos de golpe.

Los hombres ahogaron un grito.

—Por la Diosa, ¿qué es esta bestia?

La criatura gruñó y, aunque parecía al borde de la inconsciencia, empezó a incorporarse lentamente. Con esfuerzo, se puso de pie ante ellos, estirándose hasta alcanzar su máxima altura, balanceándose sobre los pies. Parpadeó con fuerza, mostrando unos ojos antinaturales: dos pozos de oscuridad con guirnaldas de llamas en el centro. Flexionó las garras y se hincó en una inestable posición de ataque.

Y entonces brotaron de su espalda dos enormes alas coriáceas.

Los hombres retrocedieron tambaleándose y uno cayó al suelo. Aquellas alas habían aparecido de la nada. No había habido rastro de ellas unos momentos antes.

El ser gruñó, frunciendo la boca y mostrando unos relucientes colmillos blancos. Era la encarnación del miedo. Una sombra viviente de la muerte.

—Traed las cadenas —ordenó Cragar, enfrentándose a la criatura. No le importaba lo que fuera: la miraba y veía llover oro.

No se podía prosperar en un negocio como el suyo sin tener un agudo sentido de lo que se vendería bien. De hecho, ya estaba pensando en un comprador en particular que estaría interesado en un espécimen como aquel.

Había un hombre de especie indeterminada —algunos decían que era humano; otros, que un encantador— que viajaba por los territorios con su compañía de elementales cobrando una tarifa considerable por exhibirlos ante clientes curiosos.

¿Cuánto podría valer esta criatura de sombra para un hombre así? Seguramente una fortuna.

—Traed las cadenas —repitió Cragar— y atadlo bien. Lo llevaremos a Allegra y se lo venderemos al coleccionista de demonios.

La criatura se resistió a la captura con todas sus fuerzas, como solían hacer los seres salvajes. Los hombres sufrieron varias laceraciones que requerirían el uso de valiosos suministros médicos. Pero, al final, la debilidad de la bestia no fue rival para tres humanos motivados por la perspectiva de riqueza. Un golpe en la sien acabó con él; entonces le ataron muñecas y tobillos.

Lo cargaron en la parte trasera del carro y volvieron a dirigirse hacia el campamento. A la mañana siguiente hicieron las maletas y emprendieron el polvoriento camino hacia Allegra, en el Territorio Central.

Tenían negocios que hacer.

La mujer humana echó una mirada nerviosa por encima del hombro mientras entraba en la caravana de Harrow. Siempre se repetía aquella escena: nadie quería ser visto visitando a una falsa psíquica, pero el atractivo de conocer lo desconocido era demasiado grande como para evitarlo.

Sentada pulcramente en la silla segundos antes vacía, la mujer se alisó la falda y abrió los ojos de par en par al contemplar el aspecto de su adivina. Harrow estaba acostumbrada a aquel tipo de reacciones.

Aquel día llevaba una camisa roja con una bata de seda estampada encima, las mangas sueltas y la parte inferior decorada con borlas. Los pesados pendientes de lágrima y la diadema de raso que ocultaba sus orejas puntiagudas contrastaban con su espesa cabellera negra. Dentro del vestido, entre sus pechos, un medallón colgaba de una delicada cadena.

La ropa la ayudaba a interpretar el papel, lo que se debía sobre todo a que así era como vestían tradicionalmente las videntes de antaño. El medallón era su posesión más preciada: había sido de su madre, lo único que Harrow tenía de ella. Dentro había un pequeño fragmento de cristal, la última pieza que quedaba de las piedras de adivinación de su progenitora.

En cuanto a aquella clienta, era casi lo opuesto a Harrow en todos los sentidos. De piel pálida, humana, adinerada, tal vez la esposa de un próspero comerciante. Allegra estaba justo en medio del Territorio Central, el dominio de la reina del éter, lo que la convertía en el punto comercial ideal, pues en él convergían los cinco territorios.

—¿Cuánto cuesta una lectura?

—Diez piezas. —Era el precio más alto que Harrow había pedido nunca, pero la ropa de la mujer le decía que podía permitírselo.

La clienta se resistió por un momento, pero luego alcanzó el bolsillo de su vestido y depositó diez monedas de oro sobre la mesa.

—Déjame ver tus manos, por favor.

La mujer extendió las manos y Harrow las agarró, girándolas para que las palmas quedaran hacia arriba. Las estudió, suaves y sin arrugas, sintiendo la crecida del agua con cada respiración.

—¿Cómo te llamas?

—Rosemary.

Harrow cerró los ojos y repitió mentalmente el nombre de la mujer mientras su poder aumentaba y corría por su sangre.

De la nada, una inesperada oleada de oscuridad la acometió como una inundación, y su conciencia desapareció. Su mente se llenó entonces de imágenes y sonidos. Vio un círculo de caravanas en el claro de un bosque. Un grupo de mujeres reunidas alrededor de una hoguera. Una sombra que atravesaba la luna llena.

Y después vio fuego y oyó gritos. Gritos familiares.

Harrow apartó las manos de las de Rosemary y abrió los ojos. La visión se desvaneció al contemplar el rostro preocupado de la clienta. El corazón le latía con fuerza, las manos le temblaban, pero intentó no delatar lo nerviosa que se sentía.

—¿Todo bien? —le preguntó Rosemary.

Acababa de ver recuerdos a los que nunca antes había podido acceder. De todos los momentos para que su mente se abriera, ¿por qué ahora? Esa sombra en la luna... Había visto lo mismo en el cuenco de adivinación un mes antes, sin darse cuenta entonces de que era un recuerdo. Pero ¿qué era exactamente?

Claro que había oído las historias de los legendarios asesinos incorpóreos de la reina del fuego, pero siempre había pensado que eran solo rumores. Todo el mundo lo creía. Ayudaba el hecho de que nadie se ponía de acuerdo sobre su aspecto ni su poder. ¿Eran guerreros fantasmales y sin forma? ¿Seres capaces de matar con un solo toque? Resultaba demasiado fantástico para ser real. El genocidio de su pueblo ya suponía de por sí una tragedia bastante terrible sin necesidad de señalar como responsables a unos enemigos invisibles e invencibles.

Pero, entonces, ¿qué había ocurrido en realidad aquella noche?

Rosemary había empezado a mirar hacia la salida como si estuviera considerando huir. Tal vez creyera que la repentina tensión de la adivina estuviera relacionada con su lectura.

—Sí, todo bien. —Harrow sacudió bruscamente la cabeza—. Mis disculpas. Continuemos.

Con cierta vacilación, Rosemary le dirigió un leve asentimiento.

Harrow volvió a cerrar los ojos. Casi desconfiaba de volver a sumergirse por completo en su poder, pero, por suerte, esta vez nada inusual salió de la oscuridad.

Cuando estuvo preparada, tomó sus cartas de vidente y las barajó. Los métodos que utilizaban los adivinos humanos solían imitar a los de las videntes, así que era libre de usar esos métodos sin temor a revelarse.

Para una lectura, se repartían seis cartas de la baraja de veinticuatro. Cada una era un tipo de agua diferente con un significado variable, dependiendo de cómo se sacara.

—Lluvia. Cascada. Nieve. Primavera. Ola. Río —leyó mientras colocaba cada carta, tomándose su tiempo para escuchar lo que el agua le decía—. Ola y río son cartas poderosas, y su colocación en última posición es reveladora.

—¿Reveladora en qué sentido?

Harrow estudió a su clienta y decidió cuánto revelar. Intentaba limitar el número de lecturas verdaderas que daba, ocultando detalles concretos para reducir la posibilidad de que descubrieran su identidad. Sin embargo, no podía mentir descaradamente. Ser deshonesta sobre lo que el agua le decía iba en contra de todo lo que era.

Pero siempre existía el riesgo de ser descubierta, y también tenía el deber de sobrevivir.

Rosemary era, no obstante, diferente a sus clientes habituales. El agua le había contado muchas cosas a Harrow, y ahora simpatizaba con la difícil situación de la mujer. Decidió lanzar la cautela al viento y contárselo todo.

—Estás embarazada.

Rosemary saltó de la silla, con los ojos redondos como platos.

—¿Qué?

—Estás embarazada, querida.

—¿Seguro?

—Sí.

Aquellos ojos como platos se llenaron de lágrimas.

—Son buenas noticias. —No era una pregunta: todo estaba en las cartas—. Llevas intentándolo mucho tiempo. Lo suficiente como para que temieras ser incapaz.

Con manos temblorosas, Rosemary enderezó su silla y se sentó pesadamente en ella una vez más.

—Sí.

—Tendrás un hijo.

—Por la Diosa. —Las lágrimas empezaron a caer.

—Pero debes tener cuidado. Hay varios futuros potenciales en los que podrías perder al niño.

La mujer se agarró al borde de la mesa con los nudillos blancos.

—¿Qué debo hacer? ¿Cómo puedo evitarlo?

Harrow dudó. Ahora era cuando su trabajo se complicaba. Ser portadora de buenas noticias siempre era agradable, pero lo contrario... no tanto.

—Llevas tratando de tener un hijo el tiempo suficiente como para que cierto malestar haya agitado tu matrimonio. Temías que tu marido te dejara si no podías darle hijos.

«Un problema tan humano...», pensó Harrow, distante. Los elementales jamás basarían sus motivaciones románticas en el deseo de tener un heredero: una pareja podía estar junta toda su milenaria vida sin concebir jamás.

Hacía mucho tiempo la madre de Harrow le había contado que, como los elementales vivían mucho más que los humanos, para mantener el equilibrio la Diosa no los había bendecido con el mismo índice de fertilidad. Harrow había sido la primera elemental del agua que había nacido en un siglo, y su clan siempre le había dicho que era un don.

Ahora ella era la única que quedaba. Ya no lo sentía como un don.

—Sí, es verdad —dijo Rosemary.

—Descubrirás algo sobre tu marido que te disgustará enormemente. Aunque tienes todo el derecho a enfadarte, no debes caer presa de emociones oscuras. Recuerda tu alegría por tu hijo nonato. Aférrate a tu paz por su bien.

—Mi hijo...

Los ojos de Rosemary seguían derramando lágrimas, pero también había en ellos una mirada dura que le decía a Harrow que ya tenía sospechas sobre lo que tramaba su marido.

—Gracias. —La mujer se levantó temblorosa de la silla. Inclinándose sobre la mesa, agarró con fuerza las manos de Harrow y las estrechó contra su pecho—. Muchísimas gracias. Nunca podré agradecértelo lo suficiente.

Tras dejar otras tres piezas de oro sobre la mesa, Rosemary se marchó. Harrow reorganizó sus cartas en una pila y ordenó el resto de su espacio de trabajo, tratando de recordar más detalles del recuerdo que había visto. Sin embargo, no le vino nada más a la memoria, y sabía que no debía forzarla. El agua le revelaría más cuando estuviera lista.

Además, no estaba del todo segura de querer aquellos recuerdos. Lo que descubriera no le traería más que pena y dolor.

Su caravana de adivinación estaba montada como siempre. Debajo de su tienda, el escritorio de la caravana se convertía en la mesa sobre la que hacía las lecturas. Sus clientes se sentaban en la única silla que tenía y ella, en un pequeño diván con patas con forma de garras. Cuando viajaba, cabía junto al ropero. Al igual que la de Malaikah, su casa portátil también tenía una pequeña estufa de leña con dos quemadores para cocinar.

El circo había acampado durante un mes en los terrenos de Allegra. La cena se servía en la carpa comedor al atardecer —que ya estaba por llegar— y la actuación principal empezaba al anochecer. Harrow intentaba ver el espectáculo de Mal todas las noches. Nunca se cansaba de verla dar volteretas en el aire mientras el público sofocaba gritos de asombro.

Agachándose afuera, giró el letrero que rezaba «LECTURA EN SESIÓN» y se dirigió hacia las hileras de coloridas caravanas. Más adelante, la carpa se asomaba bajo la luz mortecina, con las luces encantadas encendidas, que daban a la lona un suave resplandor.

El Increíble Circo de los Elementales de Salizar era un montaje muy elaborado. Nunca dejaba de sorprenderle la cantidad de cosas que conseguían meter en sus diminutos vagones y lo rápido que eran capaces de reconstruir aquel mundo de rarezas y maravillas extraordinarias.

Tal vez no fuera la vida que habría elegido para ella misma, pero con los años había aprendido a amar el caos del circo y se sentía agradecida de formar parte de él. ¿Y qué otra cosa se podía hacer en la vida aparte de estar agradecido?

En la carpa comedor, se llenó un plato y se sentó frente a Lenny, el lagarto contorsionista, y Claudia, la domadora del cielo, un híbrido de águila con un impresionante espectáculo aéreo. Todo el mundo estaba artísticamente vestido para la actuación principal de esa noche y en el ambiente flotaba el familiar murmullo previo al espectáculo.

Claudia y Lenny ya estaban conversando.

—¿Te enteraste de lo del humano del espectáculo de Lady Absenta anoche?

Los ojos reptilianos de Lenny se iluminaron con la emoción del cotilleo.

—¿Qué pasó?

—Un humano consiguió esconderse debajo del escenario hasta después del cierre, y luego la siguió hasta su caravana para declararle su amor eterno.

Lenny soltó una carcajada.

—A mí me dijo que se le cayeron las pezoneras en su acto final.

—¡Bueno, eso lo explica todo! Si yo hubiera estado allí, también me habría enamorado.

Se echaron a reír juntos mientras Harrow ponía los ojos en blanco y pegaba un bocado para ocultar su sonrisa.

Loren, el humano, se sentó a su lado y le sonrió con timidez.

—Hola, Harrow.

—Hola, Loren. —Le devolvió la sonrisa, pero en su fuero interno se puso tensa—. ¿Cómo estás?

Como era el único humano empleado en el circo (además de ella, según lo que sabían todos), a menudo se referían a él como «el humano». Harrow, agradecida de no haberse ganado un apodo similar, se sentía mal por él. Pero cada vez que hablaban era como si su vida de estabilidad se tambaleara ante sus ojos.

Harrow tenía diez años cuando entró en el circo. Habían pasado ya cinco décadas de aquello. Para un elemental, sesenta años era ser joven, no como les pasaba a los humanos, que a esa edad ya mostraban signos de envejecimiento. Loren se había unido a la compañía años después que ella y era unos veinte más joven, pero últimamente había empezado a parecer mayor.

La mayoría de los elementales del circo ignoraba gran parte del proceso de envejecimiento humano. Sin embargo, Harrow sabía que solo era cuestión de tiempo que Loren o alguien más se percatara de su juventud, tras lo que tendría que elegir entre revelar su secreto o abandonar su hogar para siempre.

Mientras, evitaba a Loren tanto como podía, lo que no siempre era fácil. Tenía la impresión de que él buscaba su compañía, tal vez creyendo que compartían cierta conexión por ser los dos únicos humanos en un circo de elementales.

—Bien —le respondió él con la boca llena—. He estado ocupado todo el día ayudando al director con la seguridad de la puerta principal. Después de lo que pasó en...

—Loren.

El humano se puso rígido y se giró.

Todos se volvieron al darse cuenta de que el director

en persona había entrado en la carpa. Además de su imponente estatura, Salizar tenía la piel aceitunada, el pelo oscuro y las mismas orejas puntiagudas que todos los elementales. En su caso, eran prueba de su sangre de encantador y de la magia del aire que poseía, pero siempre las mantenía ocultas bajo un sombrero de copa corto.

La teoría común era que fingía ser humano para tranquilizar a sus clientes, aunque, claro está, la ilusión solo llegaba hasta cierto punto. Después de su actuación en Beirstad, probablemente no habría nadie en aquella región que no supiera qué era.

Nunca iba a ninguna parte sin su formidable bastón encantado, al que Malaikah llamaba su «varita de bruja». Los empleados del circo estaban, en general, algo nerviosos desde que algunos de ellos habían visto el arma en acción el mes anterior. Oli había contado la historia una docena de veces, cada vez con más grandilocuencia.

Aun así, Salizar nunca había dado a sus empleados motivos para temerlo. Mantenía a salvo a quienes ponía bajo su protección, pero Harrow deseaba la bendición de la Diosa para cualquiera que lo hiciera enfurecer o que lo pusiera en su contra.

Loren se levantó de inmediato, poniéndose firme cuando el encantador se acercó a su mesa. Llevaba años siendo su ayudante personal.

—Señor.

Todos se quedaron mirando, la conversación se acalló. Era raro ver a su distante líder en las zonas comunes. Tendía a quedarse en su caravana o en su tienda privada, siempre instalada junto a la carpa principal. Aparecía en las actuaciones cuando era necesario y luego volvía a desaparecer, y nadie se atrevía a molestarlo.

—Voy a ir al mercado esta noche —le dijo—, justo después de la representación. Asigna a alguien tus funciones: quiero que vengas conmigo.

Loren se tensó visiblemente ante la solicitud.

—¿Solo nosotros dos, señor? ¿No deberíamos ir con alguien más?

—No. Ven a mi tienda después del espectáculo.

Sin esperar respuesta, Salizar giró sobre sus talones y se alejó a grandes zancadas.

Loren se había quedado pálido.

—¿Qué pasa? —le preguntó Harrow, con todos los sentidos alerta—. ¿Por qué vais a ir al mercado?

—No lo sé. —Era fácil ver que mentía—. Disculpa.

Antes de que ella pudiera decir otra palabra, él salió con rapidez en la misma dirección que había tomado Salizar, dejando tras de sí olvidado su plato de comida.

Lenny puso los ojos en blanco y lo agarró, añadiendo con descaro el contenido a su propio plato.

—Maldito Salizar. Siempre tan misterioso. —Lenny comprobó que el jefe estuviera fuera de su vista antes de seguir hablando—. Si yo pudiera hacer relámpagos como él, estaría todo el rato electrocutando gente a diestra y siniestra.

Claudia le robó el pan, que era de Loren, y le dio un mordisco.

—Si lo hicieras, provocarías que otra turba cayera sobre tu cabeza en cuestión de días. Sigo pensando que no fue prudente agitar tanto las cosas. Ahora nunca podremos volver a Beirstad.

Lenny bufó.

—Como si quisiéramos. Yo pienso mantenerme toda la vida lejos de cualquier lugar que nos reciba con antorchas y lanzas, muchas gracias.

La conversación continuó mientras se repartían las porciones de la comida abandonada, pero Harrow apenas prestó atención. Seguía mirando fijamente el lugar por donde se había ido Loren, sintiendo de nuevo la sensación de temor y agitación inminente.

Primero había tenido aquella extraña premonición y luego había visto destellos de sus recuerdos perdidos. ¿Por qué ahora? ¿Qué había cambiado?

No podía evitar tener la certeza de que lo que fuera que el agua le estaba advirtiendo aún no había sucedido. Y tampoco podía evitar preguntarse si la oscuridad que se avecinaba estaba relacionada de algún modo con los negocios de Salizar en el mercado.

3

Se pasó el mes siguiente en una jaula. El armazón de acero estaba construido sobre la base de un vagón de cuatro ruedas y era lo suficientemente alto para que pudiera estar de pie y lo bastante ancho para permitirle extender los brazos. En el suelo de madera había viejos arañazos de garras que habían intentado abrir una ruta de escape.

No era la primera vez que encerraban a alguien allí. Una jaula del tamaño de un hombre diseñada para facilitar el transporte solo podía significar una cosa: sus captores eran comerciantes de carne.

Al darse cuenta de ello, anheló sus muertes con más fuerza. Dedicó las horas a soñar con sus dolorosos asesinatos y a ingeniar formas creativas de llevarlos a cabo. Se le ocurrieron muchos escenarios, porque pasaron muchas horas.

Aplastaría los cráneos de los hombres que se burlaban de él contra los estrechos barrotes de la jaula metiendo sus cabezas a la fuerza entre ellos. O tal vez los empalaría con diversos objetos que había visto esparcidos por el campamento. A ese que disfrutaba azotando demasiado a los animales lo estrangularía con su propia arma.

El líder del grupo, un humano particularmente desagradable llamado Cragar, recibiría una muerte en especial espantosa. Tal vez le arrancaría las extremidades y lo vería desangrarse poco a poco en el polvo, suplicando que le perdonase la vida.

Las imágenes de rostros amoratados y cuerpos ensangrentados retorciéndose no lo perturbaban tanto como deberían, pero tampoco lograba encontrar en sí mismo forma de que le importara. Según estaba descubriendo de sí mismo, no tenía piedad para quienes no se la mostraban.

El primer día de viaje lo pasó achicharrándose bajo el sol inclemente, sin poder resguardarse bajo ninguna sombra. La tela hecha jirones que le habían dado como vestimenta no le proporcionó ningún alivio. Su vagón-jaula era tirado por un camello que escupía a cualquiera que se le acercara. Simpatizaba con la furiosa bestia, obligada a servir en contra de su voluntad.

Las horas pasaron, el sol subió en el cielo. No le dieron comida ni agua. A última hora de la tarde el efecto de las heridas, la deshidratación y la desnutrición empezaron a tener consecuencias. Con la mirada fija en el paisaje llano y sin vida, sucumbió lentamente al delirio.

Cayó inconsciente, esperando que la muerte se lo llevara, solo para despertar más tarde en la oscuridad, temblando de frío. La luz de la luna iluminaba el desierto ondulante y las cimas de las tiendas de los viajeros a poca distancia. Una hoguera crepitaba entre ellas, ofreciendo un calor acogedor que no llegaba hasta él.

Descubrió que le habían dejado un pequeño cuenco de avena maloliente dentro de su jaula, junto con otra jarra de agua. Para bien o para mal, su deseo de morir no era más fuerte que su voluntad de vivir, y consumió ambos con avidez.

A la mañana siguiente, tras desmontar las tiendas, los comerciantes arrojaron una de las grandes lonas sobre la jaula para resguardarla. Al parecer se habían dado cuenta de que su presa no valdría tanto si moría por insolación. Una pena, porque dicha presa perdió su única fuente de entretenimiento: ver a su compañero camello atravesar el árido paisaje.

Así transcurrió el resto del mes de viaje.

Durante el día solo veía el interior de la lona. Por la noche, cuando la retiraban, se acostaba bocarriba y miraba las estrellas, observando cómo la luna menguaba y volvía a crecer.

Ante la interminable monotonía y el agujero negro que era para él su pasado, su raciocinio empezó a deteriorarse. Poco a poco se convirtió en lo que los comerciantes pensaban que era: una criatura. Una criatura aterradora y salvaje.

No intentaba comunicarse: solo se agazapaba en la jaula y le gruñía a cualquiera que se acercara. Dejaba casi siempre las garras expuestas y los colmillos desnudos. Su mente se perdía en visiones de derramamientos de sangre.

Justo cuando su cordura empezaba a perderse irremediablemente, todo cambió. El día después de que la luna completara su siguiente ciclo, llegaron a su destino.

La criatura no lo vio, pues no podía ver nada más que el resplandor del sol en la parte interior de la lona.

Pero pudo olerlo. El aroma de las especias, el humo de innumerables hogueras y el hedor acre de cuerpos sucios asaltaron sus sensibles fosas nasales.

Después, también pudo oírlo. Los gritos de los regateadores, el chasquido de las jarras de cerveza, el tintineo de las monedas, los ladridos de los perros callejeros... Todo se mezclaba en una cacofonía que inducía a la locura, especialmente insoportable tras semanas en el penetrante silencio del desierto.

Por fin habían llegado al mercado donde iba a ser vendido, aunque hubiera preferido la muerte a aquel destino. ¿Qué podía hacer ahora?

«Espera —se dijo a sí mismo—. Observa y espera. Aprovecha tu oportunidad cuando llegue. Mata a cualquiera que se interponga en tu camino.»

Aquella pizca de determinación era lo último que le quedaba de cordura, y se aferró a ella con desesperación.

—Es la verdad, era inquietante. Mirarlo era como mirar al vacío. —Cragar lanzó una mirada de asco hacia la jaula—. Este truco es nuevo.

La criatura en cuestión se había enterado de que era valiosa para los comerciantes por su aspecto, supuestamente extraño. Así que, en el único acto de rebeldía del que era capaz, lo había alterado, descubriendo de esta forma una nueva habilidad.

Molesto por la atención que estaba recibiendo, había imaginado por un momento parecerse más a los demás.

Y entonces su tono de piel había cambiado.

De repente se había teñido de un moreno dorado, similar al de algunos de sus captores. No tenía ni idea de cómo lo había hecho, pero supuso que no era más que otro rasgo que lo marcaba como una rareza innombrable.

Lo hicieron sufrir mucho por este desafío: habían intentado convencerlo de que volviera a ser como antes con una paliza salvaje. No obstante, al parecer era una criatura testaruda, además de resistente.

Y ver a sus captores retorcerse de ira hacía que cada segundo de dolor valiera la pena.

—No sé cómo lo ha hecho. Parpadeamos y, de repente, ya estaba así.

El comprador frunció la boca. De pie, a una altura imponente, irradiaba un aura inconfundible de poder y autoridad. Sostenía un bastón con una pequeña esfera en el extremo, rematada por una larga púa, y en su mirada azul brillante resplandecía un destello de aversión, como si considerara la mera existencia de la criatura una mancha en su mundo.

Bueno, los dos podían jugar al mismo juego. Si bien la bestia odiaba a sus captores originales, a los pocos segundos de encontrarse con aquella mirada hostil odiaba aún más a su futuro dueño.

—¿No tienes ni idea de qué es? —preguntó el hombre alto.

—Bueno, después de su pequeña proeza, creemos que es un híbrido de camaleón, señor.

—Un híbrido de camaleón. —Parecía estar disfrutando la conversación, casi como si supiera algo que los comerciantes de carne ignoraban—. Entonces ¿qué me dices de las alas?

—¿Quizá sea algún tipo de híbrido de camaleón volador?

—Volador... ¿Como un pájaro?

—Más bien como un murciélago. Una mezcla o algo así. Un híbrido de murciélago y camaleón.

El hombre alto alzó mucho las cejas oscuras.

—Un híbrido de híbrido.

—Debe de ser, señor.

—Ya veo. Bueno, ahora ni tiene alas ni su piel cambia de color. ¿Por qué debería creerte? —Pero era obvio, por la luz de sus ojos, que sí lo creía, es decir, que solo estaba siguiéndole el juego como parte del regateo.

Cragar obviamente lo había previsto.

—Cuando esté inconsciente, volverá a ser negro. Lo descubrí antes. Puedo noquearlo si quiere, pero supuse que querría verlo despierto primero.

—¿Y las alas? ¿Cómo puedes probar su existencia?

De nuevo, el comerciante estaba preparado.

—Si le picamos la espalda en el punto justo, las saca. Aparecen de la nada.

—No me digas...

La voz del hombre alto parecía indiferente, pero sus ojos lo traicionaron de nuevo. Observaba a la criatura con la misma fría aversión y... ¿admiración? Como si ya supiera qué clase de bestia tenía enfrente.

—Y mire sus ojos. Ningún bruto elemental que haya visto nunca tiene los ojos así. Es peligroso. Letal. —Parecía ser una ventaja para la venta en lugar de un obstáculo—. No ha guardado esas garras ni una vez desde que lo metimos en la jaula. Casi mata a dos de mis hombres con ellas.

La criatura deseó de nuevo tener fuerza para masacrarlos a todos. Deseó liberarse de aquella prisión en ese mismo instante y matarlos uno a uno con sus propias manos. Los despedazaría con los dientes, se bañaría en su sangre.

—Lo hemos estado infralimentando para mantenerlo débil. Me dan escalofríos al pensar de lo que sería capaz con toda su fuerza. Dudo que esta jaula lo contuviera, para empezar.

—Yo tengo formas de contenerlo. ¡Loren!

Otro hombre entró en la tienda, de piel pálida y cabello del color de la paja. Se paró en seco al ver a la criatura, abriendo los ojos de par en par.

—Prepara el caballo. Nos llevamos la jaula al circo.

—En realidad, señor —intervino Cragar—, la jaula no está inclu...

—Ahora, Loren.

—Sí, sí, señor.

El hombre rubio se escabulló de nuevo fuera de la tienda.

—No puede llevarse la jaula. La necesitamos.

—Ya no.

—Pero...

—Te pagaré tres cuartas partes de lo que pides si de verdad resulta que tiene alas.

El comerciante se puso alerta al oír hablar de dinero.

—Páguelo todo y le demostraré que su piel también cambia de color.

—Ah, pero se defiende con ferocidad cuando lo atacan, ¿no? ¿Para qué correr ese riesgo? Tres cuartas partes del precio que pides, y solo tengo que picarlo en la espalda, según has afirmado.

—Hay que darle fuerte o solo se sacude el golpe. Acercarse a él es peligroso.

—Por suerte para ti, he venido preparado. —El hombre blandió su bastón con una fría sonrisa.

Cragar pareció fijarse en la vara por primera vez. Dio un paso atrás, con los ojos muy abiertos.

—No puede ser... Es usted uno de ellos.

—Así es, soy uno de esos «brutos» elementales. —Su voz era fría; su sonrisa, más aún. El humano tragó saliva visiblemente—. Veamos si puedo hacer que nuestro amigo muestre sus alas.

Cragar agitó una mano temblorosa hacia la jaula.

—Adelante.

Empuñando el bastón, el hombre alto se acercó a la bestia. El odio brillaba en sus ojos azules. La criatura no estaba acostumbrada a hacer amigos, pero al sostenerle la mirada se preguntó qué habría hecho para inspirar tal aversión. Ni siquiera los comerciantes lo miraban así, sino más bien con leve repulsión.

Pero el odio de aquel hombre era profundo. Personal.

Fuera lo que fuera, no se acobardó. Le gruñó a aquel semblante orgulloso, preparándose para luchar.

Entonces él introdujo el bastón en la jaula.

Más rápido de lo esperado, la mano de la criatura salió disparada y lo agarró con puño de hierro. Intentó partirlo por la mitad, pero subestimó el poder del arma. En vez de lograr romperlo, lo que parecieron mil rayos atravesaron su cuerpo, lanzándolo contra los barrotes. Cayó sobre el estómago, aturdido, aunque solo unos segundos.

Al hombre alto no le hizo falta nada más.

El bastón entró de nuevo en la jaula, hacia su espalda. En cuanto lo oyó cortar el aire, la criatura intentó darse la vuelta, pero no fue lo bastante rápido. El rayo lo atravesó, justo entre los omoplatos, y por reflejo sacó las alas. Las extensiones coriáceas no cabían en la jaula, por lo que chocaron dolorosamente contra los barrotes.

De inmediato las dobló hacia atrás y desaparecieron mientras se levantaba de un salto en posición de combate, con la cabeza martilleándole por efecto del rayo.

Pero el hombre alto retrocedió. Cragar, pálido y tembloroso, se encogió mientras volvía a su lado.

—Te pagaré tres cuartas partes del precio que pides. Incluyendo la jaula.

Cragar miró el bastón. Al parecer su miedo al arma encantada bastó para cerrar el acuerdo.

La lona que cubría la jaula de la criatura fue retirada con un ademán ostentoso, revelando... otra tienda oscura y vacía. Y los dos mismos hombres, el alto y el rubio, que lo observaban fijamente.

Él les devolvió la mirada, imaginando todas las formas posibles de arrancarles la carne de los huesos.

—¿Qué es? —le preguntó siseando el rubio al alto. Se inclinó sobre los arreos de la carreta y los desenganchó del caballo, que coceó y sacudió la cabeza con nerviosismo.

—Te entiende, Loren. Es un ser muy inteligente, y su oído es superior al de cualquiera de nosotros.

Loren miró hacia la jaula con recelo.

—¿Por qué no ha dicho nada, entonces?

El hombre alto se encogió de hombros, mirando a la criatura fijamente a los ojos.

—Es una buena pregunta —musitó—. ¿Por qué será?

Una vez hecho el trato, les había arrojado una considerable bolsa de oro a los vendedores de carne, había echado la lona sobre la jaula y se había llevado su nueva posesión a... alguna parte. Dondequiera que estuvieran, seguía siendo en la ciudad o sus alrededores. El viaje solo había durado veinte minutos más o menos, y los olores del aire no habían cambiado mucho.

—Si es tan inteligente —insistió el humano—, ¿por qué lo tenemos enjaulado?

—Porque es malvado. Y nos mataría a todos si tuviera la oportunidad.

Loren resopló una risa incrédula y nerviosa a la vez.

—¿Cómo sabes que es malvado? Se le ve bastante aterrador, sí, pero no ha hecho nada más que mirarnos.

A la criatura también le interesaba la respuesta del hombre alto. Aunque no se fiara del todo de lo que decía, parecía tener más información de lo que había dejado ver durante las negociaciones.

—¿Cuánto sabes de la historia sobre los conflictos entre las reinas, Loren?

—Poco. Supuestamente, después de que el compañero caudillo de Furie fuera asesinado en una incursión en las fronteras de la monarca Darya, la reina del fuego perdió la cabeza. Culpó a Darya y tomó represalias, y luego las otras reinas se unieron a la lucha hasta que los humanos se hartaron y se volvieron contra ellas. Las reinas se vieron entonces obligadas a retirarse y esconderse en sus castillos, y los que antes habían sido sus nobles elementales se convirtieron en parias marginados de la sociedad.

—Una versión abreviada, sin duda. Más específicamente, ¿sabes qué represalias tomó Furie contra Darya?

—Claro: asesinó a todas sus videntes.

El hombre alto miró fijamente a los ojos de la criatura mientras volvía a hablar:

—¿Y cómo consiguió acabar con todo un próspero grupo de elementales?

—Bueno, esa parte es un poco controvertida. Todo el

mundo ha oído hablar de cierto tipo de espectros, los *wraiths*, pero la mayor parte de la gente coincide en que son solo un mito porque Furie nunca creó ningún elemental de fuego. Yo he oído que fueron más bien asesinos encantadores expertos en ilusiones o algún tipo de híbrido alado.

El hombre alto sonrió.

Loren hizo lo contrario de sonreír.

—Son un mito, ¿no? —añadió.

—¿Lo son?

—¿Lo son? Por la Diosa, no lo son, ¿verdad? —Se quedó mirando a la criatura, con la voz entrecortada—. Él no puede... No. Se supone que son como fantasmas. No se pueden tocar, pero ellos pueden tocarte a ti. Son invisibles, casi invencibles. No puede ser uno de ellos.

—Lo es.

—Pero no se puede atrapar a un espectro en una jaula. Según los mitos, esos que tú dices que ni siquiera son tal, los *wraiths* resultan completamente intangibles a menos que elijan no serlo.

—Todo es cierto. Excepto para este pobre espectro, que se ha quedado atrapado permanentemente en su forma corpórea.

Loren se quedó mirándolo.

—¿Cómo?

Pero el hombre alto ya había compartido bastante por una noche. Descartó la pregunta con un gesto de la mano.

—Lo usaremos aquí como atracción secundaria del circo durante la última semana de actuaciones.

Por si no fuera suficiente, aquello desconcertó al humano aún más que la posibilidad de que existiera un espectro corpóreo.

—¿Qué?

—Lo mantendremos en esta jaula. Haz un letrero que diga «*WRAITH*» en letras grandes en la parte superior. —El hombre alto extendió una mano en el aire como si estuviera creando el cartel en ese momento—. Y debajo: «Invisible. Invencible. El asesino más peligroso que existe. ¿Mito o realidad? La respuesta está dentro..., pero si te decides a entrar, atente a las consecuencias».

—Guau.

Los ojos del hombre volvieron a brillar llenos de odio mientras observaban fijamente la jaula, y la criatura respiró hondo para contener el violento impulso asesino que surgió en su interior. No le servía para nada en la situación en que se encontraba: si se enfurecía mientras estaba atrapado, solo se haría daño a sí mismo.

—Empieza con el cartel mañana. Esta noche necesito que vuelvas al Subterráneo. Encuentra a alguien de la banda Uróboros y hazle saber a su líder que hay comerciantes de carne de elementales en su distrito. Las serpientes se encargarán de ellos como es debido.

—El Subterráneo es territorio de elementales. ¿Estás seguro de que hablarán conmigo?

—Diles que te he enviado yo. Hablarán contigo. —El hombre alto levantó una mano hacia la entrada de la tienda—. Vete. Tengo que empezar a trabajar en encantar la jaula. Me llevará toda la noche hacerla impenetrable.

—Señor..., ¿y si se escapara?

El hombre volvió a sonreír.

—Nos mataría a todos. Ojalá sepa lo que hago.

Los encantamientos de la jaula estuvieron completos al día siguiente. El hombre alto se había pasado la noche y la mitad de la mañana trabajando en ello, cuidando de permanecer fuera del alcance del prisionero mientras se concentraba en su labor.

La criatura siguió manteniéndose ocupada planeando la dolorosa muerte de sus enemigos. Antes de los encantamientos, durante el largo viaje, había empezado a debilitar uno de los barrotes de la parte superior de la jaula. Pronto se habría aflojado lo suficiente como para abrirla, y entonces, mientras los mercaderes dormían, él se habría movido entre ellos, silencioso como una sombra, degollándolos con sus garras como había hecho cuando...

Cuando... ¿qué? ¿Cuándo pudo haber hecho tal cosa, y por qué?

Reflexionó sobre lo que el hombre alto había dicho la noche anterior. Lo había llamado espectro. *Wraith.* Algún tipo de ser poderoso e incorpóreo atrapado en su forma física.

Intentó pronunciar la palabra, pero le pareció tan desconocida como le había parecido su propio ser al despertar en el desierto. Sin embargo, aquella sensación le era lejana ahora que sentía su cuerpo como parte de él, no como una carga o un confinamiento.

Al anochecer le habían servido tres comidas completas y le habían dado acceso a toda el agua que quisiera. Su tela hecha jirones había sido sustituida por un par de pantalones holgados, un atuendo poco respetable comparado con el de los demás, pero sin duda una mejora. Le proporcionaron un cubo, un trapo y una toalla para lavarse, y se pasó los dedos por el pelo enmarañado.

Después de la cena, cuando los aromas de comida procedentes de una carpa cercana se habían desvanecido, el humano rubio volvió a entrar en la tienda. Llevaba una lámpara de aceite y un cubo de pintura, y arrastraba tras de sí un gran trozo de madera. Lo apoyó en el borde de la tienda y sacó los pinceles.

La criatura ladeó la cabeza, pero no se levantó de donde estaba sentada, apoyada en los barrotes del rincón de la jaula.

Loren levantó la vista y, al cruzarse con su mirada, retrocedió. Su rostro tornó en una máscara de repugnancia.

—Por la Diosa, tus ojos son desconcertantes.

La criatura gruñó por lo bajo. No podía hacer nada con sus ojos. Ya había cambiado el resto de su aspecto. Si al humano aquel no le gustaba, podía irse.

—Tengo que pintar el letrero aquí —murmuró Loren, como si hubiera escuchado sus pensamientos—. Salizar no quiere que la gente sepa nada sobre ti todavía, aunque dudo que sea consciente de cuántos rumores ha habido ya al respecto.

Salizar. Así que ese era el nombre de su enemigo. Tal vez se lo susurraría al oído antes de masacrarlo. ¿Le rompería el cuello, con rapidez y en silencio? ¿O estiraría el momento, haciéndolo lento y sangriento?

Apretó los dientes. No le gustaban los pensamientos que tenía en la cabeza. Parecían venir de algún lugar fuera de él, como si la inclinación a la violencia se hubiera desarrollado por asociación y no por elección. Su ira estaba teñida de repulsión, y tenía la sensación de que el poder que recordaba haber poseído al despertar había sido una mentira.

Ignorante de la confusión de la criatura, Loren siguió con su tarea. Abrió el bote de pintura roja, vertió un poco en una pequeña bandeja y eligió un pincel.

—¿Qué era lo que tenía que escribir en este estúpido letrero? —Hizo la voz más aguda, claramente imitando a su jefe—: «*Wraith*. Invisible. Invencible. Aterrador como el demonio. Te cortará la garganta sin pensarlo dos veces».

La criatura frunció el ceño. Si esas eran las características de un espectro, tal vez no le molestara la asociación después de todo. ¿Sería tan malo utilizar tales poderes para obtener su libertad?

Loren volvió a levantar la vista.

—Apuesto a que te gusta esa descripción, ¿verdad? Seguro que te encantaría tener la oportunidad de degollarnos a todos.

En respuesta, la criatura le enseñó los colmillos. En realidad, así era.

El humano retrocedió una vez más.

—Malditas lúgubres sombras.

Miró rápidamente hacia el letrero, mojó el pincel en la pintura roja y empezó a trazar la forma de una R en la madera.

¿R? ¿No se suponía que la palabra era *wraith*? Observó, curioso.

Otra pincelada y comenzó la siguiente letra: A. Interesante. Al poco tiempo, la criatura se dio cuenta de lo que estaba pasando.

Un atisbo de sonrisa le frunció la comisura del labio, pero permaneció en silencio. ¿Por qué no iba a hacerlo? Si se lo explicaba al humano, arruinaría la diversión, y era la única que recordaba haber tenido.

Pronto, la primera palabra estuvo completa. Loren dejó caer el pincel en agua y se levantó, murmurando algo sobre necesitar un whisky para superar aquello. Salió caminando de la tienda, dejando atrás su obra en todo su esplendor. La criatura la miró, divertida.

A lo largo de la parte superior del letrero, escrita en estilizadas letras de imprenta, estaba la palabra «RAITH».

Su buen humor se desvaneció rápidamente. Fuera o no uno de los monstruos del mito, esa gente creía que lo era. Y después de su terrible travesía por el desierto, tenía poca fe en la bondad ajena.

¿De qué atrocidades serían capaces sus nuevos captores en nombre de su miedo y su codicia? Y quizá algo peor..., ¿qué atrocidades sería capaz él de infligirles en represalia?

Porque si se le presentaba la oportunidad, no lo dudaría.

4

Harrow nadaba en aguas tranquilas. Agua dulce, no salada. Tenía los ojos abiertos. Arriba, los rayos de la gloriosa luz solar atravesaban las olas cristalinas como luz sobre diamantes. En las profundidades, el turquesa se tornaba negro. No había rastro del fondo.

¿Acaso debería salir, rodearse de un entorno más familiar? Después de todo, pertenecía a la superficie. No estaba lejos. Solo un par de impulsos con las piernas y su cabeza rompería las olas.

Entonces miró hacia el fondo, hacia donde la luz no alcanzaba.

¿Qué habría allí abajo? ¿Qué conocimiento secreto acecharía en las profundidades de las tinieblas? Seguramente sería aterrador nadar sin el sol como guía, pero se sentía atraída por la oscuridad de una forma que no podía describir. Ansiaba conocer la quietud del abismo índigo, ser rodeada por un abrazo invisible.

Pero estaba tan oscuro... Tan oscuro como para tragársela por completo. De alguna manera, sabía que sumergirse la obligaría a enfrentarse a cosas que no estaba preparada para afrontar. Cosas para las que quizá nunca estaría lista.

La indecisión la atormentaba, revolviéndole las entrañas con creciente urgencia. Se debatía en el agua, sintiendo que su vida dependía de la decisión final, pero incapaz de tomarla.

Sin embargo, tenía que hacerlo, y rápido. Se le acababa el tiempo. ¿Arriba o abajo? ¿Oscuridad o luz? ¿Familiar o extraño? ¿Por qué, en nombre de la Diosa, le resultaba tan difícil elegir?

«¡Basta!», gritó en su cabeza.

Sin pensar en las consecuencias ni sopesar más las opciones, se dobló por la cintura y se sumergió hacia las profundidades sin luz.

A medida que nadaba, más oscuro se volvía todo. El turquesa profundo se convirtió en el azul marino del cielo nocturno, y luego más opaco, hasta que de repente todo era completamente negro. Un abismo de vacío.

Su corazón habría palpitado con fuerza si hubiera necesitado latir. La presión era tan inmensa que le habría reventado los pulmones si hubieran contenido aire. Se dio la vuelta, buscando en el vacío sin luz.

¿Hacia dónde era arriba? ¿Por dónde había venido?

El pánico la invadió. No estaba preparada para aquello. Era demasiado intenso, demasiado íntimo, demasiado doloroso.

¡Había tomado la decisión equivocada! ¡Quería volver! Pero ya era demasiado tarde. No tenía más remedio que dejarse consumir completamente por las sombras mientras su boca se abría en un grito silencioso...

Se sentó de golpe en la cama.

Con el pecho agitado, observó el interior de su oscura caravana. Nunca se había sentido tan feliz de encontrarse allí. Cogió con dedos temblorosos la caja de cerillas que estaba al lado de la cama y encendió la vela. Necesitaba luz para recordarse a sí misma que ya no estaba en aquel vacío de tinta oscura.

¿Qué intentaba decirle el agua? ¿Había sido realmente el agua o se trataba tan solo de un sueño cualquiera? Desde luego, no parecía normal, sino más bien... profundo, de alguna manera. Lleno de significados que no podía descifrar.

En el sueño, había estado segura de haber tomado la decisión equivocada. Si era así, ¿cuáles eran las consecuencias? Si de verdad era un error, ¿por qué se había sentido atraída por la oscuridad?

Primero había sentido aquella extraña premonición, luego había visto destellos de sus recuerdos perdidos. Y ahora esto. Tenía que haber una conexión.

Aunque no había recordado nada de la noche de la muerte de su clan hasta hacía poco, no había forma de que un acontecimiento tan traumático no conformara a una persona para siempre, por mucho amor y cuidados que recibiera después. Y Harrow había recibido cuidados, de Malaikah e incluso de Salizar, que la había acogido en su circo sin dudarlo, alimentándola y dándole cobijo antes de que pudiera trabajar para mantenerse.

Llevaba tiempo creyendo estar bien. De normal dormía profundamente toda la noche, libre de sueños inquietantes. Bueno, así había sido... hasta esa noche.

Apartó las sábanas, se puso una bata de seda encima del camisón y dobló un pañuelo estampado para atárselo sobre las orejas. Un paseo la ayudaría a recuperar la calma.

Tras cerrar la puerta de la caravana, bajó descalza los escalones, atravesó su puesto de adivinación y salió al aire libre. La luna brillaba con fuerza en esa fase del ciclo en la que parecía haber sido cortada por la mitad. Lo que quedaba de su rostro desnudo proyectaba un resplandor azulado sobre los lados redondeados de las caravanas.

El terreno de Allegra donde habían montado el circo tenía espacio suficiente para que cupieran todos los vagones de carga y las tiendas, pero se encontraban a pocos pasos del caótico mercado central. Los rodeaban las siluetas de edificios oscuros. Aquella noche parecía como si estuvieran atrapados.

Harrow se dirigió hacia la caravana de Malaikah con la intención de despertarla y contarle el sueño. Mal la escucharía y la aconsejaría con lucidez. Era lo que siempre hacían la una por la otra.

Pero algo hizo que se detuviera de manera abrupta.

Por impulso, giró hacia la carpa principal y empezó a caminar. ¿Por qué? Simplemente tenía la sensación de que aquel era el camino que debía seguir.

Se detuvo en la parte lateral, nada más y nada menos que frente a la carpa de Salizar. Nadie había estado nunca dentro de la zona donde el director llevaba a cabo la mayor parte de las actividades del circo, excepto Loren y el personal de cocina. El espacio de trabajo privado de Salizar le interesaba poco. Tenía todo lo que necesitaba, y no valía la pena arriesgarse a perder el favor de su jefe.

Pero de repente sintió unas ganas de entrar tan intensas que tuvo que apretar los puños.

La tienda estaba cerrada con unas pequeñas cuerdas que colgaban de los bordes de las telas de la entrada. En el suelo había un farol con una caja de cerillas al lado. Ya lo tenía: encendería la vela. Aquello satisfaría su extraña compulsión.

Encendió la cerilla, prendió el farol y se puso de pie, frente a la tela. Por desgracia, la luz de la vela brillando sobre aquellas cuerdas no calmó en lo más mínimo su impulso de entrar. Sí, una vidente debía escuchar a su instinto, pero también necesitaba tener un buen sentido de la autoconservación.

¿Qué estaba haciendo?

Bueno, desataría las cuerdas y se asomaría. Aquello tendría que satisfacerla. Tal vez solo estaba aburrida, buscando un poco de emoción en la incertidumbre.

Sus dedos desataron los nudos y abrieron la tienda. De inmediato, supo que asomarse no sería suficiente. Necesitaba entrar. ¿Qué daño podía hacer? Entraría solo una fracción de segundo, echaría un vistazo y después se marcharía y olvidaría lo ocurrido.

Antes de tomar la decisión de modo consciente, su mano ya estaba levantando la lona. Agachó la cabeza para entrar.

No vio en absoluto lo que esperaba encontrarse. No había un escritorio ni papeles. Por lo poco que podía atisbar en la oscuridad, la tienda estaba vacía salvo por una gran tabla apoyada en una pared y lo que parecía ser una jaula enorme. Desde la base, sobre un carro de cuatro ruedas, ascendían verticalmente gruesos barrotes de acero que llegaban casi a la altura del techo.

Por la Diosa, un hombre podía caber cómodamente

dentro de aquella monstruosidad. ¿Qué hacía Salizar con ella?

Harrow se acercó con cautela, alzando el farol para ver mejor.

De repente, un par de ojos reflejaron la luz en la oscuridad.

Ella retrocedió, casi tropezando con sus propios pies. Ahogó un grito, que se le atascó en la garganta, y se quedó inmóvil, esperando a que la atacara el monstruo que había dentro de la jaula.

Pero no lo hizo. Solo la miró.

Los ojos eran increíblemente brillantes, como dos anillos de fuego ardiendo. Un impulso repentino azotó a Harrow desde su interior: «Acércate —le dijo—. Investiga». Obedeció.

Al dar un paso adelante, sin previo aviso, varias lámparas se encendieron a su alrededor de manera espontánea. Se sobresaltó con la repentina iluminación, pero se olvidó enseguida de todo al contemplar la escena que tenía enfrente.

Dentro de la jaula... había un hombre. Pero no era como ninguno que hubiera visto antes.

Como un gran felino, se encontraba agazapado en el centro de la jaula, como preparado para abalanzarse sobre ella, con la boca fruncida en un gruñido silencioso. Estaba desnudo, salvo por unos pantalones descoloridos y desgastados. Su piel, bronceada y dorada, se ondulaba sobre los poderosos músculos que mostraba en cada centímetro de su cuerpo. Sus orejas puntiagudas separaban los mechones de pelo negro y liso que le caían sobre los anchos hombros.

Y sus ojos...

El blanco no era blanco, sino completamente negro,

el mismo negro oscuro de sus pupilas. Dos anillos de fuego formaban su iris. Era la única forma de describir el resplandor naranja rojizo que parecía parpadear y agitarse en ellos como fuego vivo.

Al mirar aquellos ojos, un acorde familiar resonó en su interior, pero se desvaneció demasiado rápido como para asirlo.

Fue sustituido por inquietud.

Sus instintos de conservación le gritaban: «¡Peligro!». Era un elemental, estaba claro, pero más allá de eso no tenía ni idea de qué era. Sin embargo, no necesitaba saberlo para darse cuenta de su letalidad: quedaba cristalino como el agua en la forma en que se mantenía en pie, con el aplomo de un depredador, en el brillo amenazador de sus ojos y en los largos y afilados colmillos que dejaban entrever sus labios.

El corazón se le subió a la garganta. El farol vibró con el temblor de sus manos.

Y, aun así, como desde muy lejos, se oyó a sí misma decir:

—Hola.

«¿HOLA? —gritó una voz dentro de su cabeza—. ¿Cómo que hola? ¡No te quedes a conversar! ¡Sal de aquí! ¡Huye!» Probablemente fuera su instinto de supervivencia.

Lo ignoró.

—Yo soy Harrow. ¿Quién eres tú?

El hombre parpadeó. Una vez. Dos veces. Como si estuviera tan confundido como ella por su amabilidad. Inclinó la cabeza, haciendo que el sedoso cabello se le deslizara sobre un hombro y que las sombras de su rostro danzaran.

Aquel pequeño movimiento fue tan amenazador que

ella tuvo que tragarse el grito que le reptó por la garganta.

Sin duda, podía matarla con la misma facilidad con la que respiraba. Debía escuchar a la voz aterrorizada en su cabeza. Debía salir de allí despacio y ponerse a salvo.

Mientras se debatía con ella misma, los poderosos músculos de sus muslos levantaron al hombre con elegancia. Con el corazón a punto de estallar, Harrow se tensó aún más, dispuesta a huir. Sin embargo, sus líquidos movimientos eran lo suficientemente lentos como para no espantarla del todo. Como un depredador acechando a su presa.

Dio un paso adelante.

Ella hizo el amago de retroceder, pero se quedó inmóvil cuando la luz del farol iluminó mejor su rostro. Ya no gruñía y parecía más inquisitivo que asesino, si es que podía decirse que tenía alguna expresión en el rostro.

Lo miró fijamente, olvidando el miedo por un momento. Los pómulos altos, la mandíbula fuerte y la tersa boca suavizaban la intensidad de su mirada penetrante, aunque solo un poco. Pero fue suficiente para que se diera cuenta... de que era espectacular. Sus rasgos eran cautivadores. Regios. Orgullosos.

«Conexión —susurró el agua—. Importante.»

Como si él también lo percibiera, dio otro paso más. Todavía hipnotizada por su presencia, esta vez Harrow no tuvo que luchar contra el impulso de huir.

Esta vez, ella también se acercó.

Si era un depredador acechando a su presa, había caído en su trampa. Tenía las palmas de las manos húmedas y el corazón a punto de salírsele del pecho, pero no habría podido retroceder para salvar su vida de tener que hacerlo.

—¿Puedes entenderme? —susurró.

Él parpadeó una vez. De algún modo, fue respuesta suficiente.

Harrow avanzó otro paso, hasta estar lo bastante cerca de la jaula como para que él pudiera alcanzarla a través de los barrotes si quisiera hacerle daño. Sin embargo, temer por su seguridad era lo último que tenía en mente.

«¿Qué eres? —quiso preguntar, medio desgarrada entre el terror y la angustia—. ¿De dónde vienes?» El agua seguía susurrándole que era importante. De alguna manera, aquel momento era más importante que cualquier otro.

—¿Quién eres? —volvió a preguntarle, porque para ella se había vuelto crucial saberlo.

La mujer se encontraba lo bastante cerca como para poder tocarla. Desde la altura del carro, parecía estar por encima de ella. Prácticamente podía oler su miedo, y era muy fuerte. Debería haber querido marcharse al verlo, como les había pasado a todos los demás, pero no se apartó, lo que le sorprendió.

En lugar de eso, le preguntó cuál era su nombre. Y de repente a él le importó tener uno.

Recorrió la habitación en busca de inspiración hasta que sus ojos se posaron en el letrero que Loren había escrito mal. Una sensación de idoneidad se encendió en su interior y, sin darse cuenta, abrió la boca y habló por primera vez según su memoria.

—Raith.

Su voz era ronca por el desuso, pero la mujer lo entendió de todos modos.

—¿Raith? —Sus ojos, enormes en la penumbra, siguieron su mirada hacia el letrero antes de volver a observarlo—. ¿Ese es tu nombre?

«Sí», pensó. Supuso que, entonces, así era.

En ese momento comprendió que tener nombre lo liberaba de ser solo una «criatura», una abominación inclasificable. Era Raith. No un espectro *wraith*, sino algo más. La versión mal escrita, el error sin pasado ni futuro.

La mujer seguía mirándolo. Parecía debatirse entre el miedo y la intriga. Se preguntó por qué se molestaba en luchar contra su instinto de huida, y la estudió, tratando de averiguarlo.

Llevaba un vestido blanco suelto con una bata de colores encima. Debajo del vestido asomaban sus pies descalzos. Su pelo era un revoltijo de rizos negros, recogidos con una colorida cinta de seda. Su piel era de un bronceado intenso, varios tonos más claro que su color actual, y sus ojos de un plateado luminoso que recordaba al brillo de la luna.

Era... hermosa.

Casi lo sorprendió ser consciente de ello. Todas las personas con las que se había cruzado desde que había despertado en el desierto eran feas, de cara o de personalidad, pero ella no. Suponía que todo aquel tiempo debía de saber de alguna manera que la belleza existía, pero no había conocido cómo era hasta verla a ella. Ahora lo sabía.

Aunque él no había verbalizado la respuesta a su pregunta, ella siguió hablándole.

—Encantada de conocerte, Raith —dijo, y le repitió—: Yo soy Harrow.

Aunque sabía que, por alguna razón, odiaba hablar, abrió la boca y volvió a usar la voz.

—Harrow. —Su nombre.

Para su enorme sorpresa, aquellos ojos plateados se llenaron de repente de lágrimas.

Como disparada con un arco, avanzó hacia la jaula con tanta rapidez que él retrocedió instintivamente hacia el centro del espacio. Entonces asió los barrotes de acero y los sacudió con violencia, haciendo resonar la puerta y la cerradura que lo mantenían encerrado. El repentino tintineo del metal perforó sus sensibles oídos.

—Tenemos que sacarte de aquí.

Sonaba tan angustiada que se encontró buscando algún enemigo invisible del que salvarla. Pero la tienda estaba vacía, a excepción de ellos dos, y no percibía a nadie más cerca. Frunció el ceño mientras luchaba por comprender.

—¿Por qué estás en esta jaula? ¿Cómo abrimos la puerta? —Agarró el candado y tiró de él. Sus ojos se clavaron en los de Raith—. ¿Cómo has encendido antes las lámparas? Tal vez puedas abrir esto también.

Él la miró fijamente. No había hecho nada para encender las lámparas: solo había querido que hubiera luz para poder verla mejor, y se habían encendido sin más.

—Tienes que intentarlo. No puedo dejarte aquí.

Comprendiendo por fin el origen de su angustia, aunque apenas podía creer que la preocupación por él fuera la causa, se agachó a la altura de sus ojos. Despacio, para no sobresaltarla, estiró la mano y tocó el dorso de la de Harrow, que seguía agarrada con fuerza a los barrotes. Ella se quedó inmóvil, con los ojos plateados fijos en el punto de contacto.

No intentó cortarla, estrangularla o arrancarle los brazos, como habría hecho con cualquier otra persona que se le hubiera acercado tanto. Solo... la tocó.

Ella no tenía ni idea del nivel de confianza que demostraba tal acción, pero a él no le importó. Todas las almas con las que se había cruzado desde que tenía uso de razón lo habían utilizado de alguna manera: lo habían encarcelado, vendido o comprado con la intención de convertirlo en un número de circo.

Pero Harrow no. Harrow le había preguntado su nombre. Había luchado contra su propio miedo para hablar con él.

No estaba seguro de confiar en ella, ni siquiera de entender bien qué pasaba, pero sí sabía que no quería matarla. Quería segar la vida de todos a los que había conocido hasta ahora, pero no la de ella. Eso tenía que significar algo, ¿no?

Para expresarle sus contradictorios sentimientos, eligió hacer libremente aquello por lo que otros lo torturarían. Tal vez fuera en un vano intento por conectar con ella, o quizá para entenderla mejor. No estaba seguro. No lo pensó demasiado.

Sin dejar de tocar el dorso de su suave mano, volvió a cambiar de piel. Esta vez estudió las sutilezas y los matices de la de Harrow e igualó su color. Podría haber vuelto a su vacío sin color original, pero por alguna razón no quería que ella lo viera así.

El cambio recorrió su cuerpo, extendiéndose desde el punto de contacto de sus manos hasta que ambas pieles coincidieron exactamente.

—Diosa —dijo ella, mirándolo con asombro—. Tú... ¿Qué eres?

Él volvió a mirar el letrero.

Ella siguió su mirada.

—Raith... No entiendo... —Entonces jadeó—. *¿Wraith?* ¿Salizar cree que eres un espectro? Pero eso...

De repente se quedó inmóvil. Tan quieta como si se hubiera transformado en piedra.

Parecía un instinto de supervivencia ilógico, pensó él con frialdad. Si se podía decir que alguna parte de ella se movía, eran sus ojos. Se fueron agrandando hasta convertirse en pequeños círculos que lo miraban con horror.

Un extraño dolor le oprimió el pecho, no muy distinto de lo que sintió al ser golpeado con el bastón de Salizar. No le gustaba la idea de que ella le tuviera miedo, lo cual era extraño, porque le resultaba mucho más fácil protegerse cuando los demás lo temían.

Volvió a cambiar su piel al moreno dorado más oscuro, deseando no haberle enseñado el truco. Había sido un necio al pensar que no huiría de él como todos los demás.

—Eso es ridículo —soltó Harrow de pronto, y él observó fascinado cómo sus músculos se relajaban uno a uno, recuperando la normalidad. El miedo desapareció de sus ojos, y se sacudió de encima cualquier vestigio que quedara de este con un movimiento de la cabeza—. Es imposible que seas un espectro.

Raith ladeó la cabeza. «¿Por qué? —quiso preguntar—. ¿Cómo lo sabes?» Pero el sonido de su voz le molestaba; prefería no hablar a menos que fuera necesario.

Por suerte, ella pareció interpretar su lenguaje corporal.

—Porque, si es que existen, se supone que los espectros son incorpóreos, como los fantasmas, y no pueden ser encarcelados. Son sombras de la muerte, asesinos salvajes que sirven a la reina del fuego. Son monstruos terribles y malvados.

Raith volvió a preguntarse por qué se consideraba automáticamente que los espectros eran malvados, pero también se alegró de que Harrow no pensara que él era uno.

—Entonces ¿por qué Salizar haría ese letrero? —musitó ella, pensando en voz alta—. Será obvio para todos que no eres un espectro por el mero hecho de que estás atrapado en una jaula. ¿Cómo piensa convencer a la gente? Yo no creo que parezcas un espectro. Quiero decir, claro, tus ojos son..., bueno, muy inusuales, pero eso no significa...

Un repentino murmullo de voces fuera de la tienda captó la atención de ambos. Se intercambiaron miradas de pánico por los visitantes que se acercaban.

Por tercera vez en su nueva existencia, superó la aversión a hablar y utilizó la voz.

—Vete.

—Pero ¿y tú?

No iba a ir a ninguna parte: los encantamientos de la jaula estaban bien hechos. No había forma de que pudiera escapar. Harrow pareció entenderlo.

—Volveré. Mañana por la noche, después de que el circo cierre.

Raith negó con la cabeza. No era seguro para ella. Aunque de manera involuntaria, su relación podía perjudicarla, y él ya había decidido que no le gustaba la idea de que eso ocurriera.

Las voces se hicieron más fuertes. Señaló la entrada de la tienda, instándola a marcharse.

Ella le dirigió una última mirada y corrió hacia la salida, pero se detuvo en seco al darse cuenta de que era demasiado tarde para salir por ahí. Ahora las voces estaban justo afuera.

—¿Por qué están encendidas las lámparas? —oyeron que preguntaba Salizar.

Raith se aferró con tanta fuerza a los barrotes que el acero gimió. Su impotencia amenazaba con sumirlo en una ira sin sentido.

Sin embargo, Harrow demostró que podía cuidarse sola. Se dio la vuelta, corrió hacia la pared trasera, se tiró al suelo y rodó hacia delante. Con un segundo giro atravesó la parte inferior de la lona en el momento exacto en que la puerta de la tienda se abría y Salizar entraba.

—¿Quién ha encendido las lámparas? —le preguntó a Raith, que, por supuesto, no respondió nada.

Loren entró detrás del director del circo, quien se giró hacia él.

—¿Te has dejado las lámparas encendidas?

—No, señor.

Salizar miró al humano con furia.

—Alguien ha estado aquí. —Transfirió la mirada furiosa hacia Raith—. ¿Quién ha sido?

Él solo lo miró fijamente.

—Veo que sigues guardando silencio.

Se acercó a la jaula, blandiendo su bastón de rayos, con un claro destello de odio en sus ojos azules. Raith le devolvió la mirada de furia sin miedo al dolor, sin miedo a ninguna herida que pudiera infligirle aquella vara.

Salizar habló sin romper el contacto visual:

—Loren, pon un guardia en la tienda por las noches. —Se dio la vuelta para irse, pero se detuvo de repente—. ¿Qué demonios es eso?

Observaba incrédulo el letrero inacabado. Raith casi se echó a reír.

—¿Señor?

—Tiene que ser una broma.

—Señor, yo no...

—Se escribe con W. *Wraith. W-R-A-I-T-H.*

Loren maldijo en voz baja.

Salizar se pellizcó brevemente el puente de la nariz.

—Haz un nuevo letrero mañana a primera hora. Y, por la Diosa, escríbelo correctamente esta vez.

El humano salió de la tienda con una reverencia. Salizar lanzó una mirada de desprecio a su prisionero y siguió a su ayudante sin decir nada más.

Harrow se sentó en el suelo y se abrazó a sí misma mientras respiraba con dificultad. Había estado demasiado cerca. Si su jefe la hubiera descubierto fisgoneando... Sin duda, aquello no había sido buena idea. Pero ahora que lo había hecho, no había manera de que pudiera olvidar que Raith estaba allí.

Por culpa de Salizar. Se suponía que él era un protector de los elementales, como Malaikah lo veía. ¿Cómo podía tratar así a un inocente?

Bueno, quizá Raith no era inocente, ni ella tan ingenua como para no caer en ello. A saber qué habría hecho. Si no se equivocaba, se había inventado su nombre cuando se lo preguntó y no parecía tampoco tener ni idea de lo que era.

Sin embargo, con toda seguridad no era un espectro.

Nadie conocía el verdadero origen de los *wraiths*, ni si existían. Los rumores sobre ellos iban de lo horrible a lo ridículo. Algunos pensaban que eran espíritus malignos de las lúgubres sombras que la reina Furie había conseguido invocar. Otros decían que en realidad eran dragones míticos que respiraban fuego, mientras que otros afirmaban que no eran más que encantadores ilusionistas o híbridos asesinos. Y también había quien creía que Furie los había creado con magia de fuego y el odio sin fondo que la consumía desde la muerte de su compañero.

Cualquiera que fuera su origen, Furie había enviado a los espectros a la matanza más infame de la historia conocida. Un genocidio que había aniquilado a todo un grupo de personas prósperas, cuya peor ofensa contra la reina del fuego había sido su conexión con su enemiga y hermana, la reina Darya.

Así que Raith no era un espectro. Harrow casi deseaba que hubiera elegido otro nombre, pero de algún modo le quedaba bien, y ahora, cuando pensaba en él, no le producía el mismo temor que la palabra escrita con W.

Tal vez se debiera a la sorpresa espontánea que había visto en sus ojos cuando había abierto la boca y lo había pronunciado en voz alta. Como si, hasta aquel momento, no se hubiera dado cuenta de que era digno de un nombre.

Harrow lo había mirado a los ojos y no había visto maldad. Ella era una vidente. Una vidente sabía leer a la gente. Una vidente confiaba en sus instintos. Sus otros impulsos, más básicos, le habían dicho alto y claro que estaba en presencia de algo letal, y no era tan tonta como para olvidarlo. Pero el agua decía otra cosa: «Importante. Conexión».

¿Por qué? No lo sabía, pero tenía la sensación de que iba a averiguarlo pronto. Ahora que sabía que Raith estaba ahí, de ninguna manera lo abandonaría al cruel plan de Salizar para ganar dinero con su desgracia.

Sus ojos se llenaron de lágrimas de arrepentimiento. ¿Cómo había podido ser tan inconsciente sobre la verdadera naturaleza del encantador? Claro que tenía motivos para sentirse agradecida con él. Como una huérfana elemental hembra, de no ser por su amabilidad tal vez habría acabado en un lugar mucho peor, pero aun así debería haber visto la crueldad de la que era capaz.

Esperó hasta oír que Salizar se marchaba. Deseaba volver dentro para asegurarse de que Raith estaba bien, aunque no se atrevió. Por lo menos, no esa noche.

Pero nada podría mantenerla alejada al día siguiente.

La insistencia del agua nunca carecía de razón, y Harrow tenía la intención de averiguar exactamente qué tenía que ver con ella el misterioso elemental.

5

La noche siguiente, Harrow se asomó por detrás de la última caravana de la fila, con el estómago revuelto por los nervios. Efectivamente, había un guardia sentado a la entrada de la tienda. Entrecerró los ojos para enfocarlo.

Estaba bastante segura de que era Oli. El híbrido de zorro se encontraba desplomado en su silla, con la barbilla pegada al pecho. Los ronquidos se oían a la perfección desde donde ella estaba.

Sonrió para sus adentros. Claro que Salizar daba miedo, pero en su circo nadie más lo hacía, y desde luego nadie estaba entrenado para soportar una agotadora guardia nocturna.

No se quejaba. De hecho, eso era exactamente lo que había esperado que pasara.

Se subió la pesada mochila al hombro, comprobó que no hubiera moros en la costa y salió de su escondite caminando con rapidez hacia la tienda. Aunque le costó reprimir el impulso, no corrió; si alguien la descubría, parecería mucho menos sospechosa si pasaba andando, como si tuviera todo el derecho a estar ahí.

Y así era, se reafirmó a sí misma. El circo era su casa, y Salizar no le había dicho a nadie lo que había escondido en su carpa, así que no había razón para que ella no pudiera dar un paseo a medianoche por los alrededores.

¿Con una bolsa llena de comida al hombro?

Como fuera. Si la descubrían, encontraría la manera de justificarse.

En lugar de pasar por la entrada principal y arriesgarse a despertar a Oli, se arrastró por el costado más cercano a la carpa principal, deslizándose por el hueco entre las dos tiendas. Desde ahí, se arrodilló, metió la pesada mochila bajo la lona y rodó hasta el interior, tal como había escapado la noche precedente.

Estaba completamente oscuro.

Con el corazón en la garganta, tanteó en las tinieblas hasta que encontró su bolsa de provisiones y aflojó las cuerdas, rebuscando en el interior hasta que sus dedos encontraron una vela. Después, sacó las cerillas. Una pequeña llama iluminó la oscuridad.

Raith estaba agazapado en el borde de su jaula, agarrado a los barrotes, mirándola fijamente.

Era obvio que sabía desde el principio que era ella, lo que hizo que Harrow se preguntara si tendría los sentidos agudizados, como los híbridos. Quizá viera mejor que ella en la oscuridad o hubiera reconocido su olor.

—Hola —susurró en mitad del silencio.

El estómago se le retorcía de nervios, pero el agua seguía susurrándole que él era importante. Que ella tenía que estar allí. Que tenía que saber más de él.

Fueron aquellos impulsos los que la empujaron a alzar la bolsa y atravesar la tienda hasta situarse frente a él, sosteniendo la vela en alto entre los dos. El suelo de la jaula le llegaba a la altura de la cintura, así que sus ojos quedaban alineados si ella estaba de pie y él en cuclillas. Menos mal, porque resultaba evidente que él era muy grande. De estar a la misma altura, se habría alzado muy por encima de ella.

—Hola —volvió a decir, aunque la hizo sentir torpe e incómoda.

Raith parpadeó con sus ojos extraños, pero no dijo nada. De todas formas, Harrow no esperaba que lo hiciera. Por alguna razón, no parecía acostumbrado a hablar, y ella se preguntó por qué. Quiso preguntarle, pero no se atrevió.

—¿Tienes hambre? Te he traído comida.

Él volvió a parpadear.

—¿Salizar te da de comer? No te está matando de hambre, ¿verdad?

Pero él no respondió nada. Harrow deseó que aquello significara que no. Cambió el peso sobre sus pies. El silencio era, cuando menos, desconcertante, pero trató de no sentirse acobardada.

—Te habría traído un plato de la cena, pero es un poco complicado meterlo en una mochila. Así que te he traído un postre. No es una comida equilibrada, pero...

Sin añadir nada más, dejó la vela y la mochila en el suelo y metió una mano dentro. Sacó unas galletas que había envuelto con cuidado en una servilleta de tela y se las ofreció. La mano le temblaba ligeramente, pues era consciente de que, si él quería, podía agarrarla. Podía cogerla del brazo, tirar de ella contra la jaula y matarla antes de que tuviera tiempo de parpadear.

Pero no creía que fuera a hacerlo.

Raith inclinó la cabeza y el sedoso cabello le cayó sobre la cara.

—Solo son galletas —le aclaró, por si se sentía inseguro—. ¿No has comido galletas antes?

Él negó con la cabeza una vez.

—Bueno, puedes probar una si quieres. A lo mejor te gustan.

Lentamente, Raith soltó una mano de los barrotes y la estiró hacia la suya. No le quitaba los ojos de encima, como si no terminara de confiar en que no fuera a atacarlo. Curioso, porque ella no dejaba de observarlo por la misma razón.

Como resultado, se miraron directamente el uno al otro hasta que el instante se volvió casi demasiado íntimo. Harrow tenía el corazón en la garganta y le costaba respirar, pero sus ojos seguían clavados en los de él. No podía apartar la mirada.

Su mano se cerró en torno a las galletas, que llevó de vuelta a la jaula. Las desenvolvió con cuidado, con sutileza, y las estudió como si nunca hubiera visto algo semejante en su vida, como si le parecieran absolutamente fascinantes.

A ella se le escapó una risa nerviosa.

—Solo son galletas. No son tan emocionantes.

Raith dejó la servilleta en el suelo y cogió una, levantándola para inspeccionarla más de cerca.

—Prueba un bocado.

Él entornó los ojos y la miró con desconfianza. ¿Creía que podía haber envenenado la comida? Diosa, ¿qué le habría pasado? ¿A qué clase de crueldades se habría enfrentado para acabar donde estaba? En su interior, Harrow sintió la determinación de demostrarle que aquello no era lo único que existía en el mundo.

Como si leyera sus pensamientos, la mirada de desconfianza se borró poco a poco de su rostro.

Y entonces dio un mordisco.

Harrow se quedó inmóvil, conteniendo la respiración. Por alguna razón, esperar a ver su reacción por una galleta sin importancia le pareció lo más emocionante que le había ocurrido en años. Él masticó, con el ceño fruncido.

Después abrió ligeramente los ojos y volvió a mirarla mientras tragaba.

—¿Te ha gustado? —Estaba hecha un flan. Tenía que saberlo.

Él bajó la mirada hacia la galleta y luego volvió a mirarla a ella.

Y sonrió.

Su boca se curvó hacia arriba, arrugándole las mejillas. Y sus ojos... La verdadera sonrisa estaba en ellos. Las llamas que los caracterizaban parecieron arder con más fuerza, se entornaron en las orillas y la dejaron sin aliento una vez más.

Sintió que ella misma sonreía con tanta fuerza que dolía.

—Te ha gustado, entiendo.

Él asintió.

Ella sonrió con más fuerza. De forma completamente ridícula.

—A mí también me gustan. Son mis favoritas.

Raith cogió otra galleta de la servilleta y se la ofreció.

Harrow dejó de sonreír y se quedó mirando su mano extendida mientras la embargaba la emoción. Él estaba encerrado en una jaula como un animal y, sin embargo, su primer instinto era compartir las galletas con ella. Su sonrisa era tan genuina e inocente que, al mirarlo, sintió como si un puño le apretara el corazón. ¿Cómo podía Salizar hacerle aquello? ¿Cómo podía alguien querer hacerle daño?

Él agitó la galleta, recordándole que la tomara.

Ella aceptó el regalo y habló con un repentino nudo en la garganta:

—Gracias.

Comieron juntos en silencio, manteniendo todo el tiempo el contacto visual. Harrow sentía la piel caliente por la intensidad de su atención, pero no tenía ningún deseo de escapar de ella. Cuando se acabaron las galletas, comieron fruta, bizcocho, pan y queso.

Ella le pasaba primero los alimentos para que los inspeccionara, y después de que los probara y los considerara dignos, él le devolvía una parte para compartir. No dijo ni una palabra en todo el tiempo. No era necesario. De algún modo, ella lo entendía perfectamente.

Cuando se acabó la comida, Harrow sacó de la mochila un viejo libro de cuentos populares de las videntes y, aunque se sintió tonta y estuvo a punto de acobardarse, se ofreció a leerle uno. Él asintió y ella acabó leyéndole la mitad del libro. Se quedó allí hasta que la vela se consumió y las paredes de la tienda empezaron a volverse de un color gris pálido con la salida del sol. Entonces supo que era hora de irse.

Se levantó del suelo y dio la espalda a la jaula para que Raith pudiera seguir sus movimientos por encima del hombro mientras volvía a meterlo todo en la mochila.

Después, se giró hacia él y le sonrió.

—¿Te gustaría que te visitara mañana otra vez?

Raith pareció indeciso, y a ella se le encogió un poco el corazón. Creía que había disfrutado su compañía, pero tal vez prefería estar a solas.

Pero entonces habló:

—No es seguro.

El sonido de su voz hizo que se estremeciera de pies a cabeza.

—No te preocupes por mí —repuso—. Seré sigilosa. No me atraparán.

Él no respondió, y Harrow decidió que aquello significaba que, después de todo, sí había disfrutado de su compañía: solo estaba preocupado por su seguridad. El alivio que sintió fue mayor de lo que tal vez debería haber sido.

—Hasta mañana entonces, Raith.

Sonriendo, se echó la mochila al hombro; ahora era considerablemente más ligera. Le pareció extraño lo mucho que le costaba irse.

Él le devolvió la sonrisa y a ella se le aceleró el corazón.

Sin duda alguna, volvería al día siguiente.

Raith se sentó en el suelo, apoyado contra los barrotes de la jaula, y observó que Salizar conversaba en voz baja con Loren. Hacía varios días que este había terminado el nuevo letrero, esta vez libre de errores, y los dos hombres hablaban ahora del terrible monstruo que describía y de cómo lo obligarían a entretener a humanos en los próximos días.

Raith dejó de prestar atención a su conversación, aburrido por sus constantes conspiraciones. En su lugar, se puso a pensar en la mujer que lo visitaba por las noches.

Pensaba mucho en ella.

Visualizó el intenso bronceado de su piel y recordó

lo suave que era al tacto. Intentó imaginarse si su espesa cabellera sería sedosa o áspera. Se preguntó si su aroma, aquella relajante fragancia a lavanda, sería más intenso si lo respirara contra su cuerpo.

Todas las noches, Harrow se escabullía dentro cuando los vigilantes estaban dormidos, llevándole a Raith comida y postres y leyéndole cuentos. Su favorito era el de un terrible dragón que custodiaba a una princesa en una torre y mataba a todos los hombres que intentaban rescatarla para casarse con ella. Al final se revelaba que la princesa y el dragón eran en realidad grandes amigos, y ella le daba las gracias por salvarla todos los días de un matrimonio sin amor.

Aunque Raith todavía no se había atrevido a hablar mucho, Harrow conversaba por los dos. Le había hablado sobre su vida en el circo, su amiga Malaikah y todas las cosas que hacían juntas. También le hacía preguntas sobre sí mismo que él no podía responder, pero nunca le presionaba ni parecía decepcionada si permanecía en silencio.

Él ahora vivía para aquellos encuentros nocturnos, tanto que, durante el día, se había sorprendido a sí mismo olvidándose de imaginar el asesinato de Salizar y preguntándose, en cambio, qué estaría haciendo Harrow en ese momento. ¿Estaría leyéndoles el porvenir a los clientes del circo? ¿O pasando tiempo con Malaikah? Se hallaba desesperado por conocerla mejor, pero no se atrevía a usar su voz para preguntar.

En ese momento, Salizar despidió a Loren y se acercó a Raith.

—El espectáculo de esta noche comenzará en breve, pero antes de irme, tú y yo vamos a tener una conversación.

Una semana antes, Raith ya se habría puesto de pie para gruñirle a su captor. Ahora simplemente estaba aburrido. No le temía a Salizar ni a su bastón mágico, y se encontraba ya harto de estar en una jaula.

Levantó una ceja, sin molestarse siquiera en levantarse.

—Le quedan quince días a nuestra temporada en Allegra. Durante la última semana, tu espectáculo estará abierto al público. La gente entrará en tu carpa para ver al espectro. Y hay dos cosas que necesito que hagas para completar el acto.

Raith se limitó a mirarlo con indiferencia.

—Si actúas sin quejarte, será indoloro. Si, por el contrario, decides no hacerlo, te obligaré. A mí no me importa qué elijas, e incluso me atrevo a decir que una buena pelea haría el espectáculo más entretenido. Como parte de la actuación, espero que muestres tus alas y tu piel de *wraith*.

Raith frunció la boca. Sobre su cadáver. O, al menos, sobre su cuerpo inconsciente, que quizá sería exactamente lo que ocurriría.

Salizar sonrió un poco, como si supiera lo que él pensaba.

—Si no actúas de manera voluntaria, como te he dicho, te obligaré. —Alzó el bastón—. Tus alas saldrán cuando te golpee en la espalda, y tu apariencia se revertirá cuando estés inconsciente. Es bastante fácil de conseguir.

Empezó a pasearse de un lado a otro de la tienda.

—Así es como será: cuando llegue el momento, te despojarás de tu disfraz y mostrarás a los humanos tu verdadera forma de espectro. Te daré la oportunidad de hacerlo voluntariamente. Si no, tomaré medidas para que suceda.

Desde el fondo de su garganta, Raith soltó un gruñido. El odio le hervía la sangre como lava.

—Será humillante para ti, mucho más humillante que si eliges cooperar.

La postura relajada de Raith se volvió rígida. Lentamente, se desplazó hacia delante, hasta quedar agachado en posición de ataque.

Los ojos de Salizar brillaron con igual repugnancia mientras daba un paso al frente con audacia.

—Oh, sé cuánto me odias. Espero que sepas que yo te odio en igual medida. Puedes pensar que yo soy el villano aquí, pero te olvidas de lo más importante. —Dio otro paso—. Yo sé lo que eres.

Raith gruñó con más fuerza, con la boca fruncida y mostrando los dientes.

—Eres una criatura vil, responsable de la peor masacre de la historia conocida —continuó el director del circo—. ¿Y qué te impediría hacerlo de nuevo? Si a Furie le diera la gana, cumplirías su voluntad en un santiamén.

Esta vez, el gruñido murió en su garganta. Salizar realmente creía que él era uno de esos *wraiths*. Y si de verdad eran responsables de un genocidio, no era de extrañar que Harrow los odiara. Esperaba de corazón no ser uno de ellos.

—Y ahora, por primera vez, un espectro ha sido capturado. Atrapado en su cuerpo físico. Vulnerable al ataque. Pero eliminarte no es mi deber. Yo simplemente soy un mensajero.

El encantador retrocedió con brusquedad, con el bastón en reposo a su lado.

—¿Puedes culparme por sacar provecho económico mientras tanto? Si voy a dedicar tantos esfuerzos a mantenerte, es normal que espere ganar algo de dinero en contrapartida. Dinero que servirá para mantener a otros elementales que han perdido sus hogares y el respeto de los humanos por culpa de la maldita guerra de Furie.

Golpeó los barrotes de acero con el bastón. Salieron chispas de la punta.

—Lucha contra mí todo lo que quieras, porque disfruto viéndote sufrir. Disfruto siendo testigo de tu dolor, aunque sé que jamás igualará el pesar que tu especie les infligió a las videntes antes de matarlas a todas.

Y luego añadió en voz baja:

—A todas menos a una.

Raith apenas entendía de qué lo acusaba Salizar, pero este parecía pensar que lo sabía perfectamente. No tenía sentido explicárselo ni tratar de razonar con él, y además, sin recuerdos de su pasado, tampoco podía asegurar no haber hecho esas cosas. Por lo menos, la parte sobre estar atrapado en un cuerpo físico parecía ser verdad; recordaba la extraña sensación de confinamiento que había tenido al despertar por primera vez en el desierto.

Quizá Salizar tuviera razón. Si realmente era el monstruo que describía, estaba mejor en una jaula.

El director del circo rodeó el exterior de los barrotes hasta que estuvo a poca distancia de él. Consumido por unos pensamientos de culpabilidad que no estaba seguro de que le pertenecieran, Raith no se movió. ¿Qué le pasaba que no le importaba defenderse del ataque que sabía que se avecinaba?

—Esto es por Harrow.

¿Qué tenía que ver ella en todo aquello? Estaba demasiado sumido en su confusión para siquiera moverse cuando Salizar metió el bastón en la jaula.

O tal vez no quería.

La punta afilada le apuñaló el pecho y un rayo lo sacudió.

Harrow estaba más distraída que nunca. Y para empeorar las cosas, su caravana de adivinación se encontraba a su vez más concurrida que nunca. Horas antes de que se abrieran las puertas de los espectáculos nocturnos, ya había clientes merodeando fuera, en su mayoría mujeres. Todas habían ido a consultar a la psíquica. Una psíquica muy distraída y cansada.

Llevaba toda la semana consumida por pensamientos sobre Raith.

Pensaba en su piel bronceada y su pelo sedoso, en cómo ladeaba la cabeza cuando no la entendía y en lo goloso que era, pues le encantaba cualquier postre que le llevara.

Pensaba en las veces que lo había hecho sonreír. Pensaba en las pocas veces que lo había oído hablar. Cuando recordaba la intensidad de su mirada, le daba vueltas el estómago y se le aceleraba el corazón, y necesitaba invocar todo su control para no correr a verlo inmediatamente.

Todas las noches visitaba a Raith en vez de dormir, lo que empezaba a afectarle. Perdía el hilo en mitad de las conversaciones y la gente empezaba a preguntarle si se encontraba mal.

Sin embargo, esperaba aquellas visitas con demasiada ilusión como para preocuparse por sí misma. Las planeaba todo el día, acumulando comida extra que creía que le gustaría, buscando cuentos para leerle e incluso sopesando qué se pondría, por la Diosa. Le preocupaba constantemente que estuviera solo en su jaula, a merced de quien lo encontrara allí.

Estaba... obsesionada.

Así pues, en aquel preciso momento, lo que menos le apetecía era trabajar. Lo hacía de todos modos, claro está, pues era su deber de vidente. Y sus clientes estaban tan ansiosos y receptivos a sus consejos que empezó a sospechar.

Cuando su sexta clienta consecutiva entró en la caravana, retorciéndose las manos con nerviosismo y mirándola expectante, empezó a atar cabos. La piel pálida de la mujer y su elegante traje eran muy parecidos a los de otra clienta, a la que había atendido en uno de sus primeros días en Allegra.

La recién llegada se sentó en el borde de la silla.

—¿Cuánto por una lectura?

—Diez piezas.

Ni siquiera pestañeó antes de dejar caer las monedas sobre la mesa.

Después de guardar el dinero, Harrow extendió las manos, indicándole a la mujer que colocara las suyas sobre las de ella. Luego les dio la vuelta, estudiando las líneas de sus palmas. Una vidente veía esas líneas como ríos a través de la vista de un pájaro, serpenteando por la tierra hasta fundirse en el gran océano.

—¿Cómo te llamas?

—Brianna, señora.

¿Señora? Los humanos adinerados no les ofrecían títulos de respeto a cualquiera.

—¿Por qué acudes a mí hoy, Brianna?

—Bueno, alguien me ha contado cómo le ha ayudado, y esperaba que hiciera lo mismo por mí.

—¿Alguien?

—Mi amiga Rosemary. Le dijo que iba a tener un hijo. Está tan feliz... No habla de otra cosa desde entonces.

Harrow suspiró. Llamar la atención no era inteligente. La mayoría de los humanos que se dedicaban a adivinar el futuro avanzaban a trompicones por ese arte, dando de vez en cuando con una pizca de verdadera intuición. La gente los visitaba para divertirse, quizá con la esperanza de recibir alguna garantía externa de que su vida no era tan insignificante como parecía. No hacían cola frente a su puerta antes del horario de apertura, felices de pagar lo que fuera, receptivos a cualquier consejo que les dieran.

No, solo lo hacían con las videntes. O así había sido en el pasado.

Harrow no había podido evitar proporcionarle a la pobre Rosemary información vital sobre su embarazo. Pero allí estaban ahora Brianna y todas las demás mujeres de la ciudad, haciendo cola, desesperadas por escucharla hablar. ¿Sospecharían lo que era en realidad?

¿Les importaría?

Aquellas mujeres estarían probablemente casadas con hombres de negocios ricos y poderosos, un papel nada fácil de desempeñar. Esos hombres esperaban que sus esposas fueran como sombras delicadas, revoloteando detrás de ellos, limpiando sus desastres, ofreciendo sus cuerpos a la conveniencia de sus caprichos. Si Harrow podía insuflar un poco de esperanza en el vacío de sus vidas, quizá no les importara quién era ella.

Decidida a confiar en Brianna, barajó las cartas y le hizo una lectura. Le dijo que su marido le era infiel y que su hija menor se recuperaría por completo de una enfermedad que padecía en aquel momento, pero que si decidía abandonar a su marido, tendría que soportar varios años de privaciones antes de encontrar por fin una nueva vida para ella y sus hijos.

Cuando Brianna se marchó, después de darle cinco piezas de propina, llegó otra clienta y Harrow decidió hacerle también una lectura. Y luego realizó otra, y otra.

Mientras tanto, no dejaba de pensar en Raith.

Hasta que por fin comenzó el acto principal en la carpa central. Harrow cerró su puesto por esa noche, ansiosa por llegar a tiempo para ver la actuación de Malaikah, el final del espectáculo. Pero primero había algo que tenía que hacer.

Tomó sus cartas de vidente, revolvió la baraja e imaginó los ojos sobrenaturales del hombre que se estaba convirtiendo en una presencia fija en sus pensamientos. En voz alta, susurró el nombre que él había elegido. Y luego hizo una lectura, aunque él no estuviera allí para verla.

Hielo. Pantano. Cascada. Río. Océano. Y...

Las profundidades.

Cuando le dio la vuelta a la última carta, pasaron ante sus ojos imágenes de aquel extraño sueño de la noche anterior, en el que sintió que la oscuridad la rodeaba, segura de haber tomado la decisión incorrecta...

No podía negar la conexión. Pero ¿qué significaba? Se quedó mirando las cartas, intentando encontrarles sentido. Hielo. Cerró los ojos y sintió frío. Vacío, aislamiento. Impotencia. Y dolor. Mucho dolor.

La siguiente carta... Pantano. Esa era difícil. Los pantanos pueden ser lugares ricos de tierra fértil o pueden ser ciénagas sin vida. En aquel caso, se decantaba por lo segundo. Le vino a la mente la imagen de un campo de batalla, después de que la lucha hubiera concluido y los cadáveres yacieran esparcidos por el suelo. Matanza y caos.

Luego, cascada. Las cascadas eran lo contrario de los pantanos, llenas de energía y poder, un símbolo de cambio impredecible e incontrolable.

La del océano era la carta más poderosa de la baraja. Vasto. Insondable. La fuente de toda vida. A menudo, pero no siempre, benevolente.

Y por último..., las profundidades. Las profundidades silenciosas, donde ninguna luz podía penetrar, donde la quietud era absoluta. Llenas de tinieblas, aterradoras.

¿Por qué le había transmitido el naipe aquello último? Las profundidades nunca le habían dado miedo, aunque tampoco era una carta que sacara a menudo. Sin embargo, después de aquel sueño, se sentía diferente.

Por desgracia, no podía hacer por Raith lo que había hecho por las mujeres que la habían visitado ese día. No había en la lectura ni una sola declaración del destino, nada de «haz esto y no hagas aquello». Para él, todo era confuso.

¿Sería porque no estaba participando en la lectura? ¿O sería por el involucramiento de Harrow? Las videntes jamás podían leer con claridad su propio futuro o el de las personas más cercanas a ellas. Aquella era la hipótesis más probable.

Para bien o para mal, el destino de Raith estaba estrechamente ligado al suyo.

La invadieron de pronto tantas preguntas que pensó que la cabeza le iba a estallar. No pudo soportarlo más. Apiló las cartas y salió de su tienda a toda prisa. No dejó de apresurarse hasta que llegó a la carpa principal y se deslizó por la entrada trasera.

Dentro, el espectáculo estaba en su máximo esplendor, casi literalmente, ya que Malaikah brillaba mientras se balanceaba de un lado a otro en un trapecio muy alto, preparándose para dar el precario salto al siguiente.

Cuando saltó, su cuerpo ágil se arqueó con un aplomo perfecto mientras surcaba el aire para atrapar el siguiente trapecio. Pero, ¡ah!, fingió una caída: se agarró con una mano y se balanceó con una fuerza increíble, sujetándose con una sola palma.

Una vez en la cima, hizo un perfecto pino impecable a una sola mano, separando las piernas. Su cola de pantera giraba a su alrededor, ayudándola a mantener el equilibrio. El público estalló en aplausos.

Harrow sacudió la cabeza con asombro. Su amiga nunca dejaba de impresionarla.

Salizar entró entonces en la pista, blandiendo su puntiagudo bastón, pidiendo aplausos para «la extraordinaria Malaikah, belleza exótica de las tierras del sur», con voz atronadora.

Harrow se estremeció. Tanto ella como su amiga odiaban esa maldita frase, aunque Mal había aprendido a soportarla a regañadientes a lo largo de los años, incapaz de negar que era eficiente a la hora de animar a los humanos a renunciar a su dinero. Sin embargo, siempre había sido un punto de discordia entre ella y Salizar.

Aunque la salva de monedas que ahora llovía desde las gradas era innegable, a Harrow le seguía pareciendo que llamar a Mal de esa manera era degradante para la deslumbrante mujer que había alcanzado un nivel de maestría que pocos lograban, algo que ninguna cantidad de oro podía pagar.

Sin duda, los híbridos siempre despertarían cierta fascinación en los humanos, pero esta nacía de la ignorancia. Era evidente que Malaikah tenía un aspecto diferente al del público, con sus orejas de pantera, su cola y sus garras. Sin embargo, merecía ser celebrada por sus logros y no por su apariencia.

Era un debate viejo, pero aquel día algo la hizo pensar en ello de nuevo. No tardó en descubrir qué: Raith. Salizar planeaba hacer algo parecido con él, aunque todavía peor. Iba a mantenerlo en una jaula como a un animal, haciéndolo pasar por un monstruo terrible cuando no lo era. Le parecía repugnante, en especial porque era precisamente Salizar quien cometía esas atrocidades, un hombre que ella siempre había creído noble por naturaleza, a pesar de su despiadada reputación.

¿Cómo había podido equivocarse tanto con él?

De repente, no pudo permanecer allí ni un segundo más. No soportaba ver cómo la multitud aclamaba a la «belleza exótica» que en ese momento aterrizaba perfectamente de pie y ejecutaba una elegante reverencia ante ellos. No aguantaba mirar la nuca de Salizar, el sombrero de copa que llevaba para disimular las orejas puntiagudas, ocultando aquello que lo hacía tan «exótico» como al resto de las criaturas de su circo. No podía quedarse allí pensando en que ella era igual que él por ocultar sus propias orejas bajo un pañuelo todos los días, fingiendo que era humana.

Sin decir una palabra, abandonó la carpa para dirigirse directamente al único lugar donde quería estar. Salizar estaría ocupado con el espectáculo alrededor de media hora más.

No había forma, pues, de que la descubriera.

6

Harrow encendió el farol fuera de la tienda y entró. Estaba oscuro, incluso con la luz. Aunque lo hubiera hecho la primera vez, Raith no había vuelto nunca a encender las lámparas. Ella no oyó nada ni vio movimiento alguno en el diminuto espacio iluminado que la rodeaba.

—¿Raith?

Nada.

—¿Raith?

El pánico se apoderó de ella. ¿Se había ido?

Entonces oyó un sonido que indicaba movimiento y un gemido ahogado, sofocado al instante.

Pero Harrow supo qué era enseguida: un quejido de dolor.

Abandonó la cautela, corrió hacia la jaula y miró a través de los barrotes. Una sombra oscura que estaba tirada en el otro extremo hizo que se dirigiera hacia la parte de atrás. Allí estaba él, intentando incorporarse con cuidado, pero tratando de ocultárselo.

Alguien lo había herido.

Una furia impotente la invadió mientras pasaba la mano a través de los barrotes para ayudarlo. Algo caliente le mojó los dedos al tocarle el pecho, y retiró la palma hacia la luz del farol para ver. Era sangre.

Ahogó un grito.

—¿Qué ha pasado? ¿Quién ha sido?

Raith, por supuesto, no dijo nada. Su intensa mirada se encontró con la suya en la oscuridad.

Harrow lo dilucidó de todos modos:

—Salizar.

Miró fijamente la sangre de su mano y al hombre que estaba detrás de los barrotes y, de repente, sintió la crecida del agua dentro de ella.

—Tengo que sacarte de aquí —susurró al darse cuenta, con tanta fuerza como si una cascada hubiera caído sobre ella, de que él estaba en peligro.

Y no solo de que lo golpearan más.

Su poder le decía con claridad que, si lo dejaba allí, moriría.

Su mirada volvió bruscamente a la de ella.

—No, Harrow —habló él.

—Tengo que hacerlo.

—No.

—No lo entiendes, yo...

Tragó saliva, tratando de dar sentido a los sentimientos de pánico y miedo por la vida de Raith que de repente bullían en su interior como un géiser. Eran más fuertes que sus propios sentimientos de protección o que la irremediable atracción que había sentido por él desde el momento en que se conocieron.

Era una cuestión de vida o muerte.

Cayó en la cuenta de que el agua la había guiado hasta él desde el principio. Él era la fuente de la premonición que había tenido meses atrás, él era la persona que necesitaba encontrar. El agua la había conducido a buscarlo y ayudarlo, incluso antes de que supiera de su existencia.

Y ahora más que nunca no pensaba ignorar a su instinto.

—No —volvió a decir Raith, agarrando los barrotes a ambos lados de la cara de Harrow e inclinándose hacia ella, con una firme arruga de preocupación en el entrecejo—. No es seguro.

Su rotunda negativa, motivada por la preocupación que sentía por ella, no hizo más que aumentar la determinación de Harrow. ¿Cómo podía expresarle que, en el momento en que el agua se había pronunciado, la decisión ya no estaba en sus manos? No se trataba de lo que era seguro para ella o de lo que cualquiera de los dos quisiera en aquel preciso instante. Solo sabía que él estaba en peligro y que era su deber ayudarlo. El agua lo había declarado así, y ella estaba de acuerdo.

—No lo entiendes —intentó explicarle, acercándose para sujetar los mismos barrotes que él y rozando sus manos al hacerlo. A pesar de la confusión que sentía en su interior, el contacto le produjo un hormigueo en los brazos—. Tengo que hacerlo.

Raith se estremeció visiblemente, pero no solo no se apartó: se acercó más.

—¿Por qué?

Ella también se acercó.

—Simplemente... tengo que hacerlo.

Sus manos se tensaron alrededor de los barrotes, haciendo resaltar las venas que recorrían sus poderosos brazos, y de repente Harrow dejó de pensar en el agua.

Sin poder evitarlo, su mirada siguió el recorrido de sus venas por los bíceps hasta la anchura de los hombros; luego le recorrió la clavícula y bajó por la línea de los pectorales.

Cuando por fin volvió a mirarlo a los ojos, supo que él era consciente de su atención y de lo que significaba. Sus pupilas se dilataron hasta casi extinguir las llamas, de manera que sus ojos se volvieron negros prácticamente por completo, salvo por un delgadísimo anillo naranja.

Sus caras estaban muy cerca. Harrow no podía parpadear, no podía respirar. El estómago le daba unas vueltas que superaban la habilidad de Malaikah.

Entonces la puerta de la tienda se abrió de golpe.

—¡Aléjate de él! —tronó una voz.

Harrow se alejó de la jaula con un grito de sorpresa.

—Por las lúgubres sombras, ¿qué haces aquí?

—Yo...

Raith empezó a gruñir.

Para empeorar las cosas, Loren entró en ese momento corriendo con un farol, casi chocando con la ancha espalda de su jefe. Al ver a Harrow, palideció.

—¿Harrow? ¿Qué...?

—Silencio. —Salizar avanzó; Raith gruñó con más fuerza. Era evidente que estaba furioso—. ¿Tienes idea de lo que es? Habría jurado que el letrero sería advertencia suficiente.

Ella por fin logró reunir las fuerzas suficientes para hablar.

—Él no es lo que tú piensas.

—Es exactamente lo que yo pienso.

—¡No puedes mantenerlo encerrado así! ¡Me das asco!

El gruñido de Raith se hizo más fuerte.

—Creía que tú, más que nadie, Harrow, tendrías un enorme interés en la captura de una de las criaturas responsables de la extinción de toda una línea de elementales.

«Lo sabe —se dio cuenta Harrow, con los ojos muy abiertos—. Sabe con exactitud lo que soy. Tal vez lo sabe desde el día que me acogió.» Siempre lo había sospechado, pero nunca lo había sabido con certeza.

Y ahora que lo sabía, no tenía claro qué pensar. Salizar la había cuidado y había protegido su identidad todos aquellos años, asegurándose de que la noticia de su supervivencia no llegara a oídos de Furie ni de sus partidarios.

—No es uno de ellos —insistió Harrow—. Créeme cuando te digo que yo lo sabría.

Los gruñidos de Raith se acallaron ante sus palabras, observando con atención la interacción.

Salizar entornó los ojos.

—¿Estás segura de ello?

—¿Qué está pasando? —intervino Loren—. ¿De qué estáis hablando?

Ambos lo ignoraron. Harrow trató de pensar en una forma de explicarle la guía del agua al encantador sin delatar su identidad frente al humano que los acompañaba.

—Si fuera malvado, lo habría percibido. Te digo que no es lo que tú crees.

—Que no percibas la maldad en él no prueba nada.

—Lo prueba todo. Los espectros son malvados. Y habría percibido si Raith hubiera matado. Siempre puedo sentir a quienes han arrebatado una vida, y él no lo ha hecho.

Era verdad. ¿Y qué otra cosa percibía Harrow? Que Salizar ya había matado antes. Más de una vez. Siempre lo había sabido, pero había elegido creer que habría sido por una buena causa. Había confiado en él. Pero ¿ahora? No tanto.

—¿*Wraith?* ¿Por qué lo llamas así si no crees que sea un espectro?

—Es su nombre. Raith con R. —Miró a Raith, que seguía en silencio—. Por el estúpido letrero de Loren.

A pesar de las circunstancias, Salizar soltó una carcajada. En cambio, el humano frunció el ceño. Después, el director del circo negó con la cabeza.

—Estás equivocada, Harrow. Hay cosas que no sabes...

—Sé lo suficiente.

—¡No me obligues a ir más allá! —replicó él con brusquedad—. Te estoy diciendo que es exactamente lo que parece. Estoy seguro de ello. Permanecerá en esa jaula, y en una semana la buena gente de Allegra tendrá la oportunidad de ver a un espectro corpóreo. El dinero que gane se destinará a mantener este circo a flote, a mantener a elementales que no tienen adónde ir. Él cooperará con mis planes o sufrirá las consecuencias.

—No puedes hacerlo. ¡No puedes obligarlo a estar en un espectáculo como un animal!

—¿Cómo que no puedo? Este es mi circo. Si conoces otra forma de hacer que se comporte, soy todo oídos.

Harrow lo miró fijamente. Salizar creía de verdad haber capturado a un espectro. No iba a hacerlo cambiar de opinión ni a lograr que reconsiderara su manera de actuar.

Pero la tortura que el director tenía en mente no podía ocurrir. Ella no lo permitiría.

Así que dijo lo único que se le ocurrió para detenerlo:

—Déjame hacerlo a mí.

Salizar parpadeó.

—¿Perdón?

—Déjame hacerlo a mí. Déjame trabajar con él, prepararlo. Cancela el espectáculo de la próxima semana y dame algo de tiempo. Nos dirigimos al oeste después de Allegra, ¿verdad? Lo tendré listo antes de que lleguemos a la ciudad fronteriza. Él confía en mí. Lo convenceré para que haga lo que tú quieras.

Raith la observaba fijamente desde la jaula, con rostro ilegible. Sin embargo, ella intuía lo que estaba pensando, y la hacía sentirse fatal. Pero era la única manera.

—*Tú* quieres trabajar con él —sentenció el encantador, como intentando entenderlo.

—Sí.

—Incluso sabiendo lo que es.

—No es lo que tú crees.

Salizar negó con la cabeza.

—Pero ¿y si lo es?

—No lo es.

—Hipotéticamente. En el supuesto caso de que en realidad fuera un *wraith*, por muy improbable o remoto que sea —su incredulidad era evidente—, ¿aun así desearías cuidar a esta criatura?

—Jamás —afirmó Harrow, sintiendo repulsión de tan solo pensarlo—. Antes, muerta.

—Y pese a ello, quieres seguir adelante con esto.

—Confío en mis instintos. Él no es lo que tú crees. Apostaría mi vida.

Salizar evaluó la situación durante lo que le pareció una eternidad. Finalmente accedió, y Harrow sintió que se llenaba de alivio.

—Muy bien. Parece que nada puede disuadirte. Admiro tu tenacidad y solo espero que no estés a punto de aprender una lección muy dolorosa. —Señaló a Raith con la mano—. Él es, a partir de ahora, tu responsabilidad.

—Gracias. —Apenas podía respirar, mucho menos hablar.

—Para el espectáculo, tiene dos tareas: presentar sus alas al público y cambiar su piel a su tono original. Puedes trabajar con él, pero solo durante el día.

¿Raith tenía alas? Era algo que desconocía.

—Sí, señor.

—Y no voy a cancelar las funciones de la semana que viene. Ni siquiera intentes discutir eso conmigo —precisó al verla abrir la boca—. Su presentación será en una semana.

Aunque no era una victoria total, estaba sorprendida por su buena suerte: casi no podía creerse que hubiera convencido a Salizar de que la escuchara. Así que se limitó a asentir.

El director giró sobre sus talones, pero se detuvo antes de salir.

—No hagas que me arrepienta de esto, Harrow.

—No, señor.

—Siempre he sido indulgente contigo por las desafortunadas circunstancias que te trajeron aquí. Esa indulgencia no se aplica en este caso. No siento simpatía por esta criatura. Si tu plan fracasa, no te trataré de forma diferente a como trataría a cualquier otro que se atreviera a desafiar mis planes. Si quieres mantener tu hogar en este circo, te sugiero que no falles.

—Entendido.

—Buena suerte, entonces.

Y se fue.

De inmediato, Loren la increpó:

—¿En qué estabas pensando, Harrow?

No se sentía ni remotamente intimidada por el humano, no después de enfrentarse a Salizar.

—Vete, Loren.

—Ni se te...

Un gruñido grave volvió a llenar el aire. Raith estaba aferrado a los barrotes de su jaula, sacando las garras, mostrando los dientes, con la mirada negra clavada en el hombre rubio.

—No estás a salvo con él. No entiendo cómo puedes pensar que lo estás.

—Vete, por favor.

—Escúchame. No es humano...

Pero la paciencia de Harrow se había agotado. Su poder emergió a la superficie, llenando el aire de electricidad estática.

Por regla general, las videntes eran pacíficas, algo con lo que se ganaban el respeto de los habitantes de los lugares por los que viajaban. Eran neutrales en los conflictos políticos, de manera que los líderes sabios solían dejarlas deambular libremente, confiando en que podían atraerlas a sus dominios con regalos para que los aconsejaran. Sin embargo, los líderes no tan sabios que habían intentado controlarlas u obligarlas a elegir un bando pronto habían descubierto que no eran tan pacíficas cuando las provocaban.

En el momento en que se veían amenazadas, las videntes podían defenderse solas con bastante pericia.

Loren se calló al sentir los primeros indicios del poder de Harrow y empezó a retroceder con ojos desorbitados. Pensaba que era humana. Todos lo creían, excepto Malaikah y, evidentemente, Salizar. Harrow siempre había hecho todo lo posible por ocultar la verdad, pero eso se había acabado. Estaba harta de fingir ser algo que no era. Estaba harta de tener miedo de sus orígenes, de guardar secretos sobre su pasado, de temer su futuro.

Se metió las manos debajo del pelo para desatarse el pañuelo de colores que llevaba sobre las orejas y dejó caer la seda flotante al suelo.

—Yo tampoco lo soy, Loren.

Había ocultado su identidad durante cincuenta largos años. Aunque no creyera en la existencia de los *wraith*, algo había matado a las videntes, y existía la posibilidad de que vinieran a por ella si se corría la voz de que una elemental de dicho clan había sobrevivido. Además, los descendientes humanos de los ejércitos de Ferron el Conquistador aún vivían en el sur. Leales a la reina Furie, culpaban a Darya de haber iniciado la guerra, y Harrow siempre había temido que la utilizaran para vengarse de sus pérdidas.

Desconocía cuáles serían las consecuencias de su decisión de revelar su identidad, pero, de todos modos, pronto ya no importaría.

Loren palideció ante la inconfundible visión de sus orejas puntiagudas.

—Tú... Pero... ¿Qué eres?

El agua rara vez se manifestaba físicamente, y aquella noche no sería diferente, salvo por la repentina carga eléctrica que atravesó la tienda y la niebla que se acumuló en el aire. Harrow sabía que sus ojos habían empezado a brillar y podía sentir cómo su cabello flotaba, suspendido en las ráfagas de viento.

—Vete.

Era lo único que necesitaba decir. Las palabras salieron más graves que con su voz normal, cargadas de poder.

Loren se dio la vuelta y huyó.

Por fin sola, Harrow se redujo. Su poder se retiró de inmediato.

Pero no estaba sola: Raith estaba ahí. Raith, cuya frágil confianza había traicionado al prometerle a Salizar que lo disciplinaría. La mirada recelosa que le dirigía era prueba suficiente de ello.

Harrow enterró la cara entre las manos. En una sola noche, le había hecho a Salizar una promesa que no podría cumplir y había provocado el principio del fin de su vida tal como la conocía. Malaikah iba a ponerse furiosa.

Raith azotó los barrotes de la puerta de la jaula para llamar su atención. Ella lo miró y vio que fruncía el ceño.

—¿Estás bien? —Su voz era tranquila, como lo era siempre en las raras ocasiones en que la utilizaba.

—Sí, estoy bien. —Casi se atragantó con las palabras. Seguía preocupándose por ella, lo suficiente como para dejar de lado su aversión a hablar, incluso después de pensar que lo había traicionado.

De repente, hacerle entender era su máxima prioridad. De alguna manera, en el poco tiempo que llevaban conociéndose, se había convertido en una de las personas más importantes de su vida. Aquella verdad la asustaba, pero ya era demasiado tarde para dar marcha atrás.

Se acercó a la jaula.

—Lo siento. He tenido que decir lo que fuera para que Salizar te dejara en paz. No tengo intención de entrenarte para ningún ridículo espectáculo circense, lo juro.

Los dedos de Raith se apretaron alrededor de los barrotes.

—No voy a obligarte a mostrar las alas y no me importan tus otras habilidades —le aseguró—. Te lo prometo.

Raith no se movió, ni siquiera parpadeó, y a Harrow se le encogió el corazón. No la creía. ¿Por qué iba a hacerlo? Todas las personas que había conocido le habían hecho daño de alguna manera, así que ¿por qué iba a pensar que ella sería diferente?

Pero, de repente, transformó el color de su piel a un naranja brillante.

Era tan reluciente que Harrow levantó una mano para protegerse los ojos del deslumbrante ataque. Se dio cuenta de lo que estaba haciendo al notar la obstinada postura de su barbilla.

Estalló en una risa de sorpresa.

—Vale, me queda claro que también puedes ser de ese color, si es lo que quieres. Es tan intenso que podríamos ahorrar algo de aceite para los faroles.

Él sonrió. O, al menos, sus ojos lo hicieron.

Su piel volvió a ser morena, y Harrow se dio la vuelta y apoyó la espalda en los barrotes de la jaula.

—Queda una semana para el espectáculo, así que tenemos seis días para pensar en cómo sacarte de aquí, reunir provisiones y decidir adónde ir. Y nadie puede saberlo. —Alzó la cara para mirarlo—. Supongo que para ti no es ningún problema. No eres muy parlanchín.

Mirando hacia el frente de nuevo, suspiró.

—Pero tengo que decírselo a Malaikah. Puede ayudarnos y, además, no podría dejarla sin despedirme.

Un ligero roce en su hombro la hizo girarse. Raith estaba en cuclillas detrás de ella, con el ceño fruncido. De algún modo, sabía exactamente lo que estaba pensando.

—Sí, tengo que hacerlo. Incluso si ignorara lo que me dice el agua, no hay forma de fingir que lo de esta noche no ha ocurrido.

Él frunció el ceño ante la mención del agua; ella consideró explicárselo, pero decidió no hacerlo. No tenía sentido alterarlo con predicciones funestas y, además, no había nada de qué preocuparse. Lo ayudaría a escapar antes de que algo le pasara.

Volvió a mirar al frente, apoyando la cabeza en los barrotes, y le vino a la mente una imagen de la expresión atónita de Loren. No podía creerse que hubiera abandonado su disfraz humano. Por las lúgubres sombras, ¿en qué estaba pensando?

Sonrió en la oscuridad. Se acabó eso de esconderse. Se acabó lo de fingir. Se acabaron las malditas bandas para el pelo. Pensó en lo mucho que le había gustado volver a hacer lecturas verdaderas, y se llenó de una sensación de satisfacción. Estaba harta de fingir que era humana.

Si había riesgos, que así fuera. Encontraría la forma de sortear los peligros. Encontraría la forma de sobrevivir y hacer que su pueblo se sintiera orgulloso de ella.

Como si Raith estuviera leyéndole los pensamientos, rozó muy levemente la punta de su oreja expuesta, lo que le provocó un estremecimiento que le recorrió la espina dorsal.

Se giró hacia atrás.

—Sí, son puntiagudas. —Ella estiró la mano para tocar la punta de las orejas de Raith, tal como él había hecho—. Como las tuyas.

Él frunció el ceño, se echó el pelo hacia atrás y se tocó

una oreja. Abrió los ojos de par en par, como si no se hubiera dado cuenta hasta aquel momento de que tenía orejas de elemental.

El corazón de Harrow tembló con una oleada de ternura. Había algo tan puro en él... Oh, era letal, no cabía duda, pero también era inocente en muchos aspectos. Era, en conclusión, un enigma que estaba decidida a resolver.

Quería ser la primera en conocer su lado secreto y protegerlo de cualquier daño. Quería casi con desesperación que confiara en ella. Quería estar cerca de él más de lo que nunca había querido estar cerca de nadie. Simplemente... lo anhelaba.

—Tú y yo somos diferentes —le dijo—. La gente como nosotros tiene que cuidarse entre sí.

—¿Por qué?

—Porque sí. —¿De veras no lo entendía?—. Porque es lo correcto.

Raith no respondió. Harrow volvió a mirar al frente.

—Tienes una voz bonita. Deberías hablar más. —Enseguida añadió—: Pero solo si quieres. —No le gustaba la idea de presionarlo para que hiciera algo antes de que estuviera listo.

Él no le contestó. Aparentemente, no lo estaba. Bueno, con suerte, con el tiempo, confiaría más en ella.

—Debería irme. Tenemos que empezar a trabajar en nuestro plan de escape. Y, en primer lugar, debo averiguar cómo sacarte de aquí.

Por suerte, sabía con quién hablar.

Cuando ella se fue, Raith se acostó bocarriba en el centro de su jaula y se quedó mirando el techo de la tienda a través de los barrotes. Pensó en la feroz convicción de Harrow de liberarlo y se preguntó de dónde nacía. Y pensó en los extraños impulsos que había percibido en él cuando sus manos se rozaron. Impulsos de tocar. De saborear. De poseer.

No estaba seguro de cómo se sentía al respecto. Era intenso, lo consumía todo y, por lo tanto, le asustaba. Todavía no había decidido si prefería el entumecimiento. Desde luego, le resultaba más seguro y familiar.

Sin embargo, de una cosa estaba seguro: no le gustaba el sacrificio que Harrow pensaba hacer por él.

Contrariamente a lo que su preferencia por el silencio podría hacer creer a los demás, no era estúpido ni carecía de percepción. Basándose en lo que había oído aquella noche, había averiguado muchas cosas.

Salizar había dicho que los espectros eran responsables de la muerte de las videntes. «Disfruto siendo testigo de tu dolor —le había dicho—, aunque sé que jamás igualará el pesar que tu especie les infligió a las videntes antes de matarlas a todas.»

Pero luego había bajado la voz y había añadido: «A todas menos a una».

Y después, antes de apuñalarlo con el bastón... «Esto es por Harrow.»

Los *wraith* habían aniquilado a las videntes. Todas estaban muertas, menos una. Hubo una superviviente.

La superviviente era Harrow.

¿Y si el director del circo tenía razón? ¿Y si Raith era en realidad un espectro?

Harrow estaba segura de que no lo era. Había visto la certeza en sus ojos y la había oído en su voz cuando se lo había jurado a Salizar. Pero ¿cómo podía saberlo? Desde luego, él mismo no podía confirmarlo ni negarlo. No recordaba nada, lo cual ya era sospechoso de por sí.

No podía permitir que Harrow lo ayudara si existía la más mínima posibilidad de que fuera uno de los monstruos que habían asesinado a su familia. Planeaba liberarlo, sacrificando su propia seguridad para hacerlo. Él no creía merecerlo y no quería que ella desperdiciara su vida de aquella manera.

Pero ¿qué podía hacer?

Consideró brevemente la idea de encontrar una forma de escapar sin ella, pero la descartó a regañadientes. Incluso si lograra hallar el modo, Salizar culparía a la vidente. Le había prometido a Harrow que no sería indulgente si fracasaba en sus esfuerzos por disciplinarlo. No, si Raith se escapaba, tenía que ser con ella.

Pero no podía apartarla de su existencia actual a menos que pudiera garantizarle otra forma de vida segura, algo que no podía hacer. Ni siquiera había podido salvarse a sí mismo de la captura, por lo que dudaba de su capacidad para evitar que acabaran en la misma situación... o peor.

Eso solo le dejaba una opción.

Podía aceptar seguirle el juego a Salizar en el espectáculo, con lo que se convertiría en un animal entrenado para dejar a los humanos atónitos. Acataría órdenes cuando le exigieran cambiar de aspecto, enseñaría las alas y las garras, haría lo que aquel maldito bastardo le mandara. Prefería morir antes que obedecerlo, pero, ahora que Harrow estaba involucrada, ya no era tan sencillo.

¿Estaba dispuesto a sacrificar su orgullo para protegerla? La respuesta era sí.

Su corazón se hundió al darse cuenta de que aquel era el único camino posible. Harrow lo había traicionado sin querer, aunque jamás podría echárselo en cara.

Pero gracias a ella Salizar había ganado.

Raith se quedaría en el circo. Se comportaría. Actuaría para las masas como un perro. Se convertiría en el monstruo sin alma que el director lo acusaba de ser.

Al fin y al cabo, todo apuntaba a que eso era exactamente lo que era.

7

A la mañana siguiente, Harrow llamó a la puerta de la caravana de Malaikah, echando miradas cautelosas por encima del hombro, como si temiera ser vista. Lo cual era una tontería, porque llamar a la puerta de su amiga era algo que hacía todos los días. Aun así, sus pensamientos estaban tan llenos de planes e intrigas que sentía que todo el mundo podía verlos.

La puerta se abrió y Malaikah apareció vestida con una bata de seda. Llevaba el pelo sin trenzar; sus rizos flotaban con libertad alrededor de su cabeza. Sonrió con alegría antes de darse cuenta de algo que la dejó inmediatamente inmóvil.

—¿Y tu pañuelo? Así lo que eres está tan claro como el agua.

Harrow sonrió a su pesar.

—He dejado de esconderme, Mal. El secreto ha salido a la luz. Solo el tiempo dirá si hace que me maten o no.

Su amiga se quedó boquiabierta.

—¿Por qué? ¿Qué ha pasado?

—Demasiado.

—Pues entra y cuéntamelo todo. Acabo de hacer café.

Harrow la siguió al interior de su caravana. Una pequeña olla humeaba en la estufa. Las almohadas estaban amontonadas sobre su cama sin hacer y, como de costumbre, del ropero se desparramaban leotardos de lentejuelas y accesorios de sus trajes.

—¿Quieres una taza? —le preguntó Mal mientras Harrow se instalaba con un movimiento sinuoso en uno de los bancos de la mesa empotrada en la pared.

Negó con la cabeza. Estaba demasiado nerviosa para tomar café.

Malaikah se movió por la cocina, sirviéndose una taza.

—¿Por qué has dejado de disfrazarte? —Su larga cola se agitó detrás de ella—. No me gusta, Harrow. Tu anonimato te mantenía a salvo. No sabes lo que pasará si se corre la voz.

—Tan solo me he hartado de esconderme. Llevo años harta, la verdad, pero no ha sido algo planeado. Loren se puso a gritarme que Raith era muy peligroso: «¡No es humano, Harrow!». —Imitó su voz con tono petulante—. Y simplemente estallé. ¿Quién se cree que es? ¿Cómo se atreve a insinuar que alguien no es digno de confianza por no ser humano? Mira dónde trabaja, por la Diosa. No pude soportarlo ni un segundo más.

Malaikah la miraba fijamente, con la cafetera todavía en la mano.

—¿De qué estás hablando? ¿Quién es Raith?

Harrow se inquietó.

—He hecho algo malo, Mal. Tengo que irme del circo. En una semana.

Su amiga volvió a dejar la cafetera sobre la estufa, lentamente. Luego se sentó en el otro banco y se acercó la taza al pecho.

—Harrow, me estás asustando.

—Le he hecho una promesa a Salizar que no pienso cumplir. Al final de la semana se dará cuenta, así que para entonces yo ya debo haberme ido. Pero no solo tengo que preocuparme por mí: he de llevarme a Raith conmigo.

—¿Quién es Raith? Por la Diosa, ¿de qué estás hablando?

—Hace una semana entré en la tienda privada de Salizar. Tuve un sueño muy raro, no sé qué significaba, pero cuando me desperté salí y fui directamente hacia allí, como si estuviera poseída.

Malaikah movió la cabeza.

—¿Y?

—Y conocí a Raith.

—Por último, por las lúgubres sombras, ¿quién es Raith?

—Es... Bueno, Salizar cree que es un espectro.

Su amiga se quedó con la boca abierta.

—¡Pero no lo es! —añadió Harrow rápidamente—. Es... No sé lo que es, pero es dulce y confía en mí, y no puedo abandonarlo. Salizar lo tiene encerrado en una jaula. Le ha estado haciendo daño.

Malaikah se pasó una mano por la cara.

—¿Salizar cree que es un *wraith*? Pero... ¿por qué? ¿En serio son reales? ¿No se supone que son como fantasmas?

—Está convencido, Mal. No importaba lo que le dijera, no cambió de opinión. Pero Raith no es malvado. Sé que no lo es. Lo habría sentido.

—¿*Wraith?* Pero ¿no has dicho que no era...? Corazón, ahora estoy muy confundida.

—Raith con R.

—¿Con R? ¿Qué? —La pobre Mal apenas seguía el ritmo de la conversación.

—Es su nombre. Cuando le pregunté cómo se llamaba, me dijo que Raith, pero creo que lo eligió de la nada. Loren intentó hacer un letrero, pero el muy idiota lo escribió mal, y creo que él simplemente lo leyó y decidió usarlo como nombre.

—Pero ¿por qué no tiene un nombre de verdad?

—Porque no tiene ni idea de quién es.

—¿Y eso?

—No lo sé.

—¿Por qué no se lo has preguntado?

—Lo he intentado, pero no habla mucho.

Mal volvió a negar con la cabeza y luego le pegó un enorme trago al café.

—Sigo sin entender por qué todo esto implica que dejes el circo. Por la Diosa, explícamelo bien o me voy a volver loca.

Harrow le contó entonces todo lo que había pasado la noche anterior, incluyendo que Salizar había accedido a dejarla «entrenar» a Raith para su actuación y la certeza que tenía sobre lo que le pasaría al prisionero si no lo ayudaba a escapar.

—Va a morir si se queda aquí, Mal. El agua me lo ha dicho. No puedo quedarme cruzada de brazos sabiendo que eso va a pasar.

—Pero ¿estás segura? O sea, sí, Salizar se está portando como un imbécil, pero no creo que pueda matarlo.

—Salizar cree que es un espectro. Yo creo que lo mataría sin pensárselo dos veces si tuviera que hacerlo. Si no fuera por la oportunidad de ganar dinero, tal vez ya lo habría hecho. Sea como sea, no sé con seguridad a manos de quién está en peligro la vida de Raith, solo sé que lo está. Tengo que ayudarlo, Mal. No tiene a nadie más.

Malaikah suspiró de nuevo pesadamente.

—Tú y tus impulsos, Harrow. Nunca sé con qué me vas a salir.

—Esto es serio —le suplicó ella. No podía considerar siquiera la idea de huir sin el respaldo de su mejor amiga—. Te juro que no me lo estoy inventando.

Mal se acercó y le acarició el dorso de la mano.

—Sé que no te lo estás inventando. Solo desearía que no me estuvieras diciendo que te vas a poner en peligro para ayudar a escapar a alguien que apenas conoces.

—Mal... —Harrow hizo una mueca, anticipándose a la reacción de su amiga—. No solo voy a ayudarlo a escapar: tengo que irme con él.

—¿Qué? ¡No puede ser!

Se apresuró a explicárselo.

—Salizar me ha dicho que, si algo sale mal con el entrenamiento, no será indulgente conmigo. Es decir, me va a echar igualmente del circo cuando se entere de la verdad, y, además, no creo que Raith tenga ni idea de cómo desenvolverse en el mundo real. Si me voy con él, por lo menos podré asegurarme de que nadie vuelva a hacerle daño...

—¡Harrow, escúchate! —A medio sorbo, Malaikah golpeó la taza contra la mesa con tanta fuerza que el líquido negro se derramó por el borde—. ¿Quién es ese tipo? Acabas de conocerlo ¿y vas a tirar tu vida por la borda por él? Me parece entender que lo que pasó anoche en esa tienda era entre Raith y Salizar. No es tu problema. Esta vida es lo único que tenemos. Si huyes, ¿qué te quedará? ¿Adónde irás?

—No lo sé.

—No puedes involucrarte en esto. No es tu lucha. Es horrible y trágico, lo sé. Pero si somos parte de este espectáculo de fenómenos para los humanos es porque, hoy en día, no hay otro lugar para nosotros en el mundo. Cada noche actúo para ellos porque primero tengo que cuidarme yo. Que los patéticos humanos aplaudan a la extraña mujer gato. Que aplaudan y luego me den su dinero. ¿A quién le importa? Soy rica, por la Diosa. —Malaikah suspiró. Cuando continuó, su voz era más suave—. Fuera de esta vida, los elementales no son aceptados. Las malditas reinas lo provocaron al preferir sus interminables disputas antes que a su propia gente. Ahora tenemos que encontrar la forma de sobrevivir por nuestra cuenta.

Todo aquello era cierto, y sin embargo...

—Su vida está en peligro, Mal. Tengo que ayudarlo. No podría seguir viviendo conmigo misma si no lo hiciera.

Su amiga la estudió entornando los ojos.

—¿Qué tiene él de especial?

—No lo sé. Pero siento que... —Harrow hizo una pausa, tratando de entender sus propios sentimientos, tratando de expresarlos en palabras—. Siento que es importante. Para mí. El agua me ha dicho que estamos conectados, que está destinado a formar parte de mi vida.

Malaikah resopló.

—No puedes haberte enamorado tan rápido.

—No estoy enamorada de él. No es eso.

¿O sí que lo era?

—Ajá.

—No sé cómo explicarlo, pero no puedo abandonarlo. Simplemente no puedo.

—¿Por qué estás tan segura de que no es un espectro?

—No lo es.

—Pero ¿cómo lo sabes? O sea, si...

—No lo es, Mal.

—Corazón, Salizar no es tonto. Es un encantador centenario, uno de los más poderosos entre los vivos. Ha estado en muchos lugares, ha visto muchas cosas, sabe mucho. Si él está convencido de que tiene un espectro real entre manos, ¿qué te hace estar tan segura de que se equivoca? Es muy difícil engañar a un hombre tan astuto.

Harrow suspiró.

—Ya sabes que puedo leer a la gente. Si conozco a alguien malvado, lo sé. Y también puedo saber si alguien ha matado antes. Quitar una vida deja una cicatriz en el espíritu. El agua lo percibe al instante.

—¿Y no percibes nada en Raith?

Ella negó con la cabeza.

—Sí, percibo cierta inclinación a la violencia, pero es inocente. Su espíritu está impoluto. Casi demasiado limpio. De un modo que solo he visto en niños.

—¿En niños? —Su amiga levantó una ceja—. Pero él no es...

—No. No, claro que no. Pero tiene esa pureza, y es ajeno al mundo por completo. Sé que suena irracional, Mal, pero... necesito hacer caso a mi instinto.

Malaikah la miró fijamente durante largo rato. Al fin, cuando Harrow estaba a punto de perder el control, asintió.

—De acuerdo. Está bien. Tienes tus extraños impulsos de vidente que yo jamás entenderé. Pero, bueno, te respeto y te quiero pase lo que pase. Si este... Si esta locura de plan es de verdad lo que crees que necesitas hacer, entonces te apoyo.

—Gracias. —Llena de alivio, Harrow estrechó las manos de su amiga—. Sabes que yo también te quiero.

—Al grano: ¿qué necesitas que haga? —Los ojos de Malaikah se iluminaron con el brillo del desafío. Una mujer acostumbrada a dar vueltas en el aire no era de las que huyen de la incertidumbre.

—Tenemos menos de una semana antes de la inauguración del espectáculo de Raith, o como se le llame a ser torturado frente a un público. Quiero que estemos lejos para entonces. Primero, debemos averiguar cómo sacarlo de la jaula.

Mal la contempló en silencio un instante antes de hablar:

—Sabes que estoy un poco oxidada en lo de ser escapista, ¿verdad? Ha pasado mucho tiempo desde que me dedicaba a ello.

—Sigues siendo la mejor, además de la única en quien confío. No podría pedir una cómplice más capaz.

Su amiga le mostró una sonrisa.

—La adulación te llevará a cualquier parte. —Empezó a mover su larga cola—. Está bien, de acuerdo. Pero no será fácil. Me imagino que Salizar habrá encantado esa jaula a más no poder.

—Supongo que los barrotes son irrompibles o Raith ya los habría roto.

—¿Así que es a la vez superfuerte y dulce? ¿Seguro que no estás enamorada?

Harrow sintió que se sonrojaba. Por suerte, su amiga decidió ignorarlo.

—¿Cómo se mantiene cerrada la jaula?

—Tiene un candado en la puerta.

Mal hizo una mueca.

—Definitivamente encantado. Por suerte para ti, conozco a alguien.

—¿Qué? ¿A quién?

—Hay un viejo en el Subterráneo que vende encantamientos un poco criminales. Por el precio justo, puedo conseguir una ganzúa que abra cualquier candado, incluso uno embrujado.

Harrow abrió los ojos de par en par.

—Eres una genia, Mal.

—No. El viejo Godric es el genio. Pero un encantamiento tan poderoso durará solo un día o dos, así que tenemos que calcular el momento oportuno a la perfección. ¿Qué hay que hacer después?

—No lo sé. No he pensado en nada más allá de sacar a Raith de la jaula.

—Nunca habías organizado una fuga épica, ¿verdad?

Harrow frunció los labios.

—Sabes que no.

—Pues menos mal que me tienes a mí, aunque esté oxidada. —Malaikah dio una palmada—. Bien, esto es lo que vamos a hacer. Primero, necesitas un plan de escape real. Tiene que ser inesperado, pero no tanto que resulte obvio. A veces el plan más obvio es tan obvio que se vuelve inesperado.

—¿Qué?

—No importa. Segundo, necesitas un plan de escape falso. Una distracción. Tienes que dejar un rastro ficticio para que, cuando Salizar empiece a cazarte, tenga algo que seguir que lo lleve por el camino equivocado. ¿Me entiendes?

Harrow asintió, un poco triste al recordar de dónde procedía la experiencia de Malaikah en ese campo.

Los padres de Mal habían sido líderes del famoso clan de panteras de Kambu, en el lejano sur, antes de ser asesinados por sus rivales. En cuanto sus enemigos se dieron cuenta de que la pequeña hija de los cabecillas había sobrevivido al ataque, salieron en busca de su sangre.

Solo gracias a su astucia y su capacidad de adaptación, Mal había podido escapar con vida. Planeaba volver algún día a Kambu para recuperar su patrimonio, pero por ahora la vida en el circo era lo único que tenía.

—Veámoslo de esta manera —continuó su amiga—. Imagínate que eres Salizar. Tu adivina y tu espectro se han escapado y te preparas para darles caza. ¿Dónde buscarías primero?

Harrow frunció el ceño, pensando.

—Me imagino que supondría que nos hemos escondido en Allegra. Es una ciudad enorme llena de gente que va y viene, por lo que resulta un escondite obvio. Fácilmente podríamos encontrar un lugar donde pasar desapercibidos la última semana que el circo esté en la ciudad.

—Eso. Exacto.

—Entonces, debemos hacer lo contrario, ¿no? Reunimos provisiones y dejamos la ciudad de inmediato.

Malaikah negó con la cabeza.

—Incorrecto.

—¿Qué? Pero has dicho...

—He dicho que la mejor opción es algo tan obvio que

se vuelva inesperado. Tu primera opción para esconderte ha sido la ciudad. Salizar llegará también a esa conclusión. Así que lo engañas. Compras un caballo en el mercado y robas provisiones para que parezca que planeas irte de Allegra. Pista falsa tendida. Pero en lugar de eso escondes el caballo en algún lugar donde no vaya a encontrarlo y te quedas en la ciudad. Cuando Salizar descubra las provisiones perdidas, enviará a gente a buscarte fuera de Allegra, pensando que te has decidido por la opción inesperada.

—Podemos comprarle el caballo a un vendedor poco popular para que no sea obvio —reflexionó Harrow, comprendiendo la idea—, pero de igual modo lo bastante accesible como para que Salizar lo descubra una vez que empiece a hacer averiguaciones. Llevaré un pañuelo llamativo para que el comerciante me recuerde. Salizar se creerá muy astuto cuando dé con la pista.

—Ahora sí estás pensando con inteligencia. —Malaikah sonrió—. Y robaremos comida de las provisiones del circo para que Salizar piense que va por buen camino. Eso será lo primero que revisará.

Harrow asintió, empezando a creer que el plan podía funcionar.

—Pero ¿qué hacemos con el caballo que adquiramos? Si Salizar lo encuentra, se acabó.

Malaikah entornó los ojos mientras reflexionaba. Luego, al dar con la solución, los abrió mucho de golpe.

—¿Y si no lo escondemos como tal? Compramos uno anodino, y yo voy disfrazada a dejarlo en los establos del mercado central, donde todos los mercaderes dejan sus monturas. Aunque Salizar lo buscara, nadie te habría visto allí, así que ¿cómo podría saber cuál es el tuyo?

—De acuerdo. —Harrow miró fijamente a su amiga,

con el corazón latiéndole con fuerza. Apenas podía creer que estuvieran planeando algo tan extravagante.

—De acuerdo. —Mal seguía sonriendo. Siempre disfrutaba del peligro de una manera que su amiga jamás había entendido—. ¿Cuándo empezamos?

—Tenemos seis días. Yo digo que lo hagamos la última noche, así tendremos tiempo de sobra para prepararnos. Necesitamos comprar la ganzúa, encontrar un caballo, robar provisiones y asegurarnos un alojamiento donde escondernos hasta que el circo abandone la ciudad.

Los ojos de Mal sobresalieron un poco.

—Haces que parezca tan fácil... —musitó.

Harrow se rio, nerviosa.

—¿De verdad vas a irte? ¿Así como así?

—Tengo que hacerlo. De todas formas, Salizar me echará sí o sí una vez que Raith escape.

—Mi vida no será la misma sin ti.

—Ni la mía sin ti. Eres la única familia que tengo.

—Diosa, recuerdo cuando apareciste por primera vez. Eras solo un pequeño duendecillo.

—Tú también eras bastante pequeña —repuso Harrow.

Malaikah era solo cinco años mayor que ella. Las dos habían llegado el mismo año al circo, pero Mal varios meses antes que ella.

Su amiga se rio y negó con la cabeza.

—Estábamos tan locas.

Harrow sonrió con tristeza.

—Todavía lo estamos un poco.

—Cierto.

—Deberías venir con nosotros, Mal.

—Estoy tentada, no te creas. Pero ya sabes que el

mundo exterior no es muy seguro para mí..., y, además, me encanta el circo. No podría renunciar a él.

Si Malaikah realmente deseaba cumplir su sueño de volver a Kambu algún día, tendría que dejar el circo tarde o temprano, pero Harrow decidió no recordárselo.

—Odio la idea de dejarte aquí con el farsante de Salizar.

—No le tengo miedo. Soy su estrella. Me necesita.

Harrow suspiró.

—Supongo que tienes razón. —Tragó saliva, luchando por reprimir las lágrimas—. Diosa, no puedo creer que esté pasando esto.

—Quiero que sepas que me siento orgullosa de ti. ¿Mostrarte abiertamente como elemental? ¿Decidir ayudar a alguien que lo necesita? —Mal le tomó las manos con fuerza por encima de la mesa—. Ojalá no te fueras, pero sé que estás siguiendo a tu corazón y que haces lo que crees que es correcto, aunque signifique renunciar a toda tu vida. Es increíble. Eres increíble, por la Diosa, y te quiero.

La lucha de Harrow contra las lágrimas fracasó estrepitosamente. Sus hombros temblaban tanto por los sollozos que Malaikah rodeó la mesa para sentarse a su lado y la abrazó con fuerza.

—Para o yo también romperé a llorar. Y ya sabes que lo odio.

Harrow se rio y las dos se abrazaron en un cálido silencio.

Ahora lo único que tenían que hacer era ser más listas que su astuto director y esconder a un elemental con unas características por completo únicas en una ciudad abarrotada de gente. ¿Qué podía salir mal?

8

El final de la semana llegó demasiado pronto, pero no hubo forma de evitarlo. Harrow se pasó el último día haciendo sus rutinas habituales como en un limbo mental. Hizo lecturas, habló con otros trabajadores del circo y limpió su caravana, pero no fue realmente consciente de nada de ello.

Todo estaba listo. Malaikah les había conseguido una habitación en una taberna del Subterráneo y había comprado la ganzúa encantada para abrir la jaula de Raith. Harrow había reducido sus posesiones a dos pesadas maletas y había comprado ropa para él en el mercado. Era tan grande que tuvo que encargarla a medida, y el sastre se mostró incrédulo cuando le dio sus medidas aproximadas.

También había comprado un caballo, lo que, junto con el coste de la posada, había reducido de manera significativa sus ahorros. Era una yegua marrón, común y corriente, pero el vendedor le había jurado que estaba bien adiestrada. Una vez que la recogiera el viernes a medianoche, Mal, encapuchada y encubierta, la llevaría directamente a los establos centrales de Allegra y la dejaría al cuidado de los mozos de cuadra.

Harrow y ella se habían dedicado la noche anterior a robar comida y provisiones de los almacenes del circo. La vidente no se sentía bien al respecto, pero era parte del plan y había que hacerlo. Por suerte, Mal aún poseía habilidades de cuando huía, y lograron hacerse con algunas hogazas de pan, una rueda de queso, un pequeño saco de verduras y dos cantimploras de agua.

Raith intentó una y otra vez, a su manera silenciosa e intensa, convencer a Harrow de que desistiera de su plan para liberarlo, pero ella no cedió, a pesar de que sabía que Salizar sospechaba algo. Estaba bastante segura de que Loren llevaba siguiéndola toda la semana, y los guardias de la tienda del director parecían más alertas de lo habitual. Pero ella y Malaikah habían sido muy cuidadosas en sus incursiones individuales a la ciudad, por lo que no las habían seguido hasta allí. Seguramente Salizar no se esperaba que llegara tan lejos como planeaba.

Para hacerse cargo del guardia de esa noche, Harrow había preparado su infusión somnífera más potente, capaz de dormirlo en una hora.

Después de terminar su última lectura, cerró su puesto y guardó las ganancias del día en su bolsa en lugar de llevárselas a Salizar. Después recogió sus cristales y cartas y vació con cuidado el contenido de su cajón oculto de vidente en la parte superior de sus maletas.

Aquel día se había puesto todas las joyas que había podido para no tener que guardarlas, pero también como despedida de su antigua vida. En su última jornada como adivina de circo, quería lucir lo mejor posible. Tenía la mitad del pelo recogido en un moño desordenado sobre la cabeza, mientras que la mitad inferior quedaba suelta. Llevaba sus pendientes de plata favoritos y se había cubierto las muñecas con pulseras. Además, se había puesto una enorme y gruesa capa con capucha, junto con unas cómodas botas de cuero que se calzaban como medias y se ajustaban con suaves lazos de cuero.

Después de cerrar la caravana, se dirigió a la carpa comedor, pero tenía poco apetito, por lo que solo pudo tomarse un pequeño plato de sopa. La gente le daba palmaditas en el hombro o la saludaba al pasar, y ella tenía que contener las lágrimas en cada ocasión. Intentó actuar con normalidad, pero sabía que cada interacción era en realidad una despedida.

En el circo, nadie había reaccionado demasiado al descubrir que era una vidente verdadera, lo que le hizo preguntarse si siempre lo habían sospechado pero entendían su necesidad de mantenerlo en secreto. Aquello solo hizo que los quisiera más y, por ende, que su partida fuera mucho más agridulce.

Sin embargo, al contrario de la poca respuesta que su revelación había generado, sí que había muchos rumores sobre la más reciente adquisición de Salizar. El director no le había dicho nada a nadie, ni tampoco Loren. Ni siquiera los que montaban guardia sabían lo que custodiaban, y las especulaciones estaban a la orden del día.

Después de cenar, Harrow fue a la entrada trasera de la carpa principal para ver el espectáculo de Malaikah por última vez. La hermosa pantera se balanceaba entre trapecios, hacía equilibrios sobre las manos y daba vueltas en el aire como la intrépida y poderosa mujer que era.

Cuando terminó la actuación, la vidente se dirigió a la tienda de Raith con la infusión somnífera y le ofreció una taza a Oli, que esa noche estaba de guardia otra vez. Sintiéndose culpable por tener que engañarlo, se sirvió también un poco y luego lo escupió con discreción cuando él no la miraba. Aunque tal vez podría haberse tomado toda la taza sin haber sufrido efecto alguno: estaba tan nerviosa que dudaba que pudiera volver a dormir alguna vez.

Después, entró un rato en la tienda, como llevaba haciendo toda la semana, y se dedicó a evitar las miradas punzantes de Raith mientras le leía. Harrow no le había contado nada del plan, sabiendo que él se opondría a sus planes solo por preocupación por ella, pero parecía percibir sus nervios. Se despidió antes de lo habitual para que Oli se relajara y tuviera tiempo suficiente para conciliar el sueño, y después se dirigió a la caravana de Malaikah a esperar.

Mal no tardó en llegar. En cuanto lo hizo, observó con atención a su amiga.

—¿Estás bien?

Harrow no encontró el aliento necesario para responder.

—Dame cinco minutos. Tengo justo lo que necesitas.

Malaikah entró en el baño a lavarse y regresó vestida con unos pantalones y una túnica negros, con la larga cola asomando por debajo de la camisa. Las mujeres rara vez llevaban pantalones por aquellos lares, pero los vestidos eran prendas incómodas para una mujer con cola y, de todos modos, a Mal nunca le había importado seguir las normas sociales.

Se acercó a la despensa y sacó una botella de whisky y dos vasos.

—¡Tacháááán!

Sirvió uno para cada una y se sentó en el banco frente a Harrow.

Se bebieron el whisky en silencio. Luego, Mal rellenó los vasos.

También se los bebieron.

—¿Mejor?

Por fin Harrow se sentía más calmada. Asintió.

—Faltan dos horas para el espectáculo. ¿Ya le has ofrecido a Oli la infusión?

Harrow volvió a asentir.

—¿Has visitado a Raith hoy?

Asintió una vez más.

—¿Y tienes las maletas hechas?

Asintió otra vez.

—Bueno, pues entonces no nos queda más que hacer que tomar otra copa.

Una hora después de la medianoche Harrow se puso su capa y Malaikah apagó las lámparas de la caravana. Juntas, se deslizaron fuera, pendientes de la tranquilidad de los alrededores. La vidente esperó a que su amiga le diera la señal de que todo estaba despejado antes de moverse. Sus sentidos de híbrido detectarían cualquier perturbación mejor que los de ella.

Al fin, Mal asintió.

—Vamos.

Harrow tomó a su amiga de la mano y las dos se deslizaron como sombras por el campamento hacia la tienda de Raith. Se mantuvieron en los márgenes del circo, evitando el camino principal. Malaikah movía todo el rato las orejas de un lado a otro en busca de señales de movimiento.

Cuando por fin llegaron a la tienda, pudieron ver desde su escondite que la infusión había sido un éxito. El pobre Oli se encontraba profundamente dormido en su silla. La tela de la puerta delantera de la tienda estaba bien atada, pero Mal la desató con agilidad mientras Harrow vigilaba por encima del hombro, temiendo que Salizar apareciera de repente en cualquier momento. Habían optado por la entrada delantera porque no creían que Raith cupiera, como ella, por debajo de los laterales de la carpa.

El interior, como de costumbre, estaba completamente oscuro. Malaikah maldijo en un susurro.

—Ojalá tuviéramos algo de luz.

—No podemos arriesgarnos tanto.

—Lo sé.

Avanzaron con sigilo en la oscuridad hasta donde sabían que estaba la jaula. Con las manos extendidas delante de ella, Harrow sintió el acero frío de los barrotes.

—¿Raith?

Un ligero roce en sus manos hizo que una sensación cálida le recorriera los brazos. Buscó en las tinieblas, intentando verlo, pero solo logró distinguir una silueta.

—¿Listo para salir de aquí?

—No lo hagas —le pidió Raith en voz baja.

—No voy a cambiar de opinión, así que ahórrate tus palabras.

A su lado se oyeron los sonidos metálicos que hacía Malaikah intentando abrir la cerradura con la ganzúa encantada.

—Sería mucho más fácil si pudiera ver el maldito candado.

Raith retiró las manos de las de Harrow y ella se puso a retorcerse los dedos con nerviosismo.

De repente, una pequeña llama iluminó la oscuridad. La vidente se sobresaltó. Lo primero que vio fue una luz naranja parpadeante. Luego, pudo ver lo que aquella pequeña llama iluminaba y respiró con fuerza.

Raith tenía una mano extendida fuera de la jaula, junto al candado, y la llama flotaba varios centímetros por encima del centro de su palma.

Malaikah lo miró fijamente, absorta.

—¿Qué es...?

—¿Cómo lo haces?

—No lo sé.

¿Que no lo sabía? ¿Cómo podía no saberlo? Harrow sintió una sacudida de inquietud.

Pero no había tiempo para especular. Mal volvió a inclinarse sobre el candado, moviendo la ganzúa. Los segundos pasaban con agonizante lentitud, cada uno precioso y esencial para su huida. Justo cuando todos empezaban a dudar de que el encantamiento de la ganzúa pudiera vencer al de Salizar, la cerradura se abrió de golpe.

—Ha funcionado —susurró Mal, triunfante, quitando el candado y abriendo el pestillo.

—Salizar va a enfurecerse, no cabe duda.

Raith cerró los dedos en un puño, extinguiendo la llamita que tenía en la palma.

Era libre.

Con el corazón latiéndole con fuerza por un motivo totalmente distinto, Harrow abrió la puerta de acero.

Él saltó fuera de la jaula. No podía verlo, pero sí sentirlo: notó, de hecho, el momento exacto en que recuperó la libertad.

No perdió ni un segundo. Harrow lo oyó dar rápidas

zancadas hacia la puerta de la tienda. La abrió y salió, mientras ella y Malaikah corrían detrás de él. Una vez fuera, se detuvo a contemplar el campamento en calma y la noche iluminada por la luna.

Fue un momento glorioso.

Raith estaba de pie, con su piel bronceada reluciendo bajo el resplandor azulado de la noche y el sedoso cabello derramado sobre los hombros desnudos. Su poderosa espalda se ensanchó mientras respiraba aire fresco, y se enderezó hasta alcanzar su plena estatura. Echó los hombros hacia atrás, estiró el cuello de un lado a otro, apretó los puños y dio fuerza a sus brazos y espalda.

El aire se cargó con un aura de poder, similar a la de Harrow cuando la provocaban. Ella se le acercó con cautela, colocándose a su lado para verle la cara. En sus ojos negros las llamas brillaban con energía, casi prendiendo la noche. Raith levantó las manos y las miró fijamente, y de repente unas afiladas garras se extendieron en la punta de sus dedos.

Después alzó un poco los brazos, arqueó la columna como estirándose y... unas enormes alas coriáceas brotaron de su espalda, tan altas que casi lo doblaban en estatura.

Harrow dio un salto hacia atrás, ahogando un grito, y Mal maldijo. Al parecer, Salizar no bromeaba con lo de las alas.

Raith miró a Malaikah por encima del hombro y le enseñó los dientes en un intento por sonreír, pero se le veía tan formidable que Mal retrocedió. Luego miró a Harrow, pero ella seguía absorta en las alas, admirando las garras de treinta centímetros de largo que tenían en las puntas, arqueadas muy por encima de la cabeza de Raith.

Entonces él plegó las alas contra la espalda y salió corriendo hacia la noche, dejándolas atrás.

Las dos mujeres se quedaron paralizadas durante un segundo, sin poder creerse lo que veían, pero Harrow se recuperó primero. Corrió tras él, convirtiendo su trote en una carrera cuando se dio cuenta de que ya había cruzado la mitad del terreno. ¿Cómo podía moverse tan rápido?

—Raith —lo llamó en un susurro, corriendo tan rápido como sus piernas lo permitían—. ¡Raith, espera!

Él se detuvo con reticencia y se volvió. Su rostro era inescrutable, sus ojos aún brillaban. Aquellas enormes alas lo rodeaban como un manto de sombras.

—¿Adónde vas? —Por la Diosa, que nadie los descubriera en ese momento. Quién sabía de qué sería capaz Raith.

—A matarlo.

—¿A matar a quién?

—A Salizar.

Harrow se quedó boquiabierta.

—¿Qué? ¡No, no puedes matar a Salizar!

Él entornó los ojos. Era evidente que pensaba lo contrario.

—Raith, en serio. Se supone que estamos escapándonos.

Harrow miró con desesperación a su alrededor, esperando que nadie los viera y alertara a los demás. Aquella situación era lo último que se esperaba que pasase, por lo que no tenía la menor idea de qué hacer.

Entonces se dio cuenta de que había sido una tontería. Por supuesto que Raith querría ir tras Salizar. Era un ser orgulloso y poderoso, y el director del circo lo había encarcelado y humillado. Claro que querría vengarse.

—No puedes matar a alguien a sangre fría —le explicó—. Si intentara herirte de nuevo, podrías defenderte, pero no puedes matarlo así como así.

—¿Por qué no?

Colocó una mano en su antebrazo, sintiendo el músculo fuerte como una roca bajo su palma.

—Porque está mal quitar una vida. Solo la Diosa decide quién vive y quién muere.

—Pero muerto ya no será un peligro para ti. No tendrás que irte. —Se encogió de hombros como si fuera lo más obvio del mundo.

A Harrow se le escapó una risa de desesperación. Raith estaba tratando de explicarle —con la mayor cantidad de palabras que le había oído pronunciar jamás— por qué debía coincidir con él en que cometiera un asesinato, como si fuera ella quien no estaba siendo razonable. Pensó que había que cambiar de táctica. Obviamente, él no veía mal matar a alguien, así que tendría que recurrir a otra línea de argumentación.

Por la Diosa, se alegraba de que Malaikah aún no los hubiera alcanzado. No hacía mucho que le había jurado que Raith era inocente. Aunque sabía que no debía dudar de lo que el agua le decía, tal vez su amiga no tendría la misma fe inquebrantable en el elemento al oír aquella conversación. Aun así, Harrow sabía con certeza que él no le haría daño. Lo intentó de nuevo:

—Mira, Salizar dirige este sitio. Él lo fundó, y el circo lo necesita para funcionar. Sin él, ninguna de las personas que aquí se encuentran tendría trabajo o un lugar donde vivir, y eso es algo difícil de encontrar hoy en día para los de nuestra especie. En el mundo exterior, los humanos rechazan a los elementales, y hay muy pocos refugios en los cinco territorios donde podamos estar seguros. Las vidas de algunos de los que viven aquí, como la de Malaikah, se encontrarían en peligro sin el circo. Salizar les da protección y estabilidad. No puedes matarlo, Raith.

Él inclinó la cabeza. Sus ojos parecían distantes, como si, en vez de observarla, su mirada la atravesara.

Estaban de pie en medio del campamento, donde cualquiera podría verlos. Y, para cualquiera, Raith sería aterrador. Como la muerte encarnada.

Para Harrow, incluso sumida en su ansiedad, era ferozmente hermoso.

Ahora que estaba libre del cautiverio, emanaba una naturaleza salvaje que la atraía como nunca nada antes lo había hecho.

«Libertad —le susurró el agua—. Destino.»

Lo ansiaba como la cuenca de un lago seco ansía la lluvia, y la fuerza de esa ansia la aterraba. Estaba siendo absorbida por un torbellino de algo que no comprendía, una atracción tan poderosa que no tenía deseos de liberarse.

¿Aquello era el sueño? ¿Por eso la habían atraído las profundidades? Pero ¿qué le esperaba allí? ¿La salvación o la destrucción?

—Harrow —habló él por fin—, Malaikah y tú podéis dirigir el circo tan bien como él. No es insustituible.

Se separó entonces de su mano con suavidad y ella comprendió que no había conseguido hacerlo cambiar de opinión. Con los ojos encendidos y entornados, Raith se dispuso de nuevo a cumplir su misión de venganza.

Pero Harrow no podía permitírselo.

—Espera —le pidió.

Incluso en ese momento, él se dio la vuelta. Ella miró hacia arriba, lo cogió por uno de los poderosos hombros e hizo lo único que se le ocurrió para evitar que intentara marcharse de nuevo.

Se puso de puntillas y apretó sus labios contra los de él.

Fue como besar a una estatua.

Si antes había estado inmóvil, no era nada comparado con esto. Todo su cuerpo se puso rígido y no hizo nada, no le respondió de ninguna manera.

Un poco avergonzada, retrocedió, volviendo a tocar el suelo con toda la planta de los pies. Él se quedó mirándola, con el rostro inexpresivo. Por supuesto que no quería que lo besara. Estaba pensando en vengarse, no en...

Raith alzó entonces las manos, rodeó la nuca de Harrow y se inclinó hacia su cuerpo para volver a besarla. Aquello la dejó sin aliento y en esta ocasión fue ella la que permaneció inmóvil.

El estupor no duró mucho. Sentía las garras letales a solo unos centímetros de su suave garganta y, sin embargo, la sujetaba con cuidado.

Se derritió.

Se agarró débilmente a sus antebrazos, incapaz de pensar, incapaz de hacer otra cosa que entregarse al beso. Cerró los ojos y lo olvidó todo excepto la sensación de sus labios contra los suyos, firmes y decididos.

En medio del tsunami de sensaciones que la consumía, sintió la crecida del agua.

El poder respondía a él del mismo modo que cuando se sentía amenazada, lo cual no tenía sentido. No estaba en peligro de ninguna manera, así que ¿por qué crecía en su interior como si se preparara para defenderla?

¿Se encontraba, pues, en peligro? ¿Acaso era Raith una amenaza?

Pero no se sentía de esa manera. Su boca sobre la suya, sus manos sujetándola con firmeza... Lo único que quería era rendirse, dejarse engullir por su fuerza. No se sentía en peligro en absoluto.

—¡Harrow! —susurró la voz de Malaikah en la oscuridad, todavía a cierta distancia.

Ambos volvieron a la realidad. Raith la soltó y retrocedió con sus negros ojos abiertos como platos Ella lo miró fijamente, tratando de recuperar el aliento, con el corazón errático y su poder arremolinándose como un tornado creciente. Nunca antes había sentido algo así. Y era Raith quien lo había provocado. Pero ¿cómo?

—¿Qué eres? —musitó.

La mirada torturada que brilló en sus ojos casi le arrancó el corazón del pecho. Porque la realidad era que no tenía ni idea de su identidad.

En ese momento, Harrow decidió que no se detendría hasta averiguarlo.

La convicción cristalizó en su alma y, de repente, como si estuviera satisfecha con su decisión, el agua se calmó. El poder se retiró a su interior, adormeciéndose una vez más.

—¡Harrow! —Malaikah los alcanzó—. En nombre de la Diosa, ¿en qué estáis pensando, besándoos aquí, donde cualquiera puede veros? —Mantuvo la voz en susurro—. He intentado esperaros escondida porque no quiero que me atrapen, pero parecía que no ibais a terminar jamás. Por el amor de... Vámonos, ¿vale? Ya. Antes de que Salizar se asome por la ventana de su caravana y nos vea aquí parados. Y guarda las alas, Raith. O sea, ¡creía que no queríamos llamar la atención!

Harrow miró a Raith, recordando de repente por qué estaban allí en medio.

—Vamos. —Las palabras eran una afirmación para Malaikah y una pregunta para Raith. Sus miradas se encontraron, y ella, en silencio, le suplicó que renunciara a su venganza.

Aunque no parecía ni remotamente complacido, asintió. Harrow dejó escapar el aire que había estado conteniendo. Con un último movimiento de sus alas coriáceas, volvió a plegarlas en la espalda, haciéndolas desaparecer.

Crisis evitada. Al menos por ahora.

Esperaba que la siguiente fase del plan resultara más sencilla.

9

Raith dejó que Harrow lo alejara de Salizar. El bastardo estaba tan cerca que casi podía saborear su sangre derramándose. La venganza había estado a su alcance y, sin embargo, había permitido que Harrow lo distrajera con un beso.

Pero no había sido cualquier beso.

La carne cálida bajo sus palmas, esos ojos plateados llenos de deseo, el dulce aroma a lavanda inundando sus sentidos... Aquel beso había alejado de su mente los pensamientos sangrientos y le había hecho preguntarse por qué le parecían tan importantes siquiera. Cualquier otra prioridad palidecía en comparación a volver a saborear a Harrow.

Incluso ahora, mientras ella avanzaba a toda prisa delante de él en la oscuridad, le resultaba difícil preocuparse por lo que estaban haciendo o adónde iban. Solo quería acercársela de nuevo y explorarla más a fondo. Solo imaginarlo hacía que la sangre le corriera por el centro del cuerpo, endureciéndolo.

Sabía lo que estaba pasando. Aunque no recordaba haberlo hecho nunca con otra persona, sabía lo que quería.

Sin embargo, no estaba seguro de si debía quererlo. Lo dudaba porque su identidad no era más que un agujero negro y no podía asegurar no ser el monstruo que Salizar decía que era.

Aunque Harrow no lo pensaba, se recordó a sí mismo. Harrow había jurado que no lo era y lo creía tan firmemente que estaba renunciando a su hogar para ayudarlo, aunque él no quisiera que lo hiciera. ¿Por qué no iba a creer lo que ella creía? Era la única persona que había conocido por la que sentía algo más que fría indiferencia o deseo de matar.

Miró su cabello, negro y rizado, y de nuevo tuvo que resistir el impulso de atraerla hacia él. No entendía lo que sentía por ella, pero fuera lo que fuese era... cálido. Seguro pero estimulante. Era embriagador y quería más.

—Tenemos que ser rápidos —susurró Malaikah—. Vamos muy retrasados y me estoy poniendo nerviosa.

—¿Te estás poniendo nerviosa? —Harrow se rio con discreción—. Yo llevo así una semana.

Raith volvió a fijar su atención en el presente. Se estaban acercando a una gran caravana de laterales curvos. Un toldo se extendía hacia delante desde la parte trasera con telas de colores que cubrían los lados a modo de paredes. Sobre ellas colgaba un letrero que decía: «ADIVINA».

Entonces cayó en la cuenta de que era el hogar de Harrow. Un hogar que estaba dejando atrás por él.

Matar a Salizar había sido su solución final para evitar que cometiera ese error. Pero ahora que eso estaba descartado, no sabía qué hacer para ayudarla. Aparte de volver a meterse en su miserable jaula y negarse a salir, para lo que no creía tener fuerzas, parecía que su única opción era rendirse al plan de la vidente.

Bajo el toldo, Raith tuvo que encorvarse un poco para no golpear la lona. Había una pequeña mesa, un sillón y una silla. Tres escalones conducían a la puerta de la caravana, y las dos mujeres entraron rápidamente. Él las siguió.

El interior era estrecho, sobre todo con tres personas dentro. Raith se apretujó en un rincón junto a la puerta, temeroso de tirar algo.

Harrow se agachó junto a la cama y sacó una pesada bolsa de cuero de debajo. Cuando se enderezó, vio a Raith y sonrió.

—Esto es un poco pequeño para ti, ¿no?

Malaikah también se rio al verlo.

—Toma, saca esta maleta ridículamente pesada mientras cogemos la segunda. ¿Qué has metido aquí, Harrow? Creí que habíamos acordado que no necesitabas cuatro camisones.

Mientras la vidente se defendía, Raith levantó la maleta y salió por la pequeña puerta, feliz de liberarse del confinamiento. Claramente, todavía no le gustaba estar entre cuatro paredes.

Estaba a punto de volver a por la segunda valija cuando sintió una presencia cerca. No solo cerca, sino acercándose con rapidez. Olfateó, reconoció el olor y gruñó desde la garganta.

Loren.

O el guardia se había despertado y había alertado al humano o Loren había ido a revisar la jaula y la había encontrado vacía. ¿Qué debía hacer? Tal vez podía esconderse en la caravana con Harrow y Malaikah. Podía esconderse entre las sombras, y Loren nunca sabría que estaba ahí.

Pero ahora Raith era libre y estaba enfadado, y esconderse le parecía de cobardes.

Y quería sangre.

Loren se había quedado mirando sin hacer nada mientras Salizar lo apuñalaba con ese maldito bastón innumerables veces. Se merecía pagar por su inacción.

Raith cerró las manos en puños y miró hacia la entrada de la tienda que formaban las telas y el toldo.

Segundos después, el hombre rubio entró con brusquedad.

Loren se quedó congelado y palideció, retrocediendo al verlo.

—Tú... tú...

Raith le enseñó los dientes.

Con valentía, el humano intentó recuperar su orgullo. Enderezó la columna y levantó la barbilla, aunque le temblaban las manos.

—¿Cómo has escapado?

Él no le contestó.

—Ha sido Harrow, ¿verdad?

Raith gruñó. No le gustaba que pronunciara el nombre de la vidente.

—¡Harrow! —gritó Loren de repente.

Eso lo enfureció aún más. Ella no quería que los descubrieran, y el humano no hacía nada por bajar la voz. Si los encontraban, ¿quién sabía lo que Salizar le haría a Harrow?

Raith había aceptado no matar al director aquella noche, pero no había acordado no matar a nadie más. ¿Lo pasaría ella por alto?

—¿Dónde está? —le preguntó el humano, recuperando cada vez más su altanería—. ¿Qué le has hecho, hijo de puta? Pienso matarte como la hayas toca...

Él levantó rápidamente una mano y agarró al hombre del cuello. Lo levantó y lo lanzó con fuerza contra la mesa.

—Yo no soy hijo de nadie —le gruñó en la cara—. Y tú eres un gusano.

Levantó la mano que tenía libre y sacó las garras, preparándose para atacar...

—¡Raith, no!

Alzó la cara y vio a Harrow salir de la caravana y bajar los escalones de un salto. Lo cogió del brazo con sus pequeñas manos e intentó apartarlo del humano. Malaikah apareció también; tras ver a Loren, volvió a la caravana, maldiciendo.

La fuerza de Harrow era insignificante, por lo que Raith podría haberse resistido sin esfuerzo, pero permitió que lo alejara de Loren sin saber muy bien por qué. El humano respiró con desesperación, deslizándose de la mesa al suelo para alejarse de Raith.

Harrow se agachó al lado de él.

—¿Estás bien?

Él resolló, mirando a Raith con los ojos llenos de odio, el orgullo herido de un debilucho.

—Que la Diosa los maldiga a todos a las lúgubres sombras —murmuraba Malaikah una y otra vez en el interior de la caravana, en voz demasiado baja como para que la oyeran oídos normales.

—Habla —señaló Loren, ronco por el estrangulamiento.

—Por supuesto que habla —le replicó Harrow con furia.

—¿Cómo se te ha ocurrido liberarlo? ¿En qué estabas pensando? Esa cosa es peligrosa. Tenemos que devolverlo a su jaula antes de que mate a alguien. ¡Yo ya podría estar muerto!

—No es una «cosa». Y tal vez te lo merezcas por la manera en que lo has tratado.

—Ni de broma me eches la culpa a mí. No es humano y no se puede confiar...

—¡Nadie en este maldito circo es humano aparte de ti! ¿Cuándo vas a entenderlo?

Loren se zafó de sus manos y se puso de pie.

—Lo siento, Harrow, pero no puedo dejar que hagas esto.

Se dio la vuelta y echó a correr.

Malaikah maldijo con furia, con la cabeza asomada por la puerta.

—No podemos dejar que se escape —musitó Harrow—. Va a ir directamente a avisar a Salizar.

—¿Cómo no lo has sentido venir? —le susurró Malaikah a Raith—. ¡Has estado aquí fuera todo el tiempo!

Él se dio cuenta de su error. No solo había puesto en peligro la seguridad de Harrow, sino también la de Malaikah. Era culpa suya y, por lo tanto, su responsabilidad.

Una vez tomada la decisión, salió disparado por debajo del toldo, alcanzó a Loren en unos segundos y lo arrastró de vuelta por el cuello. Arrojó al humano a los pies de Harrow, esperando instrucciones.

Ella lo miró con la boca abierta.

Murmurando más maldiciones, Malaikah volvió a meterse en la caravana.

El humano intentó levantarse de nuevo, así que Raith volvió a tirarlo al suelo y le apoyó un pie entre los omoplatos.

La vidente se llevó una mano a la cara.

—¿Lo mato? —Parecía la solución más fácil.

—¡No, Raith! —respondió Harrow, horrorizada—. ¡No hay que matarlo! ¡Ni a él ni a nadie!

Frunció el ceño. De verdad que no veía el problema. Loren era un obstáculo, así que ¿por qué no eliminarlo?

—Tenemos que... —continuó ella, estremeciéndose—. Tenemos que amarrarlo para que no pueda ir corriendo a avisar a nadie. Lo dejaremos donde puedan encontrarlo por la mañana.

—No lo hagas, Harrow —gimoteó el humano desde el suelo.

Raith lo pisó con más fuerza, resistiéndose al impulso de aplastarle la columna vertebral y la caja torácica.

—¿Lo meto en mi jaula?

Harrow lo miró a los ojos, y él observó con fascinación cómo su ira desaparecía y su mirada se volvía suave, una mirada que le dirigía a menudo. Una mirada que había aprendido a anhelar.

Una mirada, no obstante, que volvió a endurecerse al notar cómo se retorcía la figura de Loren. Volvió a mirar a Raith y asintió con fiereza.

—Hazlo.

—¡Cómo te atreves, puta!

Raith gruñó, alargando las garras, pero esperó el permiso de la vidente para responder al insulto.

Ella lo miró con una sonrisa maliciosa que le removió la sangre.

—Será mejor que lo amordacemos.

Raith levantó a Loren por la camisa, y el humano empezó a gritar.

—¡Bájame, maldito bastardo! Harrow, ni se te ocurra...

Le dio un golpe en la cabeza, amortiguando la fuerza en el último segundo para no matarlo. Instantáneamente inconsciente, el humano quedó colgado de la camisa en manos de Raith.

—Dulce Diosa madre del velo —dijo Malaikah desde la puerta.

Harrow no perdió un segundo.

—Mal, tráeme un trapo de cocina y uno de mis pañuelos.

Su amiga regresó momentos después con los objetos.

—¿Crees que me habrá visto?

—No.

Con cautela, Harrow le metió el trapo en la boca a Loren y luego le amarró el pañuelo alrededor de la cabeza para mantenerlo en su lugar. Era un bonito trozo de seda, y ella le hizo un nudo perfecto en la nuca con dedos temblorosos.

Claramente, no era una mujer acostumbrada a amordazar a un prisionero, algo que Raith decidió que era algo bueno.

—¿Puedes encerrarlo en la jaula sin que te vean? —le preguntó entonces. Él asintió. Ella entornó los ojos—. ¿Puedo confiar en que no vas a matarlo y en que después vas a volver aquí directamente, sin ir a buscar a Salizar?

Raith hizo una mueca. Harrow era demasiado lista. De mala gana, asintió.

Ella lo miró a los ojos.

—Prométeme que volverás sin matar a nadie.

Un juramento.

De repente, lo supo. Un juramento era la esclavitud.

No podría faltar a su palabra una vez lo hubiera pronunciado, y aunque no estaba seguro de lo que ocurriría si fallaba, sabía que sería extraordinariamente desagradable. Desconocía cómo lo sabía, pero lo tenía claro.

¿Era Harrow consciente de la obligación que suponía una promesa para él? Tal vez no. Fuera como fuese, estaba empezando a confiar en ella, pues era la única que creía en él.

Le devolvió la mirada.

—Juro volver inmediatamente después de dejar al humano en la jaula. Juro no matar a nadie antes de volver, a menos que primero intenten matarme a mí. —Añadió esto último como medida de protección. Luego, para asegurarse de que no se comprometía de manera indefinida, agregó—: Si no regreso por cualquier motivo o si nuestros planes se ven interrumpidos, este juramento se mantendrá durante el resto de la noche y después quedaré libre de él.

La obligación lo rodeó como una cuerda, como una cadena alrededor del cuello, exprimiéndole el aire de los pulmones. Una prisión peor que aquella de la que acababa de escapar.

Cualesquiera que fueran las circunstancias, cumpliría su palabra bajo pena de muerte, literalmente.

Porque sabía a ciencia cierta que lo que sentiría si intentaba romper un juramento sería peor que morir.

Frunció el ceño. ¿Cómo lo sabía? ¿No acababa de concluir que desconocía qué pasaría?

Las preguntas se desvanecieron cuando se dio cuenta de que Harrow lo miraba fijamente.

—¿Qué ha sido eso? He notado... Cuando has hecho la promesa, he notado como si...

—Venga —susurró Malaikah desde la puerta de la caravana—. Se nos acaba el tiempo.

Raith cargó al humano sobre un hombro y salió de la tienda cual sombra para cumplir su juramento.

Cuando se quedaron solas, Malaikah se paró en la puerta de la caravana y le echó «la mirada» a su amiga.

Ella solo podía responder de una manera: con docilidad.

—¿Inocente? ¿Puro? ¿De verdad, Harrow?

—Sé lo que sentí.

—Ese hombre está tan sediento de sangre que podría pensarse que vive de eso. Espero que sepas lo que haces.

La vidente suspiró.

—No tengo ni idea de lo que estoy haciendo.

—Raith habría matado tanto a Salizar como a Loren si no lo hubieras detenido.

—Lo sé.

—Harrow, corazón, eso está fatal.

—Lo sé, ¿vale? Lo sé.

Malaikah también suspiró.

—La buena noticia es que has podido detenerlo. Te hace caso. Lo único que yo digo es que vas a tener muchísimo trabajo.

¿Intentaría Raith arrancarle la cabeza a cualquiera que lo mirara raro? ¿Tendría que dedicarse a tiempo completo a la prevención de asesinatos? Diosa, esperaba que no.

Justo en ese momento regresó él, silencioso y mortal como, bueno, un espectro.

—¿Listo?

Asintió. Después de la extraña promesa que había hecho, el aire vibraba con algún tipo de poder, y él parecía extrañamente resentido con Harrow, como si lo hubiera obligado a caer en una trampa. No había sido para nada su intención, pero no se habría quedado tranquila sin obtener su promesa. Nadie moriría aquella noche si podía evitarlo.

Pero ¿qué había significado? Otro misterio que agregar a la lista.

Ella se había hecho el juramento mental de ayudarlo a averiguar quién era, pero no tenía ni idea de por dónde empezar.

El resto del plan se desarrolló sin problemas. Si Salizar tenía un encantamiento que lo alertaba si la jaula se abría, o no funcionó a tiempo para que los alcanzara o la ganzúa de Malaikah había conseguido engañarlo. Fuera como fuese, el circo permaneció en calma mientras se escabullían hacia la ciudad.

Harrow cogió la mano de Raith con fuerza. Se había puesto la capa que ella le había comprado, pero incluso con la gran capucha tapándole la cara, se dio cuenta de que estaba abrumado por las vistas y los olores, incluso en la relativa quietud de la noche.

Allegra era una ciudad que nunca dormía del todo, y mientras avanzaban con sigilo por las calles adoquinadas entre edificios de piedra, se cruzaron con borrachos tambaleantes, mendigos, viajeros cansados y algún que otro forastero encapuchado de intenciones poco claras.

Si no molestaban a nadie, nadie los molestaría a ellos. Así era la ciudad.

Malaikah los condujo a través de un laberinto de calles estrechas, dando vueltas en tantas combinaciones diferentes que Harrow perdió rápidamente el sentido de la orientación.

La ciudad central tenía algunas peculiaridades que había que tener en cuenta cuando te movías por ella. Se rumoraba que debido a un exceso de magia de la reina del éter, calles enteras desaparecían de vez en cuando y reaparecían más tarde. A veces un giro equivocado te llevaba a donde querías ir, y un giro correcto te perdía por completo. Aunque se vendían muchos mapas de la ciudad, al parecer no había dos exactamente iguales, ni nadie capaz de dar indicaciones concisas.

Por eso, Harrow se quedó un poco sorprendida cuando por fin, al final de otro anodino callejón oscuro, Malaikah les indicó que se detuvieran.

—Hemos llegado —dijo.

Estaban frente a una taberna, identificada solo con un pequeño letrero oscilante en forma de círculo. Al observarlo más de cerca, la vidente se dio cuenta de que estaba tallado en forma de uróboros, una serpiente enroscada que se muerde su propia cola.

Ya había visto antes aquel antiguo símbolo, pero que se usara en aquel lugar la hizo dudar.

El resplandor anaranjado de la luz del fuego brillaba sobre los adoquines a través de las estrechas ventanas de la taberna, e incluso a aquellas horas podía oírse dentro el murmullo de una animada conversación. Los tragaluces del segundo piso estaban también iluminados, pero no llegaba ningún ruido a través de los postigos abiertos, y Harrow supuso que era allí donde se encontraban las habitaciones de la posada.

Se detuvo en seco, de repente nerviosa.

—¿Cómo has dado con este lugar?

—Ya te lo he dicho —le respondió Mal—. Pregunté

por una posada de mala muerte en lo profundo del Subterráneo y... tacháááán. No hay nada más subterráneo que esto.

—¿Estás segura de que no está dirigida por esa banda? Ya sabes. —Todo el mundo conocía a la banda de híbridos propietaria y gestora de la mayor parte de las empresas del lugar.

—Oh, sé a ciencia cierta que está dirigida por ellos. De ahí el letrero. Se llama Uróboros.

—Entonces ¿por qué hemos venido aquí?

—Porque, en consecuencia, también es el lugar más discreto para esconderse. Si Salizar viene a buscarte, aquí nadie dirá una palabra, en especial a un forastero, y menos aún a él. Ya sabes lo que piensan los elementales de por aquí del circo.

Harrow miró el letrero con aprensión.

—Pero ¿nos permitirán quedarnos?

Su amiga se encogió de hombros.

—Ya he pagado la habitación. Vamos.

Se dirigieron a la entrada de la taberna, una puerta de madera redondeada en la parte superior, cuando Malaikah se detuvo de golpe y se dio media vuelta. Miró a Raith con una mueca.

—Pensándolo bien, mejor espéranos fuera. Dentro vas a llamar mucho la atención.

Él no dijo nada.

—Pero ¿cómo pretendes que llegue a la habitación? —repuso Harrow.

Sin embargo, no tenía más remedio que aceptar la consideración de Malaikah. Incluso bajo la capucha, sus ojos brillaban y su imponente estatura hacía que sobresaliera por encima de los demás.

Raith alzó la cara hacia el segundo piso.

—Entraré por la ventana.

—Qué absurdo —musitó Harrow al mismo tiempo que Mal decía «genial»—. Es demasiado peligroso...

—Corazón, yo podría escalar esas piedras con facilidad, así que algo me dice que Raith puede arreglárselas solo. —Le lanzó una mirada mordaz—. Quédate en las sombras y no dejes que nadie te vea.

Con un silencioso gesto de asentimiento, él se fue a un rincón y pareció disolverse en la oscuridad hasta hacerse casi invisible.

—Demonios —susurró Mal con un estremecimiento.

Harrow ocultó su reacción, pero se sentía de forma muy parecida. Sería una necia si olvidara por un segundo lo peligroso que podía ser Raith.

Ambas mujeres entraron entonces juntas en la taberna. Nada más poner un pie dentro, la vidente se dio cuenta de que había subestimado enormemente el nivel de actividad desde el exterior. Todas las mesas de la taberna estaban abarrotadas de gente borracha que estallaba en gritos y carcajadas. Había alguna que otra figura sombría que acechaba desde los rincones oscuros. Camareros con bandejas de cerveza se abrían paso entre la multitud mientras un trío de violines bastante ebrio arrastraba una ronda de canciones a la que nadie prestaba atención.

Harrow siempre había evitado ese tipo de lugares. La ponía nerviosa que la miraran demasiadas personas; su seguridad siempre había dependido del anonimato. Por ello, se reafirmó en la decisión de que Raith esperara fuera. Si ella se sentía incómoda, él se habría sentido mucho peor.

Malaikah se dirigió a la barra, donde una mujer llenaba jarras de cerveza.

—He alquilado una habitación arriba —le gritó por encima del tumulto—. Vengo a por la llave.

La posadera asintió.

—Seguidme.

Las condujo por una estrecha escalera que subía al segundo nivel. Arriba había un pasillo largo y estrecho bordeado de puertas. El ruido de abajo se filtraba por entre los tablones del suelo.

La posadera abrió un cuarto al final del pasillo y le dio la llave a Malaikah.

—Los pedidos de comida se hacen en el bar, pero podemos entregarlos en la habitación. Enviaré a los muchachos con leña y agua. La tina está detrás de la cortina. Las letrinas afuera, atrás. ¿Necesitáis algo más?

—Estamos bien, gracias.

—Que disfrutéis de la estancia —se despidió la posadera sin entusiasmo.

El ruido del bar retumbaba en el suelo. Dejaron caer las maletas sobre la cama y miraron a su alrededor.

Aunque bastante pequeña, la habitación era sorprendentemente cómoda. Había una cama de matrimonio, una chimenea de piedra, dos sillas, una mesa y un pequeño sofá muy parecido al de la caravana de Harrow. La cortina junto a la chimenea constituía la puerta del baño.

Lo primero que Harrow hizo fue acercarse a la ventana, descorrer el pestillo y abrirla.

—¡Raith! —susurró en el silencio de la noche. Se asomó y lo buscó por la calle, pero no vio nada.

Justo cuando empezaba a temer que se hubiera ido, la miraron sus ojos llameantes. No desde la calle, sino a media altura del muro; ya estaba escalando, con las garras clavadas en los huecos entre las piedras.

Saltó hacia atrás para hacerle espacio, y un momento después él entró por la ventana y se retiró la capucha. Sus facciones permanecieron inexpresivas mientras observaba el nuevo entorno.

—Muy bien —dijo Malaikah en el creciente silencio—. Lo hemos logrado.

Por algún motivo, la victoria parecía vacía.

—Será mejor que regrese antes de que alguien se dé cuenta de que me he ido. —Mal miró a Harrow con cariño—. Sabes que tenéis que quedaros aquí, ¿verdad? Nada de vagabundear por ahí.

Ella le dedicó una mueca.

—Lo sé.

—Muy bien. Entonces os dejo. Todavía tengo que llevar a tu caballo a los establos. —Miró alternativamente a Raith y a Harrow, cambiando su peso de un pie a otro—. Pues buenas noches.

De repente, la vidente se echó a sus brazos. «Todavía no es un adiós», se aseguró a sí misma. La vería, tal vez incluso al día siguiente, si conseguía escabullirse sin problemas.

—Buenas noches, Mal. Te quiero.

—Yo también te quiero.

Se separaron. Malaikah se despidió con torpeza de Raith y se marchó, cerrando la puerta tras de sí.

Una vez a solas, Raith y Harrow se miraron desde extremos opuestos de la habitación.

Entonces alguien llamó a la puerta.

—Agua y leña.

—Adelante —exclamó ella mientras Raith se metía en el baño para esconderse.

Dos híbridos de lagarto entraron con un cubo grande de agua y una jarra para beber junto con un haz de leña.

Tras indicarles que lo dejaran junto a la chimenea, Harrow los despidió y volvió a reinar el silencio.

—Lo hemos logrado —susurró la vidente, echándose la capucha hacia atrás.

Raith salió de detrás de la cortina y miró a su alrededor. No parecía tan contento como ella, y no hacía falta ser un genio para entender el motivo.

—De una jaula a otra —murmuró, observando la habitación bajo una luz totalmente nueva. Para su tamaño, resultaba diminuta. Los techos eran tan bajos que casi los rozaba con la cabeza.

Ella decidió cambiar de tema:

—Deberíamos descansar.

Contempló la única cama y sintió que se le calentaba la cara. Raith siguió su mirada y, de repente, el silencio le pareció muy pesado.

—Dormiré en el suelo.

El sonido de su voz provocó que la recorriera un rayo de electricidad. Su rostro se mantenía inexpresivo, por lo que Harrow no tenía ni idea de lo que estaba pensando.

—Hay espacio suficiente para los dos —dijo.

Él se limitó a mirarla.

Harrow se apoyó las manos en la cadera.

—El sofá es demasiado pequeño, y no vas a dormir en el suelo, así que ni se te ocurra volver a sugerirlo.

Raith entornó los ojos, y ella respondió de la misma manera, negándose a ceder.

No tenía nada que ver con las mariposas que sentía en el estómago al pensar en acostarse a su lado: simplemente se negaba a que un hombre que se había pasado semanas en una jaula durmiera en el suelo en su primera noche de libertad. Lo de menos era el beso que habían compartido hacía apenas una hora, o que el recuerdo de su fuerte cuerpo contra el suyo siguiera tan claro en su mente como para dejarla sin aliento.

El calor de sus mejillas se intensificó. «No es por eso», se repitió.

Decidiendo que dos podían jugar al juego del silencio, se dio la vuelta y fue a prepararse. Después de lavarse y ponerse el camisón en el baño, volvió a salir... y se encontró a Raith de pie en el mismo sitio. Tras un segundo de sorpresa, se acercó a la cama y apartó las sábanas de un lado, ahuecando las almohadas para tener algo que hacer con las manos.

Él la observó todo el tiempo.

Aparentando no darle importancia, se metió bajo las sábanas, le dio las buenas noches y se inclinó para apagar la lámpara que había a su lado de la cama. Cerró los ojos y fingió dormir mientras lo escuchaba moverse por la habitación.

Un rato después, sintió que el colchón se hundía cuando Raith acomodó su considerable peso a su lado, y su corazón se aceleró. Sin embargo, él no se metió bajo las sábanas.

Lo cual estaba bien, se aseguró a sí misma. Lo correcto era mantener cierto espacio entre los dos, y el hecho de que lo hubiera besado no significaba que estuviera lista para...

—¿Por qué no te tapas? —susurró en la oscuridad, queriendo darse un golpe en la frente de inmediato.

¿Por qué lo presionaba? Bueno, claro, quería que se sintiera cómodo. No deseaba que se arrepintiera de haberse escapado con ella. Y tal vez... anhelaba estar más cerca de él.

Sintió que su cuerpo se movía y se colocaba de lado, hacia ella, así que se volvió. Unos extraordinarios iris de fuego la miraron en la oscuridad. Sus rostros estaban tan cerca... Harrow se permitió recorrer con la mirada la curva de los labios de Raith, el arco de su nariz, deseando poder usar su dedo en lugar de los ojos. Era tan atractivo, sus rasgos tan orgullosos y nobles. ¿De dónde había salido? Seguro que alguien lo conocía y sentía su ausencia.

—Buenas noches, Harrow.

Su voz... La recorrió un escalofrío. Supuso que aquello significaba que no se acostaría bajo las sábanas. Bueno, bien. Pasar de una jaula a un colchón blando era un gran salto, y tal vez la comodidad de las mantas era demasiado para aquella primera noche. Podía entenderlo.

Al fin y al cabo, la libertad es tanto un estado mental como un estado del ser.

—Buenas noches, Raith. —Le ofreció una sonrisa somnolienta y cerró los ojos, inhalando profundamente su aroma para relajarse.

Ella se aseguraría de que permaneciera libre el tiempo suficiente para llegar a creérselo.

Costase lo que costase. Sin importar lo que les esperase en el camino.

10

Raith se acostó sobre las sábanas, escuchando la suave respiración de Harrow, observando cómo su pecho subía y bajaba mientras su dulce aroma a lavanda le inundaba la mente y le nublaba los pensamientos. Esperó en perfecta quietud hasta que su hálito se hizo más profundo, al ritmo del sueño, y luego se dio la vuelta y se sentó.

No iba a descansar mientras ella estaba indefensa. Jamás debería haberle permitido que lo liberara de aquella jaula, y mucho menos seguirla hasta allí.

Pero así había sido. De manera que la protegería.

Se levantó y miró a su alrededor. La habitación estaba a oscuras, pero tenía tan buena vista que podía ver casi como a la luz del día.

Su mirada volvió a Harrow, como si fuera lo único que existía en el mundo. Dormía de lado, mirando hacia donde él había estado acostado, con el brazo extendido sobre las sábanas como si quisiera tocarlo. Llevaba un camisón sin mangas, y él contempló su piel desnuda sobre la blancura de la cama. Su pelo era como una tormenta de medianoche, rizos y caos desparramados sobre la almohada como masas nebulosas.

Quería volver a la cama y meterse bajo las mantas junto a ella, estrecharla contra su cuerpo y respirar su aroma hasta que fuera lo único que conociera.

Admitir aquel deseo dio paso a otro. Quería besarla de nuevo, tocar su piel desnuda, saborearla...

«No está bien.»

Se sentía impuro, indigno, y creía saber por qué.

No podía olvidar la expresión de horror en el rostro de Harrow cuando le impidió matar a Loren. Eliminar al humano le había parecido algo tan natural como instintivo y, sin embargo, ella se había horrorizado. ¿Qué decía eso de él?

Fuera quien fuera, fuera lo que fuera, temía ser algo terrible. Temía que su presencia en la vida de la vidente la manchara de alguna manera. Pero ¿qué podía hacer? Era demasiado tarde para volver a su jaula. Por su debilidad y su extraño e insaciable deseo de estar cerca de ella, la había puesto en peligro.

No podía deshacer ese error, ni podía procurarle a Harrow la vida que deseaba que tuviera, pero podía ser su guardián. Podía protegerla a cualquier precio para su cuerpo, su mente o su orgullo, hasta el momento en que exhalara su último aliento.

Era un pequeño precio a pagar por lo que ella le había dado a él, una criatura sin nombre, sin pasado ni propósito.

El vacío de aquella identidad olvidada se cernía sobre él como una sombra de la que deseaba tanto huir que el anhelo le abrasaba la piel. Había venido de alguna parte. Había hecho cosas. Y cuanto más se miraba a sí mismo, a sus instintos e impulsos, más deseaba no tener que recordar nunca.

Tal vez, después de todo, aquella situación podía ser un nuevo comienzo. Tal vez podía utilizar su nueva vida para convertirse en el protector de Harrow y dejar el pasado atrás, donde pertenecía.

Decidió que la limpieza física era un buen punto de partida, así que se apartó en silencio de la cama y se metió detrás de la cortina para lavarse.

Había una pequeña tina de madera, un espejo de cuerpo entero y dos toallas. Encontró en el estante un jabón de una textura tan arenosa y áspera que pensó que podía ser para lavar ropa. No le importó. Se frotó cada centímetro del cuerpo hasta que le ardió la piel, intentando no pensar en lo oscura que podía volverse y en el miedo y el odio que había inspirado en los demás.

Con la taza que les habían llevado sacó agua del cubo para enjuagarse y luego abandonó la tina, envolviéndose una toalla en la cadera. Entonces se quedó inmóvil al verse de refilón en el espejo.

Se tensó, girándose despacio hacia su reflejo, con la tenue luz de la luna refulgiendo a través de la cortina. Por primera vez desde que tenía recuerdos, vio su aspecto.

Y por fin entendió por qué la gente le tenía miedo.

Sus ojos eran... negros.

Completamente, excepto por los finos anillos de sus iris, que eran como un remolino anaranjado de fuego. Nadie que hubiera visto hasta el momento tenía ojos así.

Aquellos ojos le devolvieron la mirada. Podía cambiar de piel, esconder las alas y guardar las garras, pero sus ojos siempre dirían la verdad.

Era un monstruo.

Harrow había empezado a soñar en cuanto se durmió. Nadaba en paz por aguas turquesa antes de que el impulso de tomar una decisión se apoderara de ella, igual que la vez anterior. En esta ocasión, sin embargo, no tardó en elegir sumergirse, nadando hacia abajo con desafiante confianza, como si conociera los peligros de las profundidades y los retara a asustarla.

No obstante, una vez rodeada por completo por la negrura, esa confianza pareció quedarse a kilómetros de distancia. Se esforzó por mantener la calma, aunque no veía nada, nada más que oscuridad. Entonces siguió nadando hacia abajo, creyendo que debía de tener algún sentido, que se acercaba el final.

Y ahí fue cuando la vio. Una pequeña luz naranja que parpadeaba como la llama de una vela. Con la emoción recorriéndole todo el cuerpo, nadó con más fuerza, desesperada por descubrir qué era. Pero al acercarse se dio cuenta de que no era una luz, sino dos.

Dos llamas que ardían en la oscuridad.

Dos anillos de fuego. Parecían inteligentes, conscientes, y al acercarse aún más, entendió que no eran anillos, sino ojos...

El sueño cambió.

—¿De verdad tengo que predecir el futuro hoy? —se quejaba una Harrow de diez años mientras su madre ponía frente a ella una palangana de cobre con agua.

Mellora se sentaba y cruzaba las piernas por debajo de sus faldas, y acariciaba el cabello de su hija, colocándole un rizo rebelde detrás de su puntiaguda oreja.

—Las videntes practican la adivinación todos los días —le explicaba Mellora—. Así se mantiene fuerte su conexión con el agua, y el elemento puede obrar a través de una. Es importante, Harrow, en especial ahora.

Las mujeres de su clan se reunían alrededor de un fuego crepitante a poca distancia de sus caravanas; los caballos descansaban atados a los árboles. El cielo estaba negro, las estrellas ocultas por la luz de la luna llena. Al otro lado de las llamas, Luthera estudiaba con profunda concentración las piedras de adivinación que había arrojado al suelo del bosque. Las demás compartían tazas de té de limón y jengibre.

Nadie hablaba y el aire estaba cargado de tristeza y tensión. Harrow sabía que algo preocupaba al clan. Su madre había intentado protegerla de las noticias, pero ya era lo bastante mayor para entenderlo casi todo.

Algo las perseguía.

Los clanes de videntes estaban siendo masacrados en todos los territorios... y solo era cuestión de tiempo que el suyo fuera el siguiente.

—¿Por dónde empezamos? —Mellora le daba un codazo a Harrow con una sonrisa forzada.

—Me concentro en el agua del cuenco —respondía Harrow, que ya no quería quejarse de la lección.

—Así es. Deja los ojos quietos, escucha tu respiración, y cuando sientas la crecida del agua dentro de ti, ríndete a ella.

Obligando a sus cansados ojos a concentrarse, Harrow observaba cómo las ondas del cuenco reflejaban los colores del fuego hasta que le pareció estar mirando directamente a las llamas mismas. Resultaba extraño que el agua pudiera asemejarse tanto a su fuerza opuesta.

Después de un rato, Mellora le decía que su esfuerzo había sido satisfactorio por esa noche.

—Te estás durmiendo sentada —observaba con una risita—. Vamos a la cama. —Se levantaba, se alisaba el vestido y le ofrecía la mano.

Justo cuando Harrow se la cogía, Luthera lanzaba un pequeño grito desde el otro lado del hogar. Levantaba la vista, con expresión desencajada. La niña sentía miedo, se levantaba rápido y se pegaba a las piernas de su madre.

—Nos han encontrado —susurraba Luthera—. Es demasiado tarde.

Se oían jadeos de terror alrededor del fuego. Alguien murmuraba fervientes plegarias a la Diosa.

Harrow tiraba de la mano de su madre.

Mellora la miraba con los ojos muy abiertos y asustados.

—Cariño, quiero que corras hacia el bosque. Pase lo que pase, no mires atrás.

—Mamá, no...

—Ya está aquí. —Luthera extendía una mano temblorosa hacia el cielo.

Arriba, la luna llena proyectaba su luz sobre el claro del bosque. A su alrededor, el firmamento estaba tan negro como el carbón.

Una sombra atravesaba la cara de la luna.

Colectivamente, las videntes elevaban su magia en respuesta a la amenaza hasta hacer crepitar el aire como una tormenta eléctrica.

—¡Harrow, vete! —Mellora empujaba a su hija hacia los árboles.

—La muerte desciende sobre nosotros —decía Luthera en una exhalación—. El último clan de las videntes cae presa de las sombras.

—¡Ahora, Harrow!

Pero no lograba huir.

Agachada bajo los restos de una caravana volcada, la niña se escondía con las manos pegadas a los oídos, intentando ahogar los gritos.

Al final, se hacía un silencio inquietante y ella bajaba despacio las manos. Algo seguía ahí fuera; podía sentirlo. Contenía la respiración, sabiendo que no debía hacer ningún ruido, aunque la abrumaban las ganas de gritar.

Y después... *eso* la encontraba.

El monstruo bajaba flotando, justo enfrente de la viga de madera rota que la protegía. A Harrow le temblaban las manos. Aunque nunca había visto a la muerte, sabía que su madre y el resto del clan habían desaparecido.

Y sabía que el monstruo también la mataría. Temblando, se obligaba a mirarlo. Le devolvía la mirada.

Era negro por completo, como un vacío. Como un pozo sin fondo que absorbía todo, el color y la sombra. ¿Podía existir un ser así a la luz del día?

No tenía una forma definida, pero podía distinguir el contorno de un cuerpo poderoso, grandes alas que se arqueaban hacia lo alto y largas garras que se extendían hacia delante para alcanzarla. Su rostro era también sombrío, salvo por unos colmillos blancos y relucientes. Y sus ojos...

Miraba fijamente aquellos ojos ardientes y esperaba la muerte.

Pero nunca llegaba.

La criatura le devolvía la mirada, con su sombría cabeza inclinándose primero hacia un lado y después hacia el otro. Y luego, sin previo aviso, se disolvía: su forma incorpórea se disipaba como el humo de una vela apagada.

Harrow se acercaba a gatas al borde de su refugio y se asomaba a la noche. Alcanzaba a ver un humo negro que atravesaba la luna llena antes de agitarse y desaparecer.

Harrow se despertó sobresaltada y se quedó mirando el techo oscuro. La pena y el dolor amenazaban con ahogarla. El corazón le latía con fuerza; tenía los ojos abiertos, pero la mirada perdida.

Los recuerdos... Los había revivido todos. Su madre, sus hermanas de clan... Por fin había recordado la noche de sus muertes.

Y al ser que las había matado.

Siempre supo lo que ocurrió después: la habían encontrado a la mañana siguiente, acurrucada junto al cadáver de su madre, y la habían llevado al último templo de la Diosa que quedaba en la región. Allí, una bondadosa sacerdotisa le había dicho que se tapara las orejas y que no le dijera a nadie qué era.

Poco después el circo pasó por la zona. Conoció a Malaikah y formaron un vínculo instantáneo, y cuando Salizar le ofreció un lugar entre su gente, aceptó enseguida. Siempre se había preguntado si el encantador había ido a buscarla a propósito o si su encuentro había sido una mera coincidencia, pero nunca se había atrevido a consultarlo con él y, de todos modos, no creía que le hubiera confesado la verdad.

En cuanto a la noche de la masacre, bueno, todo el

mundo había oído rumores sobre los letales asesinos de la reina del fuego, pero la mayoría dudaba de que fueran reales. Después de cincuenta años, la misteriosa extinción de las videntes y la existencia o no de los monstruos responsables de la matanza se había convertido en materia de leyenda. Y con los recuerdos fragmentados que conservaba de aquella noche traumática, incluso Harrow dudaba de la verdad.

Pero ahora lo sabía.

No había podido recordar hasta aquel momento el aspecto de un *wraith*. Se puso a temblar. Oyó la voz de Salizar en su cabeza: «Te estoy diciendo que es exactamente lo que parece».

Pero después se oyó a sí misma responder con firmeza: «Confío en mis instintos. Él no es lo que tú crees. Apostaría mi vida».

Raith era un ser físico. Harrow había tocado su piel, había besado sus suaves labios. Tal vez tenía algunas de las características de un espectro, pero le faltaba la más esencial: la incorporeidad.

Se rompió la cabeza intentando recordar qué más sabía de ellos. ¿De dónde habían salido? ¿Cómo habían sido creados? ¿Podía ser que hubiera *wraiths* que no hubieran ayudado a Furie en su brutal guerra? Todo lo que sabía de los espectros consistía en que eran asesinos sin mente y sin alma. Así que Raith no podía ser uno de ellos.

¿Acaso lo que lo había visto hacer aquella noche le había hecho cambiar de opinión? ¿Sus instintos le decían ahora algo diferente?

Se dio cuenta de que no. No era así. Quizá él fuera un poco más propenso a la violencia de lo que había previsto; bueno, bastante más propenso, pero no era malvado y no había quitado vidas antes. El agua se lo habría dicho. Su elemento nunca le había fallado; tenía, pues, que seguir creyendo en él. Dudar de sus instintos significaba dudar de lo que siempre había conocido, de todo lo que su querida madre le había enseñado, y no estaba dispuesta a ello.

Un repentino sonido de chapoteo la devolvió al presente y solo entonces se dio cuenta de que se encontraba sola en la cama.

—¿Raith? —Después de sus inquietantes sueños, ansiaba el consuelo que su presencia le proporcionaba.

No obtuvo respuesta. Volvió a oír el chapoteo del agua y pensó que debía de estar en el baño. Le pareció una hora extraña para bañarse, pero quizá había esperado a tener un poco de intimidad.

Esperó oír algo más, pero no escuchó nada durante un tiempo. Pasaron tantos minutos, de hecho, que empezó a preguntarse si Raith de verdad estaría allí. Pero, si no, ¿adónde había ido? ¿Y qué había hecho ese ruido?

Por su mente ansiosa pasaron todo tipo de escenarios, hasta que no pudo soportar más la tensión. Se quitó las sábanas de encima y salió de la cama; sus pies tocaron las frías tablas del suelo. El ruido del bar sonaba mucho más bajo que antes, pero, sorprendentemente, seguía oyéndose. ¿Cerrarían a alguna hora de la noche?

El amortiguado alboroto cubrió sus pasos mientras avanzaba por la habitación con el corazón acelerado. Cuando llegó a la cortina vaciló, atenta a cualquier sonido. No quería molestar a Raith si se encontraba ahí, pero parecía como si no hubiera nadie.

Al fin, reunió el valor para levantar el borde de la cortina y echar un vistazo.

Raith estaba ahí, de pie frente al espejo, con una toalla alrededor de la cadera, inclinado, mirándose. La cara, específicamente. El resplandor azul de la luna proyectaba sombras sobre los músculos de su amplia espalda. No parecía haberse dado cuenta de su presencia.

Descorrió un poco más la cortina.

Al oír el movimiento de la tela, se giró con un gruñido, mostrando los colmillos y las garras. Harrow retrocedió por instinto. Al verla, retrajo rápidamente las zarpas y se dio la vuelta de nuevo. Pero no volvió a mirar el espejo, como si no pudiera soportar lo que se reflejaba en él.

—¿Raith?

Él desvió la mirada hacia ella, y la vidente no pudo evitarlo: el corazón le dio un vuelco de miedo.

Sus ojos... Eran los mismos de su sueño. Los ojos que había encontrado primero en las profundidades silenciosas y, después, en el espantoso recuerdo.

Pero se olvidó de ello cuando se dio cuenta de la mirada torturada de Raith.

—¿Estás bien?

Se acercó. El miedo que le daba lo que él pudiera ser había sido rápidamente superado por la extraña sensación de protección que le inspiraba.

Volvió a mirarla a los ojos de manera breve antes de apartar la mirada.

—Mis ojos.

—¿Qué les pasa?

Entonces cayó en la cuenta de que no se había visto en un espejo hasta ahora. Avanzó un paso más. Unos pocos centímetros y estaría lo bastante cerca como para tocarlo.

—¿Cómo sabes que no soy lo que Salizar me acusa de ser?

—Simplemente lo sé. Lo sé en el fondo de mi alma.

—Pero parezco... —Torció la boca.

—Un espectro. —Harrow ya no podía seguir negándolo.

—¿Qué significa?

—No lo sé, pero vamos a averiguarlo.

—¿Y si Salizar tiene razón?

Ella dio un paso más.

—El hecho de que te hagas esa pregunta demuestra que no la tiene. ¿No lo entiendes? Los espectros de Furie eran criaturas sin mente y sin alma. Tú no eres así. Tú has sido amable y dulce conmigo. Querías protegerme de Salizar. —Matándolo. Pero la intención era lo que contaba, ¿verdad?—. Confío en que me mantendrás a salvo.

Y así era. Ella creía plenamente en que él jamás le haría daño. Resultaba imposible, pues, que fuera un espectro.

Sin ser por completo consciente, dio el último paso. Así de cerca podía verlo mejor. Las gotas de agua bajaban por su pecho desnudo, goteaban de su pelo y se deslizaban por su suave piel. Sus pómulos estaban tan definidos que se formaban pequeñas cuencas debajo de ellos. Su boca... Su mente se quedó en blanco, incapaz de hacer nada salvo pensar en cómo se había sentido al besarlo.

Alzó una mano y le acarició un mechón de pelo. Un estremecimiento le recorrió la espalda. Se dejó caer contra él.

—Raith, yo...

Los dedos de Raith la tomaron por la mandíbula, recorriendo su forma con un toque ligero como una pluma. Ella levantó la cara, dejando al descubierto su garganta, para recibir más caricias. No sabía qué era él ni por qué se parecía tanto a un ser maligno, pero nada de eso importaba ahora. La conexión entre ellos era innegable, y esa conexión exigía reconocimiento.

Harrow se sentía impotente ante su propio deseo, pero de todos modos no tenía ninguna intención de resistirse. Él llegó al final de su mandíbula y deslizó los dedos por el borde de su oreja, deteniéndose en la punta. Ella no pudo evitar que la recorriera un escalofrío.

Luego él enredó los dedos en su pelo hasta tomarla por la nuca con su gran palma. La vidente se quedó sin aliento. Estaba tan cerca... Tan cerca que no podía pensar.

—Raith...

Susurró la palabra contra sus labios. No recordaba haberse estirado para llegar a ellos, ni haberlo agarrado con fuerza de los antebrazos. Los duros músculos no cedían bajo sus dedos.

Él se inclinó un poco más y sus bocas se rozaron.

De nuevo, se le cortó la respiración. Él se apartó infinitesimalmente, pero ella lo persiguió. Volvieron a rozarse. Se quedaron quietos. El tiempo se había congelado.

Y después él se inclinó por completo y sus labios se convirtieron en uno.

Su boca era dura y suave al mismo tiempo. Su cuerpo desprendía el calor de un horno. Su embriagador aroma masculino le inundó los sentidos. Quería más.

Sus labios se separaron, dejando un breve espacio para que el aire escapara antes de volver a juntarse. Raith, todavía con una mano enredada en su pelo, posó la otra en la curva de su cintura, donde estrujó con los dedos la seda del camisón.

Harrow deslizó las manos hasta la piel húmeda de

sus hombros, y las gotas de su pelo mojado le humedecieron el dorso. Raith la besó con firmeza, pero no intentó ir más allá, y de repente ella se preguntó si él lo habría hecho antes. Si no era así, le tocaría a ella enseñarle.

Armándose de valor, le pasó la lengua por la comisura de los labios, invitándolo a abrirlos. Él se puso rígido por un segundo, antes de separarlos. Ella le acarició la boca con su lengua, rozándola con la suya, evitando los colmillos con cautela.

Raith tensó los dedos en el pelo de Harrow, tirando un poco de las raíces. Ella volvió a rozar su lengua, y esta vez él la imitó. Se encontraron en medio, enredándose, perdiéndose el uno en el otro.

Él le soltó el pelo para cogerla de la cintura con las dos manos, las bajó hacia la cadera para atraerla con firmeza. Su excitación le presionó el suave vientre.

Ella gimió, frotándose contra él, deseando sentir más aquella tentadora fricción. Raith tensó los dedos casi dolorosamente al deslizarlos hacia abajo para agarrarle las nalgas.

Apartó los labios.

—Harrow...

Ella estaba demasiado excitada para preocuparse de cualquier otra cosa que ir más lejos.

—No deberíamos... —dijo él en un susurro ronco.

Sus labios volvieron a rozar los de ella, sin llegar al beso, y ella trató de perseguir su boca cuando él se apartó. Sin embargo, Raith la mantuvo lejos.

—¿Por qué no? —Seguía esforzándose por llegar hasta él. En otro momento podría haberse avergonzado de su atrevimiento, pero no ahora. No con él.

—Quiero... —Otro roce de sus labios. ¿Estaba tratando de volverla loca?—. Cosas.

—¿Qué cosas?

—Cosas.

—Yo también quiero cosas. —Quería muchas «cosas». Él no tenía ni idea de cuánto las quería.

—No deberías.

—¿Por qué no?

—Tú eres... Yo soy...

Su vacilación no hizo más que avivar la pasión de Harrow.

—No tiene nada de malo. Yo quiero lo mismo que tú.

—Tal vez. Si era tan inexperto como ella suponía, era probable que no tuviera ni la mitad de sus pensamientos lascivos.

Aunque quizá sí.

Con las manos firmes en sus nalgas, la levantó como si no pesara nada. Harrow rodeó su cadera con las piernas y sus labios se fundieron mientras él atravesaba la cortina.

La dejó caer de espaldas sobre la cama.

Ella lo miró fijamente, apoyado encima sobre sus poderosos brazos, y no logró creer que estuvieran a punto de hacerlo. No debería sorprenderla; si era sincera consigo misma, lo había deseado desde el primer momento en que lo vio. Sin embargo, una parte de ella aún no podía creerse que estuviera allí, con aquel hombre. Aquel hombre silencioso, intenso, poderoso, hermoso. Siguió con la mirada la fuerte musculatura de su abdomen hacia abajo, más abajo...

—Quítate la toalla. —Aunque la instrucción resultó audaz, su voz apenas fue un susurro.

Él se levantó sin quitarle los ojos de encima. Dejó caer la toalla.

11

Para Raith no existía el concepto de pudor. Y, sin embargo, allí de pie, mientras Harrow recorría con la mirada cada centímetro de su piel desnuda, tuvo que resistirse al extraño impulso de huir de ella.

¿Le gustaría lo que veía? Lo único que él sabía de su cuerpo era que era fuerte y apto para la violencia, y que infundía miedo a los demás. Todavía no lo había considerado desde el punto de vista del placer que podía brindar.

Y eso era lo que quería darle a Harrow: placer. Necesitaba dárselo. Pero ¿cómo? No recordaba nada antes de aquel primer día en el desierto, y ninguno de los momentos que había vivido desde entonces era remotamente parecido a aquella situación.

De manera instintiva, sabía lo que tenía que hacer, o al menos lo que quería hacer, pero ¿sería eso lo que ella querría? Las cosas que él se estaba imaginando...

Era imposible que Harrow deseara eso. ¿O sí? ¿O estaba acaso equivocado al quererlas?

—Ven aquí. —Sus susurros eran seductores, aunque cierta timidez acechaba en su mirada.

Él ni siquiera vaciló; se colocó en la cama por encima de ella antes de que terminara incluso de hablar. En cuanto estuvo a su alcance, la vidente levantó las manos para tocarlo. Ambos dudaron, temblando un poco, y él se quedó quieto para no sobresaltarla. Harrow le posó las palmas en el pecho y las deslizó hasta sus hombros. Apretó ligeramente los músculos de su trapecio antes de bajar por la espalda.

Cerró los ojos como si el solo hecho de tener las manos sobre su piel le produjera un gran placer. Él la miró asombrado. Ni siquiera había hecho nada, ¿y ella ya disfrutaba tanto? Tal vez, después de todo, pudiera hacerlo bien.

—Quiero...

Se interrumpió cuando Harrow recorrió su abdomen con las manos y los músculos se contrajeron bajo su contacto. Entonces ella rozó con los nudillos la punta de su sexo endurecido.

Raith no estaba seguro de si lo había hecho a propósito o no, pero de cualquier manera no pudo disimular su reacción. Su cadera se movió por sí sola y expulsó el aire de los pulmones como si lo hubieran golpeado.

—¿Qué? —Ella lo miró con sensualidad, con esa combinación de vulnerabilidad y seducción.

—Tocarte —fue lo que logró decir.

Ella empezó a incorporarse, y él se apartó para darle espacio, observando qué hacía. Harrow llevó los dedos un poco temblorosos a la parte inferior de su camisón y se lo quitó.

A él se le secó la boca.

Ella apartó la mirada y alzó las manos para cubrirse los pechos, pero cambió de opinión, obligándose a dejar los brazos a los costados y a encontrarse de nuevo con su mirada. Raith no podía dejar de contemplarla. No quería dejar de hacerlo jamás.

La luz de la luna iluminaba con dulzura su suave piel. Sus pechos eran pesados; su vientre, una suave curva. Separó los muslos desnudos para recibirlo entre ellos, y él se acostó con ella acariciando la redondez de uno de sus pechos, observando con fascinación cómo se arqueaba contra su mano con un dulce suspiro.

A Harrow le gustaban sus caricias. Le gustaba sentir su mirada sobre ella. Era demasiado perfecto para ser real, pero él se negó a desperdiciar un solo segundo dudando de su buena suerte.

La pasión de sus ojos plateados le infundió confianza y apoyó la mano sobre su esternón, deslizándola hasta tocarle el otro pecho. La forma en que la carne le llenó la palma invocó a una parte antigua y primitiva de él que hasta ahora no sabía que existía. Una cosa tan simple, la piel desbordando su mano, lo hizo gruñir de satisfacción. Encendió en él un fuego que no sabía cómo controlar.

Quería estar más cerca, tan cerca como fuera posible. Y más cerca aún. Quería hundirse tanto en su calor que se perdiera en ella por completo.

Harrow le rodeó los hombros con sus brazos y volvió a acercarlo a sus labios. Mientras se besaban, las manos de Raith siguieron recorriendo su cuerpo con avidez. Le apretó los músculos de la espalda y le clavó las uñas en la piel.

Quería más. Algo. Todo. Más.

Le mordisqueó suavemente la piel del cuello cuando ella inclinó la cabeza hacia atrás para exponer su suave garganta. Tan delicada. Tan vulnerable. Se rompería como una ramita bajo sus dedos si perdía el control aunque fuera un segundo. Pero preferiría morir antes que dejar que eso ocurriera.

Arrastró la boca por su pecho y se detuvo ahí, dudando de repente de sus deseos.

Levantó la cabeza y se encontró con su mirada.

—¿Un beso?

Ella dejó caer la cabeza hacia atrás.

—Sí. Bésame.

Raith se metió el pezón en la boca, complacido por el gemido de Harrow. Lo hizo también con el otro, obteniendo la misma reacción. Más audaz, agarró sus blandas nalgas y las apretó.

—Quiero... —¿Sabía siquiera lo que quería?

La quería a ella. Quería que echara la cabeza hacia atrás y llorara de placer mientras él saboreaba su centro más profundo.

—Sí —respondió ella en un jadeo, como si supiera lo que estaba pensando.

Él siguió bajando por su cuerpo hasta que los labios le quedaron por encima de su abdomen. Apretó la cadera contra el colchón, frotando dolorosamente su erección sobre las ásperas sábanas en un intento por calmar sus fervientes deseos. Incapaz de negar la urgencia, sacó la lengua para rozar el arco de la cadera de Harrow hasta llegar al suave vello entre sus muslos.

Se obligó a detenerse y levantó la cabeza. ¿Quería ella lo mismo que él?

Sus miradas se encontraron; ella asintió en silencio.

Raith descendió un poco más, hasta que la boca le

quedó a unos centímetros de su centro reluciente y ahí se quedó, inmóvil, un momento, contemplando con asombro la maravilla que tenía enfrente. Sus pocos recuerdos no habían sido más que sufrimiento hasta que la había conocido..., ¿y ahora esto?

Estaba desnuda ante él como un suculento festín, con las piernas abiertas, acariciándose ella misma mientras lo observaba con franco deseo. Era demasiado bueno para ser verdad, demasiado imposible para ser real.

Harrow se retorció.

—Raith...

Él usó los dedos para separarle los pliegues, desnudándola aún más frente a su mirada hambrienta. ¿Hambrienta? No. Voraz era quizá una mejor descripción de cómo se sentía al mirarla. Ella gimió ante la exposición, retorciéndose bajo sus manos.

Bajó la cabeza y lamió una vez el centro, evaluando la reacción. Fue un gemido lánguido. Buena señal. Lo hizo otra vez. La besó, succionando la tierna carne con sus labios. Repitiendo el movimiento, fue recompensado con más jadeos y gemidos.

Arqueó la espalda sobre el colchón cuando él deslizó un dedo dentro de su calor sedoso y húmedo. Mientras volvía a succionar su carne, añadió otro dedo, deseando que ella perdiera el control. Harrow soltó una exclamación, así que volvió a succionar. Y otra vez, hasta que ella gimió extasiada y pronunció su nombre.

Ella le suplicó una y otra vez que no se detuviera, lo cual le resultó extraño porque él no le había dado ningún indicio de que tuviera tales planes. Todo lo contrario: no estaba seguro de poder parar. Se lo demostró metiendo y sacando los dedos como deseaba hacer con su erección, mientras le recorría el sexo con la boca. Ella agitaba la cabeza, su cuerpo temblaba. Era tan receptiva que resultó fácil descubrir cómo darle placer.

Pronunció su nombre mientras el orgasmo la alcanzaba, y él sintió que los músculos de sus paredes internas se contraían alrededor de sus dedos. Al final, jadeando, le apartó la cabeza, incapaz de aguantar más.

Raith permitió que lo guiara hacia arriba, contento de dejar que ella tomara el control. Por ahora.

Sus labios se encontraron y él compartió con ella su sabor dulce y salado. La idea de que Harrow estuviera saboreando la descarga que le había derramado sobre la lengua hizo que sintiera una satisfacción tan primitiva que se separó del beso, sacó los dedos de entre sus piernas y se los acercó a los labios.

Raith observó con intoxicante fascinación cómo se los chupaba. Fue su turno de gemir. La sensación de su mano se trasladó como un rayo directamente hacia su erección, tanto que, de manera inconsciente, movió las caderas y se imaginó los labios de Harrow deslizándose alrededor... No. No iba a pensar en eso.

—Te toca —murmuró ella, liberándose de sus dedos.

Puso las manos sobre el pecho de Raith y lo empujó para que rodaran sobre la cama. Él acabó acostado de espaldas, con Harrow a horcajadas sobre su cadera; su cuerpo desnudo brillaba a la luz de la luna. Sus pechos turgentes proyectaban una sombra bajo la que se apreciaba la suavidad de su vientre. Espontáneamente, Raith la cogió con fuerza de las caderas. La imaginaba deslizándose por su miembro en esa misma posición, con la cabeza echada hacia atrás mientras él se incorporaba para besarle los pezones...

Harrow interrumpió su fantasía arrastrándose hacia abajo por su cuerpo, recorriéndolo con la boca, de una manera muy parecida a lo que él le había hecho a ella. Seguro que no tenía intención de...

Todos sus pensamientos se desvanecieron cuando Harrow cerró su pequeña mano alrededor de su erección. Esta vez fue él quien echó la cabeza hacia atrás y gimió, moviendo la cadera de manera involuntaria hacia ella.

Cuando volvió a abrir los ojos, estaba justo encima de él, con la mirada fija en su sexo y la boca a unos centímetros.

Iba a... No, no era posible. Pero lo parecía. Vio que se lamía los labios para humedecerlos con una capa de saliva. «Por favor», suplicó mentalmente, pero no se habría atrevido jamás a decir una palabra para convencerla si no era lo que ella quería. Y seguro que ella...

Sus labios envolvieron la punta y se deslizaron por el resto de su miembro.

Se le escapó un sonido gutural que nunca había hecho antes, y puso los ojos en blanco antes de volver a enfocarlos lo más rápido posible. No quería perderse ni un segundo. Ella lo sujetó con firmeza por la base y subió la mano para encontrarse con sus labios y volver a bajar juntos.

Le arrancó otro gemido. Era una sensación indescriptible. Ella era la perfección, y él destruiría a quien se atreviera a tocarla. Desgarraría la carne de cualquiera que supusiera una amenaza hasta convertirla en jirones sangrientos. Aniquilaría ejércitos enteros...

Su boca dejó escapar un pequeño sonido de succión y la mente de Raith se quedó en blanco.

Aquellos sensuales labios volvieron a deslizarse hacia abajo. Él creyó que se iba a morir de placer. Flexionó la cadera y se aferró a las sábanas con las manos. Ella era toda una tentación. No, una diosa. Tuvo que resistirse mucho para no embestir con fuerza contra su boca.

Harrow apretó la base con los dedos mientras le acariciaba el cuerpo con la otra mano, deslizando la boca hacia abajo para tragárselo entero. La punta chocó con el fondo de su garganta y cuando Harrow gimió, la vibración envió una oleada de sensaciones por todo su ser.

Él no pudo evitarlo. Si intentaba volverlo loco, lo había conseguido. Cualquier pensamiento racional que hubiera tenido salió volando por la ventana, y levantó una mano para enterrarle los dedos en los espesos rizos y embestir con la cadera contra su boca. Las mejillas de Harrow se hundieron mientras succionaba. Él gimió. Ella también.

Embistió de nuevo. Una y otra vez.

La cogió del pelo con tanta fuerza que supo que un poco tenía que doler, pero no era capaz de aflojar los dedos. Entró y salió de su boca una y otra vez, hasta que alcanzó el límite del olvido.

El estallido del clímax lo tomó por sorpresa. Tal vez si hubiera recordado haber llegado al orgasmo antes, se habría dado cuenta de que se acercaba, pero no fue así. Para él se trataba de una experiencia nueva. Se le escapó un grito ahogado. Un gruñido estrangulado y sorprendido, porque nunca había esperado sentir algo tan increíble. Dejó que el orgasmo lo recorriera mientras se liberaba en la perfecta boca de Harrow.

La sensación parecía no tener fin. No estaba seguro de no haberse desmayado por un momento.

Cuando volvió a la realidad, Harrow había subido y se desplomaba en la cama a su lado. Él se giró de lado y la atrajo hacia su cuerpo, apretándola contra él. Tal vez la abrazó con demasiada fuerza, pero estaba temblando y ella parecía ser lo único capaz de calmarlo. Ninguno de los dos habló.

En aquel momento recordó la forma en que le había tirado del pelo y había embestido contra su boca con fervor, y lo invadió la vergüenza. Se apoyó sobre un codo para mirarla.

—¿Te he hecho daño?

Harrow sonrió. Tenía los ojos entornados y los labios curvos. Negó con la cabeza perezosamente.

Él frunció el ceño, poco convencido.

Le acarició el pecho para tranquilizarlo.

—No. Te lo juro. Me ha gustado.

Le había gustado. Raith dejó que lo empujara de nuevo a la cama, aunque no se relajó del todo.

—Yo no... Antes de esta vez... No recuerdo...

—Lo sé. Me lo imaginaba.

—Quería complacerte.

—Así ha sido. —Pudo oír la sonrisa en su voz—. No te preocupes.

Raith se relajó un poco más.

—Y yo quería complacerte a ti. —Harrow apoyó la mejilla sobre su pecho—. No me has contado mucho, pero me imaginaba que hacía tiempo que no sentías placer.

—No tengo recuerdos más allá de hace un mes y medio.

Ahora fue ella quien se incorporó para mirarlo fijamente.

—¿No recuerdas nada en absoluto?

Negó con la cabeza.

—Me imaginaba que sufrías algún tipo de pérdida de memoria, pero no me habría imaginado que... —Abrió mucho los ojos—. ¿Qué pasó? ¿Qué es lo primero que recuerdas?

—Me desperté en el desierto a mediodía. No sabía dónde estaba.

—Debió de ser entonces en algún lugar del sur. ¿Qué pasó después?

—Me hallaba al borde de la muerte cuando me encontraron unos comerciantes de carne. Intenté defenderme, pero estaba demasiado débil. Me encadenaron, me metieron en la jaula y me trajeron a Allegra, donde me vendieron a Salizar.

—Raith, eso es horrible. Lamento mucho que hayas pasado por todo ello.

Su mirada estaba cargada de empatía y amabilidad. De alguna manera, su reacción lo reconfortó. Le brindaba un consuelo que no sabía que necesitaba.

—¿Eso es todo? —insistió—. ¿Es todo lo que recuerdas? —Él asintió—. ¿No hay nada que te haya resultado familiar?

Raith se quedó pensativo un momento.

—Cuando me desperté en el desierto, sentía que mi cuerpo era algo separado de mí. Y hace rato, cuando me hiciste prometerte...

La mirada de Harrow se suavizó de nuevo.

—Esa promesa significó algo más grande para ti de lo que yo creía, ¿verdad?

Él volvió a asentir, desviando la mirada al techo.

—No sé cómo lo sé, pero una vez que doy mi palabra, entablo una obligación. Sentí que prometerte algo era parecido a encadenarme.

—Por la Diosa, Raith, nunca quise que...

—Lo sé. Por eso te hice la promesa de todos modos. Confío en ti.

Ella sonrió.

—Gracias por tu confianza. No la traicionaré.

Después Harrow frunció el ceño.

—Tu palabra es inquebrantable... ¿Por eso no te gusta mucho hablar? ¿Para protegerte de decir algo que pudiera atarte?

Él asintió.

—Pero no lo sabía hasta hoy.

—Debió de ser instintivo, entonces. Me pregunto cómo eras antes de perder la memoria. Si te gustaba más hablar.

—Creo que no hablaba para nada a menos que me obligaran.

—¿A qué te refieres? ¿Cómo lo sabes?

Raith dudó.

—No lo tengo claro.

—¿Acabas de recordar algo?

Negó con la cabeza, que de repente empezó a dolerle.

—No... —Se pellizcó el puente de la nariz—. Es doloroso intentar recordar.

—Entonces no lo intentes. —Harrow le apartó la mano de la cara y entrelazó sus dedos con los de ella—. No importa. —Se llevó sus manos unidas a los labios y le besó los dedos uno por uno.

—¿Y si sí importa?

Físicamente, él era mucho más grande y poderoso que ella y, sin embargo, cuando lo miraba con ternura o cuando le acariciaba el cuerpo con sus pequeñas manos, era como si se apoderara de todo su ser. Sentía que su alma descansaba en la palma de su mano.

—Ya lo resolveremos —le prometió, mirándolo a los ojos—. Juntos.

Él asintió, aferrándose a la esperanza de que lo que

descubrieran no le rompiera el corazón ni destruyera su confianza en él.

Harrow volvió a acostarse y se acurrucó contra Raith, exhalando un suspiro de satisfacción cuando él la abrazó con fuerza. Mientras permanecía allí tumbado, sintiendo más paz y satisfacción de las que jamás había sentido, afloró un recuerdo de la noche en que Salizar había sorprendido a Harrow en su tienda. Un recuerdo inquietante, como si quisiera estropear la perfecta intimidad del momento.

«En el supuesto caso de que en realidad fuera un *wraith* —había dicho Salizar—, por muy improbable o remoto que sea, ¿aun así desearías cuidar a esta criatura?»

«Jamás —había murmurado Harrow con ferocidad, con la mirada llena de odio—. Antes, muerta.»

Contra todo pronóstico, Malaikah regresó al circo sin incidentes, habiendo logrado dejar al caballo de Harrow en los establos. Su plan parecía endeble, pero tenía que confiar en que funcionaría. Si Salizar atrapaba a Raith otra vez...

¿Qué? ¿Lo obligaría a actuar en el circo? ¿Lo mataría?

Supuso que no valía la pena averiguarlo, aunque deseó que Harrow no hubiera echado su vida por la borda por un hombre con predisposición a la violencia que, además, acababa de conocer.

«Que nunca ha quitado una vida, ay, por favor.» Raith era una pesadilla andante.

Sin embargo, miraba a Harrow como si ella misma hubiera colgado la luna, y parecía capaz de acabar con todo un ejército y luego con él mismo antes que dejar que algo la hiriera. Era la única razón por la que Mal los había ayudado en vez de acudir directamente a Salizar cuando las cosas habían empezado a salir mal. Por aborrecible que fuera la idea de traicionar a su mejor amiga, lo habría hecho si por un segundo hubiera creído que Harrow estaba en peligro.

Al abrir la ventana de su caravana, Malaikah percibió en el aire el inconfundible aroma de un encantador rastreando a su presa. Salizar había liberado a Loren de la jaula y tal vez iría directamente hacia ella en cuanto confirmara que la caravana de Harrow estaba vacía. Sospecharía de la participación de Mal, y tendría razón.

Se quitó la ropa, la guardó y arrojó su cuerpo casi desnudo a la cama. No era tímida y, si pasearse en ropa interior distraía a Salizar, mejor para ella. Se metió bajo las sábanas, enroscó la cola a su alrededor y cerró los ojos, tratando de ralentizar su respiración.

Unos treinta segundos después oyó un fuerte golpe en la puerta de su caravana. Se puso tensa y volvió a acelerársele el corazón, pero no se levantó de inmediato. Tenía el sueño profundo, por lo que, si de verdad hubiera estado dormida, habría hecho falta mucho más que eso para despertarla.

Se oyeron más golpes. Se estremeció. De acuerdo, eso sí la habría despertado. Sonaba como si estuviera usando el bastón para intentar derribar la maldita puerta.

Haciendo uso de sus mejores dotes interpretativas, Malaikah se arrastró fuera de la cama, bostezó y se desperezó con grandes aspavientos mientras caminaba hacia la puerta. Era verdad que Salizar todavía no podía verla, pero cuanto más entrara en el personaje, más creíble resultaría. Abrió la puerta y miró con los ojos entornados al hombre enfurecido que esperaba fuera.

—¿Dónde está, Malaikah?

Sí, estaba cabreado. La amenaza de golpearla con un rayo con su bastón de brujo era tan poco velada que de la punta saltaban pequeñas chispas. Era tan alto que sus ojos quedaban al mismo nivel que los de ella, aunque él estaba abajo de los escalones. Su penetrante mirada azul podía infundir miedo en el corazón de los hombres más valientes.

Menos mal que ella no era un hombre.

—¿Quién?

Bostezó y se desperezó con languidez, apoyándose sugerentemente en el marco de la puerta, con la cola balanceándose con pereza detrás de ella. Estaba en ropa interior, con el *bralette* de uno de sus trajes más atrevidos.

Salizar apretó la mandíbula. Tal vez hubiera un macho de sangre caliente en él después de todo.

—Harrow. ¿Dónde está?

—¿No se encuentra en su caravana?

—No seas evasiva. Sé que te hallas al corriente de lo que sea que haya estado planeando.

—Sal, es tarde, y ni siquiera estoy del todo despierta. Vas a tener que darme más información.

Pero Salizar no se lo estaba creyendo. Subió los escalones hasta la puerta y se cernió sobre ella, obligándola a retroceder para que pudiera entrar en la caravana.

Malaikah abrió los ojos un poco. De acuerdo, estaba muy cabreado.

—Dime dónde está, Malaikah.

—No lo sé, Salizar.

La obligó a retroceder otro paso y cerró de un portazo.

Maldición. Quizá la falta de ropa no había sido tan buena idea después de todo.

No, no estaba dispuesta a dejarse intimidar por él. Si se le acercaba, no dudaría en usar sus garras. Se inspiraría en una página del libro sanguinario de Raith.

—Dónde. Está.

—No. Lo. Sé.

Él azotó el bastón contra el suelo y una lluvia de chispas salió disparada por el extremo.

—No trates de engañarme.

—Mira, aunque supiera dónde está, no te lo diría. En especial si irrumpes de esta forma en mi casa agitando así esa maldita cosa.

—¿Te das cuenta de lo que ha hecho? ¿Sabes qué es la criatura con la que ha huido?

Mal se encogió de hombros, fingiendo calma. En realidad, su corazón intentaba treparle por la garganta.

—Harrow dice que confía en él, así que yo también. Si se han marchado, tal vez haya sido por una buena razón.

—Harrow está cegada por el enamoramiento. Yo intento protegerla, no castigarla.

—Mira, ya te he dicho que no sé...

—Ahórratelo —le espetó Salizar—. Mejor déjame decirte por qué estoy seguro de que me encuentro, encontraba, en posesión de un *wraith* real.

—Los espectros son incorpóreos. No pueden retenerse en jaulas. Si de verdad existen, eso es de lo poco que todo el mundo sabe de ellos.

—Sí. A menos que alguien haya encontrado la manera de atrapar a uno en su forma física.

—Lo que requeriría toneladas de magia.

—El tipo de magia que posee, digamos, una reina de los elementales. —Levantó una ceja.

Mal se quedó con la boca abierta.

—Déjame contarte una historia, Malaikah. ¿Nos sentamos?

Salizar se dio media vuelta, haciendo que su largo abrigo ondeara a su alrededor, y se sentó a la mesa. Se quitó el sombrero y se alborotó el pelo oscuro. Sus orejas puntiagudas sobresalían por entre los gruesos mechones, y su vívida mirada azul la seguía atentamente. Se había sentado de lado en el banco, y aun así sus largas piernas ni siquiera cabían debajo de la mesa.

Aquel hombre alto e imponente parecía no encajar en su pequeña caravana. Sin embargo, allí estaba, actuando como si fuera el dueño del lugar. Y en cierto modo lo era.

Malaikah apretó los dientes y reprimió un gruñido. Aunque no se lo habría dicho ni en un millón de años, había logrado intimidarla, el muy cabrón. Tomó una bata del ropero, se la puso y se sentó frente a él.

—Como sabes, la erradicación de las videntes se inició hace más o menos un siglo —comenzó sin preámbulos—. Hace unos cincuenta años, el último clan que quedaba estaba regresando al territorio de Darya cuando ocurrió la tragedia. Un *wraith* descendió sobre su campamento una noche y las mató a todas, excepto a una. Una niña pequeña, de diez años. —Sus penetrantes ojos azules destilaban cognición y, de repente, todo encajó.

—Lo sabías —susurró Malaikah—. Sabías quién era desde el principio.

—Sí.

Y nunca le había dicho ni una palabra a ninguna de las dos; se había contentado con proteger el secreto de Harrow todos aquellos años sin un atisbo de reconocimiento. Malaikah solo pudo mirarlo fijamente.

—Hasta el día de hoy —continuó Salizar—, nadie sabe a ciencia cierta por qué un asesino insensible desobedeció a su ama y perdonó la vida de una niña inocente. La historia se extendió como un reguero de pólvora, y cada versión se tornaba más asombrosa que la anterior, hasta que no se consideró más que un rumor absurdo y cayó en el olvido. Pero, como tú y yo sabemos, Harrow, la última vidente sobre la faz de la tierra, no es ningún rumor.

—Y tampoco los espectros. Ya veo por dónde vas. Pero eso no prueba nada.

El director alzó una ceja oscura.

—Todavía no he terminado. Tras la aniquilación de su linaje, la reina Darya se dispuso a vengarse. Estaba decidida a encontrar la forma de destruir a los elementales de Furie como ella había destruido a los suyos.

Mal sacudió la cabeza.

—Y el ciclo continúa... —Las malditas reinas y sus mezquinas peleas eran la causa de muchísimas muertes y sufrimiento, y no era justo.

—En efecto.

—Creía que los espectros no se podían matar.

—Nada es indestructible. Furie castigó salvajemente al espectro que le perdonó la vida a Harrow por su desobediencia, lo que lo debilitó en gran medida, proporcionando así a Darya la oportunidad perfecta para capturarlo. Se pasó los siguientes cincuenta años buscando una forma de destruirlo, hasta que al final lo consiguió.

—Lo que nos lleva a hoy, me imagino.

—Sí. Darya descubrió cómo atar permanentemente al espectro a su forma corpórea, haciéndolo vulnerable y, por lo tanto, mortal. Por desgracia, durante la transformación fue arrojado de su prisión en una explosión mágica y desapareció. Ella creía que el espectro se había escapado, hasta hace poco, cuando recibí noticias de que había una criatura a la venta en Allegra que encajaba con la descripción.

—Insinúas que Raith...

Salizar asintió.

—Es en realidad un espectro.

A Malaikah se le heló la sangre.

—Pero ¿cómo sabes que toda esta historia de Darya es cierta? No puedes haber hablado con ella de manera directa. Hace años que nadie sabe nada de las reinas.

—Creo que es hora de que entiendas quién soy, Malaikah. Dejo que los demás piensen que no soy más que un encantador errante que busca su lugar en un nuevo mundo donde los de nuestra especie se han convertido en parias. Si bien eso es en parte cierto, también soy un emisario de la reina Audra, con órdenes de proteger de la subyugación y la consiguiente extinción a los elementales extraviados. Dirigir este circo es un deber decretado por la realeza, no solo un pasatiempo mío.

Malaikah se quedó sin palabras al ver al alto e imponente encantador bajo una nueva luz. Siempre había sabido que era poderoso. Pocos encantadores podían crear un arma como su bastón. Pero nunca habría sospechado que formara parte de una misión secreta de la reina del aire.

—Pero eso significa... —Ni siquiera pudo terminar la frase. ¿Qué significaba?

—Significa que las reinas siguen involucradas en nuestro mundo, intentando cambiar las cosas. En cuanto Darya perdió al espectro, hizo correr la voz pidiendo ayuda para localizar a su prisionero. Audra acudió entonces a mí. Yo debía encontrar al *wraith*, contenerlo y viajar al oeste para entregárselo a la reina del agua, en cuyo territorio sería destruido.

Mal solo podía observar al director, tratando de comprender todo aquello.

—Dulce Diosa Madre.

Salizar le devolvió la mirada. Sus brillantes ojos azules parecían buscar que comprendiera a fondo lo que le estaba contando.

—Pero por qué... —No podía aceptarlo. Tenía que haber otra explicación—. Harrow percibía que Raith era inocente. Que no había matado antes. Si fue él quien masacró a toda su familia, entonces ¿cómo...? —La idea de que su amiga anduviera por ahí con el asesino de su propia madre era suficiente para revolverle el estómago.

—No sé por qué cree lo que cree. Quizá esté obsesionada con él porque instintivamente siente la conexión que tiene con su familia perdida. Tal vez su mente, fragmentada por la tragedia, busca con tal desesperación una conclusión que ha convertido esa conexión en deseo.

Malaikah taladró a Salizar con la mirada; odiaba que lo que decía tuviera sentido. ¿Era posible que Harrow estuviera equivocada acerca de Raith? Era un error demasiado grande. Se suponía que su poder, el agua, era sabio y omnisciente. Le habría dicho que Raith era peligroso, que Raith había asesinado a su familia, por el amor de la Diosa. Lo habría hecho.

¿O no?

Salizar se levantó de repente, haciendo que Malaikah se sobresaltara.

—Te dejo con tus pensamientos esta noche. Seguiré buscando a Harrow y al espectro y no te presionaré para que cooperes. Sin embargo, te advierto que haré todo lo que esté en mi mano para descubrirlos. Ya he avisado a Audra de su huida y no dudo de que le transmitirá la noticia a Darya, quien tal vez...

—Espera. ¿Darya también sabe lo de Harrow?

—¿Quién crees que me envió a buscar a la huérfana vidente de diez años? Como te decía, piensa en lo que te acabo de contar. ¿Vale la pena poner en peligro la vida de tu amiga por esto? ¿Te imaginas lo desgarrador que será para ella cuando descubra la verdad? Si cambias de opinión, acude a mí en cualquier momento.

Volvió a ponerse el sombrero y, tras cruzar la caravana, abrió de par en par la diminuta puerta y se agachó para salir. En el último segundo, no obstante, se giró hacia ella.

—Dirijo este circo para proteger a los elementales y darles la oportunidad de una vida mejor. Sé quién eres y quién era tu familia, Malaikah. Sé de quién huyes. ¿Por qué crees que no te han atrapado después de tantos años, a pesar de que tu cara aparece en todos los carteles de nuestro espectáculo?

—Creía que... —Honestamente, no lo había pensado. Siempre había creído que Kambu estaba demasiado al sur como para estar en contacto con las ciudades por las que viajaban.

—La verdad es que quienes desean hacerte daño saben muy bien dónde estás, pero no se atreverán a atacarte mientras te encuentres bajo mi protección. He matado a más de un asesino potencial que merodeaba por mi circo, y seguiré eliminando cualquier amenaza para ti o para cualquiera de los que aquí vivís. Yo protejo a los míos, Malaikah. Recuérdalo siempre.

Y salió por la puerta, dejando a Mal con los ojos muy abiertos por la sorpresa y el corazón lleno de dudas.

12

A la mañana siguiente, Harrow se despertó sintiendo el contacto de otro cuerpo. Parpadeó lentamente, gimiendo de satisfacción. Raith estaba acostado a su lado, apoyado sobre un codo, recorriendo su piel desnuda con los dedos. Mientras rodeaba sus pechos, sus extraños ojos negros seguían las caricias con intensa concentración.

Ella ronroneó de placer.

—Buenos días.

Su respuesta fue inclinarse y besarla.

Un cálido rayo de sol se extendía sobre la cama, haciendo brillar la piel de Raith.

La considerable erección que sentía contra su cadera la hizo arder de deseo.

La invadieron los recuerdos de lo que habían hecho la noche anterior antes de quedarse dormidos juntos. La forma en que él la había mirado, los dedos enredados en su pelo, los gemidos que hacían vibrar lo más profundo de su pecho... Se retorció de placer y su interior se inundó de calor. Quería más de él.

Dentro del círculo que formaban sus brazos, levantó la cara para darle otro beso. Mientras sus labios bailaban, posó las palmas de las manos sobre su pectoral y las deslizó por la suave piel y los músculos tensos. Él agarró la carne de sus nalgas y la atrajo hacia sí con un gruñido.

A Harrow le había encantado que perdiera el control la noche anterior, cuando su deseo había anulado su cautela y había actuado por puro instinto. Y ahora la besaba apasionadamente, apretando la cadera contra la suya con firmeza, y ella quería que volviera a desatarse.

Levantó la pierna, rodeó con ella su cuerpo y se apretó contra él. Otro gruñido vibró en su pecho. Raith deslizó los dedos entre los muslos de Harrow y percibió su humedad, arrancándole un suave gemido. No había espacio entre sus cuerpos para que ella lo tocara a él, así que se limitó a cogerlo de los brazos, suspirando de placer al sentir su fuerza.

Quería más. Lo quería... todo.

Dejó que la tocara hasta que estuvo empapada, mientras se deslizaban juntos, luchando por la proximidad. Entonces ella bajó un brazo para coger su erección. Raith gimió, sacudiendo la pelvis. Harrow alineó su sexo. Una embestida y la penetraría. Él le apoyó la mano en la cintura, apretándola con fuerza.

Ella movió las manos a los firmes músculos de sus nalgas e inclinó la cadera para conducirlo dentro.

Era grande, pero estaba tan preparada para él, tan desesperada, que ignoró con avidez la sensación de tensión, deslizándose sobre su cuerpo, más y más apretada, hasta que él llegó casi hasta el fondo y...

Se puso rígido y se apartó. Tenía los ojos muy abiertos y estaba... ¿asustado?

Harrow se incorporó, invadida por el horror. ¿Qué había hecho? Ni siquiera se había planteado preguntarle si quería.

—Lo siento.

Solo porque fuera un macho no significaba que siempre estuviera dispuesto. Lo habían torturado, encarcelado, no tenía recuerdos más allá de un mes y medio, y ella no se lo había pensado dos veces antes de coger de él lo que deseaba. Por supuesto que no estaba preparado. La intimidad debía de ser aterradora para Raith después de todo lo que había pasado.

—No debería haber... Ni siquiera he pensado...

Él se la quedó mirando.

Ella no pudo soportarlo más.

—Iré a la otra habitación a lavarme. —Saltó de la cama y casi corrió hacia el baño, con la piel caliente por la vergüenza.

Estaba a dos pasos de la cortina cuando Raith apareció enfrente de ella. ¿Cómo se había movido tan rápido? No dijo nada, solo le bloqueó el paso. Seguía desnudo y muy erecto. Necesitó de toda su voluntad para no mirarlo fijamente; el deseo que sentía por él aún latía en su torrente sanguíneo.

A eso se debía su intención de lavarse. Con suerte, el agua fría le bajaría la temperatura.

Pero, Diosa, si continuaba observándola así, no creía que pudiera...

De repente, Raith la cogió, moviéndose tan rápido que se desdibujó por un segundo. Harrow soltó un chillido de sorpresa al chocar con su pecho. Al siguiente instante él tomó su boca con ferocidad.

La besó con tanto ímpetu que ella retrocedió hasta que su espalda chocó con la pared. Él se apretó contra ella, agarrándole con suavidad la cabeza, aunque por lo demás casi aplastándola, y ella gimió de placer. Él la levantó en brazos.

A ver, ¿quizá había malinterpretado la situación?

No había tiempo para pensar en ello ahora. Harrow echó la cabeza hacia atrás con un gemido mientras él se daba un festín con su cuello, con el sexo duro y caliente acariciando justo su centro empapado. Ella lo rodeó con las piernas, suplicándole con el cuerpo que la penetrara. Él inclinó la cadera de la forma adecuada y se hundió en ella.

Ambos se quedaron quietos.

Harrow no se atrevió a empujar de nuevo, aunque tuvo que esforzarse mucho para no moverse.

—¿Es esto lo que quieres? —Raith respiraba con dificultad, mirándola con intensidad.

—Sí. ¿Y tú?

—Mataría por tenerte.

A Harrow se le escapó una risa estrangulada, lo que provocó que sus músculos internos se contrajeran y convirtieran la risa en un gemido.

—No tienes que matar a nadie, Raith. Estoy justo aquí. Yo también te deseo.

Aun así, él no se movió. ¿Cómo podía tener tanto control? Ella estaba a punto de desmayarse por la excitación. «¡Contrólate, Harrow!»

—Raith, ¿confías en mí?

Él asintió al instante y a ella se le hinchió el corazón.

—Entonces, escucha lo que voy a decirte y confía en que te digo la verdad. Quiero estar contigo. Más de lo que nunca he querido estar con nadie. Así que dime lo que quieres y no seas tímido, porque lo más probable es que yo quiera lo mismo.

—Quiero estar dentro de ti.

—Entonces da gracias a la Diosa, porque creo que moriré si no...

Sus pensamientos se disolvieron mientras él la penetraba despacio. Poco a poco fue hundiéndose hasta el fondo, y ella se aferró a él con fuerza, con el cuerpo tembloroso.

—¿Harrow?

—Sí. —¿Le respondía o le pedía más? No importaba.

Al parecer, no necesitaba instrucciones, lo cual no le resultó una sorpresa. Lentamente se deslizó fuera de su cuerpo y le dio tiempo a recolocarse antes de volver a embestir. Entró de nuevo, flexionando la cadera bajo las piernas de Harrow, que le clavaba los talones en la parte baja de la espalda.

La velocidad de sus embestidas aumentó tanto que ella sintió que Raith estaba a punto de perder el control. Ya no había incomodidad alguna. Su humedad lo cubría todo y sus músculos se habían relajado, y ahora se sentía... voraz. La idea de que él perdiera el control le parecía muy atractiva.

—Harrow —gimió él de nuevo, enterrando la cara en sus rizos.

—Más, Raith. —Ella sabía lo que necesitaba. Se encontraba rígido por la tensión, los músculos le temblaban: estaba tenso por contenerse.

«Pierde el control —le suplicó en silencio—. Déjate llevar.»

La siguiente embestida fue más fuerte, pero Raith se detuvo de nuevo cuando estaba en lo más profundo, todavía luchando contra sí mismo.

—Otra vez —gimió ella, y él volvió a moverse, arrancándole un grito de los labios—. Más.

—No quiero hacerte daño...

—Me gusta mucho —gimió casi en un susurro.

Estaba tratando de ser paciente con él.

Pero él parecía satisfecho. Levantó la cabeza y la miró a los ojos.

—¿Más? —Sonó casi como una amenaza.

—Sí.

Dio dos pasos y la dejó caer sobre la cama. Luego se arrastró por encima de ella, le abrió las piernas y volvió a penetrarla. Harrow soltó una exclamación cuando él acometió con tanta fuerza que vio estrellitas.

Y ya no se contuvo más.

Le cogió las muñecas y se las inmovilizó al lado de la cabeza para cabalgarla con dureza. Con cada embestida, la pelvis le presionaba el clítoris.

Era divino. Era tan glorioso que Harrow empezó a reír entre gritos de placer.

Raith le soltó las muñecas para agarrarla de los tobillos y le colocó las piernas justo encima de sus hombros. Ahora Harrow no tenía aire para reír porque estaba demasiado ocupada gimiendo. Lo acariciaba por todas partes y sus gruñidos llenaban los espacios entre sus gritos.

Entonces ella bajó los tobillos y le rodeó la cadera con las piernas, alzándolas para atraerlo hacia sí. Sus bocas se encontraron, sus lenguas se enredaron con tal ferocidad que los colmillos de Raith le cortaron el labio y la hicieron sangrar. Ninguno de los dos se dio cuenta. Los brazos de él se clavaron en el colchón bajo su espalda, rodeándola con tanta fuerza que casi no podía respirar.

Ella alcanzó el clímax. No podía emitir ningún sonido, no podía hacer nada salvo estremecerse con violencia bajo su cuerpo mientras él la abrazaba con tanta decisión que parecía que temía que se hiciera pedazos. Y si la soltaba, no estaba segura de no partirse.

—Harrow...

Entonces lo notó: él también estaba cerca. Quería que se corriera, quería que llegara al límite instantes después que ella.

—Raith...

Todo su cuerpo se tensó y Harrow oyó un profundo gemido cuando él volvió a enterrar la cara en su pelo. De pronto era ella quien lo abrazaba, rodeándolo con brazos y piernas mientras su orgasmo no cesaba y el poderoso cuerpo de él temblaba sobre ella.

Al final, Raith se desplomó, robándole el aire de los pulmones. No le importó. Había hiperventilado tanto por gritar que la cabeza le daba vueltas.

Se quedó acostada bajo él, mirando a la nada, acariciando su sedoso cabello y sintiendo algo tan fuerte que creyó que el corazón le iba a estallar.

Al cabo de un rato, Raith levantó la cabeza.

—¿Estás bien?

Ella solo pudo asentir, ausente.

Su preocupación se convirtió en calidez y giró el cuerpo para acostarse de lado, frente a frente, mirándose a los ojos, todavía unidos. Era increíblemente íntimo, casi demasiado, pero apartarse habría supuesto destrozar algo precioso.

Estuvieron así tanto que perdieron la noción del tiempo. Podían haber transcurrido diez minutos o una hora. Qué importaba. No tenían nada más que hacer. Si se pasaba toda la semana mirándolo a los ojos de esa manera, lo consideraría tiempo bien empleado.

Pero su estómago rugió ruidosamente, y ahí acabó todo.

Raith bajó la mirada y luego volvió a alzarla, y sus labios se curvaron. Una sonrisa. Era tan pura que Harrow casi se echó a llorar.

—Tienes hambre —le dijo.

—Creo que sí. —Sonrió como una niña tonta y enamorada—. Tú también, seguro.

Él se encogió de hombros, como si no le preocuparan mucho sus propias necesidades.

—Te traeré comida.

—No puedes. Tienes que quedarte aquí, ¿recuerdas?

Él frunció el ceño.

—Llamas demasiado la atención. —Un vistazo a sus ojos habría bastado para que se grabaran a fuego en la memoria de cualquiera—. ¿Recuerdas lo que dijo Malaikah? Mira, bajaré sola a pedir comida y luego esperaremos juntos aquí arriba a que nos la traigan. Llevaré puesta la capa para que nadie pueda verme la cara. De todos modos, desde aquí se oye todo. Te enterarás si hay algún problema.

Él entornó los ojos. No parecía convencido.

—Si pasa algo, gritaré con todas mis fuerzas. Me oirás sí o sí. —De repente se le ocurrió que no hacía mucho había estado haciendo exactamente eso, pero por placer. ¿Cuánta gente la habría oído? Tal vez todo el mundo. En fin—. Puedes incluso atravesar el suelo para rescatarme. —No tenía ninguna duda de que era lo bastante fuerte.

Raith suspiró, derrotado.

—Gracias. —Harrow sonrió y se inclinó para besarlo—. Aunque primero quisiera bañarme. ¿Me acompañas?

Hicieron el amor dos veces más antes de que ella al fin consiguiera salir de la habitación.

Malaikah esperó hasta pasada la medianoche para escabullirse del circo. No se engañaba pensando que Salizar no la vigilaría, pero contaba con que subestimara su capacidad para ser sigilosa.

Salizar era bueno, pero en ciertas cosas ella era mejor.

Tal y como había previsto, salió del circo y entró en la ciudad sin incidentes, pero aún estaba por verse si la habían seguido o no. Cuidándose de permanecer oculta en las sombras, tomó una ruta indirecta hacia su destino, adentrándose de manera inesperada en callejones secundarios solo para volver atrás en la manzana siguiente.

Tuvo el cuidado de conservar la capucha sobre su rostro y la cola bajo la capa, y mantuvo sus sentidos en alerta máxima. La revelación de Salizar la había inquietado más de lo que se atrevía a admitir, por lo que una parte de ella no dejaba de esperar que, a la vuelta de cualquier esquina, los asesinos enviados para matar a la hija de los líderes del clan saltaran sobre ella.

Sin embargo, nadie la atacó y llegó a los establos sin problemas, así que su primera tarea de la noche, comprobar cómo estaba la yegua de Harrow, resultó pan comido. La yegua, llamada Fiona, era un animal manso, y aunque Mal no tenía mucha experiencia con caballos —Salizar era el dueño de todos los del circo y su cuidado corría a cargo de los trabajadores—, le había resultado fácil hacerse su amiga.

Fiona relinchó cuando se acercó, lo que Mal se tomó

como un cumplido, teniendo en cuenta que solo la había visto una vez.

—Pronto saldrás de este aburrido establo —le prometió.

En seis días más el circo se pondría en marcha, y entonces Harrow podría recogerla para irse con su nuevo novio.

Aunque su nuevo novio fuera en realidad el asesino letal que había matado a toda su familia.

A Malaikah se le revolvió tanto el estómago que estuvo a punto de vomitar. Se aferró a la parte superior de la reja, se encorvó y respiró entre la oleada de náuseas. Su mejor amiga, su hermana, estaba enamorada de un asesino cómplice de genocidio.

—Mierda, mierda, mierda. —Su frente se perló de sudor frío.

Se enderezó, esforzándose por quitarse la sensación de encima. Ya había tenido aquel debate interno antes. Toda la noche anterior, y también todo el día, incluso durante su actuación, demonios, lo que había hecho que fallara al final. En lugar de hacer el pino con una sola mano, se había lanzado del trapecio en un triple mortal hacia atrás, con un aterrizaje perfecto, lo que había sido genial, pero aun así...

El hecho era que se estaba volviendo loca de la preocupación.

No obstante, había llegado a la conclusión de que no iba a hacer nada sin antes hablar con Harrow. Su amistad era demasiado sólida como para que no le concediera el beneficio de la duda. Se lo debía y sabía que la vidente haría lo mismo por ella.

Así que allí estaba, escabulléndose para visitar a Harrow la noche siguiente a su exitoso escape, a pesar de todos los riesgos que corría con ello. ¿Qué era lo más obvio que podía hacer después de que Salizar le lanzara la bomba? Avisar a Harrow. ¿Y qué estaba haciendo? Precisamente eso.

Pero tenía que hacerlo. Lo que Salizar le había dicho era demasiado grave como para retrasarlo.

Solo tenía que ser muy, pero que muy astuta.

Tras unas palmaditas y unos puñados de heno, Malaikah volvió a salir a hurtadillas de los establos. Según sus sentidos, nadie la había seguido. Con mucha cautela, se dirigió a su próximo destino, siguiendo la misma estrategia para ocultarse hasta llegar al Subterráneo.

Allí, incluso a aquellas horas, se oía un murmullo de voces procedentes de varios lugares cercanos. Si corría de un lado a otro como había hecho en la otra zona, solo llamaría la atención. En lugar de ello, caminó con decisión, con la capucha ocultándole el rostro, y trató de parecer poco interesante.

Al doblar una esquina apareció delante de ella una bulliciosa taberna, aunque no la que buscaba. Se detuvo bruscamente, olfateando el aire. Sentía algo extraño. Se le erizó el vello de la nuca. Se dio la vuelta, sacudiendo las orejas bajo la capucha, atenta al menor movimiento.

Sacó las garras, giró de nuevo sobre sí misma y se encontró cara a cara con un hombre enorme, con la cabeza rapada, un largo abrigo de cuero y cara de malo. De inmediato, su paranoia sobre lo que Sal le había contado volvió a encenderse. ¿Lo habría contratado el usurpador de Kambu para matarla?

«Pelea primero, pregunta después.» De ser así, era demasiado tarde para ocultar su identidad, y la capucha le impediría ver, así que se la quitó un segundo antes de lanzar un zarpazo. Su agresor retrocedió, moviéndose como un líquido.

Ella volvió a atacar. Él la esquivó sin esfuerzo, y el muy cabrón tuvo el valor de sonreír. De su amenazadora boca asomaron unos largos colmillos.

¿Provocar a una pantera? Mala idea.

Ella gruñó de nuevo y le lanzó un zarpazo hacia el costado, aunque estaba bien protegido por su grueso abrigo. Él volvió a esquivarla, tan rápido que casi pudo rodearla por completo antes de que Mal se diera cuenta de que se había movido. ¿Quién era aquel tipo?

De todos modos, volvió a atacarlo, intentando predecir hacia dónde iría, pero el hijo de puta se le anticipó de nuevo y se movió hacia el otro lado. Era rápido, quizá demasiado, y aún no había intentado golpearla, lo que la enfureció.

—¡Pelea conmigo, imbécil!

Volvió a lanzar golpes con violencia en todas direcciones. A cualquier otro oponente le habría cortado ya la garganta siete veces, pero a él no.

Y la siguiente vez que atacó, él le sujetó las muñecas en el aire.

Mierda. Mal luchó violentamente intentando soltarse, pero fue en vano: era implacable. Se cernía sobre ella con la mandíbula apretada como único indicio de que estaba haciendo algún esfuerzo. Ella levantó la rodilla, apuntando a su entrepierna, pero él se retorció fuera de su alcance. Así que lo hizo otra vez. Y otra.

Al final, empezó a mostrarse molesto, como si se preguntara por qué la pequeña hembra no se sometía de una vez. Le soltó una muñeca y le tiró con brusquedad de la otra, con fuerza. El tirón hizo que se tambaleara hacia delante, donde la hizo girar con otro violento movimiento y volvió a agarrarla de la muñeca libre antes de que pudiera contraatacar.

Malaikah acabó de espaldas contra él, con los brazos inútilmente atrapados detrás de su cuerpo.

Echó la cabeza hacia atrás, chocando con su cráneo. Él gruñó. Aflojó las manos infinitesimalmente y ella estuvo a segundos de liberarse, pero una pesada bota se estrelló contra la parte posterior de sus rodillas y cayó al suelo con las rótulas contra los adoquines. Desde allí, intentó lanzarse contra él, usando su peso para desequilibrarlo, pero el cabrón era demasiado grande y hábil, y de todos modos ella no podía tomar impulso desde tan abajo.

Al final, se quedó quieta, aceptando la derrota. Por el momento. En cuanto él se relajara, se le echaría al cuello. Hasta entonces, conservaría sus fuerzas.

—¿Ya has terminado?

Él le retorció los brazos lo suficiente como para que sintiera la amenaza de una ruptura fácil. Malaikah se alegró al oír que parecía faltarle el aliento, teniendo en cuenta que ella estaba jadeando.

—¡Vete a la mierda!

—Mira a tu alrededor. Estás rodeada por mis hombres. Intenta luchar de nuevo: no llegarás a ninguna parte.

En efecto, se había formado un estrecho círculo a su alrededor de tipos con un aspecto tan desagradable como el primero. Todos eran altos, corpulentos y vestían de negro. Híbridos. Olisqueó el aire y entonces lo notó.

Híbridos de sangre fría.

Era la banda Uróboros. La banda que dirigía el Subterráneo al completo.

—¿Qué queréis de mí?

Se hizo la indiferente, aunque estaba empezando a asustarse. Pese a que no eran asesinos de su país natal, era una banda criminal, y Mal tenía un precio sobre su cabeza. ¿Qué probabilidades había de que no hubieran oído hablar de ella?

—No deseo pelear contigo —dijo con calma el hombre que casi le había roto los dos brazos—. Solo quiero que hablemos, pero como se te ocurra...

—¡Te voy a cortar la puta garganta!

—No ha sido un buen comienzo, gatita.

No era posible que acabara de llamarla así.

—¡Os voy a cortar la puta garganta a todos!

—Mejor que sea rápido, jefe —murmuró uno de los hombres. De reojo, Mal vio unos hombros anchos, unos ojos turquesa y una larga cola de lagarto—. Estamos en medio de la calle, y esto parece mucho peor de lo que es.

El jefe suspiró. Malaikah rezó para que no fuera *el* jefe. Esperaba que solo se tratara del lacayo que estaba a cargo de aquella banda de ladrones.

—Mira, si no cooperas te dejaré inconsciente. Después te llevaré sobre el hombro como un saco de patatas a un lugar tranquilo. O puedes dejar de amenazarnos y podemos hablar aquí. ¿Qué eliges?

La idea de que la llevaran inconsciente a un lugar desconocido no le resultaba atractiva. Resopló y gruñó.

—Bien. Déjame levantarme.

—¿No pelearás?

—No, por la Diosa.

En cuanto la soltó, ella se levantó de un salto y se giró para encararlo, frotándose los doloridos brazos. Lo miró con odio y él le devolvió una sonrisa colmilluda. A diferencia del otro, no tenía cola ni garras, lo que significaba que era un híbrido de serpiente. De todos modos, los colmillos lo delataban: de todos los híbridos, las serpientes tenían los más largos e impresionantes, y los suyos no eran la excepción.

De no ser porque acababa de vencerla en una pelea y de herir gravemente su orgullo de pantera, lo habría encontrado atractivo. Le gustaban los machos con una buena dentadura letal. Su cabeza rapada le impedía disimular sus orejas puntiagudas. ¿Y por qué iba a ocultarlas? Como Malaikah, era imposible que se hiciera pasar por humano. Sus pupilas consistían en unas finas rendijas verticales sobre unos iris asombrosamente verdes que llenaban sus ojos por completo, sin blanco en el exterior. Su piel morena dorada presentaba un patrón de escamas algo iridiscentes, que resplandecían bajo la luz.

—¿Qué asuntos te traen a mi distrito? —No sonaba arrogante aunque reclamara todo el Subterráneo como suyo.

Malaikah decidió que su mejor opción era mentir.

—Tomar algo en la taberna. —Señaló con el pulgar el bar que tenían detrás.

—¿A las dos de la mañana?

—¿Por qué no?

—He oído que hay un circo en la ciudad —dijo la serpiente con indiferencia. Sonreía a medias, como si todo fuera una broma. Pero en su malvada cara aquel gesto solo parecía una amenaza de muerte.

—Ah, ¿sí? —Mal ladeó la cadera. Podía ser muy evasiva cuando quería.

—Sí. ¿Ya has ido?

—No puedo decir que lo haya hecho.

—Bueno, pues yo sí. Vi a una gatita muy bonita dando volteretas en el aire, algo increíble.

Mierda. Definitivamente sabía quién era. Pero ¿sabía que era una mujer buscada?

—Suena increíble.

Unas risitas brotaron del muro de músculos que los rodeaba.

—Lo fue. —La serpiente se cruzó de brazos y la anchura de sus hombros tensó la tela de su abrigo—. Pero, mira, desde que el circo llegó a la ciudad, he oído cosas tremendas. Las gatitas que dan vueltas ni siquiera son lo peor.

Mal cerró las manos en puños. Si la llamaba gatita una vez más...

—¿Y eso qué tiene que ver conmigo?

La tenue sonrisa desapareció y fue sustituida por una mirada de fría intención que le demostró que ya no estaba jugando.

—Hace unas semanas, oí un rumor sobre un elemental que vendían los comerciantes de carne. Una cosa enorme, de piel como el vacío que podía adoptar otros colores, y con alas enormes.

Doble mierda. Estaba hablando de Raith. ¿Qué quería aquel tipo de él? ¿Matarlo? ¿Usarlo como arma? Fuera lo que fuera, no podía ser bueno. Al recordar que había convencido a Harrow de esconderse en la taberna de Uróboros quiso abofetearse a sí misma. Debería haber sabido que Salizar no sería el único que querría ponerle las manos encima al espectro proscrito.

—Ah, ¿sí? —volvió a decir Malaikah, aunque esta vez su intento por fingir indiferencia resultó bastante menos convincente.

—Verás, no permito comerciantes de carne en mi ciudad, en especial cuando venden elementales. Así que atrapé a los vendedores. Negocié con ellos. Y con un poco de motivación accedieron a decirme quién fue el comprador de su artículo. Imagina mi sorpresa cuando me enteré de que había sido el coleccionista de demonios. Al parecer había venido hasta aquí desde Beirstad para reclamar su premio. Pero, extrañamente, también fue él quien me avisó de la presencia de los comerciantes.

—Curioso.

—Ajá, es un tipo muy curioso. Me ayuda a limpiar la basura, pero solo después de hacer uso de sus servicios. Resulta un poco hipócrita, ¿no crees? —La serpiente alzó una ceja—. Pero he oído que el gran Salizar haría casi cualquier cosa para conseguir más curiosidades para su colección.

Mal apretó los dientes. Otros elementales no veían con buenos ojos a los trabajadores del circo. Muchos de ellos consideraban que actuar para entretener a los humanos era como prostituirse. Por ende, Salizar no era muy querido en las comunidades de elementales, ni era plenamente aceptado en las de humanos.

Era un enigma que vivía entre dos mundos, abriéndose camino con la barbilla en alto y un bastón que podía enviarte directo a las sombras si te metías con él. Mal tenía que admitir que lo respetaba por ello, sobre todo después de las recientes revelaciones. Incluso se sentía protegida por él.

—Supongo que no has oído nada al respecto, ¿verdad?

—No puedo decir que sí.

La serpiente la miró como si supiera que mentía, pero, aun así, no pareció inmutarse.

—Espera, que la historia se vuelve más extraña todavía. Verás, anoche mismo me enteré de que la nueva adquisición de Salizar se había escapado. Con su adivina, además. Una adivina que ha causado una gran impresión en la ciudad a lo largo de las últimas semanas. La gente dice que les ha cambiado la vida con unos pocos consejos. Una hazaña asombrosa para una falsa vidente, ¿no crees?

Malaikah maldijo para sus adentros: «Por la Diosa, Harrow, ¿tenías que hacer tu trabajo tan jodidamente bien?».

—Así que el demonio y la adivina desaparecen juntos en la noche, y ahora Salizar pone la ciudad patas arriba buscándolos.

—Es una historia bastante tremenda.

La serpiente asintió.

—Todo cierto, además. Pregúntale, si no, a uno de los vendedores del mercado principal. Le cuenta a todo el mundo cómo Salizar apareció ayer para interrogarlo sobre un caballo que vendió. Al parecer, la adivina se las arregló para recogerlo por la noche, lista para el largo camino que tenían por delante.

¿Salizar ya había encontrado al vendedor de caballos? Maldición, trabajaba rápido.

—Solo que, y escucha esto, el caballo ni siquiera salió de la ciudad.

Dulce Diosa madre, estaban perdidos.

—Salizar tuvo la brillante idea de llevar al vendedor de caballos a los establos para que identificara al animal, y, efectivamente, allí estaba. Lo que significa que... —la serpiente hizo una pausa dramática— el demonio y la adivina no han salido en ningún momento de Allegra.

Mierda, mierda, mierda.

Malaikah se metió las manos en los bolsillos de la capa para ocultar su repentino temblor. Había visitado aquel maldito caballo esa misma noche. Cualquiera podría haberla visto. Por lo que sabía, el propio Salizar podía haber estado en cuclillas en el establo contiguo al suyo, utilizando un encantamiento para que no lo percibiera. Nunca los usaba contra la gente del circo, pero no estaba segura de que se atuviera a ese principio en las presentes circunstancias. ¿Podría haberla seguido hasta allí?

Cambio de planes. Nada de visitar a Harrow aquella noche. Iba a volver directamente al circo.

La serpiente seguía observándola con atención. ¿Cuánto había visto? Cuando se trataba de su supervivencia, Malaikah podía mentir, engañar y robar como los mejores. Era la única razón por la que había salido viva de Kambu.

Pero aquel tipo se ganaba la vida mintiendo, engañando y robando. Tal vez fuera el jefe de todos los mentirosos, tramposos y ladrones de la ciudad.

—¿Y, de nuevo, qué tiene que ver todo eso conmigo? —preguntó con inocencia.

—Estoy buscando al demonio y a la adivina. —Se rio entre dientes—. Suena como un cuento de hadas, ¿no? El demonio y la adivina. Es un romance, creo.

Malaikah lo miró fijamente. «¿Cuánto sabe este bastardo?» Su expresión era inescrutable.

—¿Por qué los estás buscando?

—Bueno, verás, hay alguien especial en esta ciudad. Vive en mi distrito y se encuentra bajo mi protección. A cambio, ella nos protege a nosotros también. La llamamos el Oráculo.

—Uh, claro.

—El Oráculo desea tanto conocer a la pareja de cuento de hadas que me ha pedido que los encuentre y se los lleve. Así que estoy haciendo precisamente eso.

Y justo se había encontrado a la estrella de Salizar merodeando en su territorio.

Malaikah solo podía dar gracias a su buena fortuna porque aún estaba lejos de la taberna. Si la hubieran encontrado fuera, no habría sido difícil averiguar que Harrow y Raith estaban arriba. Se sentía agradecida por partida doble por haber tenido la previsión de hacer que el espectro subiera por la ventana en lugar de entrar por la puerta principal, porque tal vez esa fuera la única razón por la que aquellos tipos no habían descubierto dónde estaban. Raith no pasaba precisamente desapercibido entre la multitud.

Pero quizá las preguntas más importantes ahora eran: ¿quién era el Oráculo? ¿Sabía qué era Raith? ¿De qué lado estaba? ¿Querría matarlo para proteger a la vidente, como Darya, o querría convertirlo en un arma, como Furie? ¿O solo volver a vendérselo a Salizar por un montón de dinero?

No había forma de saberlo. Lo único de lo que Malaikah estaba segura era de que no confiaba en las bandas que acechaban a mujeres solas en callejones oscuros. No había estado dispuesta a entregar a Harrow a Salizar, incluso cuando la vida de su amiga podía estar en peligro, por lo que, claramente, tampoco lo estaría a entregársela a un extraño al que acababa de conocer y que solo le había dado razones para desconfiar de él.

—Ojalá pudiera ayudarte a encontrar a tu parejita de cuento de hadas —le espetó con un fingido suspiro de decepción—, pero no puedo. Lo siento. ¿Me das permiso para irme ya?

La serpiente no contestó a su mofa; solo se limitó a estudiarla con sus rasgados ojos verdes brillantes hasta que a Mal empezaron a sudarle las palmas de las manos. Finalmente asintió.

—Muy bien, gatita. Juega a tus jueguecitos esta noche. Puedes irte. Pero quiero que les transmitas un mensaje.

—¿A quiénes? —preguntó con inocencia.

—Diles que el Oráculo posee información que necesitan. Que es cuestión de vida o muerte. Diles que no quiere hacerles daño. Si deciden confiar en mí, que vayan a la taberna del centro del Subterráneo. Hay un letrero con una serpiente comiéndose la cola. Que pregunten por mí.

—¿Quién eres?

Le dedicó de nuevo su colmilluda sonrisa.

—Ouro.

Como uróboros. Precisamente por la homónima banda. Él era el líder, maldita sea. Aun así, le costaba creérselo.

—¿No serás...?

—El único.

¿Por qué, oh, por qué había pensado que era buena idea que Harrow y Raith se quedaran en aquella maldita taberna? Bueno, lo habría sido si Raith no se hubiera convertido de repente en una mercancía tan deseada. Era el lugar perfecto para permanecer en el anonimato, pero si no eras anónimo, entonces daba asco.

Malaikah necesitaba hablar con Harrow más que nunca, pero de ninguna manera se presentaría allí esa noche. Era hora de retirarse.

—Bien, Ouro, recordaré tu mensaje. Aunque no sé de qué servirá, ya que no soy más que una inocente gatita que vuelve a casa después de una inofensiva copa con amigos. —Le lanzó una mirada fulminante, aún molesta por el apodo.

—Muchas gracias, pues. —Volvió a enseñar los colmillos y sacudió una mano hacia la pared de músculos—. Dejad pasar a la dama, caballeros.

Los hombres se apartaron y Malaikah salió del círculo, fingiendo que el corazón no le latía con fuerza en el pecho.

—Ten cuidado en el camino de vuelta —añadió Ouro detrás de ella—. Hay mucha gente desagradable por aquí.

No pudo resistirse a replicarle por encima del hombro:

—Sí, ya me he dado cuenta.

Su risita le llegó a los oídos, aunque ya estaba a mitad del callejón.

«Maldita sea», se dijo mientras se alejaba. Harrow y Raith estaban metidos en un buen lío y, por asociación, Malaikah también. Toda aquella atención no auguraba nada bueno para una mujer cuya vida entera consistía en esconderse de posibles asesinos.

Algún día volvería a Kambu, mataría a todos aquellos traidores y recuperaría las tierras de su familia de una vez por todas. Entonces, no habría más escondites.

Pero por ahora necesitaba proteger a Harrow. Y rezar a la Diosa para que a la banda Uróboros no se le ocurriera buscar delante de sus propias narices.

13

CINCO DÍAS DESPUÉS...

Harrow estaba desnuda a horcajadas sobre el macho más hermoso que hubiera visto jamás, con su duro miembro enterrado en su interior. Echó la cabeza hacia atrás y se acarició los pechos mientras su pelo le rozaba la espalda.

Debajo de ella, Raith hundió los dedos en sus muslos y se esforzó por no reclamar el control. Tenía la mandíbula apretada y los brazos tan tensos que las venas sobresalían a lo largo de sus gruesos músculos.

En los días que habían pasado encerrados en aquella habitación, Harrow se había dado cuenta de que a Raith le gustaba tener el control en el sexo. Al principio, sus caricias habían sido suaves, exploratorias, vacilantes. Luego, a medida que habían ido conociendo el cuerpo del otro, se había vuelto más violento y exigente.

Según había ganado confianza y descubierto lo receptiva que era ella con él, había empezado a ser más activo, decidiendo hacia dónde iba a ir su juego e incluso iniciándolo cuando Harrow no se lo esperaba.

Y ella amaba hacerlo con él. Lo amaba todo. Lo amaba...

No. Bloqueó el pensamiento momentáneamente. Cinco días no eran suficientes para sentir algo así, aunque hubieran sido los más maravillosos de su vida.

Raith se incorporó, la cogió de la cintura con sus grandes manos y la forzó a inclinarse hacia delante para poder besarle los pezones. Era una sensación deliciosa, pero ella negó con la cabeza con una sonrisa juguetona y lo empujó hacia abajo colocándole una mano sobre el pecho. Sí, a Raith le encantaba tener el control, pero aquella vez era Harrow quien estaba dirigiendo, simplemente porque sí. Porque era divertido y estaban jugando juntos. Y a Raith le encantaba jugar, así que había accedido a su juego.

Aunque, obviamente, no lo estaba llevando muy bien.

Gruñendo de frustración, volvió a cogerle los muslos, con los brazos tensos mientras seguía luchando por controlar sus movimientos. Ella opuso resistencia. Él quería que fuera rápido y duro; ella quería ir despacio. Oh, a Harrow también le gustaba rápido y duro, pero aquel era su juego e iba a obligarlo a contenerse.

—Harrow —gruñó él como advertencia.

—Todavía no —le ordenó ella.

Las manos de Raith volvieron a tensarse, pero dejó de pelear. Ella se rio, dándose cuenta de lo increíblemente difícil que debía de ser para él. Se merecía una recompensa por esforzarse tanto, y pronto la tendría.

Pero primero... más provocaciones.

Se pasó una mano por el cuerpo y empezó a acariciarse con pereza mientras subía y bajaba por su erección. Diosa, se sentía increíble. Echó la cabeza hacia atrás y cerró los ojos, gimiendo con languidez, saltando sobre él, obligándolo a quedarse acostado mirándola.

—Más —gruñó Raith.

Ella accedió a su petición, aumentando el ritmo de las caricias y de los movimientos. El placer aumentaba, la sensación encendía luces de éxtasis tras sus párpados cerrados.

—Raith —se oyó gemir—. Estoy tan cerca...

—Más rápido.

Se acarició un poco más rápido.

—Más fuerte.

Lo montó un poco más fuerte...

Espera. ¿Cuándo había vuelto a tomar él el control? Tramposo.

Abrió los ojos de golpe.

—Yo tengo el control, ¿recuerdas?

Raith entornó los ojos negros en señal de desafío, y ella supo que el juego había terminado.

En un instante Raith se sentó y la apretó debajo de él. Pero no se detuvo ahí. Le dio la vuelta, colocándola bocabajo con la mano que aún tenía en su centro atrapada entre su cuerpo y el colchón. De repente la levantó por las caderas y sus nalgas quedaron al aire. Ella intentó incorporarse sobre las manos, pero él la presionó por los omoplatos hacia abajo.

Harrow gimió extasiada, con la cara presionada contra la almohada y mil escalofríos recorriéndole la piel desnuda. La sensación de exposición de su sexo le resultaba vigorizante. Una delicia pecaminosa.

—Acaríciate —le dijo Raith.

Ella volvió a gemir por el tono dominante de su voz. Le encantaba cuando se ponía así, peligroso y amenazador. Obedeció, sintiendo sus ojos fijos en ella. Sus músculos internos se contrajeron en respuesta.

—Raith —suplicó con deseo contra la almohada—. Te quiero... dentro.

Se hundió un poco en ella, posó las manos en su cadera. Harrow trató de acercarse hacia él para recibirlo todo, pero él la detuvo.

—Sigue acariciándote.

Ella siguió, con el placer recorriéndola como agua caliente sobre la piel fría.

—Raith, estoy tan cerca... Por favor...

Él sabía que ella llegaría más rápido si estaba dentro de su cuerpo. Por eso estaba conteniéndose, el muy diabólico.

Se hundió un poco más, pero no lo suficiente. Harrow trató de acercarse una vez más, pero él volvió a detenerla.

—¡Raith!

Le temblaban los muslos, los dedos se movían cada vez más rápido sobre su clítoris, pero no podía llegar, no podía superar el límite sin él dentro, llenándola, tomándola. Lo necesitaba, lo necesitaba con desesperación...

Y por fin la embistió con fuerza.

El clímax la azotó como una catarata, una potente explosión que se estrelló contra ella, y gritó con abandono. Olvidando que los clientes de la taberna podían oírla, no logró evitar rendirse por completo mientras la erección de Raith la golpeaba en el punto perfecto. Más luces destellaron tras sus párpados cerrados mientras el orgasmo la invadía.

Abrumada, intentó apartar la mano con la que aún se acariciaba, pero Raith se inclinó hacia delante y la rodeó con un brazo, cubriéndole los dedos con los suyos, obligándola a seguir. Era demasiado, demasiado...

Otro orgasmo remontó las olas del anterior y, mientras se ahogaba en sus propios gemidos, sintió que Raith alcanzaba el clímax con ella. Su poderoso cuerpo se tensó, sus embestidas se hicieron más rápidas y enérgicas, y después se contrajo, apretándola contra él, gimiéndole en el pelo mientras se consumía en ella.

Se desplomaron juntos sobre la cama, jadeando.

Raith se acomodó de costado y la abrazó. Aquella era otra de las cosas que le encantaban de él, cómo la abrazaba por detrás con los brazos y las piernas, colocando el muslo sobre el suyo y cubriéndola por completo, como una manta preciosa y cálida.

Harrow ronroneó abrazada a él, tan feliz que podía estallar. Todo era perfecto. Sus angustias sobre el futuro y su inquietud por estar atrapada en aquella habitación se habían desvanecido en la distancia, y ahora no notaba nada más que una profunda satisfacción. Tan solo pensar en Raith la llenaba a reventar; cada vez que lo miraba se sentía tan embriagada de emoción que le resultaba casi insoportable.

La dominó el impulso de expresar sus sentimientos y se entregó a ello sin pensarlo.

—Me encanta esto, Raith. Te...

Se atragantó. Abrió los ojos de golpe.

—Me encanta cómo me abrazas —se corrigió, con el estómago revuelto por lo cerca que había estado de soltar una declaración que no se encontraba lista para hacer.

«Es demasiado pronto», se dijo a sí misma. Nadie puede enamorarse en cinco días.

Ella, de hecho, nunca se había enamorado. Había tenido amantes, era una mujer segura de sí misma, con un apetito sexual saludable y que no creía en la represión, pero nunca había sentido el impulso de declararle su amor a alguien.

Era indudable que ella y Raith tenían una conexión más profunda. Algo la había atraído a él desde el momento en que se conocieron. Pero ¿amor? ¿Tras solo cinco días?

Sin duda se hallaba embriagada por la infinita ternura y afecto que él le prodigaba. Seguramente solo estaba absorbida por el constante torbellino de hacer el amor, inundada en un sueño donde nada existía excepto ellos dos, encerrados en un abrazo tan fuerte que el resto del mundo se desvanecía.

Sin embargo, el resto del mundo seguía ahí fuera, y solo les quedaban dos días en la posada antes de tener que salir a enfrentarse a él de nuevo. Harrow estaba segura de que, cuando llegara el momento, se alegraría de haber reprimido su declaración.

Además, ¿cómo podía esperarse que una mujer supiera con seguridad si estaba o no enamorada sin consultarlo antes con su mejor amiga?

Había pasado casi una semana desde la huida y Malaikah aún no la había visitado, lo cual le resultaba preocupante. No necesariamente por su amiga: Harrow tenía claro que sabía cuidar de sí misma. Pero si Malaikah no había ido a verlos todavía, significaba que la presión que sentía sobre ella debía de ser enorme.

Además de necesitar su consejo, Harrow se moría por obtener información. ¿Había seguido Salizar su pista falsa y se había desviado del curso? ¿Tendría Malaikah problemas con él o se habría creído que no estaba implicada? ¿Se marcharía el circo de Allegra según lo previsto, aunque Harrow y Raith estuvieran desaparecidos?

En aquel momento Raith le dio un suave beso en el cuello, sacándola de sus pensamientos.

Cada vez que empezaba a preocuparse por Malaikah y por lo que ocurría en el mundo exterior, Raith la besaba o la miraba de reojo, o ella veía su cuerpo a la luz del sol..., y era tan fácil olvidarlo todo de nuevo.

Y ella quería olvidar. ¿Quién no querría perderse en la pequeña burbuja de fantasía que habían creado en su diminuta habitación? Ahí era fácil no preocuparse por el presente ni por el futuro.

Se tenían el uno al otro. ¿Qué más podían necesitar? Al menos de momento era suficiente.

—¿Cómo se sabe? —se oyó preguntar Raith. La pregunta se le había escapado sin querer.

—¿El qué?

—Que algo te gusta, que le profesas amor.

Harrow se puso rígida entre sus brazos.

—Has dicho que te encanta cómo te abrazo. Y cuando te despediste de Malaikah le dijiste que la querías.

—Sí, yo... —Cerró los ojos un momento antes de rodar sobre su espalda para encontrarse con su mirada—. ¿No sabes qué significa?

—Conozco la definición, pero no sé cómo es sentirlo.

Los ojos de Harrow se suavizaron.

—Bueno, ya sabes qué se siente al desear algo. Es parecido, pero más fuerte.

—¿Como un vínculo? —Por alguna razón, para él era importante entenderlo.

—Sí, pero... —Se frotó los ojos y se incorporó de golpe para estirar el cuello de un lado a otro, como si se estuviera preparando para una batalla—. Hay diferentes tipos de amor y diferentes profundidades. El amor por otra persona es el más fuerte, y se quiere a un amigo de forma distinta a como se quiere a un compañero.

Fijó la mirada en sus manos, que retorcía en su regazo.

—Cuando amas a alguien, quieres lo mejor para él, pase lo que pase. Es desinteresado e, idealmente, incondicional.

Buscó su mirada y luego se frotó la nuca, tal vez frustrada por su falta de comprensión.

—Te sientes unido a esa persona —continuó— y quieres estar cerca de ella. Pero si es amor de verdad, también estás dispuesto a hacer sacrificios, es decir, cosas que tú no deseas. Antepones sus necesidades a las tuyas. Y también está la confianza. Pase lo que pase, confías en que la otra persona estará de tu lado, que nunca te traicionará, y le ofreces lo mismo. Es un sentimiento maravilloso.

Raith nunca había experimentado algo así y solo podía imaginarse cómo sería. Confiaba en Harrow, pero no estaba seguro de ser capaz de llegar a ese nivel. Sin embargo, cuando la miró se dio cuenta de que quería llegar. Simplemente no sabía cómo.

Por otro lado, sí que sentía por ella una emoción intensa e inidentificable que le daba miedo porque se sentía impotente ante ella. Frente a ella. Por eso había preguntado por el amor: quería saber si había un nombre para aquel sentimiento.

Pero lo que él sentía no era maravilloso, sino peligroso. Como si estuviera al borde de un precipicio con las alas atadas, a punto de caer.

Quizá por eso ansiaba controlarla en el sexo: porque necesitaba sentir que tenía el control de algo. Ella ignoraba por completo cuánto poder tenía sobre él en todos los sentidos. De hecho, incluso cuando él la dominaba en la cama en realidad seguía controlándolo.

Mataría a cualquiera que la amenazara. Llevaría a cabo actos indecibles y terribles para defenderla. Aniquilaría a cualquiera, a cualquier cosa, para poseerla. Lo consumía.

Se quedaba despierto cada noche, con Harrow dormida en sus brazos, y la miraba fijamente, preguntándose qué había hecho para apoderarse de él. Temía en qué se convertiría si algo le pasaba. Temía en qué se convertiría si alguna vez se veía obligado a vivir sin ella.

Fuera lo que fuera, sería oscuro y mortal. Un azote para el mundo.

Solo podía rogar a la Diosa que nunca tuviera que soportar algo así.

Los últimos cinco días habían sido, con diferencia, los más agradables de sus pocos recuerdos, algo tan obvio que apenas merecía ser reconocido. Pero aquellos cinco días también habían sido, en cierto modo, peores que cualquier tortura que hubiera soportado, porque habían conseguido lo que esta no había logrado: encontrarle una debilidad. Un punto de ruptura. Un final definitivo y fuera de su control para su lucidez.

Harrow lo hacía sentirse completo, con su sonrisa radiante, su corazón compasivo y su aceptación sin límites, y ahora podía quebrarlo con facilidad.

—¿Tiene sentido? —le preguntó ella, trayéndolo de vuelta al presente.

Asintió porque intuía que la vidente prefería no seguir hablando de eso, no porque estuviera satisfecho con su comprensión. Pero parecía que se trataba de un asunto que no podía comprenderse después de una única conversación.

Su respuesta pareció relajarla. La abrazó mientras ella apoyaba la mejilla en su pecho, y tuvo que luchar contra el impulso de aplastarla contra su cuerpo. A veces tenía la sensación de que si no la agarraba con fuerza se le escurriría entre los dedos como fina arena.

—¿En qué piensas? —murmuró ella tras un prolongado silencio. Se lo preguntaba a menudo; sentía que muchas veces no le decía lo que pensaba. Intentaba hacerlo más, pero solo para complacerla. Haría cualquier cosa para complacerla.

—En que llevaría a cabo cosas indecibles para protegerte —respondió con sinceridad, porque ella le había dicho que apreciaba aquella cualidad—, y eso me asusta.

—Raith. —Sus ojos plateados se suavizaron mientras echaba la cabeza hacia atrás y le ponía una mano en la mejilla—. Yo siento lo mismo por ti.

Aunque estaba seguro de que ella sí sentía algún tipo de necesidad de protegerlo, dudaba de que comprendiera todo el peso de sus palabras. No creía que pudiera imaginarse el nivel de violencia del que sería capaz en su nombre.

Una vez más, solo podía rezar a la Diosa para que nunca necesitara saberlo.

Al fin, se levantaron de la cama para bañarse y vestirse. Ya habían cenado, darse de comer el uno al otro era lo que había dado comienzo a la ronda sexual de aquella noche, y Harrow había dejado los platos sucios en el pasillo para que los recogiera el personal.

Cuando Raith salió del baño se encontró a Harrow mirando por la ventana. Tenía el ceño fruncido, los dedos apoyados en el marco y los labios ligeramente torcidos.

—¿Y en qué piensas tú? —le preguntó, jugando a su mismo juego.

—Estoy preocupada por Malaikah. No entiendo por qué no nos ha visitado todavía. Y, para ser sincera, me siento un poco agobiada. Hace días que no salimos. Quiero ver las estrellas, la luna. Respirar aire fresco.

A Raith le disgustaba la idea de que fuera infeliz, por lo que trató de pensar en una solución inmediata. No podía hacer nada con respecto a Malaikah; le había prometido a Harrow no marcharse sin su consentimiento a menos que se tratara de una emergencia. Pero tal vez podía ayudarla con el segundo problema.

—Podríamos subir a la azotea —sugirió.

—¿Cómo? No he visto ningunas escaleras.

—Podría salir por la ventana y trepar, cargando contigo.

Harrow lo observó fijamente.

—¿En serio? O sea, sé que sabes trepar, pero ¿con mi peso?

Él sacudió la cabeza.

—No pesas nada.

A ella se le escapó una carcajada.

—De acuerdo. Hagámoslo.

Raith abrió la ventana de par en par y se agachó frente a ella.

—Súbete.

Harrow se le subió encima riendo de nuevo, lo que le

hizo sentir una punzada en el pecho. Luego salió por la ventana, moviéndose con cuidado para no golpearla con el marco. Una vez fuera, se apoyó con facilidad en el alféizar y sacó las garras para escalar el edificio. La áspera superficie de piedra tenía muchos asideros fáciles y, al igual que días antes, trepó sin dificultad.

Le habría sugerido subir volando, pero tenía grabada en la mente la expresión en su cara cuando vio sus alas por primera vez. No quería recordarle los rasgos que hacían que desconfiara de él.

La escalada apenas le supuso ningún esfuerzo, pero cuando la dejó en el suelo de la azotea, Harrow tenía los ojos muy abiertos de la emoción.

—¡Ha sido increíble!

Él se permitió una sonrisa de satisfacción.

Se recostaron uno junto al otro en la superficie plana y contemplaron las estrellas titilantes. El cielo estaba despejado; ni siquiera la luna casi llena lograba oscurecer su brillo.

—¿Sabes leer el firmamento? —le preguntó Harrow, acurrucándose aún más contra él mientras Raith la rodeaba con un brazo.

Él negó con la cabeza.

—Las videntes las usaban para navegar. ¿Ves esa muy brillante ahí? —Señaló, y Raith se inclinó para seguir su mirada—. Esa es la punta de la Oleada. —Trazó las estrellas con el dedo—. Esa es la curva superior de la ola y esa, la parte inferior. La Oleada siempre da al oeste, por lo que si la encuentras, podrás orientarte. Mi madre me enseñó a buscarla para que, si alguna vez me perdía, supiera regresar a nuestro hogar.

—Tu madre te quería —supuso Raith, que seguía intentando comprender el concepto.

—Sí, me quería. —Había tanta tristeza en su voz que él volvió a sentir dolor en el pecho—. Me decía que era una bendición. Los niños elementales son muy raros. Creo que, como vivimos tanto tiempo, la naturaleza hizo que no nos reprodujéramos tanto como los humanos, o de lo contrario sobrepoblaríamos el mundo. Yo fui la primera vidente en un siglo.

—Deseaba protegerte porque te quería —volvió a suponer él. Parecía ser una cualidad del amor.

—Sí, así es.

Ahora había aún más tristeza en sus palabras, y Raith casi se arrepintió de haberla animado a hablar de aquello cuando parecía dolerle tanto. Sin embargo, también había nostalgia en su voz, como si disfrutara de sus recuerdos a pesar del dolor que le causaban.

—Me siento bendecida por haber tenido una madre que me quisiera tanto —continuó Harrow—, aunque la perdiera tan pronto.

—¿Y tu padre?

—Jamás lo conocí. Mi madre me dijo que había tenido varias aventuras, pero no pensó que se quedaría embarazada. Aunque nunca supo con certeza si era mi padre, siempre sospechó de un hombre del sur, porque mi piel era más oscura que la de ella. Solía contarme historias sobre él, afirmando que era el más generoso que había conocido. Creo que aún lo quería en secreto. —Suspiró con nostalgia—. Me pregunto si ella habría ido en su busca cuando me hubiera hecho mayor. Yo tenía diez años cuando fue asesinada.

Asesinada. Junto con toda su familia, dejando a la pequeña Harrow sola en el mundo. Raith la abrazó con más fuerza.

—Quiero destruir al que te hizo daño.

—Yo también —coincidió ella, pero no había ira en su tono, mientras que sí la había en el de él. Como si hiciera tiempo que hubiera aceptado la derrota y ahora considerara la venganza un deseo inútil.

Raith no estaba de acuerdo.

—¿Tú no tienes recuerdos de tu madre? —le preguntó Harrow, cambiando de tema como si intuyera la violencia de sus pensamientos.

—No. —Pero de repente tuvo la certeza de que, de tenerlos, no serían buenos.

—¿Y de tu infancia?

—No. —El concepto de infancia le resultaba extraño, incluso más vago que el concepto de amor. Dudaba que alguna vez hubiera experimentado algo así.

—Lo siento. Todos necesitamos recuerdos bonitos que nos ayuden a superar los momentos difíciles.

—No creo que fueran buenos recuerdos para mí.

—¿Por qué no?

—No lo sé.

Ella suspiró. «No lo sé» era siempre la respuesta de Raith a las preguntas sobre su pasado. No podía evitarlo, pues de verdad no lo sabía. Solo tenía ciertos impulsos o presentimientos de que las cosas habían sido alguna vez de cierta manera. Así como su aversión a dar su palabra le otorgaba la certeza de que había estado atrapado antes por una promesa, también estaba seguro de no haber tenido madre ni infancia, por lo menos en la definición clásica de ambas. Pero no sabía nada más.

Sinceramente, tampoco le importaba saberlo. Ahora era... feliz.

Aunque nunca se había imaginado poder decir algo así, era cierto. Se sentía feliz y no le interesaba lamentarse por lo que se le hubiera negado en el pasado, con tal de que su futuro siguiera la tendencia del presente.

Ahora mismo tenía a la mujer más bella del mundo entre sus brazos. Era fuerte y capaz, y confiaba en poder defenderla de cualquier amenaza. Por la noche, y también durante el día, ella lo recibía en su cuerpo, gimiendo su nombre, un nombre que él mismo se había dado, cuando se liberaba su placer.

Decidió que podía ir a cualquier parte, hacer cualquier cosa, siempre y cuando siguiera recibiendo esas bendiciones. Siempre que pudiera proteger a Harrow, hacerla feliz, podría encontrar a su vez la felicidad.

Tal vez aquel sentimiento fuera amor después de todo.

¿Qué importaba quién había sido cuando ahora tenía una nueva identidad? En lo que a él concernía, el pasado podía permanecer enterrado para siempre.

14

Aquella noche Harrow no podía dormir. Al parecer Raith tampoco, ya que hacía un momento le había dado un beso y había vuelto a subir a la azotea él solo.

Pero eso no era nada nuevo. Raith rara vez dormía. Le gustaba vigilar por la noche, y tampoco descansaba cuando estaba despierta. No creía haberlo visto dormido ni una sola vez. Cada mañana, cuando ella abría los ojos, él ya estaba despierto, protegiéndola. Y por la noche se acostaba a su lado y la abrazaba mientras ella dormía, pero jamás la acompañaba en el sueño.

¿Sería algún tipo de hábito remanente de sus semanas como prisionero? ¿Acaso nunca se relajaba lo suficiente como para dormirse en presencia de otra persona? Esperaba que el motivo no fuera ese. Quería que se sintiera seguro a su lado, quería que confiara tanto en ella como ella confiaba en él.

Diosa, lo quería tanto... Pero había una parte de él

que le parecía inalcanzable, una distancia en sus ojos tan vasta como un océano imposible de cruzar. Ella deseaba acercarse más, pero no sabía cómo, y Raith no lo entendía lo suficiente como para mostrarle el camino.

Empezaba a sospechar que la respuesta se encontraba en sus recuerdos perdidos.

Por desgracia, por lo que había podido comprobar hasta entonces, aquellos recuerdos no eran agradables. Siempre que Harrow le hacía preguntas sobre su pasado respondía «no lo sé», pero de vez en cuando se le escapaba algo que hasta a él lo sorprendía, ilustrando en parte cómo había sido su existencia anterior.

Y a deslices no habían revelado nada bueno ni una sola vez.

Su hermoso y dulce Raith tenía cicatrices profundas. Tal vez era mejor para él que no recordara. Tal vez fuera una bendición, una oportunidad de empezar una nueva vida sin tener que cargar con los traumas de la anterior.

Sin embargo, Harrow no lograba evadir la sensación de que sus recuerdos eran importantes. El agua se agitaba dentro de ella, diciéndole que escarbara más y más hasta encontrar respuestas. La mantenía inquieta.

Por eso estaba sentada en la mesa junto a la ventana, barajando las cartas. Hasta aquel momento no había sido capaz de reconocerse a sí misma que había estado luchando contra el impulso de hacer otra lectura sobre Raith. La última no le había asustado, pero esta vez sentía terror de lo que pudiera descubrir. ¿Tan horrible era el pasado de Raith?

De todas formas, sin importar por lo que hubiera pasado, estaba segura de que no cambiaría sus sentimientos hacia él. Descubrir lo que fuera que deseaba sacar a la luz el agua sería algo potencialmente doloroso, pero necesario.

Entonces ¿por qué se resistía tanto?

Frustrada por su indecisión y por su propio comportamiento —pues luchar contra sus instintos era la prohibición número uno de las reglas de las videntes—, Harrow se imaginó a Raith en su mente y permitió la crecida del agua en su interior. Como hacía a menudo cuando estaba cerca de él, en cuanto abrió un poco su jaula, esta se precipitó hacia delante. El aire crepitaba a su alrededor, las cortinas se agitaron y los cristales de las ventanas se empañaron. Ella no sentía ninguna amenaza, así que ¿por qué su poder respondía de esa manera?

Una razón más por la que necesitaba realizar aquella lectura.

Con manos temblorosas, sacó la primera carta de la baraja y la puso bocarriba sobre la mesa.

Las profundidades.

Se quedó mirándola con el corazón a punto de salírsele del pecho. La carta negra con las dos palabras garabateadas con su propia caligrafía parecía tratar de provocarla, atrayéndola hacia un abismo. Se levantó de un salto y dejó las cartas sobre la mesa como si contuvieran magia negra.

Lo que fuera que el agua quería decirle... no estaba preparada para oírlo.

Guardó el naipe en algún lugar en medio de la baraja, se fue a la cama y se acostó de lado. Sintiendo un frío repentino, se tapó con las sábanas y se quedó mirando la pared, sin dejar de ver la carta en su mente, llamándola para que terminara la lectura.

La habitación estaba a oscuras: su vela se había apagado con el estallido de la magia. Raith seguía en la azotea y ella sabía que no se marcharía sin decírselo, porque se lo había prometido de aquella forma tan tranquila e intensa que tenía de jurar, y su palabra lo obligaba. Lo había hecho por decisión propia, porque quería que confiara en él.

Deseó que volviera para abrazarla, pero no quiso llamarlo. Si quería estar a solas, se merecía tener la libertad de elegir.

Le dolía el corazón. Los ojos se le llenaron de lágrimas. Mientras tanto, no podía quitarse de la cabeza la imagen de las profundidades.

Al fin, se sumió en un sueño inquieto, con la esperanza de encontrar un poco de paz.

Más o menos media hora después, Raith volvió a entrar por la ventana. Se sentía extrañamente aprensivo, como si una enorme amenaza acechara a la vuelta de la esquina, pero no sabía qué era ni cuándo atacaría.

Había vuelto a subir a la azotea él solo, sintiendo que estaba a punto de comenzar una especie de aislamiento inminente y que necesitaba prepararse. Lo cual no tenía sentido, porque Harrow lo había besado antes de que saliera y le había dicho con una hermosa sonrisa que lo esperaba en la cama. Todo era tan bueno, tan puro.

«Demasiado bueno y puro para alguien como tú.»

El pensamiento no tenía explicación de ser, pero lo llenó de dudas. Seguro que algo como aquello no podía durar. Sin duda el final estaba cerca; todo estaba a punto de desmoronarse.

Harrow ya dormía cuando regresó, pero parecía que ella también descansaba intranquila. Tenía el ceño fruncido y agarraba las sábanas con demasiada fuerza. Decidió que se metería en la cama y la abrazaría para calmarla. Le asombraba poder hacer eso por ella. Lo consideraba el mayor de los regalos.

Primero se dirigió al baño, pero a mitad de camino se detuvo al ver algo sobre la mesa.

La baraja de vidente de Harrow.

Ella le había explicado que cada una de las veinticuatro cartas representaba una forma del agua diferente. Cada cual significaba algo distinto según cómo se sacara de la pila y, lo más importante, según lo que le dijera el agua mientras la sacaba. Raith sentía curiosidad por saber más, pero cuando le había pedido que le enseñara las cartas o que le hiciera una lectura, ella se había mostrado reticente, así que él no había insistido.

Pero ahora los naipes se encontraban abandonados sobre la mesa y Harrow dormía. ¿Le molestaría que tocara una? Seguramente no. Se lo diría a primera hora de la mañana. Pero ahora no podía quitarse la curiosidad de encima.

Levantó la carta superior de la baraja y la puso bocarriba sobre la mesa. Era negra, con un intrincado marco dorado en los bordes. En el centro, con adornada caligrafía, había escritas dos palabras: «las profundidades».

Un escalofrío le recorrió la espalda. Algo se agitó en su interior, una especie de reconocimiento. Se quedó mirando la carta, con la sensación de estar a punto de comprender algo importante.

Las profundidades eran oscuridad, como él. Pero por primera vez, mirando aquel naipe, la oscuridad no lo deprimió. Más bien parecía... ¿pacífica?, ¿necesaria? Como si tuviera un papel esencial que desempeñar en el mundo, y sin ella faltara algo importante.

Miró más de cerca, tratando de comprender, pero

cuanto más se concentraba, más se desvanecía la sensación. Al final, se quedó preguntándose si acaso se lo había imaginado todo.

Al otro lado de la habitación, Harrow emitió un pequeño gemido mientras dormía. Iría con ella y la protegería de todas las amenazas. Aquella era una tarea que podía cumplir con orgullo.

Se quitó la camisa, se lavó rápido y se metió en la cama junto a la vidente, estrechándola entre sus brazos. Ella murmuró algo ininteligible en sueños, así que él le acarició el pelo y la abrazó con fuerza hasta que se calmó.

No pensaba dormir. Rara vez lo hacía. En parte se debía a su necesidad de proteger a Harrow, pero otra parte nacía de su deseo de ocultarle su verdadera naturaleza. Sabía que si perdía el conocimiento por completo, ya fuera por una herida o por caer en un sueño profundo, volvería automáticamente a su verdadero ser: pura oscuridad celestial, carente de tono y textura, absorbente de toda luz.

Como un *wraith*. No quería que Harrow lo viera así jamás.

Por desgracia, aquella noche había algo diferente en el aire. En unos instantes empezó a parpadear con fuerza, deseando deslizarse en el olvido. Luchó contra el sueño todo lo que pudo, mientras pensaba en aquella misteriosa carta e intentaba en vano comprender lo que había tratado de decirle.

Minutos después se quedó dormido.

De inmediato comenzaron los recuerdos.

Harrow nadaba de nuevo en el mismo sueño, pero este había cambiado una vez más. Volvía a estar en aguas poco profundas; sin embargo, en esta ocasión se sentía desesperada por sumergirse, sabiendo de algún modo que las profundidades representaban a Raith. Su miedo anterior simplemente había sido miedo a lo desconocido.

Ahora lo desconocido era conocido, y amado. Lo quería.

En el sueño no importaba qué debía y qué no debía sentir. En el sueño él era suyo, y ella lo quería lo suficiente como para sumergirse en la oscuridad a salvarlo. Raith estaba allí abajo esperándola, y ella tenía que llegar a él.

Pero no podía. Algo tiraba de ella hacia la superficie. Como una cuerda invisible atada a su cintura, trataba de levantarla una y otra vez. Harrow luchó con violencia en vano.

Volvió a intentar sumergirse, pero algo tiró de ella una vez más. Sintió que su espalda emergía del agua y luchó con más fuerza todavía, segura de que si salía jamás podría volver a las profundidades, donde Raith la esperaba.

—¡No! —Sus músculos se estaban cansando y su visión se nublaba con manchas de agotamiento—. No pienso abandonarlo. Me necesita. —De algún modo, sus palabras resonaron con claridad en el mundo subacuático de los sueños—. Tengo que llegar hasta él. ¡Lo quiero!

El tirón cesó. Por un momento Harrow pensó que lo había conseguido. Lanzó un grito de triunfo y empezó a sumergirse. Lo estaba logrando. Avanzaba más y más hacia lo profundo, la luz desaparecía...

La cuerda tiró con más fuerza que antes, tomándola por sorpresa. La arrastró con mayor rapidez de lo que pudo resistir, aunque lo intentó. Rompió la superficie del agua en una explosión de cuerpo y olas agitadas.

Y apareció en una habitación.

Miró a su alrededor, se miró a sí misma. Estaba seca por completo y vestida con una sencilla bata blanca, sorprendida por su propio aspecto. Se encontraba en un amplio salón. Delante había una chimenea de piedra vacía de leña o de cualquier signo de fuego reciente, por lo que el aire era frío. Una pesada pieza de metal había sido soldada alrededor del hogar para bloquear el alcabor, y la cubría una gruesa capa de polvo, aunque el resto de la habitación estaba impecable.

Como si quien viviera allí no se atreviera a tocar la chimenea...

Junto al hogar vacío se alzaban altas estanterías repletas de coloridos volúmenes. Había, además, fuentes de agua que adornaban cada espacio disponible, y su agradable sonido llenaba el aire. Normalmente a Harrow le habría encantado explorar, pero en aquel momento otras cosas reclamaban su atención. En particular la vista a través de los grandes ventanales que tenía a su izquierda. Cruzó la habitación para asomarse, con los pies descalzos pisando con sigilo la madera. Cuando llegó al cristal, respiró hondo.

El océano se extendía hasta el horizonte y más allá, más allá de todo lo que alcanzaba la vista. Parecía eterno. Era gris y tormentoso, y las poderosas aguas se agitaban y giraban en espantosas olas blancas capaces de volcar hasta el más robusto de los barcos. El cielo resplandecía con relámpagos que aún no rozaban la superficie, descargando una lluvia constante sobre el vasto paisaje marino.

—Te pareces a ella —dijo una voz suave a su espalda, y Harrow se dio la vuelta con un grito ahogado.

Una mujer estaba sentada en un sillón en el rincón más alejado. A su lado había otro sillón vacío y una lámpara de aceite sobre una mesita.

Era hermosa, de rasgos perfectos. Su piel era morena, como la de Harrow, pero más clara. El pelo negro le caía en ondas brillantes por encima del pecho. Su estructura ósea era delicada y sus labios contrastaban por su volumen. Al igual que los de Harrow, sus ojos eran de un tono plateado resplandeciente y, tras aquel color hechizante, se apreciaba un antiguo dolor.

Aunque nunca la había visto antes, Harrow supo al instante a quién estaba mirando.

—Reina Darya.

La reina del agua inclinó la cabeza y señaló el asiento vacío. Aturdida, Harrow cruzó la habitación y se sentó en el sillón.

—Su majestad. —No tenía ni idea de cómo saludar a una reina, y menos a una reina elemental inmortal.

Darya rechazó la formalidad con un movimiento de la muñeca.

—El parecido es asombroso. Realmente eres igual que ella.

—¿Que quién?

—Que tu madre, Mellora. Era muy guapa.

—¿La conoció?

—Conocía a cada una de mis preciosas videntes como si fueran mis propias hijas, pues así las consideraba. —Sus ojos plateados parpadearon llenos de emociones con las que Harrow se sentía muy familiarizada. Pena. Soledad. Pérdida—. Tú eres la única que queda.

—¿Sabe quién soy?

—Por supuesto. Eres la última vidente que me queda. He seguido tu vida de cerca.

—Pero Salizar...

—Tenía órdenes de Audra de protegerte. Es la única de mis hermanas a la que aún considero una aliada, y le debo mucho. Me ha ayudado en todo momento a mantenerte a salvo, protegida.

Harrow se esforzaba por seguir la conversación.

—Así que sabía... Cuando Salizar me acogió...

—Salizar es emisario de Audra en una misión de gran importancia para preservar a las menguantes poblaciones elementales. Su circo es una forma de protegeros a la vista del público. Es por seguridad. Además de que su famoso grupo de elementales resulta admirado por la población humana, Salizar es poderoso y conocido. Nadie se atrevería a atacarlo a él o a quienes están bajo su cuidado. Ha cumplido bien con su deber.

—Pero ¿por qué protege a los híbridos? Si son de Tierra y usted no la considera una aliada...

—No considero aliadas a la reina Tierra ni a mis otras hermanas, pero Audra lleva mucho tiempo tratando de resolver los conflictos entre nosotras. Y aunque lo juzgo un esfuerzo infructuoso, admiro su perseverancia.

—¿Por qué no intentan hacer las paces? Podrían poner fin a siglos de lucha y recuperar el amor de sus reinos. Podrían hacer que el mundo volviera a ser como antes.

Darya hizo un gesto con la mano.

—Algunas rencillas son tan antiguas que han perdido toda posibilidad de redención. Y algunos agravios son demasiado grandes para merecer el perdón.

Harrow frunció el ceño, pues no creía coincidir.

—En cualquier caso, no te he traído aquí para hablar del pasado. Por lo menos, no de un pasado tan lejano.

La vidente observó de nuevo la estancia, recordando

dónde estaba. O, mejor dicho, dónde no: dormida en su cama.

—¿Cómo he llegado aquí? ¿Dónde estoy?

—Actualmente descansas en algún lugar del vientre de Allegra. Estabas soñando, y yo intervine y te traje al castillo Vari para que pudiéramos tener esta conversación.

—Yo... ¿Cómo?

—Soy la reina del agua. Puedo hacer lo que quiera. Pero no temas. Cuando te libere del sueño despertarás a salvo en tu cama... —Frunció el ceño de repente—. Bueno, tan a salvo como puedas estar en ese momento, que es la razón por la que te he convocado.

Harrow no estaba segura de cómo se sentía ante el repentino interés de la misteriosa reina del agua. ¿Dónde había estado Darya la noche del asesinato de su madre y el resto del clan, mientras ella se escondía bajo los restos de su caravana, mirando a la muerte a los ojos?

Sin embargo, sabía que no debía expresar sus dudas. En vez de eso preguntó:

—¿Por qué ha elegido hablar conmigo ahora?

—Seguir tu vida ha sido uno de mis mayores placeres este último siglo, si no el único. Hacía tiempo que había olvidado las sencillas alegrías de la vida mortal. Observarte me ha enseñado mucho. —Hizo una pausa, como midiendo sus próximas palabras—. Tengo bastante que explicarte y poco tiempo para hacerlo. Para empezar, debemos remontarnos a algo que ocurrió hace mucho. Fue el evento que desencadenó los conflictos entre nosotras: la noche en que maté al amado de mi hermana.

15

—Conozco esa historia, creo. —Harrow se movió incómoda en su asiento—. Todo el mundo la conoce. El compañero de Furie atacó una aldea en vuestro territorio y, cuando tomó represalias, murió.

Darya apartó la mirada.

—Eso es lo que pasó. Hasta cierto punto.

¿Había culpa en su expresión?

—¿Fue a propósito?

Sus ojos plateados brillaron.

—¿Tú qué crees?

Harrow la estudió con detenimiento. Las reinas podían ser diosas benévolas un día y tiranas caprichosas y despiadadas al siguiente.

—He oído historias de que el compañero de Furie estaba loco por la sangre, obsesionado con la guerra, y que ella era la reina insensata, que ansiaba el poder y acechaba inocentes. Pero no es cierto, ¿verdad? Creo que usted estaba harta de defender sus fronteras de la constante amenaza de invasión. Lo mató a propósito e intentó que pareciera un accidente.

Ante la certeza, se le volvió a romper el corazón. Aquella era la verdadera razón por la que había perdido a su pueblo. Darya no era una protectora, sino quien había iniciado una guerra que había sumido al mundo en una era oscura.

De nuevo, Darya apartó la mirada.

—¿Tan mal piensas de mí, hija del agua?

—¿Estoy en lo cierto?

Con renuencia, asintió.

—Furie era incapaz de negarle cualquier cosa a Ferron. Lo tentó con la promesa de la inmortalidad, pero no fue suficiente. Él quería que todos los soldados de su ejército fueran dotados de magia de fuego, y yo temía lo que podía ocurrir si ella permitía que sus poderes se extendieran sin control. Su reino se estaba haciendo demasiado poderoso.

Se tomó un momento antes de continuar:

—Así que, cuando Ferron y sus hombres atacaron mis fronteras, envié a un grupo secreto de soldados con órdenes especiales de asesinarlo y hacer que pareciera una baja accidental en la contienda. Era un guerrero legendario, pero ni siquiera él podía derrotar a dos docenas de hombres a la vez. El asesinato fue un éxito, pero mi plan fracasó. Furie sabía que su compañero era demasiado hábil para morir en un simple ataque. No se creyó mi engaño ni por un segundo. —Darya suspiró pesadamente, mostrando su avanzada edad por un breve instante—. No hace falta decir que pagué muy cara mi traición.

Harrow no supo qué decir. Aquella vieja pena que llevaba sintiendo toda la vida le había subido por la garganta como si fuera bilis y se había transformado en una ira impotente. La muerte de su madre, la muerte de su clan, la muerte de todas las videntes... Todo se debía a que Darya había traicionado a su hermana, y Furie se había vengado diez veces más. En su lucha por el poder, habían destrozado la tierra y a su propio pueblo. Se habían perdido incontables vidas. Siguieron siglos de guerras. Las pérdidas eran innumerables.

—Sé lo que estás pensando, querida, y no es nada que no haya pensado yo mil veces.

—Entonces ¿por qué sigue peleando? ¿Por qué no acaba con esto?

—¿Cómo podría hacerlo? Después de la muerte de su guerrero hice todo lo posible para reconciliarme con Furie, pero no había forma de llegar a ella. Su dolor la consumió, la cambió por completo. No tenía ni idea de que aquel hombre le importara tanto. —Negó con la cabeza—. Jamás me lo hubiera imaginado. Mi propio compañero murió hace ya ocho siglos. Se había cansado de la inmortalidad, así que lo liberé de mi magia para prolongar su vida. Aún pienso en él con cariño, pero su marcha no me afectó como a Furie la pérdida de Ferron. Por eso no pensé que... Antes era luz, vida y progreso, la favorita del pueblo. Nunca volvió a ser la misma después de la muerte de su amado. Jamás se recuperó. Se pasó siglos sumida en la ira, planeando su venganza, y cuando finalmente la ejecutó...

—Aniquiló a todo un grupo de elementales.

Harrow conocía aquella historia, la había vivido en primera persona, y no quería volver a oírla. No quería volver a pensar en ella, no quería desenterrar la pérdida que siempre la acompañaba. Nadie podía decir o hacer nada para liberarla de aquel dolor.

—Sí. Furie soltó a sus viles criaturas por el mundo y destruyó a mis videntes en el lapso de cincuenta años. No tuve tiempo de reunir una defensa ni forma de protegerlas porque se habían esparcido por los cinco territorios. Perdí todo lo que había amado.

Harrow suspiró.

—¿Por qué me cuenta esto?

—Porque es necesario para que comprendas lo que he estado haciendo en las últimas décadas. La mayor parte de la gente cree que, tras la muerte de sus videntes, la pobre reina Darya se escondió tras los muros del castillo Vari, pues nunca más se supo de ella. En realidad, llevo todo este tiempo buscando una forma de garantizar que Furie no pueda volver a desatar ese tipo de destrucción sobre el mundo. En aquel entonces quedó satisfecha con la sangre derramada, pero ¿qué va a impedir que vuelva a hacerlo? Me ha costado mucho encontrar una manera de defender la tierra de sus espectros, pues ¿cómo puede dañarse lo que no es más que un fantasma? No obstante, estaba decidida a encontrar el punto débil de una criatura que, en apariencia, no lo tenía.

Harrow abrió los ojos de par en par.

—¿Todo este tiempo ha estado buscando la forma de matar a un espectro?

—Precisamente.

—¿Y...?

—Y he tenido éxito. —La reina del agua sonrió, triunfante.

—¿Qué? ¿Cómo?

Harrow se irguió. No era una persona violenta, pero alguien cuyo linaje entero había sido erradicado no podía vivir sin desear algún tipo de justicia. Era la única forma de mantener la cordura después de semejante tragedia. Siempre había deseado devolver el golpe, pero había descartado la idea ante la imposibilidad de llevarla a cabo.

Pero aquello lo cambiaba todo.

Aunque la sonrisa de Darya se torció.

—Bueno, he tenido éxito... hasta cierto punto.

—¿Qué quiere decir?

—Primero debes entender la fisiología de los espectros. Un *wraith* es un fantasma, un ser incorpóreo. Un espíritu no puede tener una muerte física porque, para empezar, no pertenece a este mundo. Sin embargo, los espectros pueden asumir una forma corpórea durante varias horas seguidas. Cuando un *wraith* toma un cuerpo físico se vuelve tan vulnerable como cualquier otra especie de elemental.

—Entonces ¿los espectros son elementales? Había oído que eran espíritus malignos de las lúgubres sombras que Furie había logrado capturar.

—No, son su creación. Pero como la magia de Furie estaba pervertida, corrupta por su dolor, sus elementales se formaron pervertidos y corruptos como ella. Su dolor deformó su mente, convirtiendo a sus criaturas en abominaciones.

—Entonces ¿ha encontrado una manera de matarlos? ¿Obligándolos a asumir una forma física?

Darya negó con la cabeza.

—No hay forma de forzarlos sin magia de fuego. Furie puede lograr que hagan lo que quiera, pues ella controla ese elemento. Mi magia de agua es la antítesis y, por lo tanto, casi inútil contra ellos. Por eso he tardado medio siglo en conseguir algún resultado con mi sujeto de prueba.

—¿Sujeto de prueba? ¿Qué sujeto de prueba?

Darya cruzó las manos sobre su regazo y miró a Harrow largamente.

—Los espectros fueron creados para ser esclavos de la voluntad de Furie. Una vez que dan su palabra, están sujetos a una obligación.

Un presentimiento recorrió la espina dorsal de la vidente, pero lo reprimió.

—Cuando los creó, Furie los obligó a jurar que cumplirían sus órdenes y les mandó matar a las videntes. Un espectro en particular fue enviado a eliminar a tu familia.

—Pero me dejó con vida. —Hacía poco que Harrow lo había descubierto, y desde entonces no había dejado de darle vueltas—. ¿Cómo?

—Porque la desobedeció.

—Pero no podían desobedecerla.

—No, no podían —convino Darya—. Debía ser imposible, pero para este espectro no lo fue. Hasta el día de hoy no sé por qué, y creo que Furie tampoco. El *wraith* te perdonó por alguna razón. Quizá no te consideró una oponente digna, quién sabe. Dudo que fuera por compasión. Son criaturas atroces, creadas por un ser atroz, incapaces de sentir empatía. Pero, fuera cual fuera la razón, Furie se quedó lívida. Castigó con severidad al espectro responsable del fracaso.

—¿Cómo se castiga a un fantasma?

—Ella puede manipularlos con magia de fuego, puede hacerles lo que quiera. Son como gólems, moldeados con la arcilla de su naturaleza maligna en seres poderosos e imparables que solo la obedecen a ella. Cuando este la disgustó, le infligió un castigo atroz. Una tortura agonizante que duró meses.

—Querida Diosa.

Darya levantó un dedo y lo movió de un lado a otro.

—No cometas el error de sentir compasión por esas criaturas. Un dolor atroz es la única experiencia que una bestia así merece vivir. Su existencia es una mancha que contamina el tejido mismo de nuestra realidad. Son abominaciones.

Harrow sofocó su inquietud.

—Entonces ¿por qué importa si Furie torturó al espectro que me dejó con vida?

—Niña, porque Furie cometió un error. Torturar a su espectro lo debilitó hasta convertirlo en una mera brizna, dejándolo sin poder durante un tiempo. Para que yo empezara a experimentar cómo matar a estas criaturas, primero necesitaba atrapar a una. Pero eran demasiado poderosas y mi magia de agua no funcionaba con ellas. Después de varios años de intentos infructuosos, Furie me ofreció en bandeja de plata el blanco perfecto. Debilitado por la tortura, el espectro no tuvo ninguna posibilidad contra mí. Lo capturé con facilidad.

»Después de aquello, fue una simple cuestión de cambiar la forma en que manejaba mi propia magia para encontrar una manera de atraparlo permanentemente. Sabiendo que el agua tenía casi el efecto contrario al que yo buscaba, pronto encontré el modo de idear una prisión para él. Con el tiempo, el espectro sanó y recuperó su fuerza, pero para entonces la jaula que le había creado le resultaba ineludible. Y luego me pasé las siguientes cinco décadas intentando averiguar cómo matarlo.

»Primero traté de convencerlo de que adoptara una forma física. Pero como era una criatura de odio que había soportado años de tortura, nada de lo que hiciera lograba doblegar su voluntad. Se resistió con tenacidad a todos mis esfuerzos. Así que cambié de táctica. Si no podía persuadirlo de que cambiara por sí mismo, decidí que tenía que haber una forma de forzar el cambio.

—¿La había?

—Sí, aunque me llevó décadas descubrirlo. No entraré en detalles, porque ese nivel de magia es demasiado complejo para que lo comprenda una mente mortal, incluso la tuya, querida hija, con tu esperanza de vida elemental.

Qué bien que Darya tuviera una opinión tan alta de su inteligencia.

—¿Cuál fue el resultado?

La reina del agua se inclinó hacia ella, casi ansiosa.

—Logré encontrar el equilibrio perfecto entre la magia del agua y la naturaleza de fuego inherente al espectro. Sin embargo, aquello también provocó una explosión enorme que hizo estallar la torreta oeste del castillo Vari. Cuando el polvo se asentó, supe que había tenido éxito, pero por desgracia el espectro se había escapado.

—¿Cómo? ¿Adónde?

—La magia lo transportó de vuelta al territorio del fuego, ya que fue el lugar de su creación original.

En lo más profundo de Harrow, el agua empezó a agitarse, como alentándola a establecer una conexión.

—No entiendo.

—Creé un cuerpo para una criatura que originalmente no lo tenía y luego la obligué a ocuparlo, de forma similar a como nuestras almas se ligan a nuestros organismos físicos en el momento de la concepción.

Harrow le sostuvo la mirada a la resplandeciente reina, intentando comprender aquella locura.

—El cuerpo que creé —continuó— era una réplica

del que él habitaba de manera temporal como espectro, pero estaba formado por mi magia. Lo único que hice fue imitar la habilidad que Furie utilizó para crearlos pero a la inversa, con agua en lugar de fuego.

Harrow entendía el concepto, aunque desconocía la magia que lo hacía capaz. Tal vez Darya tenía razón y su mente mortal no estaba capacitada para comprender ciertas cosas.

—Entonces... ¿dónde está ahora el espectro?

—Tras descubrir que se encontraba en el Territorio del Sur, solicité la ayuda de Audra para recuperarlo. Unas semanas más tarde recibí la noticia de que Salizar había asegurado con éxito la posesión de la criatura.

—¿Salizar? —Harrow frunció el ceño, confundida. El agua hacía espuma de agitación en su interior—. Pero pensé que el circo había ido a Allegra a...

Las palabras se le quedaron atascadas en la garganta, y se ahogó en ellas.

De repente todo encajó.

—No.

La mirada de Darya se suavizó.

—Me temo que sí.

—No. Raith... No es... Él no es...

Pero el agua en su interior le confirmó que así era. Las olas hirvientes y enfurecidas se asentaron en una quietud perfecta, y todo se volvió claro como el cristal.

¿Qué estaba pasando? ¿Por qué el agua no le había mostrado antes la verdad? Le había dicho a Salizar que apostaría su vida a que Raith no era lo que él creía. ¿Y ahora esto? ¿Su poder la había engañado a propósito? Pero... el agua no intrigaba ni engañaba.

Sin embargo, el sonido de la certeza en su interior era inconfundible.

Aun así, luchó contra ella, incapaz de aceptar que hubiera podido cometer un error de juicio tan tremendo. Se quedó sin aliento y se levantó de un salto, agarrándose la garganta. ¿Dónde estaba el aire? Necesitaba respirar. La habitación daba vueltas ante sus ojos.

—Lo siento mucho, querida.

—No puede ser... Habría percibido...

Pero sus débiles protestas no pudieron con el poder que resonaba en su interior. Inclinó el torso hacia el suelo, en busca de aire.

—Como te he dicho, creé para él un cuerpo nuevo. Es algo parecido a renacer del vientre de una madre. Así como nosotros no recordamos lo que hacían nuestras almas antes de llegar a este mundo, el espectro no tiene recuerdos de lo que hizo antes de su renacimiento.

—Pero él no... —Apenas lograba respirar—. Percibí que nunca había matado.

—No ha matado en su nuevo cuerpo. Mató en su existencia anterior como ser incorpóreo. Por eso no puedes sentir las muchas manchas de su espíritu. Renació como una creación mía. Es, en efecto, una nueva especie. Un espectro físico. Una fusión perfecta de fuego y agua. Una imposibilidad factible. El periodo posterior a la explosión mágica que lo transportó de vuelta al sur es, pues, el primer recuerdo que tiene, ya que fue el primer momento de su nueva existencia.

—Él fue el que... mató...

Darya asintió con solemnidad.

—A tu madre. A todo tu clan. Sí, fue él.

A Harrow se le revolvió el estómago. Se le aflojaron las rodillas y se rindió al suelo, envolviéndose con los brazos, sin dejar de temblar. Parecía que una tormenta proveniente de la fractura de su corazón helado hubiera llenado la habitación.

—No...

—Lo siento mucho, hija mía. En cuanto Salizar envió a Audra la noticia de que estabas interesada en el espectro, comencé a tratar de contactar contigo para advertirte. Sabía que, si era el director quien te lo contaba, no lo creerías.

—¿Por qué no me lo ha advertido antes?

—No he podido. Soy poderosa, pero se necesita una magia muy avanzada para tejer un hechizo de sueño tan profundo como este, en especial cuando luchabas contra mí con tanta determinación. Cada vez que ignorabas mi llamada en la superficie y elegías sumergirte en las profundidades de tus sueños, tenía que volver a empezar.

»Pero tranquila: también he logrado atrapar al espectro en los recuerdos de su existencia pasada. En este momento está reviviendo cada dolor que soportó y cada muerte que provocó con vívido detalle. Existir sin recuerdos era un regalo que no se merecía, así que se lo he arrebatado.

Incluso ahora que conocía la verdad, a una parte del corazón de Harrow le dolía imaginar que Raith estuviera reviviendo tales tormentos.

«Protégelo —le exigió de repente el agua en su interior—. Te necesita. Ve con él.»

«¡No!», respondió en su mente, rechazando el poder del elemento.

¿O había gritado de verdad? A juzgar por el sobresalto de Darya, así había sido.

Raith era un espectro, y no uno cualquiera. Era el

mismo monstruo que había matado a su querida madre y a todo su clan. El mismo que había bajado flotando en medio de la masacre y la había mirado fijamente a los ojos, ladeando la cabeza mientras la estudiaba como a un insecto bajo una lupa.

Aquellos ojos... Fuego y sombra. Eran los ojos que ella había mirado mientras hacían el amor apenas unas horas atrás.

Harrow se arrastró por el suelo y vomitó en una maceta que había junto a la ventana.

En nombre de la Diosa, ¿cómo se había resistido tanto a la verdad? ¿Por qué no se había dado cuenta antes? ¿Por qué había sido tan obstinada? Salizar se lo había advertido, le había dicho casi exactamente lo mismo que Darya, pero ella se había negado a creerlo. ¿Por qué?

Recordó la inclinación de Raith a matar a Salizar, la expresión vacía de su rostro cuando le había dicho que no podía ir por ahí asesinando gente. De veras no entendía que matar estaba mal.

Porque era malvado. Porque había matado a su madre y a toda su familia.

«VE CON ÉL. —El agua creció como una inundación repentina—. PROTÉGELO.»

«¡Jamás regresaré con él!», le contestó Harrow, volviendo a rechazar su poder, esta vez con absoluta decisión.

Con fuerzas renovadas, se levantó del suelo y se limpió la boca con la manga, sin importarle que le pareciera repugnante a la elegante reina sentada en el sillón. Todo recato había desaparecido en ella.

Se le había roto el corazón en mil pedazos. Su mente se había apagado, incapaz de comprender más dolor o pena. Solo le quedaba el entumecimiento.

Y un propósito frío y mortal.

—¿Qué hago? —Su voz era plana, extraña a sus propios oídos. En su interior, el manantial de su poder se había convertido en un pozo silencioso y vacío, tan estéril como los desiertos del sur.

—Tienes que alejarte del espectro de inmediato. Salizar tiene órdenes de recuperarlo y traérmelo de vuelta. En cuanto el espectro se encuentre dentro de mis fronteras, podré deshacerme de él, pero mientras permanezca en el territorio del éter está bajo la protección de la reina Nashira. No podemos actuar ahí sin arriesgarnos a otra guerra.

—¿Por qué...? —Harrow tragó con fuerza, con la garganta irritada—. ¿Por qué lo protegería la reina Nashira?

—Siempre ha dejado muy claro que no habrá ejecuciones en su territorio sin represalias. No puedo permitirme empezar otro conflicto. El espectro debe ser traído aquí.

Ejecuciones. Raith. Matarlo... La idea la horrorizaba.

—Tiene que hacerse, niña —dijo Darya con voz suave, leyendo su expresión—. Es la única manera. Él no es lo que tú pensabas. ¿Lo entiendes ahora?

Harrow asintió, notando solo vacío, dolor en el pecho, ardor, sufrimiento punzante. Confusión. Soledad. Traición.

—Necesito que me digas dónde estáis, Harrow, pues el Subterráneo es una zona demasiado poblada y Allegra se encuentra tan empapada de magia de éter que me es casi imposible usar el agua para rastrear algo en su interior. La mitad de las calles desaparecen en cuanto empiezo a acercarme con mi adivinación, como si la ciudad misma intentara ocultarte de mí.

La vidente se limitó a asentir.

—Te libraré del sueño, pero mantendré al espectro bajo control: no despertará hasta que te hayas ido —la tranquilizó la diosa—. Regresa directamente al circo; Salizar irá al Subterráneo a capturar al espectro. Ahora dime: ¿dónde estáis, niña?

—En una habitación en la taberna Uróboros.

Darya cerró los ojos un momento.

—Eso complica las cosas. Sin embargo, si mantienes la calma y tienes cuidado, no te pasará nada. Nadie debe verte. Hay gente buscándote, gente que no quiere que vuelvas con Salizar.

Harrow volvió a asentir sin expresión alguna en el rostro. No se le ocurrió hacer más preguntas. Solo quería estar sola, donde pudiera esconderse del mundo y tratar de encontrarle sentido al desastre en que se había convertido su vida.

—¿Entiendes, pues, lo que tienes que hacer?

—Despertar. Salir de la taberna sin que Rai..., sin que el espectro me vea.

—Sin que te vea el espectro ni nadie más.

Otro asentimiento.

—Regresar al circo.

—Te sacaremos del territorio de Nashira lo antes posible.

—Yo no... no puedo estar cerca...

—No estarás cerca del espectro, te lo prometo. Haré todo lo que esté en mi poder para que no vuelvas a verlo. Y muy pronto no podrá hacerte daño nunca más.

¿Hacerle daño? ¿Pensaría Darya que Raith la había violado de alguna manera? Ojalá la verdad fuera tan simple.

—Todo este tiempo he estado con él voluntariamente —admitió, y la vergüenza le quemó la piel como fuego.

—Lo sé, querida, pero no debes culparte.

—Creía que compartíamos una conexión. Creía que eso era lo que el agua me decía. Creía quererlo... —Se le volvió a revolver el estómago y tragó saliva.

La voz de Darya era suave cuando habló:

—Estabas confundida. Un corazón dulce como el tuyo nunca estuvo preparado para una pérdida tan devastadora. Tu anhelo por una familia distorsionó la conexión que sentías con el espectro.

—Yo... Estaba tan segura de que él no era...

—No importa, hija mía. Nadie te está culpando. Los espectros son criaturas hermosas por una razón. Furie creó al asesino perfecto. Es mucho más probable que cuando la muerte llame a tu puerta la invites a pasar si tiene una forma atractiva, ¿no crees?

Exactamente. Una hermosa y dulce muerte había llamado a su puerta y la había engañado para que la invitara a entrar. Desesperada por recibir amor... Era la verdad. Lo único que Harrow siempre había querido era pertenecer a algún sitio, sentirse amada.

La muerte había tomado ese anhelo y lo había transformado en algo repugnante. Incluso en aquel momento, su cuerpo estaba en realidad en la taberna de Allegra, sin duda rodeado por los fuertes brazos de Raith, envuelto en una falsa sensación de seguridad.

Tenía que alejarse. Para siempre. Tenía que correr hasta que le fallaran las piernas y se desplomara de agotamiento. Tenía que gritar hasta que se le quebrara la voz. Tenía que lavarse durante días. No, tenía que quemarse toda la piel y hacerla crecer de nuevo para que no quedara ni una sola célula de su cuerpo que alguna vez hubiera tocado a aquel... monstruo sintiendo amor en su corazón. Amor por la cosa misma que había asesinado a su madre.

Un amor falso. Un amor que no era más que una burda mentira.

Tenía que hacerlo por Mellora.

Se armó de valor y se giró hacia Darya.

—Estoy lista para despertar.

16

Harrow parpadeó y abrió los ojos. Las reacciones al estrés que había sentido en el sueño —los temblores, la sudoración, las náuseas— no se trasladaron a la realidad. Al principio se sintió somnolienta, relajada. El cálido peso de otro cuerpo la rodeaba por detrás, un brazo pesado la envolvía por la cintura. La habitación estaba en silencio. Oscura, salvo por el resplandor azul de la luz de la luna.

Entonces todo volvió de golpe.

De inmediato empezó a temblar, inmóvil, aterrada. En cualquier momento Raith podría despertarse y...

¿Y qué? ¿La mataría? ¿O simplemente la miraría confundido sin comprender por qué lo temía de repente? Diosa, eso sería más difícil de afrontar que el hecho de que la atacara.

Era verdad que no recordaba nada. Darya se lo había confirmado. No había mentido acerca de eso, pero ¿habría mentido en algo más? ¿Cuánto de lo que habían compartido era real? ¿Todo? ¿Nada? De todos modos, ya no importaba.

No volvería a mirarlo a los ojos sin verlo tal como era.

Un asesino. Una abominación.

Unas lágrimas silenciosas empaparon la funda de la almohada. Temblaba de miedo entre sus brazos y, sin embargo, no conseguía abandonarlos. ¿Qué le ocurría? Estaba desnuda en la cama con el monstruo que había asesinado a su familia. Era repugnante. Jamás se recuperaría de la vergüenza.

Pero lo peor era que no podía apagar los sentimientos que tenía por él. Su cuerpo quería acurrucarse contra el suyo, fundirse en su abrazo, respirar su cálido aroma, saborear aquella burbuja de seguridad que él siempre la hacía sentir.

Falsa seguridad. Falsa intimidad.

Asesino. Homicida. Abominación.

Con manos temblorosas, le levantó el brazo y salió de debajo de él. Sintiendo el suelo frío bajo sus pies descalzos, se levantó de la cama y se giró para mirar al hombre que pensaba dejar atrás.

Su cuerpo era un puro vacío de oscuridad.

Ahogó un grito que se le quedó atrapado en la garganta. Su pelo, su piel, incluso sus labios, eran completamente oscuros. Ni rastro de su antiguo color bronceado, nada de profundidad en su tono. Como si fuera una ausencia en la habitación, en lugar de un ser que ocupaba espacio.

Solo negro plano. Pura sombra.

Parecía... algo malo. Como una aparición que no debería existir en el mundo.

Salizar se lo había dicho, ¿verdad? Y ella lo había ignorado, pensando que era un loco cruel. Raith tenía colmillos, alas gigantes, ojos antinaturales y piel hecha de sombras, ¿y ella había pensado que el loco era Salizar? ¿Cómo había podido ser tan inconsciente de lo obvio?

El ser que había amado era un espectro. El mismo espectro que había matado a su familia.

El insoportable peso de la verdad cayó sobre ella, y una nueva punzada de agonía le atravesó el corazón: dolor. Dolor por su amor perdido. Porque lo había querido de verdad, solo para descubrir que ni siquiera se acercaba a lo que ella creía que era.

Nuevas lágrimas recorrieron sus mejillas, oscureciéndole la vista. Aunque ya apenas podía verlo. En la noche casi desaparecía por completo, camuflándose en la más mínima sombra, como un fantasma.

Una sombra de la muerte atravesando la luna llena.

Pero incluso ahora seguía queriéndolo, o al menos queriendo a la idea que se había hecho de él. Eso era lo más difícil de todo. Mientras se alejaba despacio de la cama, mientras agarraba un vestido de su bolsa y alcanzaba su capa y se los ponía con manos temblorosas, una parte de ella estaba desesperada por escapar... y otra anhelaba regresar a la cama junto a él. No la ayudaba saber que estaba atrapado en un sueño, reviviendo todos sus horribles recuerdos. ¿Estaría sufriendo? ¿Tendría miedo?

«No», se dijo, reuniendo fuerzas. Era un asesino, y no uno cualquiera, sino el que había matado a su madre y a todo su clan. Era una abominación, tal como Darya había dicho. Había que acabar con él.

Justo en ese momento, Raith gimió y se retorció en la cama, como si sintiera dolor. Diosa, estaba sufriendo, atrapado en los horrores de su pasado. A Harrow se le cortó la respiración; le dolían las manos de tanto ansiar tocarlo. Se le rompía el corazón.

Pero las viejas heridas del dolor que sentía por su familia se abrieron de nuevo al contemplarlo. No podría volver a mirarlo sin ver esa sangre en sus manos.

Fue aquel pensamiento el que finalmente hizo que se diera la vuelta. Cruzó la estancia hasta la puerta, con los ojos tan nublados por las lágrimas que apenas veía. Extendió una mano temblorosa para abrirla y vaciló. El impulso de volver atrás le resultaba casi abrumador, pero lo resistió con todas sus fuerzas.

Al final, logró imponerse.

Apretó los dientes para soportar el dolor punzante que sentía en el pecho, cruzó la puerta y la cerró con suavidad tras de sí. Sin mirar atrás, bajó por la escalera que conducía al patio trasero para escapar hacia la noche.

Raith luchaba contra la prisión onírica con todas sus fuerzas. Las imágenes de la violencia que había ejercido y de la violencia que le habían infligido se sucedían con rapidez ante sus ojos, entremezcladas con los gritos de sus víctimas y los suyos propios.

Aun así, se esforzaba por liberarse.

Gritos agónicos. Los suyos. Los de otros. Sangre, muerte y destrucción. Esclavizado, atado a la voluntad ajena, forzado a cometer actos inefables...

Darya pretendía mantenerlo atrapado allí hasta que Salizar lo capturara de nuevo. Pero la reina del agua se había pasado cincuenta años subestimándolo, y parecía que aún no había aprendido la lección.

Con una monumental fuerza de voluntad, Raith consiguió desprenderse por fin del fango de aquellos horribles recuerdos. Se incorporó con brusquedad en la cama, con el cuerpo tembloroso y la piel resbaladiza por el sudor. Las sábanas a su alrededor estaban hechas jirones por sus garras. Las imágenes seguían dando vueltas en su mente.

Las atrocidades que había cometido... Siglos actuando como uno de los asesinos de Furie. El dolor que había desatado sobre inocentes. La tortura que había sufrido a manos de su ama por su desobediencia. Cincuenta años vividos en una jaula mítica como experimento de Darya...

Salió tambaleándose de la cama, mareado y con el corazón acelerado.

Los recuerdos no dejaban de presentársele. Vaciló y se estrelló contra la pared, tirando un cuadro al suelo. Volvió a chocar con la cama, luego con la mesa, luego con el sofá, hasta acabar al final en el suelo. Sosteniéndose sobre sus manos y rodillas, sacudió la cabeza con violencia, tratando de alejar las memorias.

Pero persistieron.

Capturado por Darya en su debilidad. Golpeado por una ola de magia tras otra, tratando de quebrarlo. Los gritos de frustración de la reina del agua ante su continuo desafío.

Las imágenes viajaron atrás en el tiempo: Furie gritándole con rabia. ¿Por qué había perdonado a la niña vidente? ¿Cómo había podido desafiarla? ¿Cómo había podido romper su juramento? Luego, fuego. Como no tenía piel ni huesos, el fuego quemó su esencia misma. Incorpóreo significaba inmortal, así que el dolor no tendría fin. Una eternidad de llamas. De agonía, traición y odio.

Regresó un poco más atrás.

La luna llena iluminaba un campamento somnoliento rodeado por altos árboles de hoja perenne. Varias pequeñas caravanas estaban situadas alrededor de una hoguera; los caballos pastaban cerca. Unas mujeres se reunieron alrededor del fuego. Una de ellas arrojó al suelo el contenido de una pequeña bolsa de piedras y estudió su caída. Las demás compartían comida y bebida. Una niña pequeña estaba sentada junto a una madre cariñosa.

Y entonces descendió sobre ellas desde la oscuridad, cual sombra.

No tenían ninguna posibilidad contra él. Su propia existencia era la muerte, su único propósito, destruir. Simplemente desató el fuego que llevaba dentro, y ellas ardieron de dentro hacia fuera. Sus gritos resonaron en la noche. Los caballos relincharon aterrorizados. La sangre manchó las agujas de los pinos. Las caravanas se derrumbaron en el caos de los poderes desatados. Defensas que no hicieron nada por salvarlas.

Solo quedaba la niña pequeña.

Pensaba que estaba escondida, pero él sabía con exactitud dónde se encontraba. Olía su piel, podía oír los latidos de su corazón a un kilómetro de distancia. Era la muerte, y no había forma de escapar de él.

Descendió como una sombra de humo. La niña era el último ataque de la noche. Quizá después por fin podría descansar, ser libre de la implacable compulsión de cumplir su juramento.

Pero vaciló, observándola. Ella no lloró, no gritó. Solo tenía que estirar una garra y acariciar su diminuta cara, y ardería igual que las demás.

Estaba obligado a hacerlo. No tenía el poder de resistirse.

Y aun así lo hizo.

El comienzo de cincuenta años de torturas.

Por primera vez en su existencia tomó una decisión propia, y la agonía que lo consumió como resultado fue mil veces peor que las rápidas muertes que había infligido a las videntes.

Su esencia se dispersó; su poder se agotó por completo. Fue arrebatado, soplado como la débil brizna de humo de una vela apagada, arrastrado de vuelta a los orígenes de su esclavitud para enfrentarse a la ira de su ama...

En la pequeña habitación de la posada, Raith arqueó la columna vertebral. Sacó las garras, que se clavaron en las tablas del suelo. Brotaron las alas de su espalda. Volvió a ser pura sombra, pero no intentó alterar su apariencia, abandonando toda pretensión de pasar desapercibido.

Ya no podía mentirse a sí mismo, no podía ocultar lo que era.

Harrow se había ido. No necesitaba preguntarse qué había pasado o por qué. Todo le había sido explicado en el sueño: la intervención de Darya, que por fin había logrado proteger a su última vidente del monstruo que había matado a todas sus hijas.

Harrow se había despertado y había huido de él, horrorizada.

Debió clavarle una daga en el pecho mientras dormía. Él la habría ayudado a hundirla.

En aquel momento, la puerta se abrió de golpe detrás de él. El aire se llenó de gritos.

Raith se puso en pie de un salto y giró sobre sí mismo para enfrentarse a los intrusos. Salizar lo observaba desde la linde del cuarto, acompañado de varios hombres más, entre los que reconoció el pelo rubio de Loren. El director del circo iba armado con su bastón de rayo y un trozo de cadena que desprendía el fuerte olor de la magia del aire. Entraron corriendo en la habitación, acercándose a él para capturarlo y entregárselo a Darya para su aniquilación. Así como él había aniquilado a la familia de Harrow.

Pero ahora Raith no deseaba desesperadamente ser algo que no era. Extendió las alas al límite y las garras de las puntas tocaron el techo. Flexionó los dedos y alargó las zarpas al máximo. Quizá estuviera destrozado, pero aún le quedaba una cosa por la que vivir: la venganza.

Echó la cabeza hacia atrás y rugió.

Sus enemigos retrocedieron tambaleándose, llevándose las manos a los oídos. Salizar gritó órdenes por encima del bullicio. Se acercaron de nuevo. Raith surcó el aire con sus garras, demasiado perdido en su rabia para ver a quién o qué golpeaba. La sangre salpicó las paredes y los muebles, pintando su pecho desnudo. La pequeña habitación se llenó de gritos.

Salizar blandió la cadena encantada, golpeándolo en el hombro. Sintió un sufrimiento atroz y su cuerpo se derrumbó: el arma le arrebataba las fuerzas como un sifón.

No le importó. Lucharía hasta la muerte si tenía que hacerlo.

En aquella batalla, Raith contaba con dos grandes ventajas. Uno, era un espectro, un instrumento de muerte viviente, y estaba enfurecido. Y dos, Salizar tenía órdenes de capturarlo vivo, lo que significaba que el encantador mediría sus ataques. Él no tenía tales limitaciones.

Volvió a blandir las garras mientras la cadena lo azotaba una vez más. Más sufrimiento, más debilidad. Enloquecido, rugió de nuevo. Los atacantes se tambalearon y se taparon los oídos.

De su furia brotaron pequeñas llamas por toda la estancia. Ya no poseía la capacidad de matar con su toque de fuego, pero su rabia seguía avivándolo hasta convertirlo en una existencia espontánea. De cualquier modo, no necesitaba magia para matar. Sus garras, sus dientes y su cuerpo eran suficientes. Al fin y al cabo, él era el arma.

Salizar atacó de nuevo. Raith retrocedió dando tumbos y chocó con un mueble volcado. Brotó sangre de su pecho, pero estaba lejos de haber terminado.

La siguiente vez que Salizar golpeó, Raith atrapó la cadena en el aire. El encantador abrió los ojos de par en par. La cadena se derritió a través de la piel de su palma casi al instante, drenando su conciencia como un sumidero succionando agua. Lo ignoró. De un fuerte tirón, se la arrancó de las manos y la arrojó lejos.

Rugiendo con furia, avanzó hacia su enemigo.

Salizar blandió su siguiente arma: el bastón de rayos. Lo agitó y se lo clavó en una de las alas. Del punto de contacto brotaron hilos de relámpagos que se extendieron por todo su cuerpo.

Raith rugió de dolor, moviendo con furia el ala herida para protegerse del bastón. Aun así, siguió avanzando, ahora tambaleándose.

El encantador atacó de nuevo. Surgieron más rayos, hasta que todo el cuerpo del espectro quedó cubierto por ellos. No se detuvo. Otro golpe, otro impacto. Raith tropezó de nuevo, mientras la negrura penetraba en los bordes de su visión. La luz de la victoria brilló en la mirada azul de Salizar. Volvió a atacar, esta vez estando lo bastante cerca como para clavarle la afilada punta del bastón en el abdomen. El sufrimiento era insoportable, pero Raith había sobrevivido a cosas peores.

Alzó sus manos con garras y rodeó el bastón.

Un rayo bajó por su brazo, pero no lo soltó. Salizar abrió aún más los ojos, pero empujó hacia delante, clavando la punta más profundamente en el abdomen del espectro. Aun así, Raith se aferró al bastón, luchando por mantener la conciencia.

Bastó un segundo de distracción para que la marea cambiara.

Junto a ellos, un hombre con una herida en el pecho intentó levantarse y unirse a la lucha, pero lo derribó con facilidad con una de las alas. Era Loren, comprendió vagamente. Salizar lo miró durante un breve instante. Fue todo lo que Raith necesitó.

Tiró del bastón, hundiendo más la punta en su propia carne, pero logrando arrancárselo a Salizar de las manos.

Raith se sacó entonces la vara del abdomen y la agarró también con la mano libre, la que había sido herida por la cadena. Ni siquiera se dio cuenta del dolor que esta soportaba, porque una sensación mucho peor lo superó enseguida.

Un rayo le atravesó ambos brazos como si los hubiera metido en el ojo de una furiosa tormenta. La electricidad le recorrió todo el cuerpo, prendiéndolo en llamas desde dentro. Pero Raith estaba acostumbrado al ardor del fuego.

Rugiendo con toda la furia, el sufrimiento y el odio de su maldita existencia, utilizó la fuerza que le quedaba en el cuerpo herido para juntar los extremos del bastón.

Con un destello blanco y un ruido insoportable, el arma se partió en dos.

Al instante, un silencio sepulcral llenó la habitación.

Arrojó a un lado las partes inútiles de la vara. Tambaleándose hacia delante, con manchas negras en la vista, fue hacia Salizar y le rodeó el cuello con una mano llena de garras.

Una daga se hundió en el abdomen de Raith, justo debajo de sus costillas.

El espectro se tambaleó, mirando hacia abajo. La sangre manaba de la herida y chorreaba hasta la cadera, empapándole los pantalones. La hoja estaba cubierta de magia: podía sentir el hechizo que poseía filtrándose en su cuerpo.

La mano de Salizar rodeaba la empuñadura. Se la había sacado de debajo del abrigo.

Raith volvió a mirar a su enemigo a los ojos. Flexionando el brazo, apretó la mano que rodeaba su garganta. El encantador tosió, pero incluso en aquel momento el orgullo y el desafío seguían brillando en sus iris azules. Retorció la daga, y Raith le apretó el cuello con más fuerza, esperando ver una súplica de clemencia en su mirada, o siquiera un atisbo de miedo.

Nunca llegó.

El espectro ladeó la cabeza, estudiándolo. «Esto es por Harrow», había dicho Salizar antes de lanzarle en aquella jaula el rayo que lo había dejado inconsciente.

—Debiste haberme matado cuando tuviste la oportunidad —dijo Raith en voz baja.

El rostro del encantador expresó sorpresa.

Extrañamente, y en contra de su voluntad, Raith sintió respeto por él. Salizar hacía lo que tenía que hacer para proteger a su gente. Había protegido a la vidente, la había mantenido a salvo mientras había podido. Obedecía a su reina, cumpliendo con su deber con honor y orgullo.

Raith no tenía ninguna de esas cualidades. No tenía gente a la que proteger: la única persona a la que había deseado mantener a salvo era a la que había herido más que a ninguna otra. Su reina era una canalla desquiciada a la que odiaba más que a su propia miserable existencia. No tenía propósito, ni deber, ni orgullo. Su vida era una maldición.

Pero al menos, ahora que estaba libre de Furie, era su vida y podía elegir qué hacía con ella. A quién mataba.

Harrow merecía venganza, y él quería dársela. Le había dicho que ansiaba destruir a quien le hubiera hecho daño, y ahora de verdad podía hacer algo al respecto. Sin embargo, entregarse a Darya solucionaba parte del problema, no todo.

Matar a Salizar parecía innecesario. Al fin y al cabo, él había ayudado a Harrow, había intentado siempre hacer lo correcto para ella.

Así que lo mandó de un empujón de espaldas contra la pared con la mano que tenía en su garganta, y luego se arrancó la daga del estómago y se la guardó. La necesitaría. La herida se llenó con rapidez de sangre, derramándose por su pierna. Salizar, sin dejar de mirar al espectro, se sacó otra arma encantada de debajo del abrigo.

Raith plegó las alas contra su espalda, pero no las hizo desaparecer. Ya no podía ocultar lo que era. Atravesó la estancia dando tumbos hasta la ventana, con manchas negras oscureciéndole la visión.

En lugar de abrirla con cuidado, como había hecho cuando estaba Harrow, clavó las garras de la mano sana en el marco y la arrancó de la pared de cuajo, arrojándola al otro extremo del cuarto. Fragmentos de cristal cayeron sobre los hombres de Salizar, que se encontraban tirados por la habitación, heridos en diferentes medidas. Todos se quedaron paralizados mirando al espectro, que se encontraba a punto de alejarse de la destrucción.

—Espera —le gritó Salizar con voz ronca.

Raith se giró antes de escabullirse.

—¿Por qué no me has matado?

El espectro no le contestó. Dijera lo que dijera, dudaba que el encantador fuera a creerlo. Pero pensar en la muerte de Salizar ya no le causaba satisfacción. Ahora tenía algo más en qué concentrarse.

Vengar a Harrow.

Se dio la vuelta, salió por la ventana y escaló el edificio hasta la azotea. Bajo la luna y las estrellas, extendió las alas, sacudiéndose la debilidad de la pelea. Su cuerpo se encontraba destrozado, pero apenas lo sentía.

Era un abominable instrumento de muerte, después de todo.

Dobló las rodillas, estiró las alas y se elevó, emprendiendo el vuelo. El aire resonó en sus oídos con un rugido, y la ciudad de Allegra empequeñeció con rapidez bajo sus pies mientras ascendía cada vez más, dejándolo todo atrás.

Se dirigió hacia la derecha, usando la constelación que Harrow le había enseñado para guiarse en la noche, aunque el lugar al que se dirigía lo llamaba con su canto, invitándolo a volver cual lazo atado a su alma corrupta.

Volaba directamente hacia el sur.

Moviéndose con la mortífera celeridad de su especie,

como una nube que surcara el cielo silencioso, aferraba con fuerza la daga cubierta con su propia sangre. A aquella velocidad, tardaría solo unas horas en llegar a su destino.

Las reinas eran consideradas inmortales, sí, pero Raith había estado en estrecho contacto con dos de ellas, había sido creado por su magia, y conocía sus debilidades.

Sabía que ni siquiera una reina elemental podía sobrevivir a una decapitación.

17

Malaikah estaba tan preocupada por Harrow que no podía pensar en otra cosa. Después de lo que Salizar le había contado noches atrás en su caravana, se moría de ganas de volver al Subterráneo, pero no había tenido oportunidad.

El director tenía gente que vigilaba sin descanso los alrededores del circo, e incluso aunque lograra burlarlos, no estaba segura de correr la misma suerte con la banda de Ouro. Había habido un par de híbridos de salamandra merodeando fuera del recinto durante toda la semana, sin ni siquiera molestarse en disimular que la estaban vigilando.

Aquella era su ciudad. Malaikah tenía habilidades legendarias para escabullirse, pero allí estaba fuera de su elemento, mientras que ellos se encontraban en el suyo.

¿Qué podía hacer? Cada día que pasaba sin ver a Harrow se apretaba el nudo de miedo que sentía por su amiga. Y lo peor era que intuía que algo grande iba a ocurrir aquella noche. Lo sentía en los huesos.

La jornada había transcurrido sin incidentes; todo parecía normal cuando el circo cerró sus puertas. Después de cenar algo, Mal volvió a su caravana para lavarse y ponerse el traje negro que usaría para intentar llevar a cabo una escapada nocturna.

Justo cuando terminó de cambiarse, le llamaron la atención unos sonidos apagados que provenían del exterior. Se acercó sigilosa a la ventana, empujó el cristal y escuchó con sus sentidos felinos, superiores a los de los humanos. Unos murmullos llegaban a su caravana desde lejos. Movió las orejas para intentar localizarlos.

Casi al instante, se dio cuenta de que provenían de la tienda de Salizar. Se estaba celebrando algún tipo de reunión secreta. Cuando hizo la conexión, pudo oír el inconfundible tono de la voz de Salizar susurrando órdenes a quienes se encontraban con él.

Estaba a punto de acercarse para espiar cuando notó que se abría la puerta de la tienda y salían unos hombres. Se encaminaron a la salida del circo, escabulléndose en la noche.

¿Adónde se dirigían? ¿Habrían encontrado una nueva pista sobre la ubicación de Harrow y Raith?

Dejando a un lado las preguntas, Malaikah se dio cuenta de que era el momento perfecto para escaparse. Con su velocidad y agilidad, podría llegar a la taberna antes que Salizar (si es que se dirigía allí) y advertir a la pareja. O, llegado el caso, podía entretenerlos hasta que el encantador apareciera con lo que fuera que necesitara para volver a capturar al espectro.

En cuanto a Ouro y su pandillita, tendría que vérselas con ellos si la descubrían, aunque esperaba que nadie...

Llamaron a la puerta de su caravana.

Mal olfateó el aire. No olía a nada, lo cual no tenía sentido, porque todo el mundo olía a algo. Bueno, claro, todo el mundo excepto...

Las serpientes.

Los malditos reptiles eran los únicos capaces de disimular su olor de aquella manera. Maldijo. En su interacción anterior, Ouro había accedido a guardarle el secreto. Pero ahora estaba llamando a su puerta.

—Sé que estás ahí, Malaikah. Puedo olerte.

Genial. La olía. Menos mal que se había lavado y olía a limpio y no al sudor de después de la actuación. Se miró y maldijo de nuevo. Llevaba un bodi negro ajustado y sin mangas y unos pantalones anchos de hombre, lo que no era...

Diosa, ¿por qué se preocupaba por lo que llevaba puesto? Sacudió la cabeza y se dirigió a la puerta, que abrió de golpe.

Ouro estaba fuera, apoyado despreocupadamente en el costado de la caravana.

—Buenas noches. —Una comisura de su boca se curvó hacia arriba—. Déjame entrar. Tenemos que hablar.

Era más corpulento de lo que recordaba, y la combinación del patrón de su piel y sus ojos verdes de pupila vertical resultaba sorprendente. Llevaba el largo abrigo de cuero abierto y la empuñadura de una daga asomaba de una funda que pendía de su cadera, pero dejó las manos sueltas a los costados.

Mal se dio cuenta de que intentaba no parecer amenazador, y estuvo a punto de reírse. Debería decirle que no se molestara. No podría parecer menos inquietante ni aunque le fuera la vida en ello.

Ouro entró en su pequeña caravana y cerró la puerta tras de sí. Luego se giró, echó el cerrojo y le lanzó una mirada que la retaba a desafiarlo.

Nada amenazador, no... Con un suspiro de resignación, Malaikah señaló la mesa, indicándole que se sentara. No tenía sentido resistirse.

Al igual que Salizar aquella otra noche, el enorme macho elemental tomó asiento frente a su pequeña mesa, casi llenando toda su caravana. Estiró las largas piernas a un lado y cruzó los pies por los tobillos, sintiéndose como en casa.

Extrañamente, no sentía la animosidad que había sentido hacia él la vez anterior que se habían visto. Tal vez sus intentos por no resultar amenazador estaban funcionando después de todo.

—¿Quieres beber algo? —se oyó preguntar. Para sus adentros, puso los ojos en blanco. ¿Intentaba ligar o proteger a Harrow?

—¿Whisky?

Agarró la botella y dos vasos del estante que había sobre la estufa y los deslizó sobre la mesa. Él los cogió y sirvió bebida en ambos, dándole uno a Malaikah mientras esta se sentaba frente a él. Su caravana era demasiado pequeña y Ouro demasiado grande. Mal se bebió la copa de un trago.

Él levantó una ceja, pero volvió a servirle sin hacer ningún comentario.

—Bueno, ¿qué haces aquí? —preguntó ella, sobreponiéndose al ardor del whisky.

—Ya sabes. —Le dio un sorbo a su bebida sin dejar de mirarla.

—Tengo por norma no hacer preguntas cuyas respuestas ya conozco.

—Es importante que la vidente hable con el Oráculo. Estoy aquí para hacer que suceda.

Mal frunció el ceño.

—Por si no te has dado cuenta, Harrow no está aquí. —Ya no tenía sentido ocultar la identidad de su amiga; era obvio que la serpiente lo sabía todo—. ¿Qué planeabas conseguir viniendo a verme?

Él se limitó a dar un sorbo a su whisky, con el rostro cuidadosamente inexpresivo.

—Ya lo verás. No tardará mucho.

—¿Qué significa eso?

Ouro volvió a beber.

—Está bien. No me digas nada. —Mal se negaba a jugar a su jueguecito—. Pero que sepas que, ahora que Salizar no está, era la noche perfecta para escaparme a visitarla. Quién sabe, tal vez te las habrías arreglado para seguirme. Lo que está claro es que no llegarás a ella abordándome aquí.

—No necesito ir tras ella.

—¿Por qué no?

Él volvió a beber.

Malaikah le gruñó.

—¿Por qué no me dices qué demonios estás haciendo en mi caravana para que podamos seguir adelante?

Él le sonrió.

—Me gustan las mujeres directas.

¿Estaba... coqueteando con ella? No sabía si sentirse halagada o molesta.

—No te creo.

Su sonrisa se amplió, y pudo ver de nuevo las puntas de sus letales colmillos. Se preguntó si sería venenoso. No todos los híbridos de serpiente lo eran, pero ¿aquel tipo? Le habría sorprendido que no fuera el caso.

—No quiero haceros daño ni a ti ni a la vidente. En cuanto al resto, espera y verás, como ya te he dicho. —Se bebió el resto del whisky de un trago y se alzó de golpe.

Malaikah hizo lo propio.

—¿Te vas?

—Todavía no. Pero pronto. En cualquier momento. Y tú vas a venir conmigo.

Ella alzó una ceja.

—No me parece muy probable. Por desgracia...

Y entonces lo percibió.

Se quedó sin palabras y lo miró fijamente.

—¿Cómo has sabido...?

En la expresión de Ouro había desaparecido todo rastro de coquetería.

—Esto es lo que va a pasar. Cuando ella llame...

—¡Desgraciado! —Al diablo sus sensuales colmillos: iba a matarlo—. Ya sabías que venía para acá.

—Sí. —Ni siquiera intentó negarlo—. Y cuando llegue, ambas vendréis conmigo.

—Sobre mi cadáver —siseó ella, sacando las garras.

Él las miró alzando una ceja, pero tuvo la delicadeza de parecer receloso.

—Creí que ya habíamos superado esto, Malaikah.

—¡Me has tendido una trampa para atrapar a mi mejor amiga! Prefiero morir antes que entregártela. O, mejor aún, matarte a ti.

—Nadie va a morir. Ya te he dicho que no quiero haceros daño.

—Y se supone que debo creerte.

—No me importa si me crees o no. Ahora escucha. La vidente va a llamar a la puerta en menos de un minuto. —Mal inspiró y llegó a la misma conclusión. La serpiente tenía buen olfato, lo que no la sorprendió—. Cuando lo haga, vas a dejarla pasar.

—No sucederá.

Él suspiró.

—Mira, realmente quiero que sea una situación cordial, pero esta noche hay mucho que hacer; no tengo tiempo para esto. Dime que vas a comportarte o tendremos que hacer las cosas por las malas.

¿Comportarse? Sí, claro.

—Por las malas, entonces. —Malaikah se lanzó hacia él, con las zarpas fuera, lista para rasgar un poco de carne de reptil.

Cuando chocaron, él se estrelló de espaldas contra la cama, pero no se cayó. Volvió a agarrarla por las muñecas y utilizó su fuerza para obligarla a retroceder. Pero esta vez la estrechez del espacio jugó a favor de la pantera.

Girando, arañó las mangas de su abrigo de cuero, haciéndole sangre en las muñecas. Cuando él volvió a separarle los brazos, ella se abalanzó sobre él, mostrando los dientes, y consiguió morderle la suave piel entre el hombro y el cuello. No dudó en arrancarle un trozo.

Él siseó como un reptil furioso. Sin embargo, en lugar de desconcentrarlo, la herida avivó su saña. Con el siguiente empujón, se tambalearon hacia atrás y la columna vertebral de Malaikah se clavó en las esquinas afiladas de la estufa, y entonces él llevó a cabo el mismo maldito movimiento que había hecho en el callejón: tiró de ella con fuerza de un brazo, la empujó hacia delante y la hizo girar, dominándola de espaldas. Luego la agarró del otro brazo y la mantuvo así, inmovilizada bajo la amenaza de romperle las extremidades superiores.

Se maldijo a sí misma por haber caído dos veces en la misma maniobra.

Intentó darle un cabezazo como había hecho en la ocasión anterior, pero él, al menos, había aprendido de sus errores. Esta vez su cráneo estaba fuera de su alcance. Aun así, se revolvió con furia. Por regla general, sujetar a un felino que no quiere ser sujetado es una tarea imposible. Son criaturas escurridizas y salvajes.

Pero las serpientes también.

El frío punzante de los colmillos de Ouro contra su cuello la paralizó al instante.

—No lo harás —siseó ella, sin atreverse a mover un músculo.

Él no dijo nada, pues sus dientes estaban rozando el cuello de Mal.

Nunca la había mordido una serpiente... ni nadie, a decir verdad. Tenía que ser venenoso, ¿no? En cualquier caso, el riesgo era demasiado grande como para acusarlo de ir de farol.

Si se equivocaba... El veneno de algunos híbridos era tan mortal que mataba en minutos.

—¡Maldita serpiente olvidada de la Diosa!

Su rabia era inmensa, pero su instinto de supervivencia era aún mayor. No se movió.

En aquel momento llamaron a la puerta. Ambos se tensaron.

—¡Mal! —Era la voz de Harrow.

Los colmillos se levantaron de su cuello.

—Abre la puerta, Malaikah. —La boca de él estaba justo al lado de su oreja.

—Ya te lo he dicho, prefiero morir. Así que, ¿por qué no me muerdes de una vez?

Consideró la posibilidad de gritarle a Harrow para advertirle, pero sabía que no ayudaría en nada a la situación: en ese caso, la vidente solo querría intentar salvarla.

—Tengo hombres esperando fuera. No se escapará. ¿No prefieres saludar a tu amiga y hacer esto más fácil para todos?

—¡Mal, soy yo! Ábreme.

—Te mataré por esto —le juró la pantera.

—No, claro que no. ¿Estás lista para cooperar?

Mal gruñó.

—Déjame levantarme. Pero como le hagas daño...

—No voy a hacerle daño a nadie, Malaikah.

—Lo dice el tipo que tenía los colmillos en mi cuello hace un segundo.

—Siempre llevo encima el antídoto. No te habría matado. Pero necesito que cooperéis conmigo, y tomaré las medidas necesarias para asegurarme de ello. Ahora, ¿puedes, por favor, abrir ya la puerta?

Con un último gruñido, Mal asintió y él la soltó. Ella se dio la vuelta y miró fijamente sus espeluznantes ojos de serpiente.

—Si me estás mintiendo, te juro por la Diosa...

—Abre la puerta, Malaikah.

Con un insulto, lo apartó de un empujón y se dirigió a la entrada de la caravana.

—¿Mal? ¿Estás ahí?

Descorrió el pestillo, preguntándose qué demonios estaba ocurriendo aquella maldita noche. Harrow sonaba temerosa. Perturbada, incluso.

Como Raith le hubiera hecho daño..., aunque fuera una pesadilla ambulante, el cabrón lo pagaría.

Harrow había salido corriendo del Subterráneo como si su vida dependiera de ello. En su prisa por escapar de la taberna, lo había abandonado todo detrás, incluso sus cartas y el medallón de su madre. Aquella pérdida, sumada a lo demás, le provocaba ganas de llorar, pero sabía que no podía volver.

Aunque las numerosas vueltas de Malaikah de camino a la taberna la habían desorientado, sus sentidos internos le habían mostrado cómo regresar al circo. El agua había crecido con cautela, como si esperara que la devolviera con furia a su jaula, pero esta vez sus consejos coincidían con lo que ella quería, así que se dejó guiar. Tomó cada curva con confianza, sabiendo con exactitud en qué dirección ir.

En un momento dado, sintió la repentina certeza de que alguien con quien no quería cruzarse se acercaba a ella. Sin cuestionárselo, tomó un desvío aleatorio para evitar las siguientes manzanas. Cuando estuvo segura de que el peligro había pasado, volvió al camino principal.

No dejó de correr hasta atravesar el circo y llegar a la caravana de su amiga. Subió los escalones de un salto y llamó a la puerta.

—¡Mal!

Silencio.

¿Acaso se oían murmullos dentro? Apretó la oreja contra la puerta, pero el corazón le latía tan fuerte que no pudo oír nada más.

—¡Mal, soy yo! Ábreme.

Otra vez, nada. No, estaba segura de que oía voces dentro. ¿Con quién se encontraría la pantera? Darya le había dicho que volviera al circo, donde estaría a salvo de quienes la perseguían. Pero ¿quiénes la perseguían exactamente? No lo recordaba. O tal vez se le había olvidado preguntar.

Fuera como fuese, la reina del agua había afirmado que el circo era seguro. ¿Estaría Harrow imaginándose amenazas? No podía evaluar sus acciones de manera normal, tan abrumada como se hallaba por todo lo que había averiguado aquella noche.

Solo quería ver a su mejor amiga, la única persona en el mundo en la que de verdad confiaba. Con lágrimas en los ojos, hizo un último esfuerzo.

—¿Mal? ¿Estás ahí?

Al instante, oyó el sonido de la cerradura y la pantera abrió la puerta de golpe.

Se abrazaron.

—Estaba preocupada por ti.

Malaikah la apretó tan fuerte que no tuvo aliento para responder. Aun así, Harrow deseó que la apretara incluso con más fuerza.

—¿Dónde está Raith? —le preguntó su amiga.

Harrow volvió a quedarse sin aire, aunque esta vez no se debía a ningún abrazo.

—Mal, él... él... —jadeó, incapaz de respirar.

—Ay, corazón.

Los ojos de Malaikah estaban llenos de compasión. Harrow cayó en la cuenta de que la pantera ya lo sabía. Pero ¿cómo?

Estaba a punto de preguntárselo cuando vio que una sombra oscura se movía dentro de la caravana, detrás de Mal.

—Buenas noches, Harrow —dijo una voz masculina, y luego el hombre entró en la luz del farol más cercano.

Se trataba de un híbrido de reptil, lo cual era obvio de inmediato por sus pupilas verticales y las escamas de su piel. Una serpiente, para ser exactos, a juzgar por la ausencia de cola. Era tan alto que casi rozaba el techo, y la empuñadura de una daga sobresalía de debajo de su abrigo, lo que no la hacía sentirse precisamente relajada en su compañía.

Volvieron a su mente las advertencias de Darya sobre la gente que la perseguía y el corazón le empezó a latir con fuerza. Esperó a que su poder creciera para defenderla.

Pero en cambio sintió... ánimo. Expectación. Frunció el ceño.

—¿Quién eres?

—Me llamo Ouro. Te explicaré más de camino.

—¿De camino adónde?

—Tenemos un pequeño paseo por delante. Mejor vayamos yendo.

—¿Adónde? —insistió su amiga, demostrando que el extraño visitante no la entusiasmaba más que a Harrow.

—Ya te lo he explicado, Malaikah. —¿Se conocían? El asunto se estaba poniendo cada vez más extraño—. El Oráculo quiere conocer a la vidente y al espectro.

Harrow lo miró fijamente.

—¿Cómo sabes...?

—Todo se os será explicado en breve. No quiero haceros daño. Esta noche solo soy un mensajero.

Ouro esbozó una sonrisa colmilluda. Darya le había dicho que se quedara en el circo y esperara a Salizar. No le había mencionado nada sobre acompañar a un extraño híbrido de serpiente a encontrarse con un misterioso Oráculo. Pero si se encontraba en peligro, ¿por qué su poder no crecía? Maldita sea, estaba harta de las reacciones contradictorias del agua.

Abrió la boca para negarse, pero se detuvo. Había ignorado a conveniencia su poder desde que había crecido en el sueño con Darya. Claro que tenía buenas razones, pero la enseñanza número uno de Mellora era la sintonía con su elemento.

«Confía siempre en el agua —le había repetido mil veces su madre—. Te mostrará adónde tienes que ir, aunque aún no comprendas por qué. Nunca asumas que sabes más que la fuerza primordial. Por el contrario, siéntete bendecida por haber sido elegida para tener una conexión con ella. Si lo haces, te guiará de manera correcta en todo.»

Sin embargo, ¿cómo podía seguir aquel consejo cuando su poder seguía presionándola para que protegiera a Raith? ¿Cómo podía querer el agua que traicionara a su familia de aquel modo? Le dolía saber que la fuente de sabiduría en la que confiaba infaliblemente desde niña ya no estaba de su lado, pero aun así no se atrevía del todo a ignorarla.

—Mira —le espetó Malaikah al desconocido entre dientes, poniéndose completamente a la defensiva—, si Harrow no quiere visitar a tu extraño Oráculo, no hay nada que puedas hacer...

—Iré —anunció la vidente.

Mal se dio la vuelta.

—¿Qué?

—Iré a reunirme con el Oráculo.

—Harrow, ¿estás segura? No confío en esta serpiente.

Ouro se rio entre dientes.

—Yo tampoco. Pero estoy segura.

La pantera buscó con cuidado la mirada de su amiga. No había tiempo para explicaciones, pero Harrow hizo todo lo posible para reflejar en su rostro la convicción que sentía. Malaikah la conocía lo suficiente para ser capaz de leer su expresión, por lo que asintió.

—De acuerdo. Si estás segura...

Salieron del circo en silencio y se reunieron en la puerta con un grupo de hombres de Ouro. Nadie intentó detenerlos. Ni siquiera había nadie vigilando la entrada. Harrow supuso que Salizar había ido a capturar a Raith.

¿Lo habrían encontrado ya? ¿Estaría herido? ¿Furioso? ¿Asustado?

Lo apartó de su mente. Lo que aquel espectro sintiera ya no era de su incumbencia. Salizar lo capturaría esa noche y sería transportado al territorio de Darya. Por fin se haría justicia por la muerte de su madre. Harrow podría estar tranquila sabiendo que una menos de las abominaciones asesinas de Furie vagaba libre por el mundo.

Entonces ¿por qué aquel pensamiento hizo que otra vez tuviera ganas de vomitar?

—¿Hay alguna posibilidad de que caminemos más rápido que una tortuga? —preguntó Ouro, interrumpiendo sus reflexiones—. Todavía nos queda bastante hasta el portal.

Harrow se dio cuenta de que estaba retrasando al grupo y amplió el alcance de sus zancadas.

—¿Hasta el qué? —intervino Malaikah, manteniéndose cerca de su amiga.

El híbrido se limitó a sonreír.

—Ya lo verás.

18

Harrow y Malaikah siguieron a Ouro y sus hombres por las entrañas del Subterráneo. Después de miles de giros desorientadores, entraron en un callejón estrecho con muros de piedra retorcidos a ambos lados. Los adoquines eran tan disparejos que toda la calle estaba inclinada a la izquierda.

Al fondo, Ouro se detuvo ante una pequeña puerta anodina.

Entraron a una gran sala que había visto días de mayor gloria. La única luz provenía de una lámpara, pero los ojos de Harrow se adaptaron con rapidez a las penumbras. Alrededor de una chimenea de piedra vacía había sofás de terciopelo. En una mesa pegada a la pared del fondo descansaba una licorera de cristal rodeada de vasos.

En el otro extremo había un vano cubierto por una cortina de cuentas.

—Seguidme —les dijo Ouro, agachándose para pasar.

Harrow y Malaikah entraron tras él, mientras que el resto del grupo se quedó atrás. En cuanto atravesaron la cortina, los hombres parecieron relajarse, y la vidente oyó el inicio de conversaciones casuales y el tintineo del cristal mientras se servían de beber.

Enseguida se olvidó de todo aquello, nada más tomar conciencia de su entorno.

No tenía sentido. Había visto el edificio desde fuera y era imposible que lo que había allí pudiera caber dentro. Por no hablar de que era plena noche y, sin embargo, cuando levantó la vista vio un cielo azul salpicado de nubes.

En el centro de la sala una escalera de caracol ascendía por lo menos cuatro pisos. Era lo bastante alta como para que resultara difícil discernir qué había arriba. Era, obviamente, lo que Ouro había querido decir con «portal», pero no podía ser real. ¿Quizá el Oráculo había encantado el lugar?

—Adelante. —Ouro señaló la escalera.

Malaikah lo miró con recelo.

—Después de ti.

Él se encogió de hombros y empezó a ascender los escalones.

Subieron las espirales durante varios minutos, hasta que llegaron a una puerta en el muro de piedra. Ouro estaba a punto de llamar cuando dudó.

—El Oráculo puede ser un poco... vago, y a veces resulta difícil entenderlo. Ve el pasado, el presente y el futuro a la vez. O al menos eso creo. —Se encogió de hombros—. Es confuso.

—¿Como una vidente? —preguntó Harrow. No era posible que hubiera otra...

—No. —Adiós a aquella esperanza repentina.

Después de aquella advertencia, Ouro llamó y la puerta se abrió.

Al otro lado había un viajero, uno de los raros y misteriosos elementales del éter, lo que les dio una primera pista de lo que podía ser el Oráculo. Harrow nunca había visto a un viajero en su vida. Ni siquiera en el circo de Salizar había uno.

Por lo general, los viajeros vivían en comunidades secretas en las profundidades del bosque Etéreo y rara vez interactuaban con el resto de la sociedad. Su magia les otorgaba la capacidad de teletransportarse con la misma facilidad con la que uno podía caminar para desplazarse. Eran conocidos por aparecerse de un lugar a otro, saltando instantáneamente incluso distancias cortas, lo que podía resultar muy desconcertante para quienes no estaban acostumbrados.

Aquel hombre era delgado y agraciado, con el largo pelo blanco platino y la piel tatuada. Al verlos, les dedicó una reverencia y habló con voz elegante.

—Bienvenidos. Os está esperando.

Desapareció y reapareció al instante a unos metros de donde había estado, haciéndoles un gesto para que lo siguieran. Mal y Harrow intercambiaron miradas con los ojos muy abiertos y entraron en otra sala situada detrás de Ouro. Era similar a la estancia que Harrow había visitado en el castillo de Darya, pero en lugar de fuentes se hallaba repleta de altísimos ventanales.

Más allá de la considerable colección de libros, junto a una de las ventanas había un arpa dorada con un taburete al lado. En otra pared colgaban violines y otros instrumentos de cuerda. Los rastros de magia del éter en el aire eran tan intensos que a la vidente se le erizó el pelo de la nuca.

El viajero reapareció junto a dos sofás en el extremo opuesto de la sala, junto a unas ventanas que iban del suelo al techo, y les indicó que se sentaran con otra reverencia. Harrow se esforzó por no contemplar fijamente al hermoso hombre.

Al pasar junto a una ventana, se quedó con la boca abierta. Fuera había... cielo. El mismo cielo azul salpicado de nubes, pero nada más.

O aquel era el hogar de una encantadora muy poderosa o habían atravesado un portal de verdad. Al mismísimo firmamento.

—Buenas noches.

Harrow se giró al oír la extraña voz.

Se encontró de frente con una mujer. Al igual que el viajero, tenía el pelo blanco platino hasta la cintura. Su piel era de un tono bronceado suntuoso, terroso, y sus impresionantes ojos azul pálido parecían demasiado grandes para su delgado rostro. Llevaba un vestido largo de gasa con escote redondo. Decenas de brazaletes de plata envolvían sus muñecas y sus orejas estaban cubiertas de argollas hasta la punta. Tatuajes negros de diseños geométricos cubrían cada centímetro de su cuerpo hasta la barbilla.

En las manos sostenía una bola de cristal. El interior estaba lleno de humo.

Harrow nunca la había visto antes, pero, al igual que con Darya, supo de inmediato de quién se trataba. No era una viajera, ni siquiera una elemental.

La presentación de Ouro resultaba innecesaria, pero la hizo de todos modos:

—Harrow, Malaikah, os encontráis ante su majestad Nashira, la reina del éter, también conocida como el Oráculo.

La más evasiva y misteriosa de las cinco reinas inmortales se encontraba ahora frente a ellas. Harrow apenas podía creer lo que veían sus ojos.

—Nos conocimos ayer —dijo Nashira, lo cual no tenía sentido.

Ouro se encogió de hombros, como si fuera el comportamiento normal de su monarca.

—O al menos eso creía. —La inmortal ladeó la cabeza—. Se suponía que nos visitarías ayer durante el día, pero no vendrás hasta mañana por la noche, y ahora lo he confundido todo.

—He hallado a la vidente donde suponías que estaría —le explicó Ouro—, pero no sé dónde está el espectro. Pensé en preguntarle una vez que estuviera aquí. No quería que huyera de nuevo.

—Ayer tuvimos más compañía. Mañana él no podrá venir. Ahora es demasiado tarde. —Nashira miró a Harrow y a Malaikah de nuevo, como si acabara de darse cuenta de su presencia. Sus ojos se iluminaron—. Bienvenidas, hijas de los elementos. Sentaos, por favor. —Miró al viajero que las había recibido en la puerta—. Puedes retirarte, Remiel. Gracias.

—Majestad. —El hombre hizo una reverencia y desapareció.

Abrumadas por todo lo que estaban viendo, Harrow y Mal se sentaron obedientes en uno de los sofás, y Nashira y Ouro en el de enfrente.

La reina dejó con cuidado la bola de cristal con humo en su regazo y estudió a Harrow con mirada apenada.

—¿Dónde está la otra mitad de tu alma, niña?

A ella se le hizo un nudo en la garganta.

—Lo tenías, pero lo has dejado escapar, y ahora es

tarde para recuperarlo. Qué pena. No puedes disfrutar la luz sin antes abrazar la oscuridad.

—No entiendo.

—¿No sentiste el equilibrio? Has de haberlo sentido.

Harrow estuvo a punto de repetirle que no comprendía a qué se refería, pero las palabras se le atascaron en la garganta porque le daba miedo pensar que en realidad sí entendía.

—Creía que la oscuridad era maldad —afirmó con debilidad.

—La oscuridad no es maldad: es profundidad. Las profundidades lo llamas, ¿verdad? La profundidad es sabiduría. La profundidad es quietud y aceptación. —Nashira sacudió la cabeza, y su cabello plateado brilló a la luz del sol—. ¿Dónde está tu profundidad? ¿Acaso has roto la superficie y te has quedado atrapada en su espectáculo de luces? Tan bonito, pero tan fugaz. Y ahora es demasiado tarde.

—Lo siento —musitó ella.

Ignorando su confusión, Nashira se giró hacia Ouro.

—Debemos recuperarlo.

La serpiente, a su vez, miró a Harrow.

—¿Dónde está el espectro?

—Yo... Él...

—¿Qué está pasando aquí? —intervino Malaikah—. Estáis diciendo sinsentidos; o alguien empieza a darnos explicaciones o Harrow y yo nos iremos.

—¿Dónde está el espectro? —volvió a preguntar Ouro.

—Lo he abandonado. —La voz de Harrow sonó vacía—. Lo tiene Salizar.

—¿Qué?

La serpiente se levantó de golpe, haciendo que todos se sobresaltaran. Bueno, todos menos Nashira, que tenía la mirada perdida en la ventana.

—Es un *wraith*. Mató a...

—Ya sé lo que hizo. —Ouro agitó una mano impaciente, como si no significara nada—. ¿Dónde está?

Harrow se retorció las manos. ¿Por qué de repente se sentía tan culpable? Raith era un asesino. El asesino de su madre.

—Darya me dijo qué es. Lo que hizo.

Nashira devolvió la mirada hacia ellos, de repente lúcida de nuevo.

—Le advertí a mi hermana que si echaba demasiada agua sobre las llamas apagaría el fuego. ¿Me hizo caso? Nooo. —Claramente, lúcida seguía siendo críptica.

—¿Dónde está el espectro, Harrow? —Ahora Ouro parecía enfadado.

—Darya me dijo que Salizar debía capturarlo para... —Tragó saliva. No fue capaz de terminar. La bilis se le subió a la garganta—. Le dije dónde podía encontrarlo.

Malaikah se volvió en el sofá para mirarla.

—Tú... ¿Qué?

—Fue él, Mal —se apresuró a justificar sus actos—. Darya me lo dijo. Él las mató. —Las lágrimas amenazaban con derramarse de nuevo.

—Lo sé. Salizar me lo contó. —Su amiga se acercó para cogerle la mano—. No quería creerlo hasta hablar contigo.

—¿Quién fue? —preguntó Nashira—. ¿Quién?

—Raith —le aclaró Mal con impaciencia.

—No, no fue él. Raith es nuevo. Como un niño en muchos sentidos. —Le guiñó un ojo a Harrow con picardía—. Y es obvio que no en otros.

—Pero es un espectro.

¿Cómo podía Nashira no entenderlo?

—Eso es irrelevante. Dile a Ouro dónde encontrar a tu mitad oscura y yo te lo explicaré todo, aunque ya sea demasiado tarde.

La confusión hacía que la cabeza de la vidente palpitara con fuerza, pero a la vez sentía curiosidad por escuchar lo que la reina del éter tenía que decir. ¿Qué daño podía hacer dirigir a Ouro?

—Lo he dejado en nuestra habitación de la taberna. Pero Salizar ya iba en camino cuando me fui. Es probable que ya se hayan ido.

—¿Qué taberna? —preguntó la serpiente.

—La tuya —le espetó Malaikah con suficiencia.

Ouro frunció el ceño.

—¿Habéis estado en mi maldita taberna todo este tiempo? ¿Y has guiado a Salizar hasta el espectro? Lúgubres sombras...

Nashira rio entre dientes.

—Salizar se sorprendió con lo que encontrará —afirmó.

—Ahora vuelvo —le dijo Ouro—. Explíqueles qué está pasando.

—Ya lo hice. Nos conocimos ayer, ¿recuerdas?

—Si tú lo dices... —Les hizo un gesto con la cabeza y salió de la habitación.

—¿Por qué la ayuda Ouro? —le preguntó Mal a Nashira.

—Pregúntaselo a él. —Sonrió alegremente—. Pero no te responderá.

—¿Por qué no me lo cuenta usted, entonces?

—No es mi historia. Aunque supongo que deberías conocerla. Hace mucho tiempo un bebé fue abandonado en... —De repente negó con la cabeza—. No, no te lo contaré.

A Harrow no le interesaba la vida de Ouro, solo entender lo que estaba pasando.

—¿Qué quiere de Raith?

Los ojos azules de Nashira se clavaron en ella.

—La pregunta, querida, es ¿qué quieres tú de él? Después de todo, solo tienes media alma. ¿No te sientes incompleta? ¿No te has sentido incompleta siempre?

Sí. Diosa, sí, así era. Excepto durante los cinco breves días en la habitación de la taberna, aquellos que no dejaba de repetirse una y otra vez que habían sido mentira.

—¿Quién no se sentiría incompleto sin la mitad de su alma? —siguió divagando la reina.

—¿Qué quiere decir?

—Solo eres una mitad. La mitad luminosa. Y eres maravillosa, pero no gran cosa sin la oscuridad para equilibrarte.

—Está hablando de Raith.

—Sí. —Nashira dio una palmada—. Ya estás comprendiendo. Ayer lo entendiste mucho más rápido. Lástima que sea demasiado tarde. Ahora tienes que esperar a que regrese a por ti.

—No importa —se cerró Harrow en banda—. Si la otra mitad de mi alma es un asesino, no quiero tener nada que ver con él.

—Ya hablamos de esto, vidente. —Su voz era amonestadora pero paciente, como si le hablara a una niña—. La mitad oscura es preciosa y nueva. Espero que lo hayas protegido. Tiene un corazón tan vulnerable...

Harrow tragó saliva. Sintió más culpa, pero la reprimió.

—Si es «nuevo», como dice, ¿qué era antes, cuando mataba a personas inocentes?

De repente el comportamiento de Nashira cambió.

Sus ojos se endurecieron y su boca se contrajo en una línea.

—Esclavo.

—¿Cómo?

Los ojos azules de la inmortal volvieron a ser distantes.

—Se le mantuvo en esclavitud forzosa bajo la amenaza de una agonía implacable. ¿Entiendes lo que eso significa?

—Por supuesto —replicó Harrow, pero su voz vaciló un poco.

—¿De verdad? Porque no me lo parece.

—Sé que los espectros están sometidos a la voluntad de Furie. ¿Es lo que está diciendo?

Pero Nashira volvía a mirar a lo lejos, sacudiendo las manos. La bola de cristal se tambaleaba peligrosamente en su regazo.

—¿Alguien os ha preguntado cómo os sentís al respecto, mis pobres palomas? No. Solo os han juzgado, ¿verdad? Preciosas criaturas, sin amor y en la oscuridad. Deseo veros libres de la esclavitud.

—Qué locura —murmuró Malaikah, sacudiendo la cabeza mientras la monarca divagaba ante un público invisible.

—Creo que... —Harrow escuchó con atención, intentando comprender—. Creo que está hablando con los espectros.

Nashira la miró y la señaló con el dedo.

—¡Ding, ding!

—Dice que los espectros están controlados por Furie. Lo sabemos.

—¿Crees que disfrutan siendo esclavos? ¿Que desean servirle? Nadie les pregunta qué piensan, porque solo son asesinos sin razón, ¿verdad?

—Los espectros fueron hechos con magia de fuego —insistió la vidente—, pervertida a causa de su locura. Son criaturas malignas. Abominaciones. Eso dice Darya.

Pero Nashira negó con la cabeza.

—La magia del fuego es pura. Tan pura como el éter, el aire, el agua y la tierra. El fuego es fuego, y nada puede cambiar su naturaleza.

—Pero los espectros...

—No son más malvados que tú. No puedo creer tanta ignorancia en una niña dotada con el poder del agua. Esperaba algo más. Ayer fuiste mucho más sensata. Aunque, claro, ayer tu alma aún seguía completa. Hoy es demasiado tarde.

—Pero asesinaron a todo un grupo de elementales —exclamó Harrow, negándose a aceptar sus palabras con facilidad.

—¡Encadenados! ¡Cautivos! —se enfureció Nashira, agitando de nuevo las manos. La bola de cristal se tambaleó—. ¡Esclavizados por el mal!

—Son fríos. Insensibles. Matan con una precisión mortal. Eso no es obra de un ser irreflexivo e inocente.

La reina del éter volvió a señalar a Harrow.

—¿Adónde iría tu mente si te encerraran en una prisión ineludible y te obligaran a cometer actos inconfesables? Protégete primero, dice todo el mundo. ¿Qué se puede hacer sino apagar los sentimientos? O el dolor sería demasiado grande.

Harrow la miró fijamente.

—Cree que no son malvados. Que se vieron obligados a actuar como lo hicieron.

—No te equivoques —replicó Nashira, sonando más lúcida que durante el resto de la conversación—. Los espectros pueden ser criaturas mortales y temibles. Siempre serán capaces de ser violentos. Su ira se enciende veloz. Son fieros luchadores. Pero así es el fuego. La naturaleza de ese elemento consiste en un poder letal. Y enloquecidos por su brutal pasado, en esta vida y en la anterior, se han vuelto aún más mortíferos, pero ¿quién podría culparlos después de lo que han sufrido? Todos tratamos de sobrevivir. Ten piedad, niña. Ten siempre una enorme piedad.

Harrow volvió a sus recuerdos con Raith; recordó su confusión cuando ella le había dicho que no podía matar a Salizar. Al principio la idea le resultó incomprensible.

Pero la había escuchado.

No había matado al encantador porque estaba dispuesto a escuchar a Harrow, a aprender nuevos comportamientos. Estaba abierto al cambio, era capaz de evolucionar, de crecer, de comprender.

Y ella se había dado la vuelta y lo había traicionado.

Se tapó la boca con la mano.

—Él mató a mi madre —musitó contra la palma de su mano, desesperada por reencontrar la convicción que tenía antes—. Mató a todo mi clan.

—Y te perdonó la vida —añadió Nashira.

Harrow tragó saliva.

—Un ser sin libre albedrío —continuó la reina—, que jamás había experimentado el concepto, que ni siquiera era consciente de su existencia, lo descubrió la noche en que decidió perdonar la vida de una niña inocente. Con un precio enorme para sí mismo. ¿Sabes qué le hizo Furie cuando se enteró de su traición?

Ella negó con la cabeza; no estaba segura de querer oírlo.

Nashira se lo contó de todos modos.

—Lo atrapó bajo su propio juramento para que no pudiera escapar. Luego lo hizo arder una y otra vez. Era la misma muerte que él les había dado a las videntes, solo que él era inmortal. ¿Querías que pagara por la muerte de tu familia? Pues ya lo hizo. Mil veces más.

Harrow había empezado a temblar. Se abrazó a sí misma.

—Después de varios meses así, su esencia estaba tan débil que se había convertido en poco más que una brizna de humo. Darya atacó en el momento perfecto. Capturarlo le resultó entonces muy fácil: lo atrapó bajo un cristal como a una araña en la pared. ¿Y qué hizo la reina del agua?

—No... —No podía oírlo.

—Lo torturó también repetidamente, tratando de forzarlo a encarnarse para poder matarlo. Bañó su esencia de fuego en agua, apagando su llama interior una y otra vez.

—Por la Diosa —musitó Malaikah.

—Pero la pobre criatura se encontraba demasiado débil para encarnarse, y de todos modos su ardiente voluntad era inquebrantable. Soportó la tortura durante nueve años.

Darya le había contado a Harrow aquella misma historia desde una perspectiva muy diferente, pasando por alto el hecho de que los espectros no habían actuado por voluntad propia y convenciéndola de que su magia de fuego estaba pervertida. Lo que parecía preocuparla era la consolidación del poder de Furie... y había utilizado sus emociones para manipularla.

Nashira continuó con voz fría e indiferente:

—Después de una década, Darya decidió que necesitaba cambiar de táctica. Vinieron otros cuarenta años de prueba y error, de un sinfín de experimentos, hasta que por fin ideó la forma de fusionar el fuego y el agua en perfecta armonía, creando una forma corpórea para una criatura que no lo era.

¿Cómo había soportado Raith semejante tormento sin perder la cabeza por completo? Tal vez había enloquecido, y su renacimiento sin recuerdos había sido su oportunidad de empezar de cero. Hasta que Darya lo había obligado a revivir su existencia anterior. Harrow se tragó la bilis que le reptaba de nuevo por la garganta.

De repente todo se aclaró ante sus ojos. En lo más profundo de su ser, el agua turbulenta que la había atacado durante horas se calmó hasta adoptar una quietud cristalina, acorde con su nueva convicción.

«Ve con él —le decía de nuevo—. Protégelo.»

Esta vez no se resistió. Ya no le importaba lo que Raith hubiera hecho en el pasado. Había sido torturado, coaccionado y torturado de nuevo... No podía abandonarlo. ¿Cómo había podido traicionarlo de esa manera? Él jamás le habría hecho algo así, sin importar los crímenes que hubiera cometido.

Por la Diosa, era peor que Furie. Al menos la reina del fuego había vengado a su amante con ferocidad eterna.

Harrow había apuñalado al suyo por la espalda.

—¿Qué he hecho? —susurró horrorizada.

Pero Nashira aún no había terminado.

—De todos los elementos, el fuego y el agua son los más conflictivos. ¿Fusionarlos en equilibrio perfecto, tal como hizo Darya? Parecía una hazaña imposible.

Y sin embargo no lo era, porque ocurrió. Y el nuevo ser, creado en parte por la magia del agua, llegó a la existencia con un poderoso vínculo con el único otro elemental de agua del mundo: tú.

—La mitad de mi alma. —Por eso su poder crecía cuando estaba cerca de él. No porque estuviera en peligro, sino porque el agua en ella respondía al agua en Raith, buscándolo, fortaleciéndolos a ambos. Juntos eran más fuertes.

—Pero es más profundo que eso. El fuego y el agua están inquietos tras siglos de lucha. La gran Diosa respondió al desequilibrio. Dos seres de naturaleza opuesta llegaron a la existencia en el escenario más conflictivo posible. ¿El amor y la aceptación incondicionales no son la forma perfecta de sanar la grieta?

—¿Se supone que debemos subsanar las diferencias entre elementos? ¿Cómo? ¿Qué hacemos?

—Oh, es sencillo. Ya estabais haciéndolo, de hecho, hasta que lo estropeaste todo. —Nashira la fulminó con la mirada—. Traición. Abandono. Eres tan mala como mis hermanas.

Harrow no podía negarlo.

—Tengo que encontrarlo. —De repente no le importaba ni Furie ni la venganza de Darya; nada, excepto Raith. De hecho, le repugnaba haberse dejado atrapar en aquella situación. Se puso de pie de un salto, suplicándole a la reina del éter—. Por favor, ayúdeme a encontrarlo. No puedo... Nunca debí... —Tragó saliva—. Ayúdeme, se lo ruego.

La inmortal la estudió con cautela.

—Tienes mucho que enmendar, niña.

—Lo sé.

—Se te concedió un gran don y lo has malogrado.

Las lágrimas le oscurecían la vista.

—Lo sé. Solo quiero arreglar las cosas.

Finalmente, Nashira asintió y su rostro se suavizó.

—Si hubieras venido ayer, todo esto podría haberse evitado. Ahora es demasiado tarde.

—No puede ser demasiado tarde. Me niego a aceptarlo.

La monarca se levantó de repente, dejó su bola de cristal en el sofá y le tendió una mano.

—Ven. Visitaremos la taberna.

Harrow tomó la mano de Nashira mientras ella le tendía la otra a Malaikah, que la agarró y se puso de pie. Los ojos azules de la reina del éter empezaron a brillar y el aire crepitó hasta que se hizo difícil respirar. Fueron absorbidas en la nada.

Y reaparecieron en la habitación de la taberna.

—¿Qué ha sido eso? —gritó Malaikah con voz aguda.

Harrow se balanceó sobre sus pies, sintiéndose un poco mareada. Sabía que los viajeros podían teletransportarse, pero no que fueran capaces de teletransportar a otros. Aunque tenía sentido que Nashira, como reina del éter, sí pudiera...

Todo en el mundo dejó de importar cuando Harrow se dio cuenta del estado de la habitación.

Las sábanas estaban hechas jirones, los muebles volcados o destrozados por completo. La ventana había sido arrancada de su marco y rota en mil pedazos. Las paredes estaban manchadas de sangre.

Raith se había ido.

Ahogó un grito mientras enfocaba el resto de la estancia. Había otras personas. Ouro estaba frente a un hombre imponentemente alto y ambos se miraban mutuamente.

Salizar.

—¿Dónde está? —exclamó Harrow al verlo, corriendo a agarrarlo del brazo.

Los hombres de Ouro se encontraban detrás de su jefe, frente a la gente de Salizar: trabajadores del circo que ella conocía, la mayoría ensangrentados y heridos.

Loren se le acercó con un trapo sobre una herida en el pecho.

—Harrow...

Lo ignoró por completo y volvió a dirigirse a Salizar, que apartó por fin su atención de Ouro.

—¿Dónde está?

El encantador abrió los ojos de par en par al reparar en ella. Sin duda se preguntaba cómo se había materializado de repente en medio de la habitación, y, en circunstancias normales, ella habría comprendido su confusión. En aquel momento, sin embargo, no le importaba nada más que obtener respuesta a su pregunta.

—¿Cómo...?

—¿Dónde está? —repitió, desesperada.

Pero la mirada del director había ido más allá de Harrow, a la mujer detrás de ella, y, si era posible, abrió los ojos aún más.

—¿Quién...? ¿Es quien creo que es?

—Buenas tardes, Salizar —dijo Nashira, aunque el cielo que se asomaba por la ventana detrás de ella estaba negro como el carbón—. Llegas tarde. O llegarás.

—¿Tarde para qué?

La reina del éter asintió, contemplativa.

—Para ti, ayer era demasiado pronto para comprenderlo. Hoy funcionará a la perfección.

Ouro sonreía, claramente disfrutando del desconcierto del encantador.

—Salizar, te presento al Oráculo, la reina Nashira.

—¿Adónde se ha ido la mitad oscura? —preguntó esta.

El encantador parecía perdido por completo.

—Quiere saber dónde está el espectro —le explicó Ouro.

—Se ha escapado.

—¿Se ha escapado? —siseó el híbrido de serpiente.

—¿Adónde? —preguntó Harrow.

—No tengo ni idea —se sinceró Salizar—. Cuando llegamos ya no estaba bajo el hechizo del sueño, como Darya me aseguró que estaría. Nos atacó y luego huyó por la ventana, pero no antes de que lo apuñalara con una daga encantada. La herida no dejará de sangrar hasta que sea cauterizada con un acero igualmente embrujado. Cuando se dé cuenta no tendrá más remedio que volver.

Harrow se tapó la boca para ahogar un grito.

—Es un espectro —dijo Ouro—. Dudo que lo detenga tal cosa.

—Tiene un cuerpo que sangra y seguirá sangrando hasta que se rompa el encantamiento.

Desesperada, la vidente buscó pistas en la habitación. La sangre que había por todas partes la horrorizaba. ¿Cómo de herido estaría Raith? A juzgar por el estado de los hombres de Salizar, había dado lo mejor de sí. Sus ojos se fijaron en la mesita, que, de algún modo, se había mantenido en pie en medio del caos.

Su baraja seguía formando una pila, con excepción de una carta, la cual estaba bocarriba frente a las demás.

Las profundidades.

Los ojos se le llenaron de lágrimas por enésima vez aquella noche. La había sacado Raith, lo sabía por intuición. ¿Qué habría sentido al verla? ¿Habría deseado su ayuda para descifrarla? ¿Por qué se había negado a hacerle una lectura cuando él se lo había pedido? Ahora daría cualquier cosa por poseer de nuevo aquel privilegio, por tener la oportunidad de rogarle perdón. Si es que acaso lo merecía.

Una cálida palma se posó en su hombro, y ella se giró para encontrarse con los inquietantes ojos azules de la reina del éter.

—Mañana es demasiado tarde —le dijo esta con dulzura, como si su sinsentido fuera reconfortante—. Ahora tiene que volver a ti.

Extrañamente, lo fue.

—¿Cómo nos ha traído hasta aquí? —le preguntó ella mientras una idea se formaba en su mente.

—El éter trasciende el tiempo y el espacio. ¿O está hecho de tiempo y espacio? —Frunció el ceño—. ¿O eso solo fue antes?

—¿Sabe adónde ha ido Raith? ¿Puede llevarme con él?

Pero Nashira negó con la cabeza.

—Era demasiado tarde. Será demasiado tarde. Ahora él tiene que volver a ti.

«¿Puede dejar de decir eso?», le gritó ella mentalmente.

—Me niego a aceptarlo.

—La mitad oscura ha desplegado sus alas, volando fuera de mi vista. Aunque no de la tuya.

Harrow miró fijamente su bello y extraño rostro, desesperada por comprender.

—¿Cómo? ¿Cómo lo encuentro?

—Yo no soy vidente. Ni ayer, ni mañana, ni siquiera hace un mes. Pero tú sí.

Entonces se dio cuenta de que el ruido de fondo se había detenido. Al mirar hacia atrás descubrió que Ouro, Malaikah, Salizar y todos los demás la estaban mirando. Con cierta dificultad se obligó a ignorarlos, a devolver su atención a Nashira.

—Ni siquiera sé por dónde empezar a buscarlo.

—¿Adónde va uno cuando no le queda nada por lo que vivir?

«¡No!», quiso gritar. Raith tenía tanto por lo que vivir... Diosa, todo aquello era culpa suya. Suya y de las reinas infernales. Darya había jugado el papel de víctima, tratando de justificar las cosas horribles que había hecho, y ella había caído en la trampa.

Bueno, ya había tenido bastante. De ahora en adelante no escucharía a nadie más que a sí misma y a los instintos que la Diosa le había dado.

Sacudió la cabeza para desprenderse de la ira y juró que enmendaría las cosas. Empezando por encontrar a Raith.

—Ha ido a por Furie —afirmó de pronto Malaikah.

Todos la miraron.

—¿Cómo lo sabes?

—Pensadlo. Ama a Harrow. Luego descubre que fue él quien mató a su familia y que por eso ella lo ha abandonado. Si es como lo ha descrito Nashira, querrá venganza. Además, no es de los que se rinden. Querrá irse a lo grande. Apuesto a que piensa que si puede llevarse a Furie con él, habrá valido la pena.

—Ayer te equivocaste —exclamó Nashira—. Hoy tiene sentido. Mañana está por ver.

—Lo matará —susurró Harrow horrorizada.

—Sí —coincidió la reina, aunque no era una afirmación de la que quisiera confirmación—. Hoy, mañana o hace cien años, Furie lo derrotará si se enfrenta a ella. Definitivamente ya es demasiado tarde.

19

Raith había descubierto por fin cuál era el encantamiento de la daga que le había robado a Salizar. La herida de su abdomen todavía no había dejado de sangrar, mientras que el resto se habían desvanecido en las largas horas que llevaba volando. La pérdida de sangre estaba minando poco a poco sus fuerzas, pero no le importaba.

Solo tenía que aguantar el tiempo suficiente para cumplir cuatro objetivos, y luego le daba igual lo que le ocurriera a él.

Voló el resto de la noche y la mitad del día siguiente antes de llegar por fin al castillo Fera, en los dominios de la reina Furie. El sur era una tierra desolada. En su mayor parte llana, cubierta de dunas de arena roja y algún que otro acantilado; apenas había vegetación y casi nada de agua. En algunos lugares surgían oasis para nutrir a los sedientos viajeros, pero más allá de estos no contenía más que terreno agrietado y seco. Raith recordaba haberse despertado en aquella misma tierra sin tener ni idea de quién era.

Ahora lo sabía muy bien.

Al mirarse las manos lo único que veía era la sangre que las manchaba. Corpóreo o incorpóreo, no importaba. Sus actos pasados... No podría olvidarlos jamás; no había forma de enmendar sus muchos crímenes, en especial sabiendo lo que le había hecho a la única persona que apreciaba por encima de todas las demás.

Antes de aquella noche habría dicho que era la única persona que amaba. Ahora no creía que un ser como él fuera capaz de amar. Aquellos dichosos días en la taberna con Harrow habían sido una bendición que no se merecía, y atesoraría con avidez aquellos recuerdos hasta el momento en que exhalara su último aliento.

Lo que probablemente no tardaría mucho en llegar.

La herida seguía sangrando, y no se engañaba pensando que tenía grandes posibilidades de matar a Furie. Sí, la decapitación acabaría con ella, pero la reina era consciente de su única debilidad, por lo que tendría protección preparada. Fuera como fuera, daba igual.

Parte de vengar a Harrow significaba encontrar su propio fin. Eliminar a Furie resultaba solo un premio extra.

A la vista del castillo Fera, Raith encontró un pequeño terreno de arbustos moribundos en lo alto de una colina entre los que podía esconderse y descansar mientras esperaba a que cayera la noche. Ya no era plenamente un espectro, sino algo distinto por completo, una nueva abominación que no merecía nombre siquiera, pero seguía siendo mucho más fuerte en la oscuridad y capaz de camuflarse entre las sombras.

Estudió el castillo desde su posición de ventaja. Ahora lo recordaba todo con claridad, con demasiada. La colina en la que se encontraba descendía de manera abrupta hacia un foso que rodeaba el muro exterior de la fortaleza. El foso jamás había contenido agua: era solo una excavación profunda. El puente estaba bajado. Jamás se levantaba, pues nadie osaría nunca atacar el castillo.

El fuego ardía en innumerables antorchas sobre los muros de piedra. En el centro, un torreón se alzaba ominoso, teñido de rosa a la luz del atardecer. Una hilera de pequeñas ventanas brillaba en él bajo las llamas: los aposentos de Furie. En la base de la torre del homenaje estaban las mazmorras en las que Raith se había pasado meses, y entre ambos espacios se encontraba la sala de los frascos, el lugar donde se conservaban los espectros.

Furie había creado un centenar. Los había formado uno por uno con su magia y los había sometido con su odio. Le había llevado siglos prepararse para atacar a Darya.

Se había pasado años perfeccionando el proceso de formular sus órdenes, de exigir juramentos precisos, y experimentando para encontrar los límites del poder de un espectro. Para cuando Raith fue creado, por fin había hallado el equilibrio, y él, junto a otros, había sido forzado a ser la mascota asesina de la reina del fuego durante décadas, hasta que finalmente había sido enviado a matar al clan de Harrow y el devenir de los acontecimientos había cambiado.

Todos los espectros odiaban a Furie tanto como odiaban su propia existencia maldita, pero era una emoción inútil. ¿Por qué desperdiciar energía en lo imposible? Eran impotentes contra ella.

Cuando por fin el cielo se volvió añil, Raith desplegó

las alas una vez más y emprendió el vuelo, con la daga de Salizar aún en la mano. Voló alto, al amparo de las nubes, rodeando el castillo hasta situarse justo encima de donde quería aterrizar. Desde allí plegó las alas contra el cuerpo y se lanzó en picado hacia la tierra.

Cayó como una flecha, con el viento silbándole en los oídos y el frío rozándole la piel desnuda. Solo llevaba unos pantalones holgados, los que se había puesto para dormir junto a Harrow la última vez, antes de que todo se derrumbara. Ahora se daba cuenta de lo mucho que había dado por sentado algo tan especial.

Nunca había sido digno de ella, solo un necio al creer que podía intentar serlo. Era peor que indigno.

Era su peor pesadilla.

Raith bajó disparado hacia la parte inferior del muro oeste, apuntando a una hilera de ventanas tan bajas que casi estaban bajo tierra. Segundos antes de estrellarse contra la piedra agitó las alas, bombeando con fuerza, y se elevó con brusquedad. Fue un aterrizaje impecable.

Podría haberse sentido orgulloso de sus habilidades aéreas si no las hubiera adquirido como asesino incorpóreo. La última vez que se había abalanzado así había materializado una garra para desgarrarle la garganta a una vidente junto a la que había pasado.

Aterrizó en cuclillas frente a la ventana que le interesaba. Había otras en el mismo nivel, pero todas tenían gruesos barrotes de acero: eran las celdas del calabozo. El tragaluz que había elegido era el único sin barrotes, pues Darya los había destruido la noche en que lo había capturado, liberándolo de la ira de Furie para desatar sobre él la suya propia.

Con el estómago revuelto por los recuerdos, se obligó a entrar por el estrecho hueco. Bajó de un salto a la celda, ignorando el ligero temblor de sus manos, y observó su entorno.

Unas vigas de acero ocultaban el pasillo exterior, pero la puerta estaba abierta, todavía doblada por el ataque de Darya. El suelo estaba forrado con paja vieja. Unas esposas colgaban de la piedra bajo la ventana.

Raith se había pasado meses encadenado a ellas.

¿Cómo había encadenado Furie a una criatura incorpórea? Obligándolo a hacer un juramento. No había tenido fuerzas ni motivación para luchar contra su palabra una segunda vez.

¿Qué necesidad tenía de salvarse del dolor? Una niña inocente valía la agonía que había de sentir. Él no.

De nuevo los recuerdos amenazaron con abrumarlo, y se obligó a concentrarse. No había ido al calabozo a revivir el dolor. Tenía un propósito: cuatro objetivos.

Con la daga preparada, salió de la celda por el estrecho pasillo y lo recorrió buscando señales de vida. Había al menos una docena de calabozos idénticos a lo largo del pasillo, pero todos estaban vacíos. Sintió alivio.

Logró así el primer objetivo y se centró en el siguiente.

Haciendo uso de su memoria, subió por la estrecha escalera de caracol construida en el interior de la torre. No dudó ni una vez al pasar por innumerables pasillos y puertas. Sabía con exactitud adónde dirigirse.

Al salir de las escaleras encontró el túnel oculto y siguió la gastada alfombra roja hasta el final, donde aguardaba una pequeña puerta, cerrada con pestillo. Junto a ella, una antorcha encendida descansaba en un soporte en la pared.

Allí sí dudó. Que la antorcha estuviera encendida no significaba necesariamente que hubiera alguien dentro. Después de todo, Furie era la reina del fuego: este ardía por todas partes. Pero el hecho lo hizo detenerse, olfatear el aire y escuchar con atención en busca de movimiento.

No oyó ni olió nada, así que abrió el pestillo y empujó la puerta. No tenía candado. No lo necesitaba. El túnel estaba oculto para quien no supiera que existía; además, nadie se atrevería a desatar la temible venganza de Furie.

Nadie más que Raith.

Una vez dentro sintió aún más escalofríos que en la celda del calabozo. Estaba oscuro como la boca de un lobo, pero sabía dónde se encontraban las antorchas, y ahora que conocía sus orígenes comprendía su extraña habilidad para usar el fuego. La utilizó ahora, y las dos antorchas que había junto a la puerta cobraron vida, iluminando la estancia con un tenue resplandor.

Con el corazón golpeándole el pecho con fuerza, observó el familiar entorno. La parte delantera de la habitación se hallaba vacía, con el suelo ennegrecido por las innumerables ocasiones en que se había usado la magia de fuego para atrapar allí a los espectros. Más allá, largas estanterías cubrían la pared del fondo.

En ellas... había frascos.

Cien frascos, para ser exactos.

Dentro de cada recipiente, con la tapa bien cerrada, había una sombra negra de humo. Con el estómago revuelto, Raith atravesó la habitación en dirección a una estantería en particular.

El estante superior, en el extremo izquierdo, el decimotercer receptáculo... y ahí estaba.

Un frasco vacío. Su frasco vacío.

Ahí había estado atrapado. Cuando no servía a su odiosa ama, debía de permanecer en aquel maldito frasco olvidado por la Diosa, aislado de todo. Incluso aunque hubiera encontrado una forma de escapar, Furie simplemente lo habría convocado de nuevo. La naturaleza misma de su existencia lo hacía impotente ante ella.

Se había pasado la mayor parte de su vida en aquel diminuto confinamiento de cristal, ¿y para qué?

Siempre que la reina del fuego quería liberarlo, abría su frasco y lo atrapaba en una impenetrable jaula de magia. Utilizaba su poder para obligarlo a jurar que cometería cualquier acto indecible que ella ordenara antes de soltarlo al mundo para que obedeciera. Cuando regresaba lo obligaba a volver al frasco, cerraba bien la tapa y lo devolvía a la estantería.

Eso era todo. Era todo lo que había hecho, todo lo que había logrado.

Encarcelamiento, obediencia sin sentido, violencia. Una y otra vez.

Odiaba su vida. Odiaba a Furie por obligarlo a existir y por hacer que aquella existencia fuera peor que la nada de la que había surgido. Odiaba que otros noventa y nueve seres se hallaran encadenados a vidas tan miserables como la suya. Odiaba que estuvieran atrapados allí, a merced de una mujer cruel con demasiado poder. Odiaba la injusticia de la situación, odiaba su impotencia, su absoluta inutilidad. Odiaba el dolor y la agonía que había causado a incontables inocentes.

Con un rugido, blandió la daga y golpeó varios frascos. Cayeron y se estrellaron contra el suelo en una gran explosión; fragmentos de cristal volaron por todas partes mientras los seres de sombras se preparaban para el nuevo horror que sin duda les esperaba.

Se quedaron flotando en el aire como nubes letales, y Raith vio que sus ojos de fuego lo miraban desconcertados. Eran como fantasmas, pero con formas distinguibles. Cuerpos sombríos, con iris de fuego y colmillos blancos, zarpas afiladas y alas con puntas de garra. Como él.

—Idos —les dijo, usando su voz por voluntad propia—. Sois libres.

Comprendieron enseguida. No dudaron: en cuestión de segundos, los espectros desaparecieron, disolviéndose en el aire.

¿Era inteligente liberar a las criaturas más mortíferas de la creación? Tal vez no, pero Raith había sido una vez una de ellas y comprendía su naturaleza. Cuando no estaban atadas por la fuerza al plano físico, las entidades incorpóreas por lo general no querían otra cosa que desaparecer y habitar un reino invisible al que llamaban el Vacío. No eran de este mundo y les interesaba poco.

Raith rompió de manera sistemática todos los frascos de la habitación, uno tras otro, derribándolos de las estanterías hasta que ya no quedaron más. Cuando terminó, se tiró al suelo entre la destrucción y enterró el rostro en sus manos.

Ya no podía ocultar el temblor, así que no lo intentó.

Había logrado dos de sus cuatro objetivos: revisar el calabozo y liberar a los espectros. Probablemente no conseguiría el tercero, pero eso no iba a impedir que lo intentara.

Se acercaba el final.

Pensó en los cinco breves días de felicidad que había pasado con Harrow. Recordó estar en la cama con ella, acariciándole el pelo. Oírla reír. Hacerle el amor. La suavidad que llenaba sus ojos plateados cuando lo miraba.

Le dolía el pecho como si se estuviera quemando vivo, pero se consoló pensando que lo hacía por ella. Era la única manera de ayudarla a curar las heridas que le había causado.

Raith recogió su daga y se levantó, con el cuerpo aún sangrante, dispuesto a dar caza a la reina del fuego.

—Tiene que llevarme con él —le suplicó Harrow a Nashira, casi sacudiéndola por los delgados hombros—. Por favor.

Pero la reina del éter permaneció impasible.

—Ya es, será, era demasiado tarde. Ahora él tiene que volver contigo.

—Prefiero morir antes que sentarme a esperar. ¡Furie podría matarlo!

—Sí, era posible. Será posible. Lo es.

—Entonces ayúdeme. Usted nos trajo aquí desde dondequiera que estuviéramos; sé que podría encontrarlo, y sé que podría llevarme adonde está.

—Es plausible.

—¡Pues, por favor, ayúdeme!

Harrow estaba al borde del delirio. Seguían en la habitación que habían compartido ella y Raith, rodeadas por Salizar y la mitad de los trabajadores del circo, Ouro y su banda, Malaikah, y todos presenciaban su indigno colapso.

No le importaba lo más mínimo. Solo le preocupaba encontrar a Raith.

—Usted es quien ha insistido en vernos, quien me ha demostrado lo equivocada que estaba acerca de él. Ahora quiero evitar que lo maten, y no quiere ayudarme. ¿Por qué?

—Es demasiado tarde —dijo Nashira una vez más—. Será demasiado tarde. Lo era. Ahora él tiene que volver contigo.

—¡No puede volver si está muerto!

—Es demasiado tarde. Lo será, lo...

—¡Por el amor de la Diosa, deje de decir eso!

—Harrow, corazón, será mejor que nos vayamos. —Malaikah puso con suavidad la mano sobre su hombro.

—No. —Ahora ya estaba sollozando—. No, tengo que encontrarlo. ¡Tengo que encontrarlo!

—No te estoy diciendo que te rindas, sino que quizá haya que buscar otra manera.

—¿Qué otra manera? Ella puede llevarme directamente con él. ¿Qué mejor manera que esa?

—Pero no lo va a hacer, Harrow. Tómate un segundo y piénsalo. No va a ceder.

Respirando con el pecho dolorido, obligó a su cerebro a trabajar en medio del pánico. Volvió a encontrarse con la mirada azul de Nashira. La reina del éter parecía tranquila, casi en paz, como si tuviera alguna seguridad secreta sobre el futuro que no estaba dispuesta a compartir. O tal vez no le importaba lo que fuera a suceder.

A su lado, Ouro se pasaba una mano por la cabeza; parecía incómodo. Salizar caminaba de un lado a otro mientras los trabajadores del circo yacían en el suelo. Algunos de los heridos más graves ya se habían marchado al centro de curación más cercano, entre ellos Loren, escoltado por uno de los hombres de Ouro.

—¿Por qué está tan tranquila? —le gritó Harrow a Nashira, sin importarle en lo más mínimo mostrarse impertinente con uno de los seres más antiguos y poderosos del mundo—. ¿No le molesta en absoluto que un hombre inocente esté a punto de ser asesinado?

La inmortal asintió con emoción.

—Sí, sí, estoy siendo terriblemente fría en este asunto, ¿no crees? Mejor olvídate de mí y toma tú las riendas. Es la única manera de obtener resultados hoy en día. La gente resulta tan poco digna de confianza en los tiempos modernos...

—Bien. Si se niega a ayudarme, lo haré yo misma. —Harrow se dio la vuelta y agarró a su amiga de la mano—. Venga, Mal. Vámonos.

Se dirigió hacia la puerta, pero de repente se detuvo. Soltó a Mal, volvió a la mesa y recogió sus cartas de vidente. Luego tomó la bolsa con el cuenco de adivinación, las hierbas de visión y el joyero que contenía el collar de su madre.

Una semana antes había entrado en pánico por no tener claro qué guardar en la maleta. Ahora sabía con total seguridad que llevaba en las manos todo aquello que poseía valor. Dejar el resto no significaba nada.

Regresó con Malaikah y abrió la puerta de par en par. Antes de salir, habló hacia la habitación:

—Estaré en mi caravana, por si alguno de vosotros decide ayudarme. Aunque no me quedaré mucho tiempo. En cuanto averigüe la forma más rápida de reunirme con Raith, me iré.

Sin decir nada más, salió de la estancia acompañada de su amiga.

20

De vuelta en el circo, Harrow abrió de par en par la puerta de su caravana, un hogar del que creía haberse despedido para siempre. ¿Cómo habían podido salir las cosas tan increíblemente mal?

«Porque lo has echado todo a perder —susurró una odiosa voz en su interior—. Porque no has sido capaz de creer en la felicidad que te habían concedido y has tenido que destruirla lo antes posible.»

—Cállate —respondió ella entre dientes—. Voy a arreglar las cosas.

—Yo no he dicho nada —dijo Malaikah con recelo, cerrando la puerta tras de sí.

—Tú no. Yo.

—Claro. —La pobre pantera parecía un poco asustada, pero Harrow no tenía tiempo de preocuparse—. ¿Cuál es tu plan?

—Por una vez en la vida voy a usar mi poder para su propósito real y averiguaré dónde está Raith y la mejor manera de llegar a él.

—Bueno, tal vez esté en el castillo Fera, ¿no?

—Sí, ya lo sé —repuso Harrow con brusquedad, estremeciéndose por dentro por el tono de su voz—. Pero tardaremos años en llegar. Tenemos que asegurarnos de que no hay un plan mejor.

—Vale, es cierto. —Malaikah se sentó en el borde de la cama, moviendo la cola detrás de ella—. Pensé que habías perdido la cabeza, pero lo que dices tiene sentido.

La vidente se sentó en el escritorio, colocó las cartas en una pila y dejó la pesada bolsa a sus pies.

—Nashira puede parecer excéntrica, pero creo que hay algo de verdad en lo que dice. Y no dejaba de repetir que era demasiado tarde para ir detrás de Raith, que tenía que esperar a que él volviera conmigo.

—Entonces ¿de veras vas a sentarte a esperar? No parecía ser eso lo que planeabas cuando hemos salido estrepitosamente de la taberna.

—No, no voy a sentarme a esperar. Pero voy a tratar de entender lo que Nashira estaba diciendo y a averiguar dónde es probable que termine Raith. Si logro predecir sus movimientos, podremos interceptarlo.

—¿Y si Furie lo mata en cuanto llegue?

Harrow se giró para mirar a Malaikah con furia.

—Eso no va a suceder.

—¿Cómo lo sabes?

—¡Porque no va a suceder!

—Claro, claro, tienes razón. Perdón.

Su amiga suspiró de repente, inclinándose hacia delante para esconder la cara entre las manos.

—No, perdóname tú. Me estoy portando fatal contigo, y lo único que quieres es ayudarme.

—No pasa nada. Has perdido al amor de tu vida y

necesitas recuperarlo. Es mucha presión para cualquiera. Pero mira —Malaikah se levantó y se inclinó sobre el escritorio, apartando las manos de Harrow de su cara y tomándolas entre las suyas; se miraron a los ojos—, si alguien puede salvarlo, eres tú. Sé que puedes hacerlo. ¿Vale?

La vidente tragó saliva. Asintió.

—Sí. Gracias, Mal.

—De nada. Ahora empecemos con la lectura. ¿Qué necesitas que haga?

Harrow se concentró. Aunque había mantenido el ritual diario de adivinación toda su vida, hacía muchos años que no era más que una adivina, y tuvo que buscar en el pozo de su memoria para recordar qué tenía que hacer.

Realizar una lectura para obtener conocimientos específicos era diferente a acercarse al agua para fortalecer la conexión, como hacía habitualmente, y requería mucha más concentración. Soltó las manos de Mal y tomó el collar de su madre, rogándole en silencio a Mellora que la ayudara. Dentro del medallón, el fragmento de cristal pareció palpitar para tranquilizarla.

—Necesito llenar el cuenco de adivinación de agua fresca —anunció Harrow con nueva confianza—. Necesito mi bolsa de hierbas de visión, carbón y unas cerillas.

—¿Dónde están esas cosas?

—Aquí. —Levantó la pesada bolsa sobre el escritorio y comenzó a sacar los suministros necesarios—. Siendo sincera, no esperaba volver a practicar este tipo de magia nunca.

—¿Por qué no? —La pantera le dirigió una mirada mordaz—. Es lo que eres.

—Pero podría hacer que me mataran.

—No si tienes a un espectro cuidándote la espalda. —Cuando los ojos de Harrow volvieron a llenarse de lágrimas, Malaikah la agarró de la mano y la puso en pie—. Vamos a recuperarlo, sí o sí, ¿vale?

Unos minutos más tarde, todos los objetos necesarios descansaban sobre el escritorio. La caravana estaba a oscuras, salvo por algunas velas, y el carbón ardía en un pequeño cuenco de plata, sobre el que humeaban las hierbas de visión. El fuerte aroma de la vaporosa neblina llenaba la estancia.

Malaikah se sentó en la cama con las piernas cruzadas y la cola enroscada alrededor de su cuerpo. Frente al escritorio, Harrow rodeaba el cuenco de adivinación con las manos. En el agua quieta, su reflejo la miraba fijamente. Sus ojos parecían atormentados, llenos de arrepentimiento y dolor.

Inhaló hondo el humo de las hierbas, dejando que sus efectos se apoderaran de ella y le permitieran entrar en trance. El agua se agitó en lo más recóndito de su alma de una forma que no había sentido desde que era niña, desde que su hermosa madre le había enseñado lo que significaba ser vidente. Con la mirada fija en el cuenco, dejó que su vista se desenfocara, que su mente se silenciara, que sus pensamientos fueran a la deriva.

El elemento creció en su interior y la derribó como si un gran maremoto se desplomara sobre su cabeza.

Sin embargo, en lugar de transportarse a una visión, como esperaba, de repente se encontró en la biblioteca de Darya. Miró confusa a su alrededor. ¿Cómo había acabado allí?

En aquel momento, la reina del agua salió de una

puerta y corrió hacia ella, con los sedosos rizos negros flotando a sus espaldas.

—Aquí estás. Creía que ya no vendrías.

Extendió los brazos como si quisiera abrazarla...

Harrow dio un paso atrás.

—¿Por qué estoy aquí?

—Porque yo te he traído. —Todavía tenía los brazos extendidos—. Solo necesitaba que abrieras un poco tu magia para completar la conexión, y lo has hecho. Estoy tan feliz de que hayas venido...

—No he venido por voluntad propia —replicó ella con frialdad—. Estoy buscando a Raith.

Darya dejó caer los brazos a los costados.

—¿Qué?

—Estoy tratando de encontrar a Raith. —La voz de Harrow se volvió inexpresiva—. Después de que lo traicionara, se escapó. Me he dado cuenta de mi horrible e imperdonable error, y estoy intentando enmendarlo.

La vidente esperaba que Darya discutiera con ella, por lo que le sorprendió que solo suspirara, cansada.

—Nashira acaba de visitarme.

—¿Sí?

—Me lo ha explicado todo. Específicamente lo de tu espectro y quién es él para ti.

Harrow entornó los ojos.

Darya se volvió para mirar por la ventana, tras la que reinaba la oscuridad.

—Tienes que entenderme. Una vez fui demasiado rica en bendiciones de aquellas a quienes consideraba de mi propiedad. Ahora estoy sola. Sobreviví a mis hijas, la peor pesadilla de una madre. A todas excepto a ti. Me atormenta la idea de que te pase algo.

—Por eso quería matar al hombre al que amo —le espetó ella con voz fría.

—No, yo... Sí, es verdad. Pero solo porque no lo entendía. —Sus ojos plateados parecían suplicantes—. Harrow, te juro que no lo sabía. ¿Cómo iba a conocer su verdadera naturaleza y en qué se había convertido? Estaba tan consumida por mi dolor, sentía tanto miedo por tu futuro, que no consideré que esto pudiera ser algo más grande que una simple venganza entre hermanas. Y aunque desearía haberte contado la verdad de otra manera, era importante que conocieras mi historia. Necesitabas entender la conexión que hay entre vosotros y por qué existe. Lamento que pareciera que te manipulé de manera intencional.

—¿Una simple venganza entre hermanas? —Harrow no podía creer lo que oía—. ¿Sabe cuál ha sido el precio a pagar por esta simple venganza? Los territorios han estado en guerra durante siglos. ¡Mi pueblo murió! Si de verdad se viera como nuestra madre, habría encontrado la forma de detener esta locura hace mucho tiempo, antes de que yo me convirtiera en la única superviviente. Mi familia y mi verdadera madre murieron por su culpa. Usted empezó esto.

Darya tuvo la delicadeza de parecer avergonzada.

—Y no pareció que me estuviera manipulando —continuó la vidente permitiendo que su ira fluyera libremente—: pero me manipuló. Sabía exactamente qué decir para hacerme dudar de mí misma, y me utilizó como una herramienta para conseguir sus propios objetivos egoístas. Que es lo que siempre ha hecho. Ahora lo veo.

Darya abrió la boca como para responder, y Harrow se preparó para una discusión. Casi deseaba que ocurriera; necesitaba desahogar parte de la impotente rabia que la invadía cada vez que pensaba en la muerte de su clan y en la guerra interminable y sin sentido..., y, ahora, en la trágica historia de Raith.

Pero la reina del agua volvió a cerrar la boca y respiró hondo para serenarse.

—Tienes razón, Harrow —dijo por fin—. He sido egoísta y te he utilizado, cosa que lamento de verdad. Mi enemistad con Furie ha herido más que a nadie a quienes amaba, a quienes debía proteger. Es hora de que haga las cosas bien, empezando por disculparme. —Darya la miró a los ojos—. Siento haberte manipulado.

—Y yo siento que mi voluntad fuera tan débil como para permitirle hacerlo —repuso ella en voz baja—. Siento no haber confiado lo suficiente en mí misma y en mi conexión con el agua como para darme cuenta de que me estaba manipulando. Lamento no haber elegido confiar en un hombre que no había hecho más que protegerme en lugar de en la palabra de una reina que torturó a un ser inocente durante cincuenta años. Tendré que vivir con esa vergüenza el resto de mi vida, pero que nunca se diga que no aprendo de mis errores.

Darya sonrió para congraciarse, con alivio patente en el rostro.

—Claro que no, hija: estoy muy orgullosa de lo que has llegado a ser. Si tu madre estuviera viva, también lo estaría. Y te animo a que profundices tu conexión con el agua. Yo debería haber estado contigo para enseñarte, pero pensé que te iría mejor sin mí. Ahora me doy cuenta de que fue un error, otro más. Debería haberte acompañado, haberte guiado. Quizá si te hubiera conocido mejor, habría podido ver más allá de mi pena y evitarte todo este dolor. Ya es demasiado tarde para cambiar el pasado, pero todavía puedo tratar de influir en el futuro.

—Si eso es lo que de verdad desea, déjeme regresar para completar mi lectura y encontrar a Raith —le pidió Harrow con impaciencia—. Creo que ha ido al castillo de Furie para intentar matarla, y necesito averiguar qué va a pasar para poder ayudarlo. Cada segundo que paso aquí es un segundo perdido.

Darya palideció.

—¿Va a intentar matarla?

—Eso piensa Malaikah, y creo que tiene razón.

—Pero no podrá hacerlo.

—¿Cómo lo sabe? Raith es fuerte. Si alguien puede hacerlo es él.

Pero la reina negó con la cabeza.

—Furie es la mujer más paranoica que este mundo ha conocido. Vive a la expectativa constante de un ataque, aunque hace siglos que nadie se atreve a poner un pie en su castillo. Utiliza a sus espectros como sirvientes, pues su séquito humano huyó hace tiempo de sus dominios, y está constantemente rodeada de peligrosa magia. Incluso cuando se encuentra sola en sus aposentos, mantiene un escudo de fuego a su alrededor, tan grueso que quemaría vivo a cualquiera que osara intentar tocarla. Además, nuestros poderes son inmensos. Las posibilidades de que un elemental pueda hacernos daño son escasas.

«Pero lo contrario es muy posible», pensó Harrow con amargura.

Miró fijamente a Darya, mientras el pavor la consumía.

—Entonces ¿qué hago? ¿Cómo puedo detenerlo?

—¿Nashira no está dispuesta a llevarte a su lado?

—No. —La vidente se llevó una mano al pelo con frustración—. Se lo supliqué una y otra vez, y se negó. No entiendo por qué, cuando fue ella quien me lo explicó todo.

Sin embargo, la inmortal no parecía sorprendida.

—Mi hermana ve las cosas de manera muy diferente a ti y a mí. Lo que ahora parece lógico puede no serlo en el futuro, y su magia va en contra del orden natural en muchos aspectos. Su intervención directa suele tener efectos adversos. Quizá haya visto cómo se desarrollan los acontecimientos y sepa que todo saldrá mejor sin su interferencia.

Un pequeño rayo de esperanza brilló en el interior de Harrow.

—Eso significaría que Raith no será asesinado, ¿verdad?

—Por desgracia, no podemos hacer esa suposición.

A su favor, Darya parecía inocentemente compasiva, aunque la vidente no era ya tan confiada. Sí, necesitaba la ayuda de la reina del agua, pero no era tan ingenua como para creerse a ciegas que esta no intentaría matar a Raith en cuanto volviera a ponerle las manos encima.

En aquel momento, no obstante, daban igual las decisiones de Nashira o la posible traición de Darya. Solo importaba Raith.

—Tengo que ir tras él —insistió.

—Vuelve, pues, a tu lectura. Podemos fusionar nuestra magia para obtener un resultado más claro. Tu idea era buena: tal vez en el presente no seamos de mucha utilidad, pero podemos influir en el futuro si lo conocemos desde ahora.

Harrow quiso gritar de frustración.

—Pero no habrá futuro para Raith si Furie lo mata.

—La caída de una piedra en el océano puede crear ondas que bañen las costas de otra tierra. No podemos conocer el devenir de los acontecimientos si no lo intentamos.

Raith voló a lo alto de la torre del homenaje y aterrizó sin hacer ruido en el alféizar de la ventana. Miró dentro de la habitación a través del cristal y tuvo una vista perfecta de su objetivo.

Furie estaba ahí, arrodillada frente a un fuego crepitante en el hogar. El resto de la estancia estaba a oscuras, pero las llamas eran tan grandes que lamían los costados de la chimenea de piedra.

La reina, con el pelo rojo derramado sobre la espalda y un vestido del color de la sangre besando el suelo, miraba fijamente la lumbre, murmurando para sí misma.

Con mucho cuidado, Raith abrió el cristal con sus garras y entró en silencio en la habitación, donde se quedó inmóvil, seguro de que ella lo percibiría. Empezaba a ver manchas negras: la herida del abdomen seguía manando, y la pérdida de sangre le estaba pasando factura.

Casi sin atreverse a respirar, levantó la daga y se acercó a la inmortal. Ahora era una entidad física, pero en todos los demás sentidos seguía siendo el espectro que siempre había sido. Cada uno de sus pasos era el silencio mismo, su piel tenía el tono de las sombras más negras, las garras en las puntas de sus alas estaban listas para atacar.

Avanzó por la estancia, eligiendo cada paso con precisión para no hacer crujir alguna tabla del suelo. Atravesó media sala y pisó una gran alfombra. Ahí, dudó.

Dos pasos más y estaría a distancia de ataque.

Raith era un asesino, no un villano de cuento. No pensaba acercarse a Furie por detrás para ponerle la daga sobre la garganta y pronunciar un largo discurso. Cuando diera los últimos pasos, blandiría el arma al instante, sin darle oportunidad de activar sus defensas.

¿Por qué dudaba ahora?

Se moría de curiosidad. Los susurros sin sentido de Furie eran audibles desde donde estaba, y trató de escuchar.

—Mi amor... —Le temblaba la voz mientras se mecía con suavidad de un lado a otro—. Eres tan hermoso, tan fuerte y feroz. Mi vida entera.

Mirando por encima del hombro, hacia el hogar, Raith vio el objeto de su atención.

En las llamas destellaban imágenes creadas por la magia del fuego. Imágenes de un hombre. Un guerrero con armadura de cuero y una pesada espada que blandía sin piedad en el fragor de la batalla, lanzando gritos de victoria. Su piel era de bronce desértico. Una gruesa trenza negra caía sobre su ancha espalda. Una cicatriz irregular le atravesaba la cara, por encima de un ojo oscuro, hasta el labio. No llevaba casco y sus brazos estaban desnudos, con poderosas crestas de músculos que vibraban con fuerza mientras usaba el arma como una extensión de su brazo.

La escena cambió.

El mismo hombre se encontraba de pie en una tienda, quitándose la armadura, mirando fijamente a los ojos de quien lo observaba. Arrojaba la coraza a un lado y derribaba a la espectadora sobre la cama con risa en los ojos...

La imagen volvió a cambiar.

Estaba en una cama. Los brazos de la espectadora estaban extendidos, acariciándole el pecho mientras él la observaba con mirada voraz. Unas manos femeninas recorrían su fuerte cuerpo con evidente adoración. Eran las manos de Furie; Raith se dio cuenta al reconocer los anillos de sus dedos, y de repente comprendió.

Eran los recuerdos de la reina de su amante humano, Ferron el Conquistador, el gran guerrero al que Darya había asesinado hacía ya mucho tiempo. Aquel por el que Furie había creado a los espectros para vengar su muerte.

La razón por la que las videntes fueron exterminadas.

—Eres tan hermoso, mi amor —musitó Furie frente al fuego. En el recuerdo, besaba el pecho de su amante, bajando poco a poco por su cuerpo.

Era... patético.

La escena entera era tan patética que Raith estuvo a punto de darse la vuelta y huir por la ventana por la que había entrado. La poderosa e inmortal reina estaba sola en su torre, reviviendo antiguos recuerdos de su compañero perdido.

Lo peor era que Raith sabía con exactitud cómo se sentía, pues él se sentía igual.

Si tuviera el poder de conjurar imágenes de Harrow en las llamas, habría volado a una torre alta de algún lugar y habría hecho exactamente eso. También dudaba de su capacidad para recuperarse por haberla perdido. Si su compañera fuera asesinada, la venganza que desataría sobre el mundo haría que la brutalidad de Furie pareciera sosa.

Él... la entendía. Incluso sentía compasión por ella.

Aun así, iba a matarla.

Aquella inmortal había causado demasiado daño como para no aprovechar la oportunidad. Tal vez su muerte la llevaría a dondequiera que su amante descansara ahora. Qué más daba. Furie, sola, indefensa, ajena a lo que la rodeaba..., quizá nunca volviera a tener una oportunidad como aquella.

Lo haría por Harrow.

Apretó los dedos en torno a la empuñadura de la daga, la alzó en alto y dio un paso adelante. Furie se mecía hacia delante y atrás, murmurando a las llamas. Dio otro paso. Ella seguía meciéndose.

Blandió la daga.

Su puntería fue certera; su fuerza, inmensa. La hoja silbó en el aire para conectar de manera directa con la suave piel de su cuello. Fue un golpe limpio y poderoso. Habría decapitado a cualquier enemigo en un instante.

Pero el acero se fundió.

En el instante en que tocó su carne, el metal se puso al rojo vivo, se ablandó y se convirtió al instante en una sustancia viscosa. Raith la soltó por instinto cuando la empuñadura empezó también a derretirse en sus manos.

Furie no se movió de inmediato. Durante un segundo más miró inmóvil al fuego, como si se resistiera a abandonar sus recuerdos. Sin embargo, las imágenes se desvanecieron cuando retiró su magia para volver al presente. Se recogió la falda, se levantó con elegancia y se dio la vuelta. Por primera vez en medio siglo se miraron a los ojos.

Era, como todas las reinas, increíblemente bella. Su piel era de alabastro, impecable como la porcelana. Su cabello, rojo intenso, caía en rizos brillantes sobre sus pechos. Sus ojos eran del azul del centro de una llama y sus labios de un carmín exquisito.

Toda aquella belleza enmascaraba a una bestia volátil.

Raith no pudo hacer más que permanecer ahí, esperando su destino. Sabía bien lo que era capaz de hacer con su magia y no se engañó pensando que podía escapar. No, ya había tenido su oportunidad.

El asesino había atacado y había fracasado. Ahora se enfrentaba al castigo.

Furie abrió los ojos azules de par en par al reconocerlo.

—Tú.

El espectro se quedó mirándola. No era tan necio como para no tener miedo. El corazón le retumbaba en el pecho y sacó las garras para evitar que le temblaran las manos.

Estaba asustado, pero no era un cobarde. Miró a la muerte a la cara, directamente a los ojos. Pasara lo que pasara, mantendría la vista al frente y la barbilla en alto. Se enfrentaría a su destino sabiendo que era el único camino noble para una criatura como él.

—Has vuelto para matarme —dijo Furie.

Raith asintió. De ninguna manera hablaría en su presencia a menos que ella lo obligara a pronunciar las palabras. Y entonces cayó en la cuenta de que ya no podía hacerlo: la magia del agua que había creado su forma física anulaba su control absoluto.

—Cuando supe lo que Darya había logrado hacer, apenas pude creerlo. Y, sin embargo, aquí estás. Un elemental completamente nuevo. Una fusión perfecta de fuego y agua.

Lo miraba como si contemplara un objeto de artesanía que deseara poseer, con un brillo de codicia en los ojos.

—Eres tan hermoso... —susurró.

Raith sintió que se le revolvía el estómago al oír aquellas palabras saliendo de sus labios momentos después de haberla escuchado dirigírselas al hombre muerto que había amado, pero no manifestó ninguna reacción exterior.

Luego, Furie suspiró.

—Qué pena que tenga que destruirte.

21

Casi al instante, Raith empezó a arder.

Le resultaba tan familiar... Lo habían secuestrado y transformado en otro ser, le habían borrado la memoria y había renacido... solo para acabar exactamente donde había empezado.

Quemado vivo a merced de la reina del fuego.

Pero la familiaridad con el dolor no lo hacía menos intenso. Un grito desgarrador salió de sus labios y se le doblaron las rodillas. La herida del abdomen se convirtió en un rasguño en comparación con la agonía abrasadora que incineraba cada centímetro de su cuerpo. Sentía como si le estuvieran arrancando la piel mientras le perforaban los órganos internos con atizadores calientes. Como si hirvieran su alma viva.

A través del dolor, vio el bello rostro de Furie, que lo miraba fijamente y sin expresión. Tenía la cabeza un poco ladeada y su mirada azul brillante era inquisitiva, como si se preguntara con curiosidad científica cómo sería sentir aquel sufrimiento.

—Siempre fuiste uno de mis favoritos, Trece.

Trece. Ese era su verdadero nombre, su verdadero legado.

La inmortal se rio con frialdad.

—Mi número de la suerte, el trece.

Aquello era lo único que había sido siempre. El decimotercer espectro. El asesino favorito.

Sus esperanzas de tener una vida y una identidad nuevas no habían sido más que una broma cósmica. La verdad había estado ante él todo el tiempo, tan clara como el día, incluso en el nombre que había elegido. Raith. Desde el principio se había etiquetado tan solo como lo que era, sin ni siquiera ser consciente.

—Tu cuerpo no es tan impermeable al daño en tu nueva condición. —La voz de Furie parecía venir cada vez de más lejos. ¿O tal vez fuera él quien se encontraba a la deriva?—. Es una debilidad bastante fácil de explotar, ¿no crees? Los espectros fantasmales son mucho más fuertes que los de carne y hueso.

Raith la había ignorado después de la primera oración, pero fue entonces cuando se dio cuenta de que... ¿Aquella sensación de estar hirviendo vivo mientras lo desollaban? Ya no era solo una sensación.

Estaba ocurriendo de verdad.

Su cuerpo se estaba incinerando. Hablaba muy bien de la encarnación de agua de Darya que Furie no lo hubiera hecho volar en pedazos, algo que había visto antes en otras ocasiones. Un toque, o incluso un solo grito enfurecido, y el enemigo simplemente... estallaba.

Sin embargo, Raith seguía en pie, aunque no estaba seguro de que fuera bueno. Una muerte rápida era un acto de misericordia que no se merecía, pero que de todos modos deseaba, aunque no se rebajara a suplicar por él.

—Así que pensaste que podías ser libre, ¿verdad, Trece? Pobre desgraciado. Ay, lo vi todo en las llamas. Cómo te encontraste de nuevo con la vidente que no pudiste matar y te enamoraste de ella. Cómo fuiste tan tonto como para creer que ella también podría amarte.

«No hables de Harrow —quiso pedirle Raith—. Hazme cualquier cosa, pero no me tortures con pensamientos de ella.» Pero no suplicaría una piedad que sabía que no recibiría.

—Qué criatura tan ingenua. ¿Cómo podría alguien amar a un monstruo como tú? Cuando se enteró de lo que eras, de que habías asesinado a su amada madre, a su familia entera, de que fuiste mi obediente asesino durante siglos, huyó de ti aterrorizada, ¿verdad? Horrorizada por haber acogido a semejante bestia en su cuerpo. Volvió corriendo con su verdadero protector, Salizar, y le suplicó que te matara.

Todo era cierto. Raith quería aullar de pena, pero guardó resuelto silencio. No gritar era el único acto de dignidad que le quedaba, y se aferró a él.

—Rechazado por tu amada, has venido aquí para vengarte, ¿no? Para vengarte de mí por todo el dolor que te causé... ¿O acaso ha sido un acto más desinteresado? Quizá hayas intentado matarme para vengar a tu vidente. Tal vez esperabas que perdonara tus crímenes si tenías éxito. Qué romántico.

Hizo una pausa para que sus palabras surtieran efecto y continuó en un susurro:

—Lástima que hayas fracasado. Lástima que vayas a morir aquí.

Si su intención era asustarlo, no lo consiguió. Raith podría haber llorado de alivio. Por fin iba a acabar con él. La agonía estaba por terminar.

Por el dolor de su cuerpo, o más bien por la falta de este, supo que no le quedaba mucho tiempo. O mucho cuerpo, para el caso. La mayor parte estaba entumecida, tal vez derretida o quemada. Su visión se había oscurecido en los bordes. Pronto todo se acabaría. Dejó que su conciencia se desvaneciera hasta que no sintió más que una caricia relajante que rozaba su alma...

Y de repente lo supo.

Cuando muriera no terminaría en un sombrío vacío de aislamiento en las fosas más negras de las lúgubres sombras: iría a un lugar tranquilo más allá del Velo. Ya lo sentía ahí, apenas fuera de su alcance. Le daba la bienvenida. Le tendía la mano como él se la tendía.

De sus ojos habrían brotado lágrimas de gratitud si le hubieran quedado ojos con los que llorar. Seguro que un ser puramente malvado no podía encontrar tanta paz... ¿O acaso significaba que no era malvado después de todo?

Con una última exhalación de agradecimiento, Raith se entregó a la muerte.

—Aunque tal vez seas aún más noble de lo que pensaba —dijo de repente Furie, a miles de kilómetros de distancia—. Tal vez hayas venido sabiendo que no conseguirías matarme, esperando que, cuando fallaras, yo te matara. Sí, querías morir, ¿no es así? Todo esto ha sido un gesto épico para tu verdadero amor: sacrificarte para restablecer el equilibrio. ¿Qué mejor manera de vengar a tu vidente que matando al responsable de la muerte de su madre? A ti mismo.

Su risa reverberó entre la neblina de dicha de Raith como un incendio en un apacible bosque.

—Bestia astuta. ¡Me has manipulado! Y, por la Diosa, he estado a punto de caer en la trampa. Casi te doy exactamente lo que querías.

«¡No! —suplicó Raith mentalmente—. ¡Acaba conmigo!» Estaba tan cerca del límite, a segundos de llegar al otro lado...

—Déjame decirte algo, Trece. Algo que ya deberías saber por todos los años que pasaste a mi servicio. No me gusta que me manipulen. Y castigo a quienes lo intentan de las peores maneras imaginables. Así que he cambiado de opinión: no morirás hoy. Tengo reservado algo mucho más especial para ti.

En un instante, el dolor desapareció. Raith por fin se quebró. Si hubiera podido, habría suplicado clemencia. Habría rogado por su propia muerte. Pero ya no le quedaban fuerzas para rogar ni lengua para hablar.

Había fracasado en sus dos objetivos restantes: Furie vivía y, al parecer, él también.

Ya se imaginaba lo que ella tenía pensado hacerle. Antes, morir le había parecido un sacrificio oscuro pero necesario. Ahora la muerte sería un regalo misericordioso que no recibiría.

Si hubiera tenido fuerzas, se habría reído de la crueldad de la Diosa al depararle una existencia tan desdichada. Parecía que hasta su deseo de fallecer con honor le sería negado. Porque una cosa sabía con certeza: lo que ahora le esperaba era un destino peor que la muerte.

Raith debió de perder el conocimiento, porque la siguiente vez que estuvo consciente abrió los ojos —¿de nuevo podía ver?— y reconoció que estaba en la sala de los frascos. Lo que quedaba de su cuerpo yacía paralizado en el suelo, en medio de las marcas de quemaduras, justo donde Furie solía atraparlo con magia de fuego cuando era un espectro común.

—Estás despierto —lo saludó ella desde algún lugar, aunque él no alcanzaba a verla. No podía girar la cabeza ni mover el cuerpo de ninguna manera—. Pensé que te morirías en el camino, así que tuve que curarte un poco. Luego casi te mato otra vez cuando he visto lo que les has hecho a mis espectros. —Se rio entre dientes—. Muy mal, Trece. Pero no importa: yo los creé y puedo volver a invocarlos. Y quizá una de las primeras tareas que te encomiende cuando acabe contigo sea limpiar todos los cristales. Te llevará años.

¿Acabar con él? A Raith no le gustó nada cómo sonaba eso.

¿Por qué no lo dejaba morir simplemente? Ningún ser lo había deseado nunca tanto, estaba seguro.

—Darya llevó a cabo un trabajo increíble contigo. Nunca hubiera pensado que fuera posible hacer lo que hizo. —Furie apareció en su línea de visión, mirando desde arriba el desastre de cuerpo que le quedaba—. Me he cargado su obra, ¿verdad? Qué pena. Pero no te necesito con una forma que no puedo controlar. Y como ella no está aquí para reclamarte, creo que volveré a convertirte en algo que me sea útil.

Lo invadió el horror. Era imposible que estuviera refiriéndose a lo que él pensaba, ¿o sí? No, no podía ser. Darya le había dado un cuerpo físico y había unido su espíritu a él en un renacimiento. El proceso era definitivo, ¿verdad? Por favor, que lo fuera.

Si lo hubiera considerado una remota posibilidad, de

ninguna manera se habría acercado a menos de cien metros del castillo. Pero ni siquiera se lo había planteado, creyéndolo impracticable.

Qué necio había sido. Tanto y de tantas maneras...

—Espero que hayas disfrutado esta pequeña temporada con un cuerpo, Trece, porque es hora de que vuelvas a ser como te creé. Darya superó mi magia con la suya para crearte, y yo puedo hacer lo mismo a la inversa. Solo que va a resultarte... un poco incómodo.

Hizo una pausa, y después...

La agonía. Una tortura indescriptible. Dolor más allá de toda medida, creencia o comprensión. El fuego consumía cada centímetro de su cuerpo, hasta su alma.

Afortunadamente, se desmayó.

Mientras estaba inconsciente, tuvo una especie de sueño. Nadaba bajo el agua, en la oscuridad, donde no penetraba la luz del sol. Se sentía en paz, completo de nuevo. Después de la tortura que había soportado, sintió tanto alivio que derramó con libertad lágrimas de agradecimiento. Su llanto se mezcló con las profundidades oceánicas.

Entonces sintió una perturbación en el agua, por encima de él. Se dio la vuelta, miró hacia arriba buscando la causa y vio que algo se le aproximaba. Una forma oscura. Se acercó aún más.

Unas manos. Unas manos extendidas. De manera instintiva, alargó los brazos. Casi se tocaban. Estaban tan cerca...

Entonces la vio. Harrow.

Nadaba hacia él. Lo invadió una alegría indescriptible. No sabía que fuera posible sentir tanta felicidad.

Se acercó a él, tratando de agarrarle la mano. Raith se acercó a su vez, estirando los dedos, desesperado por un simple roce con su piel. Tenía la certeza de que, si alcanzaba a tocarla, podría ir con ella, y necesitaba hacerlo. Tanto que hasta era posible que su vida dependiera de ello...

No tuvo la oportunidad. Al instante siguiente recobró el conocimiento en su nueva realidad. El océano desapareció, y fue sustituido por una habitación de piedra.

Reconoció enseguida en qué se había convertido. Le era familiar, tan familiar como ponerse una chaqueta o un par de zapatos gastados. Era más familiar de lo que había sido su reciente nueva vida, porque había vivido en aquella condición mucho más tiempo.

Su cuerpo era ingrávido. Podía disolverlo en el éter o reunirlo en una forma oscura a voluntad, aunque ninguno de los dos estados era más cómodo que el otro. Podía volverse del color que quisiera, camuflarse en cualquier entorno, hacerse invisible. También podía materializarse por completo durante un breve periodo de tiempo, pero el estado de solidez conllevaba evidentes debilidades.

¿Cómo era posible que hubiera querido ser así permanentemente?

En su forma espectral resultaba intocable.

Sus emociones estaban apagadas, solo un recuerdo relacionado con el mundo físico, al que ya no pertenecía. Mientras flotaba tenía una sensación de ligereza maravillosa, de desconexión con todo, como si observara el mundo a través de un velo. Nada parecía importante, ¿y por qué iba a serlo? ¿Qué razón había para preocuparse de las cosas?

Era casi invencible, libre de problemas corporales, dotado de un poder inimaginable. Se movía sin ser visto en la noche, tan silencioso como un susurro, tan letal como la muerte misma.

—Aquí estás —dijo Furie con dulzura, y el espectro se volvió para mirarla.

El odio se apoderó de él cuando vio a la hechicera que lo dominaba, la única imperfección de su poderosa existencia. Era libre en todos los sentidos excepto por ella.

Si tan solo pudiera matarla... Pero la inmortal se había preparado para eso. Estaba rodeado por seis costados de barrotes mágicos de llamas; también había tenido cuidado de hechizar el suelo, de lo contrario se habría hundido en él y habría reaparecido detrás de ella para degollarla antes de que pudiera parpadear. Estaba atrapado por completo.

Furie exhibía una sonrisa beatífica en su impecable rostro.

—Sí, mucho mejor así.

El espectro la miraba sin expresión. Su odio hacia ella era la única emoción que penetraba su existencia de humo, e incluso esta le parecía mortecina y lejana.

—Ahora que te he devuelto tu antigua gloria, tenemos trabajo. Ya que has liberado a los demás espectros y todavía no tengo tiempo de invocarlos de vuelta, tendrás que hacerlo todo tú solo. Un castigo adecuado por tu insubordinación, me parece.

Batió las alas con pereza, esperando instrucciones o una oportunidad para escapar.

—Pero antes de empezar tenemos que ocuparnos de tus indiscreciones previas. Has dejado tras de ti todo un desastre, Trece. No solo una, sino dos de mis hermanas están respirándome en la nuca, y un lamentable grupo de elementales viene a causar problemas en tu nombre, incluyendo una vidente corta de miras. —Se rio de su propio ingenio.

Su humor se apagó bruscamente y empezó a caminar de un lado a otro. Raith la observaba con desinterés, absorto en la jaula en la que estaba atrapado. Si la reina perdía la concentración, aunque fuera solo un instante, él podría escabullirse y atacar.

—Esa vidente ha demostrado ser problemática. Ay, yo sabía de ella desde el principio, aunque la pobre niña tal vez creía que se escondía de mí. Pero decidí dejarla vivir, pensaba: «¿Qué daño puede hacer que a Darya le quede una última hija para consolarse?». Pero ha terminado sacándome de quicio. Y ahora planea venir aquí y apropiarse de mi espectro.

Un rayo de interés atravesó al *wraith*. ¿La vidente tenía interés en él? ¿Por qué? En su antigua vida lo odiaba y lo temía. ¿Para qué lo querría ahora?

En realidad, no importaba. La vida era efímera. La muerte podía llegar en cualquier momento.

—¿Y encima Darya la está ayudando? —Furie continuó su diatriba, agitando los brazos para enfatizar su incredulidad—. Mi hermana ha ido demasiado lejos. Tengo que vengarme antes de que crea que me he ablandado. Antes de que olvide lo que significa provocar mi ira. —Se giró de repente para mirarlo con una sonrisa en el rostro. Sus ojos brillaban de emoción enloquecida—. Tú se lo recordarás, mi espectro. Prométemelo.

El *wraith* entornó los ojos con odio. Ahora lo obligaría a hacerle un juramento. La humillación de aquel acto nunca dejaba de provocar su rabia, pero era impotente contra ella.

—Júrame que le recordarás al mundo lo que implica desafiarme.

El poder se agitó bajo sus palabras; sus ojos azules brillaban de fuerza. El fuego provocó su esencia, obligándolo a obedecer.

—Juro que le recordaré al mundo lo que implica desafiarla. —Su voz incorpórea resonó en la cámara. Detestaba su sonido casi tanto como la detestaba a ella.

La mirada de Furie se iluminó triunfante.

—De verdad has vuelto a mí. Esta vez seré muy cuidadosa con tus juramentos: les daré más fuerza. No volverás a desobedecerme. ¿Estás listo para escuchar tu primera tarea?

Su mirada le prometía una muerte atroz. Sentía un profundo odio hacia ella.

—Júrame que encontrarás a la vidente, dondequiera que se esconda. No dejarás de buscarla hasta que la hayas encontrado. No harás otra cosa que buscarla.

El fuego lo escaldó hasta que se vio obligado a hablar.

—Juro que encontraré a la vidente. No dejaré de buscar hasta que la encuentre. No haré otra cosa que buscarla.

—Júrame que cuando la encuentres la matarás.

En su interior, una parte de él gritó de terror. Sabía que solo unas horas antes habría dado cualquier cosa por evitar semejante obligación. Sin embargo, no podía hacer nada al respecto, así que ¿para qué desperdiciar energía luchando contra ello? Aun así dudó, lo que le costó caro. El dolor no se hizo esperar, y sabía que solo empeoraría hasta que pronunciara la promesa.

Así que lo hizo.

—Juro matar a la vidente.

Los ojos de Furie brillaban con la luz del poder y la victoria.

—Júrame que no dejarás de intentar matar a la vidente hasta que lo consigas.

El poder de la orden lo golpeó con tanta fuerza que su esencia se disipó un momento en humo antes de volver a formarse. De nuevo, el dolor era insoportable.

—Juro que no dejaré de intentar matar a la vidente hasta que lo consiga —dijo con rapidez.

—Prométeme que nunca volverás a desobedecer tus juramentos.

Un compromiso así de permanente era lo último que deseaba, pero, de nuevo, no había nada que pudiera hacer al respecto.

—Prometo que nunca volveré a desobedecer mis juramentos.

—¡Jura que matarás a la vidente! —Sonaba más como un grito de guerra que como la orden de una reina.

—Juro matar a la vidente —repitió el espectro, sintiendo que las ataduras se estrechaban a su alrededor.

—Otra vez.

—Juro matar a la vidente.

—¡Otra vez!

—Juro matar a la vidente.

El silencio cayó sobre ellos. Había dado su palabra y su esclavitud era total. Innecesaria, la jaula de fuego se disipó, ya que era incapaz de atacar a la reina ahora que estaba comprometido con otro objetivo.

Sin dudarlo, pues había jurado no descansar ni hacer cualquier otra cosa, abandonó la sala a través de las paredes y se adentró en la noche en busca de su presa.

Había hecho un juramento. El destino de la vidente estaba sellado.

22

Harrow tiró de las riendas de Fiona para detenerla, aunque no era necesario. El ritmo natural del corcel era no moverse. Conseguir que avanzara era, con mucho, la tarea más difícil.

Como estaba previsto, al menor tirón la yegua se detuvo agradecida, y la vidente bajó de un salto del asiento de la caravana para acariciar el cuello de su caballo. Mientras le quitaba los arreos y la ataba a un árbol junto al arroyo, vio la salida de la luna.

Estaba llena aquella noche.

A pesar de haber viajado un día entero desde Allegra, seguía en el corazón del Etéreo, el vasto y antiguo bosque que cubría la mayor parte del Territorio Central. Era más tarde de lo aconsejable para montar el campamento, pero tenían mucho terreno que cubrir y Fiona no era precisamente el caballo de tiro más rápido del mundo, ni ella la conductora más hábil.

Toda su vida los trabajadores de Salizar la habían

ayudado con lo referente al cuidado de los caballos. Ahora estaba sola y tenía que arreglárselas por sí misma. Cada hora daba gracias de que la yegua fuera tan dócil; un corcel más rebelde le habría dado una coz en la cabeza por su torpeza.

Sin embargo, estaba sola por elección propia, así que se negaba a pronunciar una sola queja. Después de que Darya la hubiera liberado de su conversación, había vuelto a sumergirse en el cuenco de adivinación, y una hora más tarde había regresado al mundo con la imperiosa necesidad de tomar su caballo y su caravana y dirigirse de inmediato hacia el sur.

Así que eso había hecho.

El agua había sido muy clara, y ella había aprendido bien la lección: a partir de ahora, por muy confuso o disparatado que le pareciera, escucharía a su elemento.

En consecuencia, Harrow se había pasado por la taberna a recoger sus maletas, había ido a buscar a Fiona a los establos y había dejado la ciudad entre protestas enérgicas tanto de Salizar como de Malaikah. Tan enérgicas que aún no entendía cómo había conseguido quitarse a su amiga de encima. Aún esperaba encontrarla escondida debajo de la cama o en el ropero.

Una vez hubo preparado a Fiona para pasar la noche, Harrow encendió un fuego y se sentó cerca de él para calentarse. Los altos troncos de los cedros centenarios del bosque se alzaban a su alrededor, creando un espeso dosel que enmarcaba la vista de magníficas estrellas del claro. El suelo estaba cubierto de troncos musgosos y frondosos helechos. Las criaturas nocturnas gorjeaban sus solitarios reclamos, pero más allá de eso la noche estaba tranquila. Silenciosa. Completamente pacífica.

La vidente se acostó en el suelo blando y miró al cielo. Siguiendo la antigua costumbre, usó para orientarse las constelaciones que podía ver entre los árboles. Con una punzada en el corazón, una sensación que se estaba volviendo muy familiar en los últimos tiempos, recordó cómo le había enseñado a Raith a encontrar la Oleada. ¿Estaría él ahí fuera, en algún lugar, mirando las mismas estrellas, pensando en ella como ella pensaba en él?

Una sombra atravesó un instante la luna llena.

Harrow se puso tensa, pero enseguida le restó importancia, segura de que se estaba imaginando cosas. Pero su ritmo cardiaco se había acelerado y su repentino nerviosismo había deshecho la paz de la noche. Aunque se dijo a sí misma que era una tontería, contuvo la respiración y escuchó, atenta.

No logró discernir nada, pero igualmente se enderezó. Se le erizó el vello de la nuca mientras su mirada recorría el claro en busca de algo. No había nada que ver, nada que oír. Todo estaba en silencio.

Demasiado, de hecho.

El ruido de los insectos había enmudecido. Ni un solo sonido perturbaba la noche.

El corazón le empezó a latir con más fuerza. Sentada sobre el musgo, se retorció hacia un lado y otro, buscando en el bosque que la rodeaba. Había algo allí. Algo ominoso.

Fiona relinchó con ansiedad en la oscuridad. El poder de Harrow se agitó en su interior, y ella lo dejó crecer, reuniendo sus defensas.

Le sobrevino una repentina sospecha y se puso en pie de un salto. Contuvo la respiración e indagó con más atención en las tinieblas, pero seguía sin ver nada.

Ahora el pulso se le había acelerado por una razón diferente.

—¿Raith? —susurró en el silencio.

Un viento frío le revolvió el cabello.

—Raith, ¿eres tú?

Los helechos del claro se agitaron de repente y Harrow dio un brinco. Sin embargo, contuvo su miedo y se obligó a sí misma a aparentar calma.

—¿Estás ahí? Soy yo, Harrow. —Tragó saliva—. Te echo de menos. —Se sentía rara al exponer sus vulnerabilidades en un bosque en apariencia vacío, pero si él estaba realmente ahí...—. Lo siento mucho, Raith. No debí dejarte aquella noche. No puedo creerme que te traicionara de esa manera. Debería haber confiado en ti. Lo siento, de verdad.

¿Estaba ahí? ¿O se lo estaba imaginando todo? Quizá por esa razón al fin encontró el valor para decir lo que deseaba haberle confesado días atrás.

—Raith, si estás ahí, deberías saber... que te quiero. Parece absurdo, pero creo que te quiero desde el momento en que nos conocimos, y nunca he dejado ni dejaré de hacerlo. Incluso cuando me fui, seguía queriéndote. Te quería entonces y te quiero ahora, sin importar lo que haya ocurrido en el pasado.

Silencio. Una brisa volvió a despeinarla. Nada se movió, nada cambió. Y, sin embargo, se descubrió conteniendo la respiración...

Entonces él apareció.

Pareció materializarse de la nada, de pie ante ella, en toda su gloria espectral. Su piel era más oscura que las sombras y sus iris más brillantes que el fuego que había a su lado. Sus largas garras asomaban en las puntas de sus dedos y sus enormes alas se alzaban por encima de él, medio desplegadas, como listas para emprender el vuelo.

—Raith —musitó Harrow casi conteniendo la respiración.

Nunca le había parecido tan aterrador como en aquel momento.

Nunca le había parecido tan hermoso.

Anhelaba correr hacia él, arrojarse en sus brazos con todo el deseo que la había estado desgarrando desde que lo había dejado.

—Has vuelto a por mí.

De repente recordó las palabras de Nashira: «Ahora él tiene que volver contigo». ¿Era esto a lo que se refería? ¿Podía ser tan simple?

Sin embargo, Raith no se movió. Su rostro era inexpresivo, carente de emoción. Estaba tan envuelto en las sombras que su cuerpo casi no parecía sólido. Por la Diosa, resultaba aterrador.

Pero, aterrador o no, era el hombre al que Harrow amaba, así que se obligó a dar un paso más hacia él, aunque todos sus instintos le gritaban que huyera. Ante su avance, Raith no hizo nada; no se movió, ni siquiera se estremeció. Un rayo de inquietud recorrió la espina dorsal de la vidente.

—¿Raith?

Nada.

Se acercó un paso más y alzó una mano. La extendió hacia él, hasta que casi pudo tocarlo...

Él se apartó.

Dejó caer la mano al instante. Por supuesto que no confiaba en ella. Lo había traicionado. ¿Sería posible enmendarlo? ¿Se merecía su perdón?

—Siento mucho lo que hice, Raith. Traicionarte ha

sido la peor decisión que he tomado en la vida. Debería haber creído que eras diferente. Debería haber...

—No te acerques. —Su voz parecía más grave, extraña. Tenía los ojos desorbitados.

—De acuerdo. —Se tragó las lágrimas—. No me acerco. —Pero no se iba a rendir con facilidad. Lo intentó con las palabras—: Me he ido de Allegra para buscarte. Pensé que tendría que viajar durante días. ¿Cómo me has encontrado?

Un destello recorrió sus facciones. ¿Por qué de repente tenía la impresión de que algo le dolía? Aunque era imposible ver su forma con claridad, parecía rígido por la tensión, como si a duras penas pudiera contenerse para hacer... algo.

—¿Te has ido por mí? —susurró.

—Sí, por ti. —Habló rápido, animada por su reacción—. Te estaba buscando para decirte que lo siento, que no me importa lo que sucedió en el pasado y que te quiero.

Él frunció el ceño.

—¿Me quieres?

—Sí, te quiero, y siento haberme ido. Me equivoqué. Estaba tan tan equivocada...

Ante su silencio, prosiguió:

—Ahora sé lo que te pasó, que te obligaron a hacer todas esas cosas contra tu voluntad. Jamás podría odiarte por eso. Todo lo contrario. Te quiero...

—¡No! —gritó Raith de repente, y ella retrocedió por instinto. Era la primera vez que lo oía levantar la voz. Sonó extrañamente incorpórea mientras hacía ecos en el claro—. ¡No!

Harrow levantó ambas manos en un gesto apaciguador.

—Siento haberte disgustado. Solo necesito que sepas que te quiero...

—¡Basta! —gritó como si sus palabras lo escaldaran. Cayó de rodillas de repente, agarrándose la cabeza con las manos.

—¡Raith! —Olvidando la inquietud, corrió a su lado y se detuvo sobre él. Estaba desesperada por tocarlo, pero no se atrevía a ignorar su vehemente advertencia—. Raith, dime qué te pasa, por favor.

—Harrow...

—¿Qué pasa? Por favor, dímelo para que pueda ayudarte.

—Ella... me ha cambiado.

—¿Quién? Cuéntamelo todo, Raith. Podemos superarlo juntos. No pienso irme a ninguna parte esta vez, te lo juro.

—Furie...

Una sensación de fatalidad le recorrió la espalda como una cascada helada.

—¿Qué te ha hecho?

Se agachó a su lado y acercó la mano despacio. Él no se inmutó; permaneció encorvado con la cabeza entre los brazos, agarrándose el pelo con las garras letales. Ella estaba a centímetros de su hombro, y cuando por fin lo tocó...

Sus dedos lo atravesaron.

Se echó hacia atrás con un grito ahogado.

—No...

Aquello no podía estar sucediendo. Se lo había imaginado, seguro. Acercó la mano de nuevo, y de nuevo atravesó su oscura forma. Podía ver el contorno fantasmal de su propia piel dentro de su figura de humo.

—¡No!

Raith era un espectro otra vez.

—¿Te lo ha hecho ella? ¿Furie?

—Harrow... —Se agarró el pelo con más fuerza, gimiendo como si estuviera sufriendo tremendamente.

—No pasa nada —dijo, tanto para ella como para él—. Resolveremos esto juntos. Darya te hizo un cuerpo una vez, ¿no? Puede hacerlo de nuevo. Estaremos bien.

—No puedo... resistirme.

—¿A qué? ¿Sientes dolor? ¿Qué pasa?

—He jurado... no resistirme.

—¿Lo has jurado? —Se tragó un nudo de pavor, lágrimas y pánico—. ¿Furie te ha obligado?

Mientras se apretaba la cabeza, asintió.

Oh, dulce Diosa, era terrible. Era el peor de los casos, en realidad. Evidentemente, Furie lo había convertido de nuevo en espectro y le había hecho jurar...

¿Qué?

—¿Qué te ha hecho jurarle? —susurró Harrow.

Pero de repente se dio cuenta de que ya lo sabía.

Raith gimió de nuevo.

—Le he prometido no resistirme a mis juramentos. Ya rompí uno. No puedo volver a hacerlo.

—¿Qué te ha ordenado hacer, Raith? Dímelo.

Entonces levantó la cabeza. Se puso rígido por la tensión y sus ojos negros como anillos de fuego se encontraron con los de ella. Enroscó los dedos y sacó las garras frente a sus ojos.

—Matarte.

En ese momento parecía encontrarse en una especie de trance, tal vez como resultado de la obligación de su juramento, pero después de que el acto estuviera hecho y Harrow hubiera muerto, volvería a la realidad. Y se daría cuenta de lo que había hecho.

Su dulce y gentil Raith jamás se recuperaría.

Pero ¿qué podía hacer? El agua le había dicho que fuera allí. Estaba segura de que todo saldría bien. ¿Cómo podía haberse equivocado tanto? ¿O acaso el agua quería que muriera a manos de su amado? ¿De qué serviría eso?

Había jurado no volver a dudar de sus instintos, y ahora desconocía qué hacer. Parecía haber cometido un error catastrófico del que no sabía cómo escapar.

Raith iba a intentar matarla; podía verlo en sus ojos. No lograría resistirse como había hecho cuando ella era una niña.

Aquella vez Furie lo obligaría a terminar lo que había empezado.

—Oh, Raith —dijo la vidente con los ojos plateados rebosantes de lágrimas.

Las diminutas gotitas cristalinas contenían océanos de tristeza y... ¿compasión? Pero ¿por qué habría de sentir compasión por el monstruo que estaba a punto de quitarle la vida?

Él no conseguía pensar con claridad entre la niebla. Lo único que tenía en la mente era la obligación de cumplir con su palabra. Ya había renegado de dos votos —no dudar antes de matarla y no resistirse a sus juramentos—, y como resultado ya estaba sufriendo una agonía que inducía a la locura.

¿Por qué no hacía lo que se le había ordenado? Incluso así, en medio de la ardiente tortura, seguía sin atreverse a actuar. Aunque su mente se hallaba adormecida, consumida por su objetivo, conservaba en alguna parte el vago pensamiento de que matarla era un terrible error.

No importaba. No podía seguir resistiéndose. Sus juramentos rotos lo atacaban, lo empujaban a actuar, destruyendo todo pensamiento coherente en uno solo: terminar el trabajo y liberarse de la obligación.

Miró los luminosos ojos plateados y observó sus delicados rasgos como si una parte de él los estuviera memorizando por última vez. Las lágrimas recorrían el rostro de la vidente, quien no hacía ningún esfuerzo por contenerlas. Aún había tristeza y compasión en su mirada, pero también algo más...

Aceptación.

Había aceptado su destino, ¿e incluso así sentía compasión? Él no podía comprenderlo, no podía luchar lo suficiente contra el dolor como para siquiera intentarlo. Pensaría en ello más tarde, cuando volviera a ser libre.

El espectro desplegó las alas y se puso de pie.

Un toque. Un toque era todo lo que necesitaba para acabar con ella como había acabado con innumerables otros antes.

—Pase lo que pase —susurró la vidente, mirándolo con esos ojos insondables mientras se incorporaba con orgullo—, siempre te querré.

El espectro ladeó la cabeza, seguro de que aquellas palabras eran importantes. Pero no podía pensar, no podía descifrar por qué. Más tarde reflexionaría. Ahora tenía que actuar.

Sin un susurro, atacó.

Raith se lanzó hacia ella. Harrow gritó. No pudo evitarlo: lo amara o no, estaba allí para matarla, y tenía miedo.

No quería morir. Quería ayudar a su amado a ser libre de nuevo. Quería ir algún día con Malaikah a Kambu y ayudarla a recuperar su tierra natal. Quería aprender más sobre sus raíces de vidente y practicar su don. Quería vivir.

Chocaron y cayeron al suelo. Harrow aterrizó con fuerza de espaldas. Raith cerró sus enormes alas hacia delante alrededor de su cuerpo, y materializó solo las puntas. A la velocidad del rayo, se las clavó profundamente en los hombros para inmovilizarla contra la fría tierra. Ella volvió a gritar cuando la sangre empezó a fluir.

Después, sintió las afiladas garras en la garganta. Una flexión de sus dedos y estaría muerta.

Pero el espectro se paralizó de repente y volvió a inclinar la cabeza.

«¡Está dudando!» Harrow trató de pensar a través de la bruma de dolor. Tal vez podría llegar a él. En el fondo, no quería hacerle daño. Estaba obligado por sus juramentos, pero su amado seguía ahí, en alguna parte.

—Raith. —Tenía los hombros empapados de sangre caliente. Sentía un ardor como de fuego en el lugar donde sus alas atravesaban la piel—. Resístete. Sé que puedes.

Le castañeteaban los dientes. ¿Por el shock? ¿Por la pérdida de sangre? ¿Acaso importaba?

Él seguía dudando, lo que hizo crecer en el pecho de la vidente una débil esperanza. Estaba tan ensombrecido que era imposible leer su expresión, pero durante un instante juró haber visto una mirada torturada en sus iris ardientes.

—¡Raith, resístete!

Él entornó los ojos. Estaba resistiéndose. Estaba...

Sacudió la cabeza con brusquedad y se le despejó la cara. Su rostro estaba en blanco de nuevo.

Cerró las garras, pero en lugar de arrancarle la garganta, la rodeó con la mano. Apretó con fuerza, aunque no la suficiente como para asfixiarla. ¿Qué...?

Entonces Harrow empezó a arder.

Se trataba del toque mortal del espectro del que tanto había oído hablar. La agonía era insoportable. Con todo, con su mano en la garganta, de alguna manera encontró aire suficiente para echar la cabeza hacia atrás y gritar al cielo. ¿Era aquello lo que su madre había sentido antes de morir? ¿Era aquello lo que habían sufrido todas las videntes?

En cierto modo, le resultaba extrañamente reconfortante morir del mismo modo que su familia. Quizá no debería haber sobrevivido aquel trágico día. Tal vez por eso el agua la había conducido hasta allí: en aquel momento había esquivado su destino y en este debía corregir el descuido. Y ahora moriría sintiendo solo amor por la criatura que le daba muerte.

¿Lo sabría él? ¿Se lo habría dejado lo suficientemente claro? Pasados unos años, si seguía atrapado, obligado a cumplir las órdenes de Furie, ¿podría recordar aquel momento y saber que ella no lo culpaba por lo que había hecho? Tenía que asegurarse de que así fuera.

A través del sufrimiento, en medio de sus gritos, consiguió hablar.

—Te quiero. Sé que tienes que... No tienes elección... Te perdono. Te quiero...

El ardor se detuvo de repente.

¿Estaba muerta? ¿Había terminado? Pero no, el dolor de sus heridas persistía y era vagamente consciente de la forma sombría de Raith sobre ella.

¿Se había detenido otra vez?

—Harrow...

Incluso entre las brumas, se quedó quieta. Sonaba como él mismo. ¿De verdad era capaz de seguir resistiéndose?

Pero no tuvo oportunidad de averiguarlo.

Una poderosa explosión de magia partió la noche. Al instante, la oscuridad se convirtió en una luz blanca resplandeciente, tan brillante que era casi tan doloroso como quemarse vivo. Unos vientos como tornados azotaron el aire con frenesí, y cayó una fuerte lluvia. Harrow volvió a gritar.

Raith también.

Y entonces se alejó de ella, y sus zarpas salieron de sus hombros desgarrados, derramando nuevas oleadas de sangre. La vidente ni siquiera se dio cuenta. El poder... Reconoció su sello.

Era magia del agua.

Pero no la había convocado Harrow. Pues entonces ¿quién...?

Raith rugió en alguna parte, tragado por la luz que lo consumía todo.

Ella se incorporó de una sacudida, energizada por la adrenalina del pánico.

—¡Raith! —¿Adónde se había ido? ¿Qué estaba pasando?

Se puso de pie a pesar de las heridas y avanzó dando tumbos por el torrencial aguacero, gritando su nombre. Le corrían lágrimas por el rostro, que se mezclaban con el agua de la lluvia y su sangre. Había estado a solo unos segundos de morir en sus manos, pero no importaba. No quería que sufriera, y sus aullidos eran una indicación obvia de que justamente era eso lo que estaba ocurriendo.

—¡Harrow! —Malaikah salió de la luz blanca, luchando con la tormenta para llegar a ella.

¿Qué demonios hacía aquí su amiga? El cerebro aturdido de la vidente luchó en vano por encontrarle sentido. Sintió una enorme debilidad, pero Malaikah la detuvo en su caída y ambas acabaron de rodillas, empapadas y con el viento azotándolas con un rugido ensordecedor.

—¿Dónde está Raith? —gritó Harrow, agarrándose a los hombros de Mal.

Pero la pantera no la estaba escuchando. Solo decía: «Oh, Diosa, oh, Diosa, oh, Diosa», una y otra vez, mientras sus manos revoloteaban sobre el cuerpo ensangrentado de la adivina. Sin embargo, los aullidos de sufrimiento de Raith rasgaban todavía el aire, audibles incluso en medio del rugido del viento.

—Raith... —Harrow estaba perdiendo la conciencia—. Malaikah, ayuda..., ayúdalo.

—Ya se ha acabado —la tranquilizó ella—. Estás a salvo de él.

No, no, no la había entendido. Harrow necesitaba que la entendiera. Pero sentía la lengua como una piedra en la boca y no veía bien.

—Raith...

De repente el aguacero cesó. La luz se disipó. Se retiró la magia y el aire volvió a ser respirable. Podía ver de nuevo el claro del bosque y el cielo estrellado. Reinó el silencio. Malaikah seguía agarrada a Harrow, manteniéndola erguida, y las dos estaban empapadas hasta los huesos.

Pero ¿dónde estaba Raith?

La pregunta fue respondida un instante después, cuando la reina Darya apareció frente a sus ojos. Llevaba el pelo revuelto por el viento, pero seco, y el rostro pálido por el esfuerzo. Se agachó junto a la vidente y le acarició el rostro ensangrentado con una mano temblorosa.

—Tranquila, tranquila, niña. No pasa nada. Ya no puede hacerte daño.

—No...

—Jamás podrá volver a hacerte daño.

Harrow quiso gritar, pero no tenía fuerzas. Su visión se oscureció; sentía la mente ligera y los pensamientos confusos. Pero tenía la lucidez suficiente para darse cuenta de una cosa antes de caer inconsciente...

Darya la había traicionado de nuevo.

23

Harrow se levantó de golpe en cuanto recuperó la conciencia. Por lo menos, lo intentó. Lo que hizo en realidad fue moverse como un pez fuera del agua, gimiendo desde la garganta amoratada al redescubrir el dolor de sus heridas.

—Ay, ay, tranquila. —Unas manos suaves la empujaron de vuelta contra el mullido colchón—. Relájate, por favor.

Con la mirada enloquecida bajo los párpados, Harrow luchó como nunca por recuperar la conciencia.

—Raith...

—No está aquí. No puede hacerte daño...

—No.

—Cálmate...

—¡No!

Fortalecida por el miedo que sentía por el destino de Raith y su frustración por resultar inútil, la vidente luchó contra las manos que la sujetaban y los restos de inconsciencia.

Se incorporó con una sacudida, completamente despierta. Estaba en su caravana. No sabía por qué le sorprendía. Malaikah se encontraba a su lado, con los ojos muy abiertos, tratando de obligarla a acostarse. Tenía el cabello seco y ropa limpia. El sol entraba a raudales por las ventanas y la puerta estaba abierta; una suave brisa movía el borde de la tela que colgaba sobre ella.

—¿Dónde está Raith? —preguntó; la traición de Darya le carcomía el corazón.

—Harrow —dijo su amiga en voz baja—, estuvo a un segundo de matarte.

—¡No, no es cierto! Se estaba resistiendo. Lo estaba logrando y... ¿Qué pasó? ¿Cómo llegó Darya hasta nosotros? ¿Qué hizo, Mal?

—Hizo lo mejor para...

—¿Cómo puedes decir eso? ¡Va a matarlo! Me manipuló. Me mintió sobre lo que era y me convenció para que huyera de él. Es culpa mía que esto haya pasado. Tengo que...

—¡Harrow, cálmate! Nadie va a matar a Raith. Está bien, te lo prometo.

—No puedes confiar en Darya. No puedes...

—Si te callas un segundo y me escuchas, entenderás qué es lo que sé y por qué confío en Darya. Al menos en este caso.

—Pero...

—Déjame explicártelo, ¿vale?

Harrow respiró hondo y se obligó a calmarse. Confiaba en Malaikah y, después de todo lo que su amiga había hecho por ella, lo menos que le debía era escucharla.

—De acuerdo. Pero rápido.

—Tienes unos agujeros gigantescos en los hombros y tu garganta está más morada que el maquillaje que uso en mis actuaciones. No vas a irte a ninguna parte.

—Por favor, Mal. Tengo que verlo.

—Bueno, a ver. Escúchame primero. Después de que salieras de la visión y me dijeras que tenías que dirigirte al sur para encontrar a Raith tú sola, yo... Como es comprensible, no me entusiasmó la idea. Así que fui al Subterráneo para contarle a Nashira lo que había pasado. Actuó igual, de manera rara e imprecisa, pero parecía emocionada, lo que me resultó extraño, dadas las circunstancias.

—No veo qué tiene que ver eso con Raith.

—Harrow —la reprendió Malaikah, y se hizo un silencio entre ellas. Rara vez discutían, pero Harrow había prometido escuchar.

—Lo siento.

Su amiga sonrió con desgana.

—Gracias. Después de que se lo contara todo, Nashira se puso en acción. Me agarró y me transportó hasta el maldito castillo de Darya, en el Territorio del Oeste. El salto que dimos el otro día fue una distancia muy corta y ya con eso nos desorientamos bastante, pero ¿este? Me desmayé, y cuando me recuperé, vomité. Fue asqueroso, y Nashira se quedó sorprendida, como si no supiera que me iba a afectar de esa manera —se burló Mal—. En fin, Darya estaba allí, por supuesto, y nos contó que había hablado contigo y que te estaba ayudando a buscar a Raith. Estaba fatal porque al parecer había tenido una visión en la que Raith te mataba y no sabía qué hacer, pues ya no podía alcanzarte con su magia.

—Sentí que trataba de llevarme a otra visión —refunfuñó Harrow—, pero la ignoré. No confío en ella.

—Sí, se lo imaginaba. Bueno, pues estaba destrozada porque Raith iba a matarte, pero Nashira insistió en que todo iba a salir bien si nos sentábamos ocho horas a tomar té.

—¿Ocho horas? —Harrow soltó una carcajada a su pesar—. Nashira es muy especial.

—Lo sé. Darya se mostró tan incrédula como yo. Pero Nashira se negó a llevarnos a cualquier lugar o a hacer cualquier cosa antes de que pasaran las ocho horas, así que no teníamos otra. Básicamente tomamos té durante siglos hasta que de repente Nashira dio un salto y dijo: «¡Hora de irnos!». Pero yo no quería dejar que nos llevara a ninguna parte sin antes averiguar con exactitud qué estaba planeando Darya. Te lo juro, Harrow, igual que tú, no quería que Raith saliera herido. Le dije una y otra vez que jamás la perdonarías si le pasaba algo, aunque intentara matarte. Le dije que para protegerte tenía que encontrar una manera de salvarlo también a él.

Harrow no debería haber dudado ni un segundo de su mejor amiga. Mal siempre la apoyaba en todo, pasara lo que pasara.

—Así que ideamos un plan con el que todas estuvimos de acuerdo, aunque Nashira actuó como si hubiera sido su idea desde el principio, por supuesto. Iríamos a tu encuentro y Darya usaría su magia para capturar a Raith como había hecho en el pasado. Esta vez sería mucho más difícil, ya que no estaba débil, pero también ella tenía años de experiencia y sabía qué funcionaba y qué no.

—Años de experiencia torturándolo —murmuró Harrow.

Mal torció la boca.

—Pues eso hicimos. Volví a desmayarme con la teletransportación, por supuesto, pero solo por un momento, porque Raith se encontraba literalmente a segundos de arrancarte la garganta y tenía una buena motivación para mantenerme consciente. Harrow... —Se le cortó la voz y sus ojos se llenaron de lágrimas, aunque, típico de Malaikah, no dejó que se derramara ni una sola—. Sentí tanto miedo por ti. Pensé que habíamos llegado tarde. Pensé que iba a matarte.

—No iba a matarme —insistió ella—. Estaba resistiéndose a la obligación.

—Bueno, al verlo sobre ti, Darya enloqueció y como que... explotó. Nunca había visto un poder como ese. El claro se iluminó, y esa lluvia y el viento... —Sacudió la cabeza—. Fue como si estuviéramos en medio de un ciclón hecho de magia de agua.

—Yo tampoco había visto nada igual. —Solo recordar el terror que había sentido por Raith hizo que se estremeciera.

—Y ya te sabes el resto. Darya atrapó a Raith en su trampa de magia, y cuando la tormenta amainó, ambos habían desaparecido, junto con Nashira. Me imagino que esta los transportó de vuelta al castillo Vari.

—¿Para qué? ¿Para matarlo?

—¡No! Su objetivo es encontrar la manera de encarnarlo de nuevo.

—¿Qué? —Parpadeó, segura de que había oído mal.

—Va a repetir lo que hizo la última vez para crearle un nuevo cuerpo. Así será libre de los juramentos que le hizo a Furie.

A Harrow empezó a latirle con fuerza el corazón.

—¿Cómo sé que de verdad es eso lo que va a hacer? ¿Cómo puedo confiar en que no va a intentar matarlo?

—Darya sabía que preguntarías eso. Y me pidió que te dijera que cuando se complete la encarnación, habrá otra explosión de magia, y, como la vez pasada, Raith será transportado a su tierra de origen. Me pidió que te dijera que, al igual que en el pasado, no podrá matarlo antes de la encarnación, y no tendrá oportunidad de matarlo después, ya que será transportado al sur.

Era cierto: mientras Raith fuera incorpóreo, Darya no podría matarlo, incluso con su enorme poder. Y una vez que por fin lograra hacerlo corpóreo, sería transportado al sur, fuera de su alcance. Era la única razón por la que seguía vivo, de hecho.

No tenía que confiar en Darya. Solo tenía que asegurarse de llegar primero al lugar donde Raith terminara.

Pero había un problema.

—¿Cómo sé que no lo mantendrá prisionero en el castillo Vari para siempre, en lugar de encarnarlo?

Malaikah se rio.

—También me dijo que preguntarías eso. Increíble.

Harrow frunció el ceño.

—Era de esperarse que no confiara en ella.

—Me pidió que te explicara que se necesita una considerable cantidad de poder para mantener a Raith encarcelado, y que ella no puede darse el lujo de desperdiciar su magia en eso más tiempo del absolutamente necesario ahora que Furie ha vuelto a la acción. Afirmó que era «hora de hacer lo que debió haber hecho cincuenta años atrás», sea lo que sea que signifique eso.

—¿Planea atacar a Furie? —La vidente negó con la cabeza—. Ya sabes cómo terminó la última vez.

—No sé, creo que esta vez está planeando algo diferente. Ella y Nashira estuvieron susurrando durante horas mientras esperábamos para ir a buscarte. Me da la impresión de que están tramando algo juntas.

—Ya. —Harrow se dio cuenta de que no le importaba lo que le pasara a Furie. Ya había perdido demasiado y había sufrido demasiado como para ansiar algo más que una pequeña porción de felicidad para ella y Raith—. Todavía no confío en Da...

—Me pidió que te dijera que, si tenías más dudas después de que te lo explicara todo, recurrieras al agua. Dijo: «El agua te guiará de manera correcta», o una de esas tonterías de vidente.

—No son tonterías.

—Bueno. Pero ya sabes qué hacer. Puedes confiar en que todo se arreglará.

—Necesito mis objetos de adivinación de inmediato.

Malaikah suspiró.

—No hay prisa.

—Necesito hablar con Darya.

—De verdad, no...

—No creo en su palabra. Necesito ver a Raith por mí misma y asegurarme de que está bien.

—No deberías...

—También necesito saber cuánto durará el proceso.

—¡Harrow! —gritó Mal de repente.

—¿Qué?

Su amiga abrió la boca. Volvió a cerrarla. Suspiró pesadamente.

—Mira, hay algo más que tienes que saber. Esperaba que pudieras descansar un poco antes de decírtelo, porque no te va a gustar, pero veo que no va a ser así.

—¿Qué?

—Ha sido ridículo intentarlo, la verdad. Eres la persona más testaruda que conozco, después de mí, claro, pero eso se da por hecho.

—¿Qué pasa, Mal?

—Todo lo que te he contado es cierto. Puedes confiar en Darya: está esforzándose para ayudar a Raith. Pero... hay un detalle.

—¿Qué detalle?

—Bueno, la primera vez Darya tardó cuarenta años en crear el cuerpo de Raith.

—Porque no sabía cómo, ¿no?

—Claro, así que esta vez no tardará tanto. Pero..., según ella, de todos modos podría llevar tiempo.

Harrow se obligó a hablar despacio.

—¿Cuánto tiempo?

—Mucho. Años.

—¿Años? —Miró fijamente a su amiga—. Pero eso es... No puedo... El proceso es una tortura para Raith. Y además, sentirá un montón de dolor por haber roto sus juramentos.

—Lo sé —dijo Malaikah en voz baja.

—Oíste cómo estaba... —A Harrow se le cortó la voz—. Estaba sufriendo. ¿Y ahora tiene que pasarse años así?

—Lo sé. Pero es la única manera.

—No puede ser. Tiene que haber una forma de hacerlo más rápido.

—No la hay. Mira, Harrow, Darya prometió darlo todo, pero no hay forma de acelerar el proceso. Por lo menos, esta vez no tratará de hacerle daño. Será más amable.

—No puedo confiar en que lo sea. Iré yo misma. Le prestaré mi magia, podemos trabajar juntas.

—No, Harrow. De hecho... —La pantera se pasó una

mano por la cara—. Tienes prohibida la entrada al castillo Vari hasta que se complete el proceso.

—¿Por qué?

—Por lo que Raith tendrá que pasar. Es la única manera, cariño, y Darya sabe que no podrás soportarlo si lo ves.

—De ninguna manera. De ninguna manera.

Harrow se quitó de encima las mantas que la cubrían con un movimiento brusco que hizo que los hombros heridos se consumieran de dolor. Jadeó por reflejo, mientras la cabeza le daba vueltas.

—Vuelve a la cama —protestó Mal.

La vidente la ignoró, bajó los pies al suelo y se incorporó con suavidad.

—Perdiste la mitad de la sangre del cuerpo. Todavía no puedes levantarte.

Harrow dio un paso, pero la mirada se le llenó de puntos negros y se chocó con la pared. Malaikah la atrapó antes de que se cayera.

—Por favor, vuelve a la cama.

—Necesito mis objetos de adivinación. Y un brebaje curativo.

—¿Tienes hierbas curativas? Gracias a la Diosa. ¿Dónde?

—Están en la bolsa, con el resto de mis materiales de vidente. —Apretó los dientes y dio otro paso hacia el escritorio—. ¿Me lo traes todo, por favor?

—Sigo pensando que deberías acostarte —intentó su amiga con cautela.

—No me voy a acostar, Mal. Ayúdame o salte con Fiona. Tú eliges.

—Oye, Fiona es agradable. Haces que suene como si fuera una mala compañía.

Harrow se rio a su pesar.

—Tienes razón. Qué maleducado por mi parte. Lo siento, Fiona. —Se apoyó con fuerza en Malaikah y se giró con mucho esfuerzo para mirar a su mejor amiga—. ¿Me ayudas, por favor? Sé que ya has hecho mucho por mí, pero... necesito hacer esto.

—¿Qué vas a hacer exactamente?

—Quiero hablar con Darya. Quiero que me mire a los ojos y me prometa que Raith estará bien. Y no me importa lo que digáis todos, quiero verlo.

La pantera suspiró.

—Si te ayudo, ¿me prometes que después vas a volver a la cama?

Harrow frunció el ceño, pero se dio cuenta de que, incluso aunque decidiera viajar al territorio de Darya para ayudar a Raith a escapar, primero sus heridas tendrían que curarse. El brebaje curativo de una vidente no era una cura instantánea. Sí, aceleraba el proceso de curación, pero Harrow aún tardaría un par de días en volver a sentirse ella misma.

—Bueno. Tú ganas. Prometo volver a la cama después.

—Excelente. ¿Qué necesitas primero?

—Sabía que vendrías —la saludó Darya desde el otro extremo de la habitación.

Harrow se dio media vuelta. Era un día soleado en el territorio del agua, pero el aire estaba frío. Podía sentir la temperatura aunque estuviera en una visión y no le afectara. Aun así, no ardía fuego en el hogar. La vidente tuvo la sensación de que por mucho frío que hiciera, Darya jamás encendía fuego, porque le recordaba a Furie.

—Todo lo que Malaikah te ha dicho es la verdad —le aseguró la inmortal antes de que Harrow pudiera hablar.

—Quiero verlo.

La reina del agua parecía agotada. Sombras oscuras acechaban bajo su cautivadora mirada plateada, y sus rizos negros, normalmente sedosos, estaban encrespados y enredados, más parecidos a los de Harrow. Y lo más sorprendente era que Darya llevaba un vestido liso, sin teñir, con rasgaduras en la tela desgastada, en lugar de sus galas habituales. De no ser por el aura de poder y carisma que la rodeaba, no habría parecido más de la realeza que una sirvienta.

—No puedes, niña —dijo con suavidad—. Lo siento.

—¿Por qué no? ¿Por qué debería confiar en que no quiere hacerle daño?

—Porque te di mi palabra. Y porque una vidente sabe cuándo otra le dice una mentira descarada, en especial una tan importante como esta.

Maldición, tenía razón. El agua no le había dado a Harrow ningún indicio de falsedad, pero una vez más ella la había ignorado porque deseaba una realidad diferente. ¿Cuándo aprendería? ¿Acaso aquella sería una lección que le llevaría toda la vida entender?

—Volveré a encarnarlo —afirmó Darya—, pero, como le dije a Malaikah, puede llevarme un tiempo. No pienso hacer otra cosa hasta que consiga el resultado deseado, solo que no sé cuándo será.

Harrow escuchó cada una de sus palabras a través del filtro de la voz interior que la guiaba y no escuchó más que la verdad.

—¿Puedo verlo?

La monarca negó con la cabeza.

—¿Por qué? Si vamos a estar separados por un tiempo indefinido, necesito verlo antes de irme.

—No puedo.

—¿Por qué?

—Porque... —La reina del agua suspiró—. Porque se lo he prometido.

—¿A Raith?

Darya asintió.

—Después de que lo capturara, se rompió el trance de su obligación. Fue consciente de todo lo que había hecho. Niña, siente una enorme vergüenza. Me hizo jurarle que no te dejaría acercarte a él.

—¿Por qué? —A Harrow se le cerró la garganta del dolor.

—Ahora veo lo equivocada que estaba con respecto a él. —La mirada de la inmortal se suavizó—. Es noble y te ama.

—Entonces ¿por qué no quiere verme? —Para su desconsuelo, una lágrima le resbaló por el rabillo del ojo. Estaba harta de llorar. Más que harta. Pero una tras otra se sucedían circunstancias que hacían fluir su pesar.

—Se siente avergonzado de todo lo que ha hecho. Carga un gran peso de arrepentimiento.

—No me importa. Sé que nada ha sido culpa suya. Sé que no quería hacerme daño. Necesito decírselo.

—Lo sé, hija, pero debo respetar sus deseos. Me pidió mi palabra y yo se la di. Sabiendo cuánta importancia da un ser como él a un juramento, no tengo intención de romper el mío.

—Tiene que saber que no lo culpo por nada. Tiene que saber que lo quiero.

—Y te doy mi palabra, también, de que se lo diré.

Ah, antes de que te vayas —añadió Darya, aunque Harrow no tenía intención de marcharse tan fácilmente—, debes saber una cosa más.

—¿El qué?

—Cuando finalmente logre encarnar a tu espectro y por fin te reúnas con él, será igual que antes en más de un sentido. Será transportado al sur... y habitará su nuevo cuerpo sin recordar quién o qué es.

Se le abrió un pozo en el estómago que pareció absorber todo lo que quedaba de ella.

—No...

—Desafortunadamente, sí. No puedo hacer nada para evitarlo. Tendré que devolverle la memoria después para que te recuerde. Por desgracia, no será agradable.

—¿Por qué no?

Darya torció la boca.

—Su pasado es oscuro, Harrow. Cuando le devolví sus recuerdos la primera vez fue una forma de tortura. No me siento orgullosa de eso ahora, pero es la verdad. Tuvo que revivir todo el dolor que había soportado y causado a otros como si sucediera de nuevo, comprimido en la duración de un sueño. Y eso será exactamente lo que tendrá que soportar por segunda ocasión para recuperar sus recuerdos.

Harrow se tapó la boca con una mano que después dejó caer y se retorció con la otra.

—¿Tiene que restaurarlos del todo? ¿No sería más feliz sin saber lo que pasó?

—No. Igual que en esta ocasión, conservará sus recuerdos subconscientes y sentirá una gran vergüenza y culpa, solo que no entenderá por qué. Necesita recordarlo todo para sanar. Incluso las peores partes.

Tenía razón, por supuesto, aunque a la vidente no le gustaba la idea de que Raith volviera a sufrir con su pasado. Ya lo habían torturado bastante.

—¿Puede darnos unos días antes? ¿Una semana?

—No sé, Harrow...

—Solo denos una semana para estar juntos sin que lo atormenten los recuerdos. Así podré demostrarle cuánto lo quiero y le será más fácil aceptar el resto.

La expresión de la reina del agua se suavizó.

—Os daré una semana. Pero te advierto, Harrow, que incluso sin su memoria necesitará una explicación de lo ocurrido o sus sentimientos lo atormentarán. —Ella asintió con impaciencia y la monarca agudizó la mirada—. Tendrás que contárselo todo, por desagradable que sea. ¿Entiendes?

Harrow tragó saliva.

—De acuerdo.

—Mientras tanto, recuerda que el agua te guiará en todo. Y no intentes venir antes de que haya terminado. Cerraré las puertas con magia impenetrable, así que no pierdas tu tiempo viajando hasta aquí. Cuando sea el momento adecuado, lo sabrás. Usa los dones que la Diosa te concedió cuando naciste.

—Pero...

—Adiós por ahora, hija del agua. Que vivas con toda la gloria a la que estás destinada hasta que la fortuna me sonría y me conceda el regalo de una próxima visita. Conocerte ha sido mi mayor alegría en muchos largos años.

Y entonces Darya la expulsó de la visión. Con un grito ahogado, la vidente se separó del cuenco de adivinación, a miles de kilómetros de la reina del agua y del hombre al que amaba.

Y al parecer le habían prohibido indefinidamente volver a ver a cualquiera de los dos.

Por supuesto, Harrow era demasiado terca para aceptar su destino y aquella despedida con facilidad. En cuanto recuperó las fuerzas y cumplió la promesa que le había hecho a Malaikah de descansar, se sumergió en otra visión.

Esta vez fue tras una reina diferente.

Apareció en las habitaciones aéreas de Nashira. La reina estaba sentada junto a las imponentes ventanas, tocando el arpa y cantando casi en susurros. La música se mezclaba con su inquietante y hermosa voz creando una magia propia. Su extraña bola de cristal descansaba sobre un cojín en la mesa que tenía al lado.

La reina del éter dejó de tocar bruscamente.

—Aquí estás. Más tarde de lo que esperaba. ¿Has descansado? No, no puedo ayudarte ni hoy, ni mañana, ni ayer. Mis más sinceras disculpas. —Volvió a su arpa.

—Ni siquiera me ha dejado explicarle.

Nashira le devolvió la mirada.

—No hace falta. Lo sé todo, ¿recuerdas? —Se rio para sus adentros, pero Harrow no supo si estaba bromeando o no.

—¿Por qué no quiere verme? —le preguntó, aunque no entendía por qué buscaba respuestas en aquella mujer tan extraña y exasperante. Supuso que se debía a que una parte de ella reconocía que la reina del éter era sabia, aunque estuviera enterrada bajo tanta extravagancia.

—Oh, sí quiere. Lo anhela tanto como tú.

—Pero Darya dice...

—Una promesa es una promesa.

—¿Por qué...?

—La culpa es un peso que debe soportar solo quien lo carga. El perdón debe nacer primero dentro. ¿Cómo compartir si no una carga que no podemos soltar? Y menuda carga para llevarla solo, y acabar descubriendo que todo el tiempo carecía de peso. Cuando los dedos la sueltan, se eleva hacia las nubes como una pluma caprichosa, por fin libre.

—¿Por qué no puede decir nada con claridad? —exclamó Harrow; su paciencia se había terminado.

Nashira se limitó a sonreír.

—No te preocupes. Pronto lo entenderás.

—¿Cuándo?

Pero la reina del éter había vuelto a su arpa, rasgándola con cariño y tarareando con suavidad. La vidente apretó los dientes, jurando que no se iría hasta que oyera algo remotamente útil, que no incluyera divagaciones filosóficas o...

—Encantada de volver a verte, querida. Visítanos cuando pases por aquí. ¡Oh, y felicidades!

—¿Por qué?

Pero no tuvo oportunidad de averiguarlo. Al instante siguiente volvió a estar frente a su cuenco de adivinación, de regreso en su caravana, expulsada una vez más de su propia visión por otra maldita reina y su maldita magia. Y esta vez por fin empezó a darse cuenta de que no podía hacer nada más que esperar.

Aunque, a pesar de todo, nada le impediría seguir intentándolo.

24

Seis meses después...

Harrow se ajustó el protector sobre la boca y la nariz y se sacudió la arena de los ojos, la única parte expuesta al sol implacable. Frente a ella, Fiona avanzaba fatigosamente a paso de tortuga, lo que era del todo comprensible. Había habido un tiempo en que su mansa yegua no había estado acostumbrada a condiciones climáticas tan duras.

No hacía falta decir que después de seis meses ya lo estaba.

Sin embargo, por mucho que una se acostumbrara al clima del sur, jamás dejaba de ser un enemigo formidable. Solo los viajeros más temerarios se atrevían a moverse en el calor del día: quienes no estaban familiarizados con el clima y quienes tenían mucha prisa por llegar a su destino.

Harrow entraba en la última categoría.

Después de medio año de vagabundeo constante, por fin había llegado el momento. Como había hecho a diario desde sus primeras incursiones al árido sur, aquella mañana había preparado su cuenco de adivinación y se había sumergido en las profundidades del agua en busca de señales del ser que esperaba.

Y por fin había encontrado resultados.

Durante meses había viajado sin saber muy bien adónde ir ni dónde acabar el viaje. Lo único que la guiaba era la firme convicción de que tenía que seguir vagando por el desierto. Estaba segura de que, si se decidía a retirarse a tierras más nobles, cuando llegara el momento se hallaría en el lugar equivocado.

Después de las conversaciones con las reinas en sus visiones de meses atrás —el último contacto que había tenido con ellas, aunque no por falta de intentos—, había acudido al agua como le había recomendado Darya, en busca de su próximo paso, solo para descubrir que ya iba en la dirección correcta. Su decisión de marcharse sola de Allegra y dirigirse al sur seguía siendo la adecuada.

Así que había descansado unos días en aquel claro del bosque con Malaikah, y luego, cuando se había recuperado lo suficiente para viajar, se había despedido de su amiga más querida y había reemprendido el viaje sola.

Como era de esperar, Malaikah no se había marchado sin protestar. Pero Harrow le había insistido en la importancia de que viajara sin compañía y en el hecho de que ella estaba más segura bajo la protección de Salizar, así que, al final, la pantera había cedido y regresado caminando a Allegra. Harrow le había agradecido profusamente su ayuda, sabiendo que no debía de ser fácil para ella dejar el circo, así como tampoco volver a él. No había forma de que Salizar se tomara a la ligera el caos que ambas habían conseguido crear.

Entonces, de nuevo solas, Fiona, Harrow y su caravana habían viajado hacia el sur.

Había tardado casi un mes en llegar al territorio de Furie y otros dos en penetrar por fin en la región conocida como el lejano sur. Desde ahí, Harrow viajó a través de Kambu, triste de ver el deteriorado estado de la patria de Malaikah bajo el corrupto liderazgo del traidor que se la había arrebatado a su familia años atrás. Se cuidó mucho de ocultar su identidad para protegerse de la reina y sus partidarios.

Un mes más tarde, el agua la instó a adentrarse en el desierto, donde pocos viajeros se atrevían a aventurarse, razón por la cual ella estaría más segura. Cargó su caravana de provisiones y obedeció a sus instintos sin dudar, algo a lo que por fin se estaba acostumbrando. Los meses que llevaba sola habían aumentado el volumen de su voz interior y la confianza en su propia sabiduría.

Durante ocho semanas atravesó un desierto desolado de tierra resquebrajada y dunas ondulantes. Se pasaba los días buscando refugio, viajando de una fuente de agua a otra, y las noches resguardada en su caravana o buscando calor junto al fuego.

Todas las mañanas, sin falta, llenaba un cuenco con agua preciosa para llevar a cabo su ritual de adivinación. Siempre, el sol brillaba sin piedad desde cielos azules y despejados. Los días eran sofocantes y las noches heladas. Jamás llovía. Los incendios de matorrales eran frecuentes en cualquier paraje lo bastante valiente como para intentar albergar vegetación.

Sus pensamientos se consumían de manera constante en su supervivencia: agua, refugio, alimento, descanso, todo una y otra vez. Sin embargo, en cierto modo llevaba una existencia pacífica. Solo una mujer y su yegua, desafiando al desierto, en busca de su amor perdido.

Y ese día por fin lo encontraría.

La visión llegó inesperadamente. En un momento estaba sacudiéndose arena de los ojos entornados a la luz del desierto, y al siguiente...

Volvió a la realidad con un grito ahogado, haciendo que Fiona se detuviera. Se arrojó por el costado de la caravana y empezó a correr, aunque sabía que no era aconsejable extenuarse tanto en aquel clima.

Daba igual. Solo importaba ese momento.

Corrió más rápido, con el corazón lleno de esperanza. Esperanza de que después de todos aquellos meses la búsqueda por fin hubiera llegado a su fin.

El sol se deslizó bajo sus párpados mientras se desprendía poco a poco de la inconsciencia. El instinto le decía que estuviera alerta, que observara su entorno y buscara amenazas. Solo consiguió mover los ojos, demasiado pesados.

Lo asaltó una punzada de dolor conforme tomaba conciencia de su cuerpo. Todo le dolía.

Al fin logró abrir los ojos, pero los cerró de inmediato al sentir el sol abrasador. Lo intentó de nuevo, entornando los párpados frente a la intensa luz, y vio azul. Un cielo despejado, sin una nube a la vista.

Luchó contra su inmensa debilidad y giró la cabeza a un lado. El suelo estaba agrietado y polvoriento, una impenetrable costra endurecida. A lo lejos, un arbusto solitario luchaba por sobrevivir.

Presintió cierta familiaridad, tuvo la certeza de haber

estado allí antes, de haber vivido ya aquello, pero no tenía sentido. No recordaba haber...

Sus pensamientos se detuvieron de repente.

No recordaba nada.

No tenía ni idea de quién era ni de cómo había acabado varado y desnudo en el desierto. Ni siquiera conocía su propio nombre.

Sin embargo, experimentó una extraña gratitud por la sensación de la carne unida a su espíritu. Como si hubiera vivido lo contrario y prefiriera su estado actual, por más débil y adolorido que estuviera.

Sin embargo, algo que no le agradaba era el inquietante sentimiento de pena que pesaba sobre su alma. Se sentía como si hubiera perdido algo precioso, pero no conseguía recordar qué era.

¿Valía la pena vivir en aquel estado? Se encontraba demasiado débil para moverse, con la extenuación de su cuerpo y el pesar que lo agobiaba. Tal vez sin aquel dolor incorpóreo habría reunido la voluntad para presentar batalla, pero ¿con él? La muerte sería un alivio bienvenido.

Qué curioso. De pronto tuvo la seguridad de haber pensado algo parecido antes.

Exhaló para rendirse al tormento de su pecho. Dejó que la vida lo venciera. Se rindió. Soltó su voluntad, liberó su instinto de supervivencia y esperó a que la oscuridad lo reclamara...

Una voz gritó desde muy lejos, devolviéndolo al presente.

«No —pensó—, déjame ir. Déjame entregarme.» ¿Se le negaría la muerte para siempre?

—¡Raith! —Esta vez el grito sonó más fuerte.

Algo en aquella voz lo azotó justo en el centro del

océano de inexplicable dolor. El sufrimiento era tan intenso que jadeó, levantando un brazo pesado para agarrarse el pecho. De repente se sentía incapaz de respirar.

—¡Raith!

Se dio cuenta de que la voz le resultaba hermosa. Aunque no tenía ni idea de lo que decía, el sonido era tan inexplicablemente glorioso que lo hizo llorar. Volver a oír una voz así...

Quizá, después de todo, había algo por lo que valía la pena vivir.

Mientras corría, Harrow por fin lo vio: una forma oscura sobre la tierra a cierta distancia.

—¡Raith! —gritó de inmediato.

La figura no se movió. Aceleró.

—¡Raith!

Nada. Siguió corriendo.

Y entonces pudo verlo. Estaba acostado bocarriba, con la cabeza hacia un lado; la oscuridad de su piel desnuda parecía tragarse el sol del mediodía. Corrió más deprisa, gritando su nombre una y otra vez, sin obtener ningún efecto.

Finalmente, llegó hasta él y se arrodilló a su lado. Él no se movió. Los ojos de Harrow se llenaron de tantas lágrimas de gratitud que se le nubló la vista, pero parpadeó para evitarlas, decidida a no perderse ni un solo detalle de su precioso rostro.

Después de seis meses de búsqueda, allí estaba.

Se encontraba, no obstante, débil e inconsciente. Debía llevarlo de vuelta a su caravana. Tenía que sacarlo del sol directo, y necesitaba agua.

Lo rodeó con los brazos y arrastró su enorme figura sobre su regazo. Su enorme y sólida figura. Incluso inconsciente como estaba, le asombró su fuerza. Su cuerpo era gigantesco, letal.

Se quitó el pañuelo de la cabeza y lo cubrió con la tela para que no le quemara el sol; luego desenganchó la cantimplora de su cinturón.

Le acarició la mejilla con suavidad, luchando contra los sollozos que le hacían un nudo en la garganta.

—Raith, mi amor, despierta.

Él gimió dócil y sus ojos se movieron bajo los párpados cerrados. Harrow se sintió tan feliz que se permitió llorar.

—Mi amor, necesitas agua. —Despacio, le acercó el agua a los labios.

Raith abrió los labios y ella vertió un poco del líquido vital. Él tragó.

—Eso. Toma más. —Le dio un poco más y él volvió a beber, esta vez con más vigor.

Después de terminarse toda el agua, sorbo a sorbo, empezó a recuperar el conocimiento. La vidente le acarició el sedoso pelo, murmurándole palabras de aliento, diciéndole lo mucho que significaba para ella, lo desesperadamente que lo había extrañado y cuánto tiempo llevaba buscándolo.

Al fin abrió los ojos. A través de sus lágrimas, Harrow contempló aquellos dos abismos completamente negros con iris de fuego.

—Ya estás a salvo. Te prometo que te cuidaré.

Cuando él habló, tenía la voz ronca.

—¿Quién... eres?

Tras mucho esfuerzo, Harrow logró llevar a Raith a su caravana. Primero intentó que se levantara y caminara. Él consiguió dar tres pasos antes de que se le doblaran las piernas y se desmayara de nuevo.

En lugar de repetir aquel agonizante esfuerzo, Harrow tuvo que apartarse de su lado y regresar corriendo en busca de su corcel. Después hizo que la pobre Fiona cargara con él, trotando bajo el inclemente sol.

El espectro vació dos cantimploras de agua más antes de tener la fuerza suficiente para volver a ponerse de pie. Luego Harrow lo ayudó a entrar en su caravana. Lo tumbó directamente en la cama, y se durmió antes de que su cabeza tocara la almohada.

Harrow dirigió a su agotado caballo hasta el oasis más cercano: como las videntes extraían su magia del agua, siempre podían percibir una fuente cercana. Allí ató a Fiona a un árbol junto al manantial para que pudiera beber con tranquilidad y mantenerse fresca bajo la sombra, y luego regresó a su hogar ambulante.

Raith estaba despierto, sentado en la cama, y ya se le veía más fuerte que antes. Harrow se sentía algo incómoda, sobre todo por lo mucho que tenía que explicarle, así que primero se ocupó de abrir las ventanas y la puerta para que entrara aire fresco. El interior de la caravana resultaba sofocante, y aunque fuera también hacía calor, entró una suave brisa que los alivió un poco.

Mientras tanto, Raith la observaba atento.

Cuando no encontró nada más que hacer, la vidente se sentó junto a la cama.

—¿Quieres un poco más de agua?

Él negó con la cabeza. Su piel seguía siendo del tono de las sombras de medianoche, y Harrow cayó en la cuenta de que la vez anterior sin duda había cambiado de color por las reacciones negativas de los demás. Algo que ella jamás le pediría que hiciera. Negro, moreno, el naranja brillante que había adquirido una vez... Su aspecto le daba igual.

Estaba allí, vivo y bien, en su caravana. Por fin.

Y ahora había llegado el momento de explicarle quién era.

—Tú ya no me conoces —comenzó—, pero yo a ti sí. Me imagino que lo mejor es empezar por el principio. Tu nombre es Raith. Bueno, ese es el nombre que elegiste. Cuando nos conocimos no tenías uno. Verás, Salizar le pidió a Loren que hiciera un letrero... —Sacudió la cabeza con un movimiento rápido—. No importa. Lo único que debes saber es que te llamas Raith. Con R, no con W.

—Raith —repitió él, tal como lo había dicho el día que se conocieron.

—Sí. —Sonrió—. Y yo me llamo Harrow.

—Harrow. —Su rostro se suavizó un poco—. Harrow.

Parecía disfrutar diciendo su nombre.

Ella sintió que el corazón le iba a estallar.

—Y nosotros somos... Bueno, nosotros... Yo...

¿Cómo podía decirlo? Tenía las mejillas enrojecidas, y eso que ni siquiera había conseguido completar una frase. Reunió fuerzas, apretó los dientes y habló con brusquedad:

—Estamos enamorados.

Él abrió los ojos de par en par. Parecía tan asombrado que Harrow podría haberse reído si no hubiera estado tan ocupada tratando de ocultar su vergüenza.

—Por lo menos lo estábamos. Antes.

Ahora parecía afligido.

—No, no quería decir... Me refiero a que... a que todavía nos queremos. O, mejor dicho, yo aún te quiero, y creo que tú sentías lo mismo antes de olvidarme.

Ahora solo parecía confundido. Genial. Lo estaba haciendo increíblemente bien, sin duda.

—Déjame que empiece por el principio, ¿vale? Te lo contaré todo, y después puedes preguntarme lo que quieras.

Así que Harrow empezó por el principio. Le contó que se habían conocido en el circo de Salizar y cómo habían escapado. Cuando le habló de las noches que pasaron juntos en la habitación de la taberna, le ardieron tanto las mejillas que tuvo que saltarse los detalles. Sin embargo, por la expresión de la cara de Raith, él sabía a qué se refería. Y por último le contó cómo es que había ido a buscarlo al desierto.

Y... omitió el resto.

Mintió.

Bueno, simplemente... esquivó un poco la verdad. Pero él ya tenía los ojos abiertos de par en par y el pobre acababa de despertarse... Debía darle un respiro antes de agobiarlo con los oscuros detalles de su retorcido pasado.

—¿Qué piensas? —le preguntó cuando por fin terminó de contarle su historia incompleta. La asaltó un sentimiento de culpa, pero lo apartó por el momento.

Él ladeó la cabeza de aquella manera tan salvaje que tenía.

—La mujer más hermosa del mundo acaba de decirme que me quiere. Creo que no soy tan necio como para cuestionar mi buena fortuna.

El pecho le ardió de felicidad hasta el punto de resultarle casi insoportable. Su sonrisa era tan enorme que le dolía la cara. Bromeó para ocultar la profundidad de su placer.

—No recuerdas a nadie más. ¿Cómo puedes saber que soy la más hermosa?

—Lo sé.

Se miraron a los ojos. Con intensidad.

—¿Puedes acercarte? —preguntó él en voz baja—. ¿Para que pueda verte mejor?

Harrow prácticamente corrió a su lado, casi arrojándose sobre él. «Tranquila —se dijo—. No se acuerda de ti.» Se obligó a sentarse en la cama, a su lado, en lugar de caer sobre su regazo. Sus miradas volvieron a encontrarse. Entre ambos surgió una conexión tan poderosa como la magia.

—En definitiva, la más hermosa —murmuró Raith, acercándose más.

Ella también se acercó.

—Te he echado tanto de menos...

Él estudió su rostro con atención.

—Cuando me he despertado he sentido que me faltaba algo importante. Creo que eras tú. —Levantó la mano para frotarse distraído el pecho desnudo.

—Quiero que sepas que me da igual lo que ocurriera en el pasado. —Harrow sabía que no lo recordaba, que no entendía de qué hablaba. Sin embargo, tal vez, en el fondo, lo intuyera—. No me importa qué hiciste o quién eras. Nada de eso importa ya.

Él frunció el ceño como si intentara darles sentido a las cosas. Mientras tanto, se frotaba el pecho, como si le doliera.

—El pasado está en el pasado. Mientras estemos juntos.

De algún modo el espacio entre ellos se había reducido a escasos centímetros. Aun así, Raith buscaba la mirada de Harrow con intensidad. Ella se perdía en sus iris ardientes con la misma intensidad, desafiándolo a asomarse a su alma, a que viera lo que realmente sentía por él.

—¿Esto es real? —murmuró el espectro.

Ella asintió y le acarició la mandíbula, recorriendo con los dedos su impecable estructura ósea, aunque en aquel momento resultaba casi imposible de percibir debido a su increíble oscuridad. Recordó haber querido gritar de horror al descubrir su verdadero aspecto por primera vez. El recuerdo la llenó de vergüenza. Al contemplarlo ahora no veía más que al hombre que quería. Pensar que era otra cosa se trataba de un error que no volvería a cometer.

Perdido en sus propios pensamientos, Raith alzó la mano para acariciarle el pelo encrespado, recordándole así que hacía días que no se lo cepillaba ni se tomaba la molestia de ponerse un vestido bonito. Tal vez tuviera la cara cubierta de arena.

—Eres preciosa —musitó él, y ella enrojeció de placer.

Y después se inclinó para besarla, y Harrow se entregó a él sin pensarlo.

25

Una extraña fuerza se había apoderado de Raith, y era incapaz de resistirse a la exquisita criatura sentada a su lado sobre la cama. Ella había atravesado el desierto corriendo —¿cómo había llegado él hasta allí?— y luego lo había acogido en su pequeña casa rodante y le había dicho que lo quería. Aquella mujer, aquella indescriptible, gloriosa mujer, había cruzado el desierto en su búsqueda porque lo amaba.

Parecía imposible. Probablemente estuviera soñando.

Si era así, estaba decidido a disfrutar cada segundo antes de despertar a la triste realidad que le aguardaba. La mujer llamada Harrow se fundió en su abrazo, gimiendo con suavidad, como si su contacto fuera su mayor placer. Aquello lo dejó impresionado.

También lo animó. Profundizó el beso, separando los labios de ella con los suyos para sumergirse en su boca con la lengua.

Se dio cuenta de que ya lo había hecho antes. Por alguna razón, sabía lo que a ella le gustaba. Sabía cómo tomarle el rostro con la mano de la forma que ella deseaba, apretándola contra él. Sabía cómo sería la sensación de la curva de su cintura cuando acariciara su espalda con la otra mano. Sabía con qué firmeza le gustaba que la agarraran de la voluptuosa cadera, y cuando lo hizo fue recompensado al instante con otro suave gemido.

La excitación corría por su sangre. Se llenó de confianza. Tal vez podía darle lo que deseaba de él. Tal vez fuera suficiente para ella.

La agarró por la cintura y la subió a su regazo, con sus torneadas piernas a horcajadas sobre su cadera. Se olvidó de que estaba desnudo bajo las sábanas hasta que se resbalaron, y estaba a punto de volver a cubrirse cuando ella se meció contra su duro miembro con un gemido de placer, sin otra cosa que su fino vestido entre sus cuerpos.

Se le cerraron los ojos. Aquel placer, aquella familiaridad... Era como volver a casa. Parecía el único lugar en el que siempre hubiera querido estar, el único lugar al que hubiera estado destinado.

Entonces ¿por qué seguía sintiendo un dolor tan debilitante?

Ahora no importaba. No podía permitir que algo lo distrajera de aquel precioso momento. Harrow volvió a mecerse contra él, aferrándose a sus hombros con manos suaves, y él se olvidó de todo lo demás. Le subió el vestido para agarrarla por los muslos desnudos, gimiendo al sentir la carne blanda bajo sus dedos.

Ella se alejó un poco, mirándolo con tanto deseo que él volvió a creer que debía estar soñando.

Después se quitó el vestido y lo arrojó por encima de su hombro.

Él jadeó, devorándola con su mirada hambrienta. La plenitud de sus pechos, la suavidad de su vientre, las gruesas curvas de sus nalgas y sus muslos...

Diosa, quería agarrar toda aquella carne a la vez y sentir cómo se derramaba sobre sus manos. Quería deleitarse con cada centímetro de ella hasta que gritara su nombre...

¿Cómo se llamaba?

—Raith —dijo ella, retorciéndose bajo sus ávidos ojos—. Me estás provocando. —Le dedicó una mirada juguetona mientras subía los brazos para recogerse el pelo en un moño salvaje sobre la cabeza.

Él casi se murió al verla.

Apretó los rizos con la mano y la atrajo para besarla de nuevo, separando sus labios con los suyos para conquistar su boca con la lengua. La forma en que ella gemía y se retorcía contra su cuerpo encendió su lujuria.

Inclinó la cabeza para chuparle los pezones. Ella se inclinó hacia atrás, arqueando con sensualidad la espalda, y se aferró a los musculosos hombros de Raith. Él acarició el pecho que no tenía en la boca, pero se detuvo de repente a observar el contraste entre sus cuerpos.

La piel de Harrow estaba bronceada, como el color de la arena. La suya era... la sombra misma, carente de cualquier color. No reflejaba el resplandor del sol que brillaba a través de las ventanas, sino que parecía absorberlo. Nada más a su alrededor reaccionaba de forma similar a la luz, y le pareció extraño. Se enderezó con brusquedad, extendiendo el brazo para estudiarlo fijamente.

—¿Raith?

—¿Qué soy? ¿Por qué tengo este aspecto?

Harrow le apretó más los hombros.

—A mí me pareces perfecto. Eres el hombre más maravilloso que he visto nunca. Y estoy segura de ello, pues yo sí poseo recuerdos.

Él inclinó la cabeza y la miró.

—¿Conoces a alguien más como yo?

—Puedes cambiar tu apariencia si te molesta. Pero no lo hagas por mí.

Se dio cuenta de que ella había evitado responder la pregunta, pero estaba demasiado intrigado por lo que había dicho como para preocuparse ahora por nada más. Contempló su piel morena y terrosa e hizo que la suya fuera del mismo tono.

Y... cambió. Increíble.

Harrow jadeó y luego se rio.

—Es un buen truco, pero creo que deberías volver a como estabas.

—¿Por qué?

—Porque quiero que siempre recuerdes que amo cada parte de ti, exactamente como es. Y no deseo que sientas que tienes que cambiar por mí.

En respuesta, se inclinó para besarla de nuevo y enseguida olvidó qué le había preocupado tanto. Estar con ella hacía que se sintiera como en casa. ¿A quién le importaba cualquier otra cosa?

Enseguida retomó su tarea anterior: chuparle los pezones. Se endurecieron entre sus suaves gemidos mientras la sujetaba por la curva de la cintura, con las manos casi juntas en el centro. Animada por sus caricias, Harrow empezó a mover la cadera de nuevo, y un gruñido le retumbó en la garganta cuando su sexo, ya húmedo por la excitación, acarició su miembro.

—Raith...

Él alzó la mirada hacia ella, interrogante.

—Vuelve a ser como antes. —Sus palabras eran jadeantes.

—¿Por qué?

—Te deseo... tal como eres.

Él se encogió de hombros, sin entender por qué era importante, pero la obedeció. Su piel se convirtió en sombra y volvió a acercarse a ella para besarla.

Harrow le rodeó el cuello con los brazos, estrechándolo contra su cuerpo, y continuó meciéndose contra él, enloqueciéndolo con el movimiento de la cadera. Su excitación le mojaba el sexo donde sus pieles se rozaban y el sonido de sus suaves gemidos lo llenaba de desesperación. La necesitaba. Necesitaba verla deshacerse.

Le apretó los dedos alrededor de la cintura y la acercó aún más. Su erección, dolorosa y dura, se erguía entre sus cuerpos, mientras Harrow se movía cada vez más rápido contra él, frotándose con su miembro sin meterlo dentro de ella.

Le habría bastado inclinar la cadera para penetrarla, pero no lo hizo. Quería verla llegar al clímax así, verla darse placer con su cuerpo. Ella estaba tan desesperada como Raith, y a él le encantaba.

La quería.

¿Era ridículo en un hombre cuya memoria abarcaba solo algunas horas? Tal vez. ¿Le importaba? Por el momento, en lo más mínimo.

Ella se movió más rápido contra él, apoyándole los brazos en los hombros para hacer palanca, con los muslos temblorosos por la fuerza que ejercía. La forma en que se deleitaba en su sensualidad, sin avergonzarse por tomar lo que necesitaba para alcanzar su placer, era de largo lo más embriagador que él podría haber soñado. Era una diosa, y la adoraba.

De nuevo se apoderó de él aquella sensación de familiaridad. Sabía que se acercaba al orgasmo por la forma en que se le aceleró la respiración y sus gemidos aumentaron de volumen. Sabía cómo respondería si la cogía del pelo y le demostraba su fuerza. Lo hizo, lleno de expectación, tirando de él hacia atrás para poder deleitarse con su cuello.

Ella gritó y se retorció más rápido, frotándose furiosamente contra él. Cuando sus gemidos se llenaron de frustración, como si estuviera al borde del abismo pero no pudiera alcanzarlo ella sola, él supo qué hacer para empujarla al límite. La embistió con más potencia, sincronizando el ritmo de sus movimientos, y apretó más la mano con la que la sujetaba del pelo para demostrar su dominio.

El grito de éxtasis llenó la habitación. Harrow echó la cabeza hacia atrás y todo su cuerpo se estremeció. El clímax de él llegó de repente; al contemplar su orgasmo perdió el control.

Harrow, sin fuerzas, se dejó caer contra él, que la tomó entre sus brazos para mantenerla cerca. Su cuerpo también temblaba; cada nervio hormigueaba de vida. Quizá su lujuria se hubiera saciado, pero su pasión seguía ardiendo. No creía que fuera a cesar nunca.

La forma en que ella apoyó la cabeza sobre su hombro, con un suave gemido de satisfacción, hizo que se sintiera el ser más poderoso del mundo.

Para un hombre sin recuerdos debería haber sido imposible sentir tal nivel de pertenencia en tan poco tiempo, pero no podía negarlo. No era una sensación pasajera provocada por el frenesí de su pasión. Era algo más profundo que la piel y los huesos, más profundo incluso que el pensamiento.

Cualquiera que fuera el extraño giro del destino que lo había llevado hasta allí, no desperdiciaría sus bendiciones. Adoraría y protegería a su Harrow, la colmaría de amor y afecto.

Sin embargo, fue ella quien levantó la cabeza y le acarició el pelo, mientras le decía lo maravilloso, fuerte y capaz que era. Al final, lo único que él logró expresar de sus sentimientos fue:

—Eres mía.

—Sí —convino Harrow—. Soy tuya y tú eres mío, y jamás te dejaré ir.

Un rato más tarde, se levantaron de la cama para lavarse. La vidente preparó una pequeña cena con lo poco que quedaba de sus provisiones. Él intentó ayudar, pero ella insistió en que descansara, aunque ya no se sentía débil.

Mientras comían, ella le contó que se había pasado meses buscándolo en el desierto. No podía creer la lealtad que le demostraba aquella mujer, ni comprender qué había hecho para merecerla, pero se juró que haría todo lo que estuviera en sus manos para ser digno de ella.

Si tan solo pudiera entender por qué le seguía doliendo el pecho, por qué seguía sintiendo que se le escapaba un detalle crucial...

Harrow le dijo que al día siguiente viajarían hacia el norte, dejarían el desolado sur hacia tierras de más bonanza. Una vez ahí, decidirían juntos adónde ir, pero ella deseaba interceptar el circo en el que trabajaba antes para visitar a su amiga Malaikah. Raith iría adonde ella quisiera. Aún no sabía dónde encajaba en el mundo y deseaba descubrirlo a su lado.

Solo deseaba poder entender el doloroso hueco que sentía en el pecho.

Sabía que había hecho algo malo. Algo terrible. Algo que quizá fuera imperdonable.

Pero no recordaba qué era.

¿Cómo podía seguir con su vida con Harrow si no podía encontrar el perdón por su terrible acto? ¿Cómo iba a olvidarlo si no sabía qué lo atormentaba? A pesar de que ella se lo afirmaba constantemente, no podía deshacerse de la sensación de que ella se merecía a alguien mucho mejor. Por alguna razón, intuía que le había hecho daño de una manera horrible.

Aquella noche, mirándola dormir a su lado con una suave sonrisa en los labios, no lograba imaginar que hubiera podido hacerle algo así. La quería. Quería que estuviera a salvo y que fuera feliz. Así que ¿por qué le haría daño?

Pero lo había hecho. Estaba seguro, y eso lo desgarraba por dentro como un cuchillo que le removiera las entrañas. Si le había hecho daño antes y no podía recordarlo, ¿qué le impediría volver a hacerlo? ¿Cómo podía confiar en sí mismo en su presencia? Debería dejarla para evitarle el pesar que podía provocarle sin darse cuenta.

No. Sus brazos se apretaron alrededor de ella; un gruñido retumbó en su pecho. Jamás la abandonaría. Jamás. Tendrían que arrancarla de sus manos frías y muertas para separarlos.

Aun así, la idea lo atormentaba. ¿Cómo podía confiar en que estaría a salvo con él si no recordaba lo que había hecho?

Finalmente, se sumió en un sueño intranquilo, rezando a la Diosa para que lo preservara de herir por accidente a la mujer que quería. Mientras dormía, las pesadillas no dejaron de atormentarlo.

Se despertó con su cuerpo sin vida entre sus brazos,

y la boca llena de sangre. La había aplastado mientras dormía. Gritó.

¡No! Había sido solo un sueño. Seguía dormido.

Se despertó de nuevo. La sangre lo empapaba todo. La había apuñalado con sus garras mientras dormía. Sus gritos de terror llenaron el aire.

¡No! Seguía siendo un sueño. Se despertó.

Tenía el cuello desgarrado: se lo había abierto con los dientes mientras dormía. Era un sueño. Tenía la garganta cortada. Era un sueño. Su cuerpo estaba calcinado. Era un sueño.

Tenía su sangre en las manos. Siempre, la sangre de Harrow le cubría las manos.

—¡Harrow!

La vidente flotaba a la deriva sobre una nube de felicidad cuando la perturbó una voz de pánico que intentaba sacarla del reino de los sueños placenteros.

—¡Harrow!

Era la voz de Darya. Qué raro.

—¡Harrow, escúchame!

Volvió en sí, pero no despertó: se encontraba en una visión onírica. Había vuelto a la sala de las fuentes y estaba sentada frente a la reina del agua, que parecía aún más demacrada que en su visita de seis meses atrás. Su piel era más pálida que antes, las sombras bajo sus ojos más oscuras, su pelo más despeinado y el vestido parecía quedarle grande.

—¿Qué pasa? —inquirió Harrow sin lograr contenerse.

—A mí también me alegra verte. —Darya levantó una ceja—. Veo que ya te has reunido con tu espectro

—Sí, así es. —Se sonrojó. ¿Cuánto habría visto la inmortal?

—No le has contado todo.

Ella suspiró.

—Lo sé, pero quería darle un día o dos. Si puedo demostrarle cuánto lo quiero antes de que recuerde, tal vez...

—Ahora mismo sueña una y otra vez que se despierta y descubre que te ha matado accidentalmente mientras dormía. Se da cuenta de que está soñando, se duerme y vuelve a despertar en el mismo escenario.

Harrow se tapó la boca con una mano.

—Sabe que te ha herido en el pasado de algún modo que considera imperdonable, pero no recuerda cómo ni por qué. No logra imaginar por qué te haría daño y teme de sí mismo y de lo que podría hacerte. Lo estás torturando negándole información fundamental.

—No... no tenía ni idea. Pensé que solo estaba confundido.

—Te advertí que tendría recuerdos subconscientes. Te advertí que necesitaba saberlo todo.

—Lo sé.

La invadió la vergüenza. ¿Cómo había podido ignorar algo tan crucial? Entonces cayó en la cuenta de que había sido por su propio miedo egoísta. No quería que Raith recordara que lo había abandonado. No quería que experimentara el dolor de recordar que lo había traicionado. Tenía miedo de que no la perdonara.

—Tiene razón —repuso—. Tiene que saberlo todo. Y no porque yo se lo diga. Tiene que restaurar sus recuerdos de inmediato.

—Estoy de acuerdo. —Darya sonrió con compasión—. Sé que es difícil, niña, pero estás tomando la decisión correcta para tu compañero, y eso es lo importante. Ahora voy a disolver nuestro hechizo de sueño para poder concentrarme en tejer el hechizo de...

—Espere. —Miró fijamente a la reina del agua—. De verdad lo ha hecho. Le ha concedido un cuerpo nuevo, y de verdad va a dejarlo libre.

Darya frunció el ceño.

—Por supuesto.

—Ya no lo odia.

—Al contrario, hemos estrechado nuestros lazos durante los seis meses que hemos pasado juntos.

—¿En serio?

—Oh, sí. Hija mía, si hubiera querido matarlo, podría haberlo hecho desde el primer día.

—¿Cómo?

—En cuanto Raith se dio cuenta de dónde estaba y de lo que había hecho, se materializó, como pueden hacer los espectros durante periodos cortos. Como sabes, una vez lo torturé durante años, tratando de obligarlo a que hiciera justo eso para conseguir matarlo, y nunca lo logré. Pero esta vez lo hizo de forma voluntaria.

—¿Por qué?

—Harrow... Me suplicó que lo matara por lo que había hecho.

Los ojos de la vidente se llenaron de lágrimas.

—No lo hice, por supuesto, pues le había hecho una promesa a mi hija del agua. Así que le dije lo furiosa que te pondrías si lo oías decir semejantes tonterías.

—¿De verdad? —Harrow se secó los ojos con brusquedad.

—Sí. Y le dije que mi hija no solo era hermosa, sino también obstinada. Y que su corazón le pertenecía a él y no soportaría que algo le sucediera, en especial mientras estaba bajo mi cuidado. Tu Raith y yo compartimos mucho durante aquellos meses y llegamos a conocernos bien. Es más: ya echo de menos su compañía. Has elegido bien: será un compañero perfecto para una vidente.

—Pensé que el proceso de encarnación sería una tortura para él.

—No fue agradable, desde luego, pero no podía estar siempre bombardeándolo con magia. Y esta vez él cooperó conmigo, así que no fue tan difícil. Mientras yo descansaba, pasamos tiempo juntos.

Darya había cumplido su palabra. Había encarnado a Raith únicamente para darles a él y a Harrow un futuro juntos. No solo había renunciado a su deseo de venganza, sino que también había entablado amistad con el hombre al que una vez había querido matar.

—Gracias —susurró Harrow.

—No hay nada que agradecer, niña. No puedo deshacer mis errores, pero puedo intentar enmendarlos.

La inmortal se levantó del sofá y se alisó las faldas. Su vestido era elegante, pero la forma en que colgaba de su enjuta figura le restaba belleza.

—Como ya lo he hecho antes, el hechizo me costará menos esfuerzo; podré hacerlo esta misma noche. Vuelve a dormir, y cuando despiertes por la mañana Raith recordará.

—De acuerdo. —Harrow seguía estudiando a la reina del agua—. ¿Está... bien?

—Por supuesto.

—¿Está segura de que puede hacerlo esta noche? La última vez le llevó días.

—Como he dicho, la segunda vez siempre es más fácil.

—Debería descansar un poco después. Se la ve agotada.

Darya sonrió, cansada.

—Pronto nos enfrentaremos a mi hermana. Con un poco de suerte, tendremos éxito. Hace varias décadas que no duermo. Descansaré entonces.

La vidente la miró fijamente.

—¿Habla en serio?

Darya sacudió una muñeca.

—No te preocupes por mí. He existido durante incontables siglos y seguiré haciéndolo durante incontables más.

Lo dijo de tal forma que pareció una carga agotadora. Harrow supuso que, si fuera inmortal y estuviera tan sola como Darya, sentiría lo mismo. Decidió que, ya que la inmortal se había esforzado tanto por unir la brecha que las separaba, haría todo lo posible por mantenerse en contacto con ella.

—Gracias. Por todo.

—Cuidarte es algo que me propuse lograr desde el principio. Lamento haber tardado tanto en descubrir cómo hacerlo de la manera correcta.

—Bueno, si sirve de algo, me alegro de que esté en mi vida ahora. E incluso aunque fuera por los motivos equivocados, fue gracias a usted que conocí a Raith.

Darya sonrió.

—Cuánta sabiduría para alguien tan joven. Ahora vete, niña. Vete y encuentra tu felicidad.

Harrow se dejó llevar de vuelta a la oscuridad del reino de los sueños. Necesitaba descansar. Cuando despertara, ella y Raith tendrían que enfrentarse a una batalla muy diferente.

26

A la mañana siguiente Harrow se despertó sintiendo sobre ella el peso de la mirada de otra persona. Todo volvió de golpe y se incorporó enseguida.

Raith estaba sentado en una silla a los pies de la cama, con unos pantalones que ella le había dado la noche anterior. La miraba con ojos atormentados. Su piel era otra vez de color bronce, el tono que tenía cuando se conocieron.

—Raith. —Se envolvió la sábana sobre los pechos desnudos—. Perdón por no haberte dicho toda la verdad. Tenía miedo, y fue egoísta.

Pareció como si no la hubiera oído.

—Volviste por mí.

—Sí.

—Te fuiste. Pero volviste.

—Sí. —Tragó con fuerza—. Y jamás volveré a irme de nuevo.

—Te hice daño. Yo... —Ahora fue él quien tragó saliva—. Traté de matarte. —Parecía que de solo pensarlo fuera a vomitar.

—No, Furie trató de matarme. Tú te resististe con todas tus fuerzas para no hacerlo.

—Te hice sangrar. Yo...

—No, Raith. Furie me hizo eso. Tú luchaste contra ella. Incluso después de que te traicionara, no dejaste de luchar para protegerme.

—Hiciste bien en dejarme.

—No. —Sus dedos se cerraron alrededor de la sábana—. No, estaba equivocada. Todavía no puedo creerme que dudara de ti ni por un segundo.

—Harrow, maté a tu familia. A tu madre. ¿Cómo puedes siquiera mirarme?

—Puedo mirarte porque sé que no fuiste tú quien lo hizo. Furie te obligó a ti y a los otros espectros; tus acciones no eran tuyas. Vi cómo estabas bajo la obligación de tu juramento. No eras tú mismo; no pensabas con claridad. No podías resistirte a las órdenes que habías recibido. Todo lo que has hecho por elección propia ha sido lo contrario de lo que hacías bajo el control de Furie. Todo lo que has decidido hacer ha sido protegerme y amarme y hacerme más feliz de lo que he sido en mi vida.

Raith miraba al suelo con ojos atormentados.

—Maté a mucha gente. No solo a las videntes. Durante años me enviaba tras cualquiera que la enfadara o amenazara. Durante mucho tiempo la obedecí sin pensarlo dos veces.

—Quisiera matarla por todo lo que te ha hecho.

—Regresé con ella la noche que te fuiste. Intenté cortarle la cabeza.

Entonces Malaikah había tenido razón.

—¿Qué pasó?

—La daga se derritió cuando tocó su piel. —Se encogió de hombros—. Sabía que era probable que fallara. Esperaba que, cuando lo hiciera, ella me matara a mí.

—Raith. —Se le llenaron los ojos de lágrimas.

—Estuvo a punto, pero se dio cuenta de que era lo que yo quería, así que se detuvo y me envió a por ti. —Sacudió la cabeza—. Fui un necio.

—Yo fui la necia. Si no me hubiera ido aquella noche, no habrías regresado con ella.

Pero él volvió a negar con la cabeza.

—Darya me devolvió mis recuerdos, y eso me cambió. Aunque no te hubieras ido, dudo que hubiera podido quedarme contigo, sabiendo lo que había hecho.

—Sigues sin entenderlo, Raith. —Tenía tanto por qué vivir, y ya era hora de que empezara a luchar por ello—. Solo hiciste lo necesario para sobrevivir. Toda tu vida te has visto obligado a cumplir las órdenes de esa horrible mujer, y después llegué yo y te juzgué por ello. Nunca me he sentido tan avergonzada. Que dudara de ti ni aún por un segundo... Darya planeaba matarte, y yo lo sabía, pero de todas maneras le dije dónde encontrarte. ¿Es eso mejor que lo que me hiciste tú?

—Toda tu vida ha girado en torno a las consecuencias de mis acciones. No tienes familia y eres la última que queda de tu especie. ¿Cómo puedes decir que eso no importa?

—No estoy diciendo que no importe. Estoy diciendo que tú no tienes la culpa porque no tuviste opción.

—¡Hay sangre en mis manos que jamás podrá limpiarse! —La vidente se estremeció cuando él levantó la voz, aunque una parte de ella se sintió satisfecha al verlo contraatacar. La voluntad de luchar era una voluntad de vivir—. Dijiste que jamás podrías perdonar al monstruo que mató a tu familia. Harrow, ¡yo soy ese monstruo!

—Y también te dije que me equivoqué al decir eso. En ese momento no entendía lo que eras o cómo te había controlado Furie, y...

De repente se le secaron las palabras mientras observaba al hombre sentado frente a ella. Sus ojos ardientes resplandecían, su fuerte cuerpo hacía que la delicada silla pareciera diminuta, su dorada piel morena contrastaba con los sencillos pantalones sin teñir que ella le había dado.

La ternura la invadió. La voluntad de luchar se desvaneció en ella y solo pudo mirarlo y dar gracias a la Diosa de que estuviera allí, en su caravana, vivo y a salvo. Eran dos almas perdidas que habían sufrido los daños colaterales de una guerra sin sentido que ni siquiera era suya. ¿Por qué debería dividirlos cuando por fin estaban juntos?

—Raith, siento mucho haber dudado de ti. Siento haberle dicho a Darya dónde te escondías. Siento haberte abandonado, siento haber ignorado lo que mis propios instintos me decían desde el principio. Y siento haber permitido que creyeras que no te quería, porque no he dejado de hacerlo ni un segundo. ¿Me perdonas?

Él la miró fijamente.

—No hay nada que perdonar.

Harrow sonrió con suavidad.

—Gracias. —Dejó que el alivio la inundara por un momento, sin darse cuenta de cuánto necesitaba su perdón—. Ahora te toca a ti. Pídeme perdón, te lo daré y podremos seguir adelante con nuestras vidas.

Parecía inseguro.

—¿De verdad podrías perdonarme por lo que hice?

—Ya te he perdonado. Solo quiero dejar en el pasado la guerra de las reinas, donde pertenece, y que empecemos de cero juntos. Darya nos ha dado a los dos una segunda oportunidad para hacer las cosas bien, y seríamos estúpidos si no la aprovecháramos.

Aun así, él seguía dudando, escrutando su rostro. Había tanto anhelo en su expresión... Harrow sabía que quería creerla, pero no se atrevía a dar el paso.

—No puedo decirte qué hacer, Raith, pero tal y como yo lo veo, Furie gana si dejamos que sus acciones nos dividan. Lo único que quiero es la oportunidad de forjarme un futuro contigo que no involucre conflictos ajenos.

—¿Cómo puedo saber que no me obligarán a hacerte daño de nuevo?

—Furie no puede controlarte con un cuerpo.

—Me quitó el cuerpo la última vez.

—Y Darya te dio uno nuevo. Y tal vez encuentre la manera de detenerla y las cosas cambien, pero, si no, lo superaremos como vamos a superar esto. Siempre volveré por ti, pase lo que pase. Y confío en ti. Sé que aquel día en el bosque no me habrías matado, así como no me mataste hace tantos años.

La expresión de Raith reflejaba tortura.

—No quería hacerte daño. Por dentro me gritaba que parara, pero no podía.

—Te detuviste, ¿recuerdas? Además, Darya creó una poderosa tormenta mágica para retenerte, algo que podría hacer de nuevo llegado el caso. Pero no tendrá que hacerlo. Una vez que nos vayamos, no tendremos que volver a pisar el Territorio del Sur en nuestras vidas si no quieres.

Esperó a que él respondiera, deseando con todas sus fuerzas que estuviera de acuerdo con ella, que deseara seguir adelante, pero Raith no dijo nada. Fijó la mirada en el suelo y pareció divagar a algún lugar lejano, pues sus ojos se volvieron distantes.

—Ella me llamaba Trece —dijo al fin, y Harrow supo que otra vez hablaba de Furie—. Ese es mi verdadero nombre. El nombre que había olvidado.

Abrió la boca para rebatirlo, para decirle que su nombre no era un detestable número, que podía ser lo que quisiera, pero él siguió hablando.

—Cuando nos conocimos, no me acordaba. Y cuando me preguntaste cómo me llamaba, respondí lo que leí en el letrero.

—Lo supuse —respondió en voz baja.

—Debí saberlo en aquel momento. —Se le torció la boca en una sonrisa amarga—. No dejaba de preguntarme quién era, cuando en realidad me había identificado correctamente desde el principio, aunque me faltara una letra.

—Pero ahora lo sabes, y también sabes que no importa.

—Sí que importa.

—Bueno, sí que importa. Tienes razón. Pero es parte de lo que eres, y algo por lo que puedes estar orgulloso. —Harrow se inclinó hacia delante para enfatizar sus palabras—. Mira por lo que has pasado. Mira la persona que eres: un hombre increíble, fuerte y cariñoso. No es a pesar de que seas un espectro, sino gracias a ello. Eso es lo que amo de ti. Amo quién eres, y espero que tú también puedas amarte a ti mismo.

Volvió a mirarla, guardando silencio de nuevo, pero entornó los ojos un poco, como si estuviera sopesando sus palabras. Ella esperaba que así fuera. De verdad creía en lo que le había dicho.

—Sé que mis sentimientos por ti no cambian nada —añadió—, pero yo...

—Lo cambian todo.

La vidente asintió en silencio.

—Y sabiendo que me quieres..., si de verdad me quieres... —Raith desvió la mirada—. Tal vez pueda perdonarme. Aceptarme. —Encogió un poco los hombros—. Si puedes aceptarme.

—Sí que te quiero. Y te acepto. Es lo que estaba intentando decirte todo este tiempo. ¿Cuántas veces tengo que repetírtelo antes de que te lo creas?

Él curvó el borde de la boca.

—Tal vez unas cuantas más.

Ella le devolvió la sonrisa, aunque su visión se nubló ligeramente por las lágrimas.

—Te lo diré tantas veces como haga falta.

Se sonrieron el uno al otro en silencio durante un momento, y la hija del agua pudo sentir que la oscuridad del pasado por fin empezaba a disiparse, que las pesadas nubes de tormenta se convertían en cielos despejados.

—Harrow. —Raith desvió de nuevo la mirada—. Lamento lo que te hice a ti y a tu familia, y los crímenes que cometí en el pasado. ¿Me perdonas?

De verdad lo estaba haciendo: le estaba pidiendo perdón, como ella le había sugerido, para que pudieran seguir adelante juntos. Su corazón se hinchió de felicidad.

—Por supuesto que te perdono —le respondió con fervor—. Te quiero.

Estudiando sus manos con intensa concentración, Raith murmuró:

—Por lo que entiendo del amor, creo que yo también te quiero.

A ella se le llenaron los ojos de lágrimas. Otra vez. Pero en aquella ocasión eran del tipo de lágrimas que quería derramar.

—¿De verdad quieres esto? ¿Conmigo? —Él levantó la mirada y observó con atención su cara, como si buscara en ella rastros de duda. Harrow lo dejó mirarla todo lo que quiso; no encontraría ni una.

—Sí, tonto. Ya te lo he dicho.

Raith sonrió ligeramente, aunque todavía dubitativo.

—Darya me aseguró que eras obstinada.

Ella se rio.

—La más obstinada. Siempre consigo lo que quiero.

—A mí nunca me había pasado —dijo él, rompiéndole el corazón en mil pedazos—. Ni siquiera sabía cómo querer algo. Hasta que llegaste tú.

—Quiero que tengas lo que quieras.

—Tú eres lo que quiero.

—Y me tienes.

Él seguía sonriéndole con suavidad, pero parecía muy incómodo en la diminuta silla, así que ella le pidió, bromeando:

—¿Puedes acercarte para que pueda verte mejor?

Su sonrisa se amplió.

—Cuando te lo pedí ayer, corriste hacia mí tan rápido que te vi borrosa.

Ella sonrió.

—Apuesto a que tú puedes venir más rápido todavía.

Tenía razón. Ni siquiera lo vio moverse. En un momento estaba en la silla y al siguiente ella estaba bocarriba con él encima. Sus ojos se encontraron. Él seguía sonriendo, y su sonrisa era tan pura que le dolía el pecho.

Pero entonces le apartó el pelo y vio las cicatrices de sus hombros, donde las garras de sus alas la habían inmovilizado contra el suelo. Se le oscureció el rostro.

—No te pierdas en los recuerdos —musitó Harrow—. Quédate conmigo.

Sus ojos se encontraron de nuevo.

—Siempre.

—Siempre.

Él recorrió su mejilla con un dedo.

—Me has dejado tocarte con mi piel de espectro.

—Ajá. —Se estremeció al recordarlo.

—Te ha gustado. —Su mirada se llenó de ardor.

—Sí. —Se estremeció—. Y quiero hacerlo de nuevo.

Con ojos ardientes, Raith bajó la cabeza y la besó sin necesidad de más provocación. De inmediato, ella le rodeó el cuello con los brazos y lo acercó lo más que pudo. Sus cuerpos se apretaron. El calor de su piel era como una marca de hierro contra ella, incluso a través de la sábana.

—Lo anhelo todo —murmuró ella, con el sabor y el aroma de Raith inundando sus sentidos—. No te contengas.

Sin embargo, a pesar de su insistencia, siguió besándola sin prisas. Con los antebrazos apoyados a ambos lados de su cabeza, se limitó a cubrirla con su cuerpo caliente y a explorar su boca.

Con los brazos aún alrededor de su cuello, Harrow intentó acercarlo más a ella, levantando la pelvis en busca de la fricción que ansiaba. Él la dejó jugar, pero no tenía prisa por darle lo que quería.

De repente la sábana que la envolvía le resultó molesta, así que lo soltó del cuello y se retorció para quitársela de encima; luego la apartó de una patada, quedando desnuda debajo de él. Sin embargo, Raith no hizo nada para ayudarla: se contentó simplemente con observar con avidez cómo serpenteaba debajo de su cuerpo.

Después, Harrow deslizó las manos por su fuerte espalda, enterró los dedos en su sedoso pelo y le tiró un poco de él, lo suficiente para transmitirle su impaciencia.

—Raith.

Era lo único que necesitaba decir. Sonrió insolente, y ella supo que él estaba esperando que le rogara un poco.

—¿Vas a dejar que te domine?

—Sí —exhaló, con el cuerpo anhelante por la mera idea—. Por favor, Raith.

Raith le posó una palma en la cintura. Su enorme mano abarcaba la mitad de su cuerpo.

—¿O te atormento hasta que me ruegues clemencia?

—Raith...

Bajó la mano hasta la curva de su cadera y apretó su carne como si pudiera poseerla con solo tocarla. Ella se quedó sin aliento cuando los dedos volvieron a deslizarse por el interior de su muslo, y aquella falta de aliento se convirtió en un jadeo cuando por fin la tocó donde más lo deseaba.

Harrow abrió las piernas e inclinó la cadera. Cada parte de su cuerpo quería abrirse para él, abrirse y ser tomada. Consumida.

Unos dedos diestros se deslizaron por su excitación, sumergiéndose en su interior. Mientras le rozaba ligeramente el clítoris, ella se arqueó sobre el colchón y ni siquiera intentó ahogar el gemido. El placer era compartido: ella quería que él supiera cómo la afectaba. Quería que él sintiera lo que ella sentía.

Con los ojos encendidos, Raith la tocó de nuevo, esta vez en círculos. Mientras ella se retorcía y gemía de placer, él volvió a besarla, atrapando el sonido en su propia boca. Ella levantó el pecho, y presionó su cuerpo contra el de Raith, sentía los nervios a flor de piel.

Harrow se tensó al imaginar que tomaba su erección entre las manos y la acariciaba, haciéndolo gemir. Ansiosa, se agachó y tanteó el cordón de sus pantalones, casi sin poder concentrarse en la tarea, pues el movimiento de la mano de Raith seguía consumiendo su atención.

Pero el vacío de su interior exigía satisfacción, y en cuanto le soltó los pantalones, se los bajó por las estrechas caderas hasta donde pudo, permitiéndose un momento para apreciar la fuerza de sus musculosas nalgas. Luego dobló las rodillas, enganchando los dedos de los pies en la cintura, y se contoneó con pericia para deslizarlos hacia abajo.

Con una risa ahogada, él se apartó para observar sus forcejeos y, una vez más, no hizo ningún amago de ayudarla. La vidente frunció el ceño con fingida frustración, aunque en secreto se deleitaba con sus juegos. Aquella faceta traviesa era nueva y ella quería alimentarla y verla crecer.

Finalmente, él se levantó y se quitó los pantalones.

Volvió a estar encima de ella en un segundo; su calor era como una manta. Sin atormentarla más, le cogió una de las piernas por la corva y la levantó, abriéndola de par en par. Harrow se retorció de anticipación.

—¿Esto es lo que quieres, mi amor?

—Sí. —Se arqueó hacia él, pero él se contuvo—. Lo necesito. Te necesito, y si me haces esperar más, no sé si...

Raith adelantó la cadera, penetrando en su interior anhelante de una sola embestida. Sus músculos internos se apretaron en torno a su miembro, y el dolor de la opresión se disolvió de inmediato bajo oleadas de placer.

Entonces se inclinó y la besó, y ella volvió a rodearle el cuello con los brazos. Sus movimientos eran lentos y pausados mientras salía de ella y volvía a penetrarla.

—Cambia tu piel otra vez —le susurró Harrow—. Quiero ver tu verdadera forma.

Él se detuvo y levantó la cabeza para mirarla. El día anterior, cuando ella le había pedido que se cambiara, él había fruncido el ceño, sin entender por qué le importaba su aspecto. Pero aquel día ella vio en sus ojos que comprendía bien lo que significaba.

En lugar de vergüenza o vacilación, su mirada se calentó como si su petición le complaciera. Y después le concedió su deseo.

El color se desvaneció de su piel como si la luna eclipsara al sol y ensombreciera el día. Harrow apoyó la palma de la mano en su pecho, maravillada por la diferencia entre ambos, y él la observó con fervor. Sus ojos resplandecían en medio de la oscuridad, y el fuego era más brillante que nunca.

Mirando las llamas, sonrió. Era tan hermoso... y era suyo.

Y entonces, de repente, ambos sintieron que estaban aún demasiado lejos. Sus labios volvieron a encontrarse en un duelo de lenguas. Él la apretó contra el colchón y empujó profundamente; la fricción la hacía ver estrellas. Harrow inclinó la cadera, frotándose contra él. Aferrándose a su poderosa espalda, le clavó las uñas en la piel. Le rodeó la cadera con las piernas, alentando sus implacables movimientos.

Hicieron el amor con ferocidad. Con apasionada desesperación.

Con tanta fuerza que ella se fue deslizando poco a poco por la cama hasta rozar la pared con la cabeza, así que él la levantó y la sentó sobre sus muslos. Una vez allí, se reclinó para contemplarla mientras se movía, pero ninguno de los dos aguantó mucho así. Siempre ansioso por controlar sus movimientos, volvió a sentarse para besarla y la mantuvo quieta sobre él mientras la penetraba desde abajo.

Todavía necesitaban más.

La tomó en brazos y la recostó de espaldas sobre la cama. Volvió a poseerla y ella gritó y lo rodeó con las piernas para que profundizara el roce. Harrow levantó los brazos por encima de la cabeza, saboreando los gemidos graves de Raith mientras él veía cómo le rebotaban los pechos, cómo su propio cuerpo de sombras entraba y salía de ella mientras le apretaba los muslos con las manos.

Levantándola de nuevo, atravesó la caravana hasta el escritorio y la sentó sobre él. La tocó con desesperación, acariciándole el clítoris mientras ella gemía contra sus labios. Después la dejó caer de rodillas sobre la cama, posándole un brazo alrededor de la cadera para seguir acariciándola al ritmo de los frenéticos embates.

El orgasmo le fue creciendo desde la base de la columna y alcanzó la cresta por encima de su cabeza, como un maremoto. Él se inclinó para clavarle los dientes en el hombro y los gritos de éxtasis de Harrow llenaron la caravana. Notó el intenso pinchazo de los colmillos contra su piel, pero no sintió dolor.

Cuando no pudo aguantar más, apartó la mano de Raith de su clítoris sensible; la cabeza le daba vueltas de placer. Él soltó el mordisco y la volvió a acostar bocarriba. El cuerpo de Harrow cayó flojo sobre el colchón, débil por el clímax, y no pudo hacer otra cosa más que gemir cuando Raith volvió a poseerla, deleitándose con el grito ronco que brotó de sus labios cuando él también se liberó.

Sin dejar de mecer la cadera, Raith se desplomó sobre ella y Harrow lo rodeó con los brazos y las piernas hasta donde pudo abarcarlo, deseando abrazarlo para siempre con el cuerpo entero. Él dejó caer la cabeza sobre su cuello, respirando con fuerza contra su piel. La vidente creyó que el corazón iba a estallarle de plenitud.

Un momento después, él se acomodó de lado y ella se acurrucó sobre su pecho, sintiéndose pequeña y vulnerable, pero más segura que nunca. Juntos eran más fuertes. Juntos, su vulnerabilidad se convertía en fuerza.

Se separó lo suficiente para poder mirarlo a los ojos. Raith le sonrió; la sutil arruga de sus mejillas casi no se veía en su piel de sombras.

—¿En qué piensas? —le preguntó ella, recordando que se lo preguntaban a menudo en la habitación de la taberna.

—En que... te quiero —murmuró él, y desvió la mirada de iris de fuego.

El corazón se le hinchió casi hasta dolerle.

—Y yo a ti. Mucho.

Él volvió a mirarla, y esta vez no apartó los ojos.

Harrow se dio cuenta de que aquel momento estaba ocurriendo de verdad, y una euforia repentina se apoderó de ella. Iban a lograrlo. Estaban allí, juntos, volviendo a empezar, con el futuro por delante. Podían acabar en cualquier parte del mundo que a ella le daría igual, siempre que estuvieran juntos.

—¿Sabes? —musitó—. Si quisieras, podrías elegir un nuevo nombre. —Era su nuevo comienzo juntos, y quería que él se sintiera tan preparado como ella.

—No —respondió él de inmediato—. Tenías razón. Esto..., lo nuestro..., es gracias a lo que soy, no a pesar de ello. Si de verdad quiero seguir adelante tengo que aceptar mi pasado. El nombre que elegí forma parte de él, y no voy a fingir ser algo que no soy. —Se miró a sí mismo y sonrió; las puntas de sus colmillos blancos contrastaron con su piel—. O sea, mírame.

La vidente se rio y levantó una mano para recorrerle la mandíbula.

—Creo que eres perfecto. Y me gusta lo que dices. Me encanta tu nombre. Te pega.

Sin dejar de sonreír, Raith alzó la ceja.

—¿Porque soy un espectro?

—No... Bueno, quizá un poco. Pero sobre todo porque me recuerda cómo nos conocimos. Lo segura que me sentí desde el principio de que estabas destinado a estar en mi vida.

—Me gusta ese recuerdo.

—A mí también. —Le puso la mano en la mejilla y se inclinó para besarlo—. Pero ahora es el momento de crear otros nuevos.

Una semana después Harrow se despertó incómoda por el calor en la caravana. Sin duda se había quedado dormida otra vez, algo que nunca le había pasado cuando estaba sola. Viajar por el desierto significaba despertarse antes de que saliera el sol, descansar durante las horas de más calor y volver a viajar hasta que estuviera demasiado oscuro para ver. Sin embargo, desde que se había reunido con Raith había relajado considerablemente sus horarios. No tenían que llegar a ninguna parte, ni tenían nada que hacer, excepto estar juntos y disfrutar de la compañía del otro.

Se quitó la fina sábana de encima, caminó desnuda hasta el ropero y se puso una bata ligera. Las ventanas estaban abiertas y una suave brisa agitó la tela que cubría la puerta abierta. Harrow se acercó y echó un vistazo al otro lado.

El día anterior habían encontrado un pequeño manantial rodeado de árboles mustios. Agua limpia y sombra: por aquella tierras, aquel lugar era el paraíso. Fuera, Raith le hacía compañía a Fiona a la orilla del agua.

Harrow le había enseñado todo lo que sabía sobre el cuidado de su caballo, que no era mucho, y él había demostrado que aprendía rápido. Incluso parecía disfrutar de las tareas y ya era mucho mejor en ellas que la propia vidente. Por supuesto, la yegua lo adoraba: lo acariciaba con el hocico cada vez que podía y parecía mucho más entusiasta cuando era Raith quien le ponía el arnés.

Sonriendo, Harrow volvió a entrar para comenzar su ritual matutino. Llenó de agua su cuenco de adivinación, encendió una vara de incienso y una pastilla de carbón y colocó encima una pizca de su menguante reserva de hierbas de visión. En algún momento tendrían que viajar al Territorio del Oeste para recoger más en los lagos y pantanos donde crecían.

Exhaló profundamente para liberarse de los pensamientos que la distraían, miró el cuenco con atención y dejó que el agua creciera...

Unos momentos después se incorporó de un salto con un grito ahogado; se golpeó de espaldas con la estufa, tirando la silla.

—¡Raith!

Salió corriendo, casi arrancando la tela de la puerta y bajando los escalones de un salto. Él alzó la vista, alarmado, y lo dejó todo para correr hacia ella.

—¡Raith!

Se encontraron a medio camino. Ella se agarró a sus brazos, mirándolo fijamente a los ojos.

—¿Qué pasa?

La vidente estaba tan agitada que apenas podía hablar.

—Acabo de hacer adivinación. Dulce Diosa...

—¿Qué, Harrow?

—Vamos... vamos... ¡vamos a tener un bebé! Es tan hermosa, Raith. Tan perfecta...

—¿Un qué?

—¡Una niña! —Harrow no pudo evitar reír ante la expresión de su cara—. Estoy embarazada.

—Embarazada... —Se mecía sobre sus pies. ¿Acaso iba a desmayarse?—. ¿Un bebé...?

—Sí. Vas a ser padre.

—Padre...

Cayó al suelo como si sus piernas ya no pudieran sostenerlo. Riendo de felicidad y emoción, Harrow se dejó caer a su lado y se abrazaron en el suelo arenoso del desierto mientras Fiona los miraba como si ambos hubieran enloquecido.

—¿Estás embarazada? —preguntó cuando se recuperó lo suficiente como para hablar—. ¿Cómo lo sabes?

—El agua me lo acaba de mostrar.

—¿Desde cuándo?

—Concebimos la primera noche —le anunció con una sonrisa—. Nuestra amiguita tenía prisa.

Los niños elementales eran increíblemente raros, y que dos elementales diferentes tuvieran hijos era más raro aún..., tanto que muchos lo creían imposible. Que Harrow se hubiera quedado embarazada tan rápido era un milagro. Una bendición de la Diosa.

La vidente nunca había visto los ojos de su compañero tan abiertos.

—¿Una niña?

—Sí. La he visto, Raith. Es maravillosa. —Se le llenaron los ojos de lágrimas.

Pero él parecía alterado.

—Harrow, ella... ¿parece un espectro?

Entendió que temía que su hija tuviera que enfrentarse a la misma crueldad que él, y negó con la cabeza.

—Pero aunque así fuera, sería la más guapa, y la única vidente espectro del mundo, y la querríamos igual.

Raith asintió con fuerza.

—Y mataríamos a cualquiera que intentara hacerle daño.

En eso estaban por completo de acuerdo.

—Tiene tus ojos.

Él frunció el ceño.

—¿Mis ojos?

—Y son preciosos —respondió ella con firmeza, desafiándolo a discrepar—. Igual que los de su padre.

La expresión de Raith se suavizó de nuevo. Levantó una mano para apartar el pelo de la cara de Harrow.

—Ya sé que es perfecta. Es nuestra hija.

—Exacto. Así es.

Se miraron fijamente, con el corazón desbordado.

—Vámonos a casa —musitó ella.

Raith frunció el ceño.

—¿Dónde es eso?

Tenían a Fiona y la robusta caravana. Y, lo más importante, se tenían el uno al otro.

Harrow le sonrió.

—Donde queramos.

Epílogo

UN AÑO DESPUÉS...

—Ay, qué bien, estás despierta.

Malaikah pasó por debajo de la carpa y se sentó en la silla de los clientes, como si estuviera a punto de escuchar una lectura de la gran «vidente que sobrevivió», como Salizar había renombrado a Harrow. Aunque no habría lecturas ese día; el circo estaba en movimiento y solo se habían detenido a descansar a las afueras de un pequeño pueblo.

—Con trabajo. —Harrow bostezó. Estaba «despierta», pero tenía el pelo enmarañado y todavía se encontraba en camisón. Aparte del medallón de su madre, hacía meses que no abría su joyero, y los vestidos con los que no podía amamantar con facilidad se hallaban acumulando polvo en el ropero—. No sé cómo las mujeres humanas soportan tener más de un hijo.

Su amiga se rio.

—Concebisteis en vuestra primera noche juntos. Humanos o no, claramente vais a tener más de uno.

La vidente hizo una mueca.

—Mejor no pensar en eso.

El parto había sido tan sencillo como para una mujer humana, lo cual era mucho decir. Tres meses después el pobre cuerpo de Harrow seguía recuperándose.

Dejando de lado el insoportable dolor, había sido la experiencia más maravillosa de su vida. Su cariñoso compañero la había tomado de la mano durante las horas de parto, a pesar de que había estado a punto de desmayarse mil veces, y había soportado sin quejas todas las amenazas que ella le gritaba en medio de las contracciones. El resultado había sido una preciosa niña cuyo llanto había llenado el aire mientras le caían lágrimas de felicidad sobre su cuerpo perfecto y diminuto.

La habían llamado Mellora, como su madre. Su piel era de un moreno claro, su pelo oscuro, sus pequeñas orejas puntiagudas, y sus ojos como los de Raith: con los bordes exteriores tan negros como sus pupilas. Sin embargo, en lugar de iris de fuego, los suyos eran de un plateado luminiscente que la identificaban como vidente.

En cuanto la vio, Harrow supo que sería igual a su padre. Un padre que la iba a consentir muchísimo, a juzgar por su comportamiento hasta el momento. En realidad ella no esperaba menos, pues ambos estaban de acuerdo por completo: Mellora era, obviamente, la niña más perfecta que hubiera nacido jamás.

—¿Dónde está el bebé milagro? —le preguntó Mal.

—Dentro con Raith. Acaba de despertarse y le toca comer pronto, pero Raith la está cuidando mientras para que yo pueda dormir una siesta.

—Es un buen hombre.

—Lo sé.

Antes de encontrarse con el circo de Salizar en el Territorio del Oeste, Raith y Harrow habían viajado juntos durante cinco meses en los que ella había ofrecido lecturas para mantenerse a flote en el camino. Volver al circo había sido sugerencia de él. Aunque la vidente había protestado —no quería que se sintiera obligado a regresar al lugar donde lo habían tratado de una forma tan horrible—, Raith había argumentado que Harrow querría a Malaikah cerca cuando naciera Mellora, y que tener a Salizar para ocuparse del aspecto comercial de sus dotes de vidente le daría más tiempo para enfocarse en la maternidad. Tenía razón, y ella apreció infinitamente su abnegación.

Al contrario de lo que había temido en algún momento, Salizar no dudó en lo más mínimo en poner a la última vidente del mundo bajo su protección. Es más, veía su presencia como una inversión en su empresa y una forma de atraer más clientela al circo.

Sin embargo, como condición para volver, Harrow le exigió a Salizar que le ofreciera una disculpa sincera a Raith y la promesa de comportarse con respeto con él en el futuro. No tenía por qué molestarse. El espectro había superado su odio hacia el encantador después de enterarse de que había protegido a Harrow desde su infancia. Y Salizar había empezado a respetar a Raith después de la pelea en la taberna. Quizá jamás serían amigos, pero se toleraban, y eso era suficiente.

Aunque Salizar les cobraba a los clientes un ojo de la cara por una lectura de Harrow, su popularidad no había hecho más que aumentar. Donde fuera que viajaban, la «vidente que sobrevivió» atraía a multitudes de humanos y elementales por igual. Salizar incluso había encargado un nuevo cartel publicitario para el circo con los rostros de Malaikah y Harrow.

Raith cuidaba a Mellora mientras ella hacía lecturas, quedándose cerca en caso de que hubiera algún problema. A veces ayudaba a los trabajadores con sus labores en el circo, pero la mayor parte del tiempo se contentaba con ser padre.

A Harrow le parecía perfecto. Después de todo lo que había pasado, se merecía un poco de paz y tranquilidad, ¿y quién no querría pasarse todo el tiempo posible mirando la carita angelical de su hija?

Y ahora Raith podía vivir en paz de verdad. Unos meses atrás Darya había anunciado que, por primera vez en siglos, Audra, Nashira y ella habían fusionado su magia para atar los poderes de Furie. También habían creado una barrera impenetrable alrededor de su castillo para mantenerla encerrada. Nadie podía entrar ni salir.

La reina del fuego había caído, pero estaría protegida de quien quisiera aprovecharse de su estado de indefensión. A pesar de todo lo que había hecho, sus hermanas no deseaban su muerte. Harrow podía aceptarlo siempre y cuando Furie estuviera presa e impotente.

Esperaba que el hecho de que se hubieran unido significara que las reinas estaban tratando de resolver sus diferencias. Aunque una parte de ella jamás les perdonaría lo que habían hecho, tenía la esperanza de que todo aquello se quedara atrás.

En cuanto a los noventa y nueve espectros que Raith liberó, habían desaparecido por completo del mundo físico. Sin embargo, considerando de lo que eran capaces, a Darya no le había entusiasmado saber que estaban sueltos y se había puesto a buscarlos, hasta el momento en vano. Harrow pensaba que, ya que no abundaban rumores sobre criaturas poderosas y sombrías que causaban estragos inenarrables, podían dejarlos en paz.

Mellora lloró en el interior de la caravana. Aunque se calmó enseguida, pues Raith era un verdadero milagro, a Harrow empezaron a dolerle los pechos.

—Tengo que ir a darle de comer. ¿Quieres cogerla un poco antes?

—No, luego vuelvo, por la tarde. Os dejo para que paséis tiempo en familia.

—Tú también eres de la familia, Mal.

Su amiga sonrió.

—Ya lo sé. Pienso aprovechar al máximo mi papel de tía excéntrica.

—No quiera la Diosa que lo desperdicies.

Mal se rio.

—¿Tienes algún dato nuevo para mí?

—Todavía no. —Unos días antes Harrow había tenido una visión que le había dicho que se acercaba el momento de que Malaikah regresara a Kambu. Por desgracia, no le había dado más detalles, así que seguía esperando descubrir más información—. Solo he conseguido entrever una vaga imagen de un cruce de caminos. Tengo la sensación de que te estás acercando a un momento importante en el que tendrás que tomar una decisión difícil, pero no sé nada más. Es muy frustrante.

—El agua sabe lo que hace —le respondió la pantera con tranquilidad, pero la vidente la conocía lo suficiente para notar que estaba nerviosa—. Te mostrará más cuando sea el momento.

Harrow asintió, deseando que las cosas fueran diferentes. Le rompía el corazón pensar que su mejor amiga fuera a dejar el circo para siempre, pero sabía lo profunda que era su necesidad de recuperar su hogar. Si renunciaba a ello, ¿quién sería?

—No te preocupes. Ocurrirá cuando tenga que ocurrir, ¿verdad? —Mal se puso de pie—. Por lo pronto, tú tienes que alimentar a una bebé hambrienta y yo que buscar a Salizar. Quiero que me dé su opinión sobre el nuevo espectáculo que estoy montando.

—Es obvio que va a encantarle. Eres nada más y nada menos que «la extraordinaria Malaikah».

Mal sonrió.

—Obviamente. Nos vemos después, ¿vale?

—Claro.

Harrow abrazó a Mal antes de que se diera la vuelta como un ciclón en miniatura. Luego sonrió para sus adentros. Su amiga era de verdad una fuerza imparable.

Mellora volvió a lloriquear dentro, recordándole a Harrow que todavía no había comido. Por no mencionar que sus pechos estaban a segundos de empaparle el camisón. Otra vez. Subió las escaleras y entró en la caravana.

Dentro, Raith acunaba al bebé contra su pecho desnudo con un fuerte brazo. Tenía la mano libre sobre su carita, y ella le chupaba el dedo mientras él le susurraba palabras cariñosas.

El corazón de Harrow estuvo a punto de estallar. ¿Había algo más perfecto en el mundo que aquella imagen?

Se miraron a los ojos.

—Quiere a su mamá. —Ahora sonreía con satisfacción y calma. En comparación con el hombre torturado que había sido solo un año antes, el cambio era como la noche y el día.

La vidente cogió a Mellora y se bajó el camisón. Su hija empezó a mamar de inmediato, con alegres sorbidos. Harrow miró a Raith.

—Gracias por cuidarla para que yo pudiera descansar.

Él se inclinó para besarla.

—Cuidar a Melly es un regalo.

Ella suspiró. ¿Se hacía una idea de lo increíble que era?

—Estás preciosa esta mañana. —Acarició su enmarañado pelo rizado.

—Por la Diosa, pero si tengo toda la pinta de no haber dormido en tres meses, lo cual es bastante preciso.

—Tienes toda la pinta de ser la madre de mi hija. No hay nada más precioso en el universo.

Harrow suspiró de nuevo. Definitivamente increíble.

—¿Has podido dormir un poco?

Negó con la cabeza.

—Estoy preocupada por Malaikah. Todavía no entiendo ese cruce de caminos. Parece como si algo importante fuera a ocurrir en su vida, una persona nueva, tal vez. Pero tengo la sensación de que esa persona ha estado cerca todo el tiempo, enfrente de sus narices, lo cual no tiene sentido. Y si se trata de elegir el circo o su tierra natal, ¿en qué influiría otra persona?

—Te preocupas demasiado.

—No puedo evitarlo.

—Es tu hermana, no tu segunda hija —bromeó Raith.

Sí, ahora hacía bromas. Y no solo en la cama.

—Ya, pero...

—No más peros. —Y también la interrumpía. La vidente frunció el ceño—. Tú misma lo has dicho. Ella es así.

—Lo sé, lo sé. —Le lanzó una mirada burlona—. Qué arrogante eres cuando tienes razón.

Raith respondió con una expresión completamente seria.

—Entonces debo de ser arrogante todo el tiempo.

—Eres terrible. —Se rio a su pesar.

—Sí, y tú eres mía.

Le besó la punta de la nariz, y a su hija lactante la parte superior de la cabeza, y luego cogió una camisa de un montón que había sobre la cama. Ah, y ahora también era desordenado, aunque a Harrow no le molestaba; ella era, después de todo, más desordenada que él.

Se puso la camisa y se deslizó a su lado de camino a la puerta, dándole una nalgada al pasar. Otra nueva costumbre.

—Tengo que ir a buscar algunas provisiones a la tienda de alimentos, pero ahora vuelvo.

—¿Provisiones? ¿Para qué?

—Para nuestro pícnic.

—¿Qué pícnic?

—Como hoy no viajamos, se me ha ocurrido que podíamos coger a Fiona e ir a comer a algún lugar tranquilo.

Harrow sonrió.

—Suena genial.

—Entonces espérame aquí; vuelvo en un rato con comida y nuestra yegua.

—Pero no estoy vestida, y Mellora sigue comiendo.

La miró sin expresión.

—Tienes un vestido puesto.

Típico de un hombre: ni siquiera notaba la diferencia entre su camisón y su ropa normal. «Por otro lado —pensó encogiéndose de hombros—, tal vez tenga cierta razón.» Si alguien podía justificar pasarse todo el día en camisón, era una madre primeriza.

—Bueno, pues entonces ya estoy lista —repuso con una sonrisa.

Él le devolvió un gesto deslumbrante y salió de la caravana.

Un par de horas más tarde cabalgaban sobre Fiona por el silencioso bosque. Raith estaba sentado detrás de Harrow, rodeándola con sus fuertes brazos, dirigiendo a la yegua. Mellora iba acurrucada con cuidado contra el pecho de la adivina. No le preocupaba que pudiera caérsele: los reflejos de Raith eran tan rápidos como el rayo y sus instintos maternales estaban amplificados por sus dotes de vidente. Jamás habría una niña más protegida; estaba segura de ello.

Se detuvieron en la cima de una colina y encontraron un claro al borde de un acantilado desde el que tenían una impresionante vista del valle. Comieron algo sencillo y luego se recostaron sobre una manta a observar el movimiento de las nubes, mientras su pequeña hija dormía entre los dos.

Más tarde Harrow sacó sus cartas de vidente de la bolsa y las barajó. Como la magia de Darya había catalizado el cuerpo de Raith, él también tenía algo de magia de agua en él. La vidente se había dado cuenta de que sentía una conexión con las cartas y había empezado a enseñarle lo que significaban.

Hicieron una lectura juntos, sacando cartas alternativamente hasta que tuvieron seis bocarriba.

Primero, Harrow sacó la cascada, símbolo de cambio y nuevos comienzos. Raith sacó la niebla, símbolo de lo intangible y misterioso. Después, el manantial, que da vida y rejuvenece. Luego, el río: el agua en busca de su origen, un viaje de perseverancia. La quinta carta fue el océano, la fuente de toda vida.

La sexta y última carta fue de Raith, y a ninguno de los dos les sorprendió el naipe elegido.

Lo dejó junto a los demás.

—Siempre saco esta.

Para Harrow, aquella carta había adquirido un significado más nuevo y personal.

—Representa la elección de lanzarse a lo desconocido. De enfrentar el dolor y vencer el miedo.

—Abrazar la oscuridad y encontrar la paz.

—Exacto. —Intercambiaron sonrisas.

Entre los dos, aún dormida, Mellora emitió un suave sonido, con las manitas enroscadas. Los dos la miraron con dulzura.

—Creo que está soñando —auguró Raith.

Harrow pensó en el sueño que había comenzado todo. La pesadilla que se había convertido en una bendición. Su decisión de sumergirse. La sabiduría que había obtenido de la oscuridad. Y, sonriéndole a su compañero, solo pudo decir:

—Espero que elija las profundidades.

Agradecimientos

Gracias, querido lector, por acompañarme en el viaje de Raith y Harrow. Esta historia significa mucho para mí, y estoy muy agradecida de poder compartirla contigo.

La primera inspiración para este libro surgió en una ocasión que estaba atravesando Canadá en coche. En algún lugar de la carretera transcanadiense, en Ontario, hay una comunidad muy pequeña llamada Raith con una sola señal de tráfico que me llamó la atención al pasar. Lo primero que pensé fue: «¡Ese es el nombre de mi próximo héroe!».

El próximo libro tratará sobre Malaikah y el regreso a su tierra natal. Este personaje me fascinó desde el principio, así que estoy impaciente por sumergirme en su mente y llevaros conmigo.

Muchas personas han contribuido a convertir esta historia en lo que es hoy, pero en primer lugar debo dar las gracias a mi editora, Molly Majumder. Cuando empezamos a trabajar juntas, sinceramente no tenía ni idea de que acabaríamos donde lo hemos hecho. Ha sido un viaje increíble, y me siento muy agradecida y emocionada por lo que está por venir. Gracias por ayudarme a construir mi visión de este mundo.

También quiero expresar mi gratitud a todo el equipo de Entangled/Red Tower: Liz, Bree, Curtis, Meredith, Stacy, Jessica, Toni y todos los demás que han trabajado en *Santuario de sombras*. También a Rae, por su ayuda con el lenguaje inclusivo y el retrato sensible y auténtico de todos mis personajes. Muchas gracias a todos, ha sido un auténtico placer trabajar con vosotros. La portada, el mapa y los pequeños detalles de este libro son preciosos, tanto que no me canso de mirarlos. Como siempre, gracias a mi marido Orion por apoyarme en mis esfuerzos creativos, escucharme despotricar de mis personajes (y de la vida en general) y ayudarme a salir de cualquier agujero negro argumental con una lluvia de ideas. Siento que puedo hacer cualquier cosa cuando crees en mí.

Y por último pero no por ello menos importante, quiero dar las gracias a mis Patrons, lectores, suscriptores de la lista de correos, seguidores en redes sociales y amantes de las novelas románticas. Su apoyo, pasión y genialidad es lo que hace que esta comunidad sea tan especial. Espero que algún día conquistemos el mundo, porque sé que lo convertiremos en un lugar mejor.

Aurora

P. D.: Si quieres seguir en contacto conmigo, búscame en redes sociales (@aurora.ascher.author), suscríbete a mi *newsletter* o, mejor aún, hazte Patreon para obtener acceso a cuentos exclusivos y arte mensual de mis personajes. Puedes encontrar los enlaces en mi página web: www.auroraascher.com.